KB000540

집 잘못
찾아 오셨어요,
악역님

집 잘못 찾아 오셨어요, 악역님 1

마르고트 장편소설

초판 1쇄 찍은 날 | 2020년 5월 22일
초판 1쇄 펴낸 날 | 2020년 5월 29일

지은이 | 마르고트
펴낸이 | 권태완 우천제

편집책임 | 박은정
편집 | 박가연 유안진 손혜진 장현아

펴낸곳 | (주)케이더블유북스
등록번호 | 제25100-2015-43호
등록일자 | 2015. 5. 4
WFN | 제3-060호

주소 | 서울특별시 구로구 디지털로31길 38-9 에이스테크노타워 1차 401호
전화 | 02-867-4626 팩스 | 02-866-4627
E-mail | cl_production@kwbooks.co.kr

ISBN 979-11-293-5465-5 04810
979-11-293-5464-8 (set)

집 잘못
찾아오셨어요,
악역님
1
마르고트 장편소설

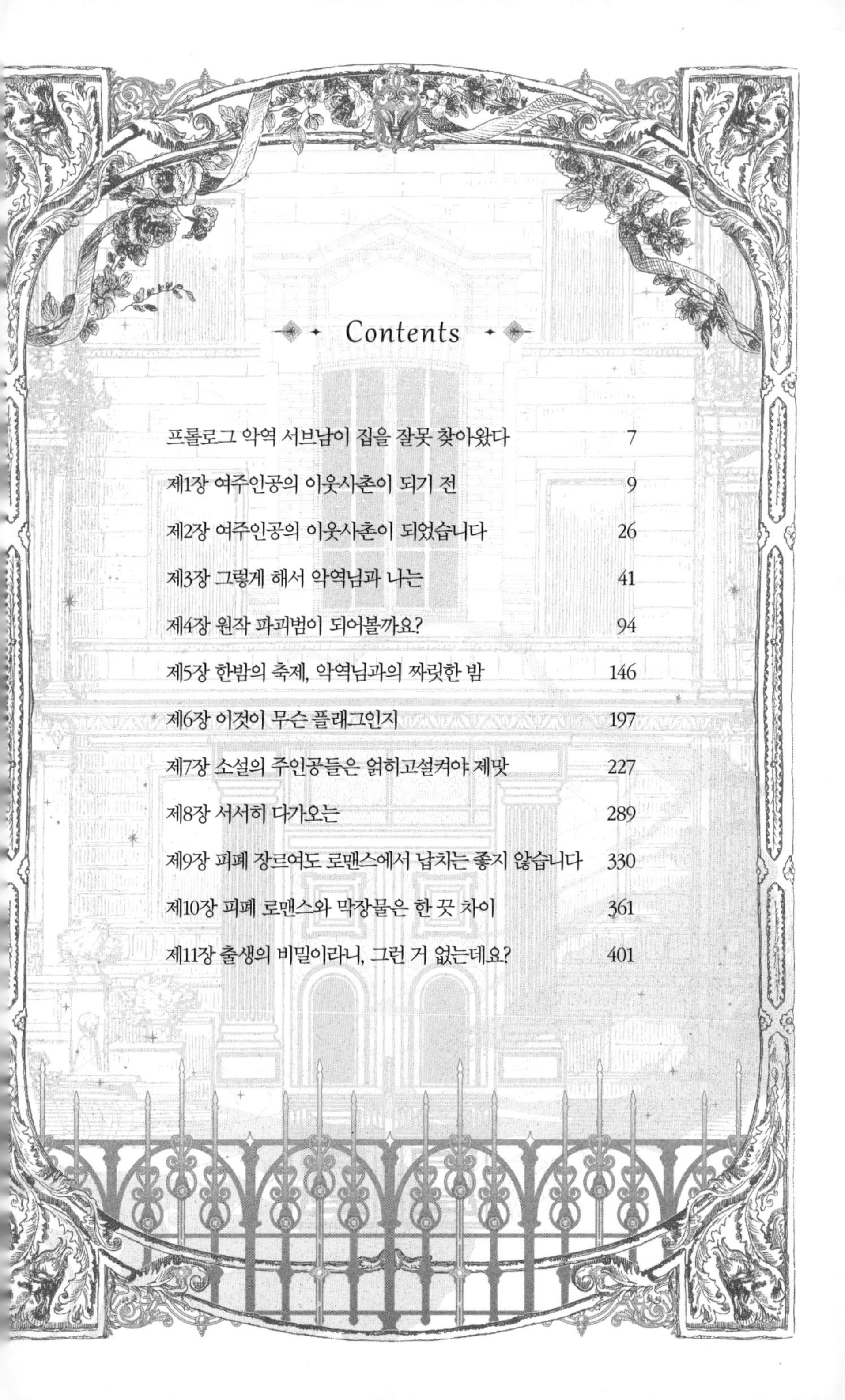

Contents

프롤로그

악역 서브남이 집을 잘못 찾아왔다

이런, 미친. 나도 모르게 소리 내서 욕설을 내뱉을 뻔했다. 애써 침착하게 마음을 가라앉힌 뒤 문패에 적힌 주소를 다시 확인했다.

그레이페럿가 44번지-B04

아무리 봐도 우리 집이 맞았다. 그런데 너 왜 여기에 있니?

우리 집 문 앞에 미동 없이 쓰러져 있는 잘생긴 남자는 범죄의 온상지인 카르노말 출신이라면 모르려야 모를 수가 없는 인물이었다.

나는 당혹스러운 심정을 숨기고 일단 몸을 낮추어 남자의 상태를 살폈다. 거리가 좁혀지니 한층 짙은 피비린내가 코끝으로 훅 밀려들었다. 온몸이 피로 칠갑되어 있기는 하지만 전부 본인 피는 아닌 것 같고.

내키지 않았지만 능력을 사용해 남자의 몸을 확인했다. 내 손끝에서 뽑혀 나온 반투명한 하얀 실이 남자에게 스며들어 몸속을 한 차례 훑었다. 부상이 심하기는 하나 그렇다고 해서 지금 당장 죽을 것 같지는 않았다.

나는 암흑세계의 왕이라고는 믿기지 않을 정도로 천사같이 순하게 생긴 예쁜 남자의 얼굴을 보다가 다시 몸을 일으켰다. 그리고 조용히 주위를 살폈다. 다행히 주변에는 쥐새끼 한 마리 얼씬거리지 않았다.

스윽.

나는 발을 들어 남자의 몸통을 옆으로 쭉 밀어냈다.

이 남자는 오늘 내 집이 아니라 내 옆집에 가서 기절해야 했다. 그곳에 사는 아름다운 여인이야말로 그를 백화시켜 줄 선량한 여주인공이었으니까. 그러니까 한마디로 말해서…….

집 잘못 찾아오셨습니다, 악역 서브남님.

제1장

여주인공의 이웃사촌이 되기 전

내가 전생을 처음 자각한 것은 열 살 때였다. 사정상 딱 꼬집어 열 살이라고 말하기 애매한 부분도 있지만 일단은 편의상 그냥 그렇게 생각하는 게 나을 것 같다. 그리고 그 일을 설명하려면 내 인생에 큰 전환점이 된 사건에 대해 먼저 이야기해야 했다.

그날, 나는 소매치기를 하다가 걸려서 작살 나게 맞고 있었다.

퍼억! 퍽!

“이거 간 큰 놈일세? 털 사람이 없어서 감히 내 주머니를 털어?”

그날은 정말 재수가 옴 붙은 날이었다. 온몸에 돈을 처바른 냄새가 나는 남자가 어리벙벙한 얼굴로 골목길을 두리번거리기에 길을 잘못 든 상인이나 관광객인 줄 알았는데, 완전히 잘못 짚은 것이었다.

설마 얼마 전에 이 구역을 새로 접수한 신예 범죄 조직의 간부일 줄이야. 얼굴이 낯설어서 이 바닥 사람인 줄 몰라봤던 것이 실책이었다.

게다가 남자가 워낙 멍청하게 생겨 만만하게 생각했던 것도 실수였다.

볼록 튀어나온 남자의 바지 뒷주머니로 손을 뻗은 순간, 나는 곧바로 억센 손아귀에 뒷덜미를 잡혀 바닥에 내동댕이쳐지게 되었다.

"가뜩이나 기분도 더러운데!"

"야, 시간 없어. 적당히 해."

옆에서 미지근한 태도로 그를 말리는 동료가 있었지만 별 도움은 되지 않았다.

"자, 잘못했…… 악!"

남자는 나를 골목에 밀어 넣고 무작위로 발길질을 퍼부었다.

이곳 빈민가에는 버려진 아이들이 많았다. 그리고 그 아이들을 모아 잠자리와 먹을 것을 제공해 주는 대신 소매치기나 동냥 등을 시키는 어른들도 있었다.

여자애는 무리에 받아주지 않았기 때문에 나는 남자애인 척하며 생활하고 있었다. 아직 어려서 머리를 덥수룩하게 잘라 얼굴을 가리고 거적때기를 걸치고 있으면 성별이 잘 드러나지 않았기에 가능한 일이었다.

퍼억!

"퉤……! 애새끼가 짜증 나게."

남자는 몸을 둥글게 말고 신음하는 나를 자비 없는 눈으로 내려다보며 옆으로 침을 뱉었다.

나는 무리에 있는 아이 중에서 날쌔기로 유명했지만 그날은 운이 너무 나빴다.

소매치기를 하다가 걸려서 두들겨 맞는 건 이 일을 처음 시작했을 때에도 몇 번 있었던 일이다. 하지만 이렇게 정도가 심한 건 또 처음이었다.

옆에 있던 남자는 어지간하다는 듯이 쯧 혀를 찼지만 그것으로 끝이었다. 그들은 나를 골목에 버려두고 자리를 떠났다. 그래도 이 정도로 끝나서 다행이라는 생각이 들었다. 운이 더 나빴다면 죽었을지도 몰랐으니까.

어느새 해가 지고 있어서 무리로 돌아가려고 몸을 일으켰으나 몇 발짝도 채 옮기지 못하고 그대로 기절하고 말았다.

다시 눈을 떴을 때, 나는 인신매매단에 팔려 있었다.

내가 살고 있는 곳에서 노예제도는 불법이 아니었다. 물론 자유민을 납치해 사고파는 것은 금지되어 있었지만 나는 어차피 부모 형제도 없는 빈민가 출신이었다. 내가 없어져도 찾을 사람은 없었다.

아마 내가 속해 있던 무리에서도 나를 찾으려 애쓰지는 않았을 것이다. 빈민가에는 원래 어느 날 갑자기 실종되는 사람들이 드물지 않았다. 나도 그 같은 경우로, 골목길에 쓰러져 있는 동안 질 나쁜 놈들에게 걸려 노예상에 팔린 것 같았다.

"이번에도 아무나 건강한 놈으로 오십 명."

"아이구, 어서 오십쇼. 이번에도 제가 쓸 만한 놈들로 골라 드리겠습니다."

재수가 좋은 건지, 나쁜 건지, 나는 노예상단에 넘어간 당일에 바로 팔렸다. 나를 산 이는 머리끝부터 발끝까지 검은 옷을 입은 수상한 사람이었다. 걸걸한 목소리를 들어보니 나이가 상당히 많은 남자 같았다.

노예상인이 그에게 굽실거리며 하는 말을 들었을 때, 그가 이런 식으로 한꺼번에 많은 노예를 데려간 것이 처음도 아닌 듯했다.

나는 다른 노예들과 함께 짐마차에 옮겨져 꼬박 이틀 동안 이동한 끝에야 겨우 목적지에 도착했다.

"뭐야, 이 다 죽어가는 건? 게다가 핏덩이잖아?"

짐마차 속에서 시름시름 앓고 있던 나는 뒤늦게 발견되었다. 골목에서 얻어맞은 탓에 몸이 성치 않은 상태였는데, 노예들을 사 올 때 따로 한 명 한 명 확인하지 않아 내 상태를 몰랐던 듯했다.

"하, 이 새끼가. 지난번에도 그냥 좋게 넘어가 줬더니 또 이렇게 은근슬쩍 못 써먹을 걸 끼워 팔아?"

남자는 짜증스러운 듯 인상을 찌푸렸다. 모자를 벗어 얼굴을 드러낸 남자는 생각보다 더 나이가 많아 보였다. 그는 나를 못마땅하게 보다가 이내 혀를 찼다.

"쯧. 하는 수 없지."

지금 노예상단으로 다시 돌아가기에는 무리가 있어 그냥 나를 반품하지 않고 들이기로 결정한 것 같았다. 하지만 차라리 그날 버림받거나 죽는 게 나았을지도 모른다. 왜냐하면 내가 도착한 곳은, 범죄도시인 카르노말에서도 악명 높은 생체실험 연구소였기 때문이다.

"이번에 살아 있는 건 이게 다야?"

나는 곧바로 실험실에 갇히게 되었다. 이상한 비린내가 났고, 사방에서 음산한 울음소리가 들렸다.

"지금까지와 비슷해요. 아무래도 이 방법으로는 안 될 것 같은데요?"

그곳에 있던 여자가 남자의 물음에 시큰둥하게 대답했다. 그러다 그녀의 눈이 남자의 옆구리에 대롱대롱 매달려 있는 나에게로 향했다.

"그런데 그 땅꼬마는 뭐예요? 혹시 이번에도 속아서 사 온 거예요?"

"속기는 누가! 일부러 어린놈으로 골라 온 거야."

아무래도 노예상에게 사기를 당해서 나를 사 왔단 사실을 알리기엔 자존심이 상했던 모양이었다. 남자는 마치 나를 데려온 것이 자신의 의도인 양 근엄한 척하며 명령했다.

"얘 몸에 '그걸' 집어넣어."

"설마……. 진심이세요?"

"그동안은 성체만 시도해 봤으니 이번에는 방법을 바꿔보겠다."

여자는 처음에 내키지 않는 듯했으나 결국에는 남자의 명령에 따라 나를 간이침대에 눕혔다.

그때 나는 고열로 몸이 끓어 눈앞이 가물가물한 상태였다. 두 사람이 나를 두고 무어라 대화를 나누는 소리도 점점 희미해져 가고 있었다. 그래서 그 직후 나에게 무슨 일이 있었는지 기억이 잘 나지 않았다. 다만 그들이 내 손목과 발목을 묶어 침대 위에 고정해 놓고 목덜미에 날카로운 바늘 같은 것을 찔러 넣어, 그 안으로 정체를 알 수 없는 무언가가 파고드는 것은 느껴졌다.

그 후 나는 온몸이 박살 나는 것 같은 끔찍한 고통을 느끼며 기절했다. 그리고 새까만 거미 떼가 나를 뜯어먹는 꿈을 몇 날 며칠이나 꾸었다. 그러다 내 몸을 뒤덮고 있던 거미가 서서히 물러나고, 흐려졌던 이성이 돌아오기 시작했을 무렵.

나는 전생의 기억을 떠올려 냈다. 깨진 독에서 물이 쏟아지는 것처럼 그동안 묻혀 있던 과거의 기억이 일시에 폭발하듯이 떠올랐다.

혈혈단신의 고아가 아니라, 가족들과 함께 단란한 하루하루를 보내던 기억. 강아지를 끌어안고 침대에 누워 동생에게 빌린 책을 읽던 어느 한가로운 날의 일상. 대학교 시험이 끝난 뒤, 친구들과 함께 모여 밤늦게까지 수다를 떨며 놀던 일. 그러던 어느 늦은 밤, 집에 돌아오던 길에 취객에게 밀쳐져 차도에 넘어진 순간과……. 그 직후 눈부시게 반짝이는 불빛이 나를 한입에 집어삼키던 것도.

나는 꿈인지 환상인지 모를 기억 속에서 또 셀 수 없는 날을 허우적거렸다.

"성공했어……!"

그러던 어느 날, 남자의 환희 가득한 목소리가 나를 잠에서 깨웠다.

"성공했어……! 드디어 '흡수'에 성공했다고!"

주사를 맞고 기절하기 전에 마지막으로 들었던 바로 그 목소리였다. 아직도 무거운 눈꺼풀을 애써 들어 올린 후 초점이 흐린 눈을 몇 번 깜빡였다. 시야가 온통 새하얬다. 처음에는 하얀 방에 갇힌 줄 알았다. 하지만 곧 그게 아니란 사실을 알 수 있었다.

나는 내 눈앞에 얼기설기 그어진 사선들을 응시했다. 그것은 아주 가느다란 실이었다. 수십, 수백…… 아니, 그 이상. 주위에 셀 수도 없이 촘촘히 얽힌 실이 고치처럼 내 몸을 감싸고 있었다.

"놀랍네요. 버티지 못할 줄 알았는데……."

"진작 어린 개체로 실험해 볼 걸 그랬나 봐요."

"역시 박사님이세요!"

"맞아요. 어떻게 이런 생각을 하셨는지, 정말 대단하세요!"

귓가에 흘러드는 목소리나 코에 휘감기는 냄새가 전보다 선명하게 느껴졌다. 어쩐지 전보다 오감이 예민해진 것 같았다.

부욱!

손을 들어 눈앞에 있는 하얀 벽을 찢었다. 그런데 내가 있는 곳이 마지막에 잠들었던 간이침대가 아니었던 모양이다. 실로 된 고치를 찢고 밖으로 몸을 내민 순간, 나는 중력에 이끌려 그대로 밑으로 떨어져 내렸다.

휘익!

하지만 무언가가 몸을 받아줘서 안전히 바닥에 착지할 수 있었다. 그 순간, 주위에서 흥분해 떠들던 사람들이 일제히 숨을 죽였다.

"오오, 일어났구나!"

나를 이곳에 데려온 남자만이 함지박만 한 웃음을 입가에 걸며 반갑게 인사해 주었다.

"몸은 좀 어때? 아픈 곳은 없고?"

나는 대답 없이 주위를 살펴보았다. 내 몸을 감싸고 있던 것과 같은 하얀 실이 거미줄처럼 사방에 가득 쳐진 것이 보였다. 조금 전 내가 떨어질 때 몸을 지탱해 주었던 것도 천장에서부터 이어진 실이었다.

고개를 숙이자 긴 검은색 실타래가 바닥을 쓸었다. 놀랍게도 그것은 내 머리카락이었다. 원래 내 머리카락은 물이 빠진 것처럼 색이 옅은 금색이었다. 그런데 잠들었다 일어난 사이 염색이라도 한 것처럼 칠흑 같은 새까만 색으로 변해 있었다. 그래서 처음에는 내 머리카락이 아닌 줄 알았다.

게다가 잠들기 전까지만 해도 분명 짧았던 머리가 언제 이렇게 길어진 것인지 알 수가 없었다. 의문을 느끼며 몸을 내려다보았다. 옷이 아니라 포대 자루라고 해도 될 것 같은 천 조각을 몸에 걸치고 있었다.

왠지 그사이에 키가 좀 큰 것 같기도 하고, 몸이 좀 자란 것 같기도 했다. 손을 들어서 보니 온갖 흙으로 가득하던 손이 꼭 백옥을 깎아 만든 것처럼 고왔다. 손만이 아니라 천 조각 밖으로 드러난 피부가 전부 다 그랬다.

그러고 보니 청력이나 후각뿐만이 아니라 시력도 월등히 좋아진 것 같았고, 몸이 놀라울 정도로 가뿐했다.

분명 이상한 일이었지만 기이하게도 그 당시의 나는 내게 일어난 변화에 별다른 감흥을 느끼지 못했다. 부자연스러울 정도로 무덤덤한 기분이었다.

그래서 나는 그쯤 짧은 관찰을 끝낸 뒤 고개를 들었다. 주위에서 나를 주시하고 있는 수 쌍의 시선이 보였다. 나는 입을 열어 말했다.

"배고파."

도대체 며칠을 굶은 건지, 뱃가죽이 등에 달라붙는 것 같은 허기가 느껴졌다.

"그래, 그래! 제대로 된 음식을 섭취한 지 오래 지났으니 배가 고플만도 하지!"

남사가 호들갑스럽게 반응하며 다른 사람들에게 서둘러 명령했다.

"거기 뭣들 하고 있어? 어서 아라크네가 먹을 만한 걸 가져와!"

나를 이곳에 데려온 남자는 이곳 생체실험 연구소의 박사라고 했다. 그는 내게 '아라크네'라는 이름을 붙이고 나를 애지중지했다. 물론 어디까지나 실험체로서의 애지중지였다. 듣자 하니 내가 이 실험의 첫 성공작이라고 했다.

그들이 내 몸에 넣은 것은 유적에서 발견된 정체불명의 파편으로, 기이한 힘이 깃들어 있었다고 들었다. 그래서 그 힘을 인간에게 흡수시킬 수 있는지를 연구 중이었다고 한다. 그리고 그 실험에서 처음으로 성공한 것이 바로 나였다.

나중에 알고 보니 내가 처음 연구소에 와 기절했던 날부터 다시 깨어난 사이 삼 년이 지나 있었다.

나의 의식이 없는 동안에도 연구는 꾸준히 지속되고 있었던 모양이다. 그러고 보니 꿈을 꾸는 와중에 가끔 온몸이 뒤틀리는 듯한 통증을 느꼈던 것이 떠올랐다.

지금까지 파편만 몸에 넣으면 픽픽 죽어 나가던 다른 실험체들과 달리 생각보다 내가 오래 버티자, 그들은 어린아이들을 데려와 실험하기 시작했다고 한다. 내가 깨어나자 연구원들은 신이 나서 아이들을 대상으로 한 실험에 더욱 집중했다.

하지만 최종적인 결과, 파편의 힘을 흡수하고도 멀쩡히 눈을 뜬 실험체는 나밖에 없었다. 도대체 무엇이 잘못되었는지 알 수가 없어 연구소의 사람들은 머리를 싸맸다. 그들은 또다시 나를 데리고 다양한 실험을 하기 시작했다.

그 후로 다시 삼 년. 연구원들도 수완이 있어, 그동안 실험에 성공한 아이는 나를 포함해 네 명이 되었다.

내가 처음 흡수한 파편의 힘은 살상이나 공격 쪽과 무관해서, 전에 없던 힘을 가지게 된 뒤에도 그 연구소에서 자력으로 벗어날 수는 없었다. 박사의 욕심은 점점 커져서, 실험을 거듭하며 나는 파편을 몇 번이나 더 흡수해야 했다. 다른 아이들도 마찬가지였다.

그래도 보람이 있어 내 몸에 깃든 힘은 점점 더 강해졌고, 나도 내 능력을 세밀하게 사용할 수 있게 되었다. 물론 버티지 못하고 죽는 아이도 있었지만 말이다. 처음과 달리 파편의 힘을 이용해 무언가를 파괴하는 것에도 능해져, 연구소 쪽에서 나를 은근히 경계하며 어딘가에 격리시키자는 이야기가 오가고 있었다.

나는 탈출의 날이 다가오고 있음을 예감했다.

그러던 어느 날, '그 남자'가 나타났다.

콰앙!

거대한 굉음이 고막을 찢을 듯이 울렸다. 그와 동시에 건물의 외벽이 와르르 무너져 내렸다.

"갑자기 뭐야!"

"이게 무슨 일이야?"

갑작스러운 상황에 연구소 안에 있던 모두가 당황했다.

저벅저벅. 곧이어 뿌연 먼지 속에서 걸어 나온 것은 검은 옷을 입은 남자였다. 아니…… 묘하게 앳된 기색이 조금 남은 얼굴은 아직 십 대 후반 정도로 보여, 청년이 아니라 소년이라 해도 무리가 없을 것 같았다.

"……아, 옷에 악취가 배는 건 질색인데."

상황에 어울리지 않는 나른하고 권태로운 음성이 귓가에 고였다.

"역시 구더기 소굴이라 그런지 역겨운 냄새가 나잖아."

남자는 놀랍도록 아름다웠다. 분명 그의 배경에 펼쳐진 것은 건물 벽이 무너지며 생성된 먼지였는데, 기이하게도 등 뒤로 후광이 비치는 것 같은 착시 현상이 일어났다.

먼지 구덩이 속에서도 티 한 점 묻지 않은 금색 머리칼은 깨진 유리 조각에 빛을 반사하며 황홀할 정도로 반짝였고, 그 아래에 박힌 눈동자는 청명한 얼음 호수처럼 차고 맑게 빛났다.

온화함과 고요함이 깃든 수려한 얼굴은 지나치게 조화롭고 균형이 잘 맞아서, 예술가가 한 땀 한 땀 빚어 만든 작품이라 해도 믿을 것 같았다. 마치 지금 그가 서 있는 곳이 피비린내 밴 연구소가 아닌 순백의 성당이라도 된 듯한 감상을 느끼게 하는 무결하고도 신성한 아름다움이었다. 오죽하면 그의 얼굴과 몸에 군데군데 묻어 있는 붉은 핏자국이 눈에 들어오지 않을 정도였다.

"너, 너는……!"

박사가 그를 알아본 듯이 눈을 부릅떴다. 그러자 남자의 얼굴에 유감을 담은 미소가 떠올랐다. 뒤이어 그의 입술에서 흘러나온 음성은 꿀을 바른 것처럼 감미로웠으나, 그 내용은 살벌했다.

"그렇게 병신 같은 표정 좀 짓지 말라고 내가 전에 말하지 않았던가. 얼굴을 짓뭉개고 싶어진다니까 말 참 안 듣네."

주위에 있는 모두가 지금 이 상황에 동요하고 있는데 오직 그 혼자만 여유로웠다.

박사는 충격에 빠진 얼굴로 횡설수설했다.

"벌써 이번 세대교체가 시작된 거냐? 아니, 그래도 왜 네가 여기에…… 어떻게…… 설마 네가……?"

남자는 박사의 반응이 같잖다는 듯 미간을 좁히며 입매를 비틀었다.

"구더기답게 똥통에 파묻혀 있느라 바깥세상이 어떻게 돌아가는지도 몰랐나 보지?"

그의 입가에 확연한 비웃음이 걸렸다.

"그래도 설마 내가 그 버러지 새끼들에게 당할 줄 알았던 건 아닐 테고."

그 아름다운 얼굴에 선명히 박힌 오만함. 그조차 그에게 지독히 잘 어울렸다.

"그보다……."

다음 순간, 유리알 같은 눈동자가 박사를 떠나 주변을 한차례 훑었다.

"이건 또 뭐야? 구더기가 그새 알이라도 깠나?"

방 안에 있는 실험체들을 날카로운 시선으로 스치던 그는 이내 입가에 싸늘함을 베어 물었다.

"뭔 새끼를 이렇게 많이 쳤어. 구역질 나게."

지금까지 미처 몰랐으나 남자는 심기가 매우 사나운 상태인 것 같았다. 그는 통보했다.

"오늘부터 이 연구소는 폐쇄하겠다."

"말도 안 돼, 누구 마음대로……!"

"당연히 내 마음대로지."

깨진 유리의 단면처럼 날카로운 미소가 얼굴에 피어났다. 남자의 눈이 푸른 안광을 내며 섬뜩하게 번쩍였다.

"내 땅에 이딴 추잡한 게 있는 꼴은 못 봐주겠거든."

그 직후, 연구소 안에는 격렬한 붉은 폭풍이 불어닥쳤다. 남자는 연구소에서 일하던 사람들을 한 명도 빠짐없이 살해했다. 그 혼자서 벌인 일이라고는 믿기지 않을 정도로 일방적인 학살이었다. 그 와중에 갇혀 있던 실험체들이 도망쳤다. 나도 그때 연구소를 떠난 실험체 중 하나였다. 남자는 우리를 신경 쓰지 않았다.

그날, 암흑 도시인 카르노말의 주인이 바뀌었다는 사실이 대대적으로 공표되었다.

새로운 왕의 이름은 라키어스.

바로 그가, 이곳이 소설 속의 세계란 사실을 처음 깨닫게 한 사람이었다.

나는 금발의 남자가 연구소에서 학살을 벌이는 동안 뒤도 돌아보지 않고 그곳을 빠져나가 어둠 속에 숨어들었다. 그렇게 많은 파편을 몸에 넣어 미지의 힘을 얻은 몸으로도 그를 이길 수 있을 것 같다는 생각은 들지 않았으니, 놈은 정말 괴물이라고밖에 할 수 없었다.

그 남자의 이름을 알게 된 것은 그날 늦은 저녁, 카르노말의 왕이 바뀌었다는 소식이 도시 전역을 휩쓸었기 때문이다.

내가 있던 생체실험 연구소. 유적에서 나타난 미지의 힘. 지금 두 발로 딛고 선 이 땅의 지명. 그리고 이곳의 새 우두머리가 된 남자의 이름과 내가 보았던 그의 외양.

그 순간, 뿔뿔이 흩어져 있던 퍼즐 조각이 하나로 맞춰졌다. 좀 느닷없게 느껴지는 이야기지만, 완성된 퍼즐 속에서 최종적으로 떠오른 것은 한 소설이었다.

마냥 평화롭기만 했던 전생에서 내 소소한 취미는 독서였다. 그중에서도 죽기 직전에 마지막으로 읽었던 소설에 이런 내용이 있었던 것으로 기억한다. 전생의 일이니 상당히 오랜 시간이 지난 셈이었지만 연구소에서 받은 여러 가지 실험 때문에 내 기억력은 전보다 월등히 뛰어나졌다. 그래서 오래된 일치고는 기억이 상당히 선명하게 떠올랐다.

로맨스 소설인지, 스릴러 소설인지, 장르를 명확히 구분할 수 없던 그 책의 제목은 〈꽃의 사슬〉이었다. 독자들이 줄여서 일명 〈꽃사슬〉이라고 부르던 그 소설은 피 튀기는 사랑과 전쟁으로 점철되어 있던 '로맨스릴러물(로맨스와 스릴러의 합성어)'이었다.

여주인공은 제목처럼 온실 속에서 곱게 길러진 한 떨기의 꽃 같은 여자였다. 이름은 '안네마리 블랑셰'로, 원래는 대부호였다가 작위를 사서 신흥 귀족이 된 남자의 딸이었던 것으로 기억한다.

그러나 안네마리의 아버지가 바다에서 난파당해 죽은 뒤 그녀의 집은 쫄딱 망해 버렸다. 어린 여동생과 단둘이 남게 된 여주인공은 처음엔 절망에 빠졌으나 굳세게 일어나 홀로서기를 시작한다.

언제나 밝고 상냥한 그녀에게 주위 사람들은 속절없이 빠져드는데, 여주인공의 매력은 그야말로 남녀노소를 가리지 않았다. 나중에는 멋진 남주인공 중 하나를 골라 영원한 사랑의 맹세도 했다.

즉, 이 소설은 외로워도 슬퍼도 울지 않고 꿋꿋이 역경을 헤쳐 나간 여주인공이 결국은 부와 사랑과 명예…… 아니, 명예까지는 모르겠고. 어쨌든 행복한 결말을 맞게 되는 이야기였다.

그러나 이 소설의 장르가 괜히 로맨스릴러였겠는가? 꽃의 향기에 이끌려 꿀을 빨러 온 벌들 사이에 말벌 같은 놈이 하나 있었으니. 바로 여주인공의 인생을 피폐하게 만든 일등 공신이라 할 수 있는 악역 서브남 '라키어스 아발론'이었다.

그래, 내가 있던 연구소에 홀연히 나타나 그곳을 초토화시켰던 바로 그 남자 말이다. 그는 여주인공을 속박하는 사슬 같은 인간이었다.

물론 라키어스 말고도 여주인공인 안네마리에게 푹 빠져 비틀린 독점욕을 불태운 남자는 몇 있었다. 하지만 그중 라키어스만큼 지독한 집착과 광기를 불태웠던 사람은 또 없었다. 여주인공과 악역 서브남의 첫 만남은 드라마틱하다면 드라마틱했고, 흔하다면 흔했다.

소설의 초반부에서 라키어스는 암흑세계의 제왕으로 군림한 남자였으나, 믿었던 수족에게 배신당해 치명상을 입고 쫓겨나게 되었다. 그러다 후미진 골목으로 들어와 의식을 잃고 쓰러졌는데, 하필이면 그곳은 바로 여주인공인 안네마리가 사는 집 앞이었다.

그때 안네마리는 집안이 망한 뒤 빚쟁이들에게서 도망쳐, 부모님의 유품을 판 돈으로 허름한 집을 구해 여동생과 함께 살아가고 있었다. 선량한 여주인공은 어려운 상황에서도 집 앞에 쓰러져 있던 정체불명의 남자를 거두어 성심성의껏 간호해 준다.

그렇게 함께 지내는 동안 라키어스는 안네마리에게 흥미를 느끼게 된다. 물론 로맨스 소설의 법칙에 따라 그 흥미가 사랑으로 변하는 것은 금방이었다.

그 후 라키어스는 안네마리에게 무시무시할 정도로 집착하며 삐뚤어진 애정을 퍼붓는다. 그는 안네마리에게 조금이라도 해가 될 것 같은 사람은 단 한 명도 살려두지 않았다. 그러나 그가 암흑세계의 왕임을 생각할 때, 라키어스의 기준은 가히 적반하장이라 말해도 될 정도로 엄격했다.

결과적으로 그의 손에 죽은 사람에는 안네마리가 좋아했던 사람도 몇 명 포함되어 있어 그녀의 삶은 황폐해졌다. 심지어 독자들에게 꽤 인기 있던 서브남 중 하나도 라키어스에게 죽었다. 당시에 그 장면을 읽으며 내가 얼마나 큰 충격을 받았었는지 모른다.

왜냐하면 그 죽은 서브남이 바로 내 최애캐였거든…….

오랜만에 그때 생각을 하니까 왠지 입안이 좀 썼다. 연구소에서 실험당하는 동안 인간다운 감정을 대부분 잃어버린 줄 알았는데, 죽은 최애캐를 떠올리며 이런 아련함을 느낄 줄이야.

어쨌든, 소설 속의 라키어스는 무서운 놈이었다. 오죽하면 천사표 여주인공조차 소설의 막바지에 가서는 그를 구해준 것을 후회했을까. 여러 가지 정황을 따져보았을 때, 이번에 연구소에서 직접 본 그놈이 아무래도 소설의 그 집착 악역 서브남이 맞는 것 같다.

상식적으로 따지면 말이 되지 않는 이야기다. 지금 내가 있는 이 세계가 소설 속의 세계라니. 하지만 말이 안 되는 것으로 치면 내가 전생의 기억을 가지고 있는 것이나, 유적의 파편에 담긴 신기한 힘이 존재하는 것도 사실은 믿기 어려운 일이었다.

물론 지금 이 세상이 내가 전생에서 읽은 소설과 무관할 가능성도 염두에 둬야 했다.

어쨌든, 소설의 라키어스 아발론으로 추정되는 남자는 내가 책을 읽으며 상상한 것보다 열 배는 더 무서운 놈이었다. 소설에 나왔던 때보다 아직은 나이가 훨씬 어린 것 같은데도 벌써 그 정도의 살벌함이라니.

라키어스가 이제 막 암흑세계의 왕이 된 것을 보니, 만약 이것이 소설이 맞다면 이야기의 시작 시점까지는 아직도 몇 년이 더 지나야 할 것 같았다.

연구소에서의 모습을 보면 라키어스가 그곳을 별로 좋아하지 않는다는 사실만큼은 알 것 같은데…….

오죽하면 자신이 왕이 되자마자 가장 먼저 찾아와 그곳부터 폐쇄했을까?

혹시나 그 불똥이 실험체들에게도 튀어, 뒤늦게라도 나를 추격해 죽이러 올까 봐 조금 불안한 마음이 들었다.

그래서 나는 한동안 조용히 숨을 죽이고 동태를 살폈다. 아마 살아남은 다른 실험체들도 마찬가지일 터였다. 소식을 들어보니 라키어스는 암흑세계의 전대 왕이었던 그의 아버지가 죽은 후 다른 도전자들을 전부 죽이고 모두의 예상보다 빠르게 세대교체를 이뤄냈다고 한다.

그러고 나서 그는 한동안 카르노말의 안팎으로 세력 정리를 하느라 바쁜 것 같았다. 아무래도 달아난 실험체들을 잡아 죽일 마음은 없는 모양이다.

그렇게 나는 연구소에 들어간 지 육 년 만에 자유를 되찾게 되었다. 이제는 내가 어디를 가도 앞을 가로막을 사람이 없었다. 또 전과 달리 내 몸을 지킬 수 있는 힘까지 가지게 되어서, 더 이상 어릴 때처럼 나를 위협할 수 있는 사람도 없어졌다.

나는 그길로 카르노말을 떠나 다른 곳에 터를 잡았다. 시간이 좀 더 흘러, 이제 나는 누가 보아도 평범하다고 할 법한 삶을 영위하게 되었다.

그러던 어느 날.

"안녕하세요, 오늘부터 옆집에 살게 되어서 인사드리러 왔어요. 안네마리라고 해요."

"……."

여주인공이 내 옆집으로 이사를 왔다.

제2장

여주인공의 이웃사촌이 되었습니다

왜 네가 여기 있니……?

나는 문 앞에 서 있는 사람을 보자마자 굳었다.

"안녕하세요……."

일단은 나도 그녀의 인사에 답했다. 그러자 마주한 얼굴에 복사꽃 같은 미소가 피어올랐다.

우리 집을 방문한 것은 꼭 이슬 젖은 은방울꽃 같은 여인이었다. 은실처럼 가느다랗고 결 좋은 머리카락은 정오의 햇빛에 투명하게 반짝였고, 갓 돋은 잎사귀처럼 연한 녹색 눈동자는 싱그러움을 담아내고 있었다. 꼬리가 처져 마냥 순해 보이는 눈망울이 말갛게 나를 투영했다.

"바로 옆집에 이렇게 저와 비슷한 나이대의 여성분이 살고 계시다니, 정말 반가워요!"

그 말처럼 그녀의 얼굴에는 기쁜 기색이 역력했다.

“그동안 몇 번 이사를 다녔었는데, 그때마다 저나 제 여동생 또래는 주위에 없었거든요.”

초롱초롱한 눈동자에 꼭 ‘친하게 지내요’라고 적혀 있는 것 같았다. 나를 미래의 친구로 여기는 것 같은 눈빛이라 조금 부담스러워졌다.

그나저나, 지금 분명 자기 이름을 안네마리라고 소개했지? 그럼 진짜 맞는 건가? 여주인공.

처음에는 의심이 들었지만 기억 속에 남은 소설의 묘사와 동일한 외양도 그렇고, 세계 정상급이라 해도 될 휘황찬란한 미모를 가진 여자가 세상에 둘이나 있을 리는 없을 것 같았다. 게다가 여동생이랑 같이 산다. 그런데 왜 여주인공이 내 옆집에 이사를 온 건데……?

그렇게 내가 할 말을 잃고 있을 때, 자신을 안네마리라 소개한 여인이 말을 이었다.

“저, 방금 전에 우연히 만난 다른 이웃분께 들어보니 이 근방의 가장 큰 커피하우스에서 일하신다고 하던데. 혹시 블루페럿 사거리에 있는 가게 맞나요?”

뒤이은 물음을 듣고 나는 멈칫했다.

“……네, 맞아요.”

연구소에서 나온 뒤로 나는 나름대로 일자리를 구해서 평범한 사람처럼 살고 있었다. 이곳 페럿 거리의 커피하우스에서 일하며 이사 온 지는 이제 이 년 정도 되었다.

어느 정도 돈을 모아서 슬슬 어디엔가 정착해야겠다 싶었을 무렵, 하루 동안 날을 잡고 혼자서 살기 좋은 집을 알아보기로 했다. 그러다 근처의 카페에 들러 커피를 한 잔 사 마시며 간만에 여유도 한 번 부려보았다.

그렇게 주변의 풍경을 둘러보다가 잠시 후 고개를 돌려보니 어느새 주위에는 손님이 바글바글하게 들어차 있었다. 아무래도 장사가 잘되는 가게인 모양이었다.

그런데 내가 자리를 떠나려고 할 때, 그곳의 주인이 갑자기 버선발로 뛰어나와 내게 이곳에서 일해줄 수 없겠느냐고 물었다. 당연히 나는 황당함을 느끼며 거절하려고 했다. 한데 상황이 정 여의치 않으면 그냥 가게에 나와서 지금처럼 가만히 앉아만 있어도 된다며 어찌나 절박하게 애원하던지.

그렇게 나는 결국 파격적인 조건으로 이 페럿 거리에 취직을 하게 되었다.

오늘은 일주일에 한 번 쉬는 날이라, 이 시간에도 집에 있었던 것이고 말이다. 그러니 안네마리가 다른 이웃에게 내 이야기를 들었다는 말은 사실이었다. 그 이웃이 누구인지는 정확히 모르겠지만, 분명 전당포 아저씨 아니면 수선소의 메리엘 부인의 입에서 나온 정보일 거다. 그레이페럿가에서 그런 식으로 남 얘기하기 좋아하는 부류는 그 두 사람밖에 없으니까.

이런 식으로 개인정보를 유출하지 말라고 지난번에도 경고했는데 말을 안 듣네.

연구소에서 유적의 파편을 먹은 뒤로 나는 사람의 감정에 다소 둔해져 있었다. 그래서 딱히 화가 나거나 기분이 나쁘지는 않았지만, 그래도 누군가가 나에 대한 이야기를 퍼뜨리고 다닌다는 사실 자체는 조금 거슬렸다.

그래도 안네마리는 눈치가 있었다. 내 서먹한 반응을 본 그녀의 얼굴에 미안함과 반성의 빛이 떠올랐다.

"아……. 처음 뵙자마자 이런 사적인 걸 물어서 죄송해요. 제가 무례했죠?"

곧이어 안네마리가 실수했다는 듯이 서둘러 내게 사과했다.

"그게, 전 내일부터 그 건너편에 있는 치료소에서 일할 예정이거든요. 집뿐만이 아니라 일하는 곳도 가까운 것 같아서, 너무 신기해서……. 그래서 마음이 앞서서 실례했어요."

그렇게 설명하면서, 그녀는 어쩔 줄 몰라 했다.

……꼭 우리 코코 같네. 그런 안네마리를 보자 전생에 키우던 강아지가 떠올랐다. 그녀의 위로 축 처진 귀와 꼬리가 오버랩되는 것 같았다. 그 모습이 오죽 안쓰러워 보이는지, 아마 누구라도 그런 그녀를 보면 치솟던 화도 쏙 들어가지 않을까.

애초에 나는 그녀에게 화가 나 있지도 않았고 말이다. 게다가 코코가 생각나서 그런지 아까보다 한결 온화해진 목소리가 내 입에서 흘러나왔다.

"괜찮아요. 치료소에서 일하신다면 앞으로 오고 가며 종종 뵙겠네요."

그냥 인사치레로 말한 것이었는데도 내 앞에 선 여인은 정말 기쁘다는 듯이 수줍게 웃었다. 역시 여주인공이라고 해야 할지, 구김 한 점 없이 맑은 미소였다. 집안이 폭삭 망한 뒤 여동생을 건사하며 여기에 오기까지 고생했을 텐데, 그녀에게서는 신기할 정도로 그런 티가 나지 않았다.

그런데 설마 여기가 소설의 시작 시점에 여주인공이 살던 집은 아니겠지? 아직 이야기가 시작되려면 1, 2년 정도는 남은 것 같고, 분명 소설에서는 허름한 집에 이사했다고 했잖아.

여긴 이 근방에서도 제일 좋은 집에 속하는데. 혹시 여기에 살다가

가세가 기울어서 더 작은 집으로 이사를 가나?

왠지 그 생각이 맞는 것 같았다. 이 한없이 순진무구하고 해맑은 얼굴을 보니 왠지 이 바닥에서 돈을 모으기는 힘들 것 같다는 느낌이 들었다. 밑바닥에서 어느 정도 굴러보면 대충 관상만 봐도 감이 오는 법이었다.

지금 내 눈앞에 있는 여자에게서는 좋게 말해서 남을 의심할 줄 모르는 순수하고 착한 사람의 냄새가 났고, 나쁘게 말해서 등쳐먹기 딱 좋은 호구의 냄새가 났다. 소설에서도 집 앞에 쓰러져 있는 신원 불명의 남자를 집 안에 들여서 정성껏 치료까지 해주지 않았던가.

작가는 여주인공을 성녀로 만들 생각인지 그녀의 선함을 강조하는 에피소드를 몇 개 소설에 집어넣었다. 그러다 보니 이야기의 고조를 위해 그런 안네마리를 이용하거나 해코지하려던 못된 사람도 종종 등장했다. 그리고 그들은 무시무시한 악역 서브남인 라키어스의 손에 모조리 요단강을 건너는 것으로 응징받았다. 물론 그렇다고 해서 그놈이 잘했다는 건 아니고.

어찌 되었든 간에……. 방금 전에 안네마리가 말하기를, 이전에도 종종 이사를 다녔었다고 했으니 아마 이곳이 그녀의 최종 종착지는 아닐 것이다. 기억을 되감아봤지만 소설에서 여주인공이 살던 집 주소까지는 당연히 생각나지 않았다.

소설이 시작될 때 그녀가 살던 곳은 남주인공과 서브남들이 득실거리던 핫 플레이스였으니 이런 한적한 곳이 메인 무대가 될 리는 없었다. 그럼 적어도 내년이나 내후년에는 여주인공이 이사를 가겠지. 딱히 그녀와 친하게 지낼 마음은 없었지만 그래도 잠깐이나마 이웃으로 지낼 텐데, 통성명 정도는 할까 싶었다.

"전 유리라고 불러주시면 돼요."

"어머. 이름도 정말 예쁘세요."

'아라크네'는 연구소에서 쓰던 별명이었고, 그 전에 살던 빈민가에서는 아예 이름이 없었다. 그래서 지금은 전생에서의 이름을 사용하고 있었다.

"저, 그런데……."

문득 잠깐 잊고 있던 무언가가 생각났다는 듯이 안네마리가 운을 뗐다. 하지만 그녀는 어째서인지 쉽게 말을 잇지 못하고 입술을 우물거렸다.

"……저희 집에 유령이 나온다던데, 정말인가요?"

마침내 귓가에 흘러든 소리 낮춘 음성을 듣고 나는 아까와 다른 의미로 할 말을 잃어버렸다. 그런 내 반응을 어떻게 받아들였는지, 안네마리가 황급히 변명했다.

"물론 저는 그런 미신은 믿지 않는데요, 제 동생이 그런 얘기를 듣게 되면 무서워할까 봐……."

하지만 그녀의 뺨은 약간 발갛게 상기되어 있어서 별로 믿기지는 않았다.

나는 안네마리에게 망설임 없이 말해주었다.

"걱정하실 것 없어요. 그런 건 헛소문이니까요."

내 옆집이 유령 들린 집이라는 소문이 생긴 이유. 그건 바로 나 때문이었으니 말이다. 하지만 그걸 곧이곧대로 알려줄 수는 없는 노릇이었다. 그보다 내가 처음 여기에 이사 왔을 때 생긴 소문인데 진짜 오래도 가는구나. 사실이 아니란 소리를 들은 것만으로도 마음이 놓이는지, 안네마리는 한결 안심한 표정을 지었다.

"역시 그렇겠죠? 제가 들어오기 전까지 이 집이 한동안 비어 있었다고 하더라고요. 그래서 그런 이상한 얘기가 생겼나 봐요."

그녀의 말을 듣는 동안 잃어버린 줄 알았던 양심이 콕콕 쑤시는 느낌이 들었다. 그나저나, 이렇게 불안해할 거면서 용케도 이런 집을 샀구나. 유령이 나온다는 소문 때문에 최근 1년 반 정도는 아무도 들어오지 않았던 집인데. 아, 혹시 그래서 집을 좀 싸게 샀다거나.

그러나 안네마리가 가슴을 쓸어내리며 하는 말을 듣고 나는 침묵할 수밖에 없었다.

"주인 할아버지가 이 집이 복이 든 집이라고 하셨거든요. 들어오는 집주인마다 다 성공해서 나갔다고."

"집주인 할아버지가 그랬다고요?"

"네! 그러면서 저한테도 얼마나 덕담을 많이 해주셨는지 몰라요."

"……."

"그런데 조금 전에 만나 뵌 이웃분이 갑자기 유령 얘기를 하셔서 깜짝 놀랐지 뭐예요."

설마 모르고 산 거였나……. 하긴, 어린 여동생도 있는데 그런 흉흉한 소문이 있는 집에 굳이 들어올 이유는 없겠지. 게다가 복이 든 집이라니? 집주인마다 다 성공해서 나갔다니? 거짓말도 정도껏 해야지, 집주인 할아버지도 참.

저런 말을 하고 팔았으면 집값을 깎아줬을 리도 없다. 이건 보나 마나 집주인 할아버지가 여주인공을 등쳐먹은 거였다. 그것도 모르고 안네마리는 비 갠 하늘처럼 티 한 점 없이 환하게 웃었다.

"그런데 역시 뭔가 오해가 있었던 건가 봐요. 그분도 절 걱정해서 말씀해 주신 것 같은데, 다음에 뵙게 되면 잘못 알고 계신 거라고 알려 드려야겠어요.”

……여주인공 이대로 괜찮은가. 물론 실제로 저 집에 유령 따위는 없으니 그냥 살아도 괜찮겠지만. 하지만 그것과 별개로 이렇게 잘 속아서야, 이 험한 세상을 잘 헤쳐 나갈 수 있을지 모르겠다는 생각이 들었다.

아, 그래도 될 놈은 된다는 말이 주인공을 위해 존재한다는 걸 입증이라도 하듯이, 소설의 결말부에는 부자 외할머니를 찾아 유산을 상속받으며 다시 팔자가 필 테니까. 그럼 뭐 상관없나.

“이웃에 이렇게 좋은 분들이 살고 계셔서 다행이에요. 앞으로 잘 부탁드릴게요.”

나는 그런 생각을 하며 눈앞의 화사한 여인을 따라 입술을 당겨 옅게 웃어 보였다.

“네……. 저도요.”

“흠. 그냥 다른 데로 이사 갈까…….”

그날 저녁, 나는 창밖에 비친 노을을 보며 다소 진지하게 고민했다. 처음에는 그냥 신경 쓰지 않으려고 했는데, 아까 여주인공과의 만남을 곱씹을수록 까닭 모를 찜찜함이 느껴졌다. 지금까지 살아온 경험에 의하면 이런 본능적인 직감은 쉬이 무시하는 게 아닌데…….

“읍!”

그때 문득 발밑에서 들려온 소음이 귀를 어지럽혔다. 하지만 그냥 무시했다. 아까 내 집 문 앞에 서 있던 여자의 모습이 눈앞에 어른거렸다. 그러고 보니 정말 오랜만에 코코 생각이 났다.

전생의 기억이 이런 아련한 느낌으로 떠오른 것은 굉장히 오랜만이었다. 연구소에서 감정을 거의 잃은 뒤로는 그리움도 희미해졌으니까. 전에 라키어스 아발론을 만나, 죽은 내 최애캐를 떠올렸을 때와 비슷했다. 그래서인지 사실 뜻밖에도 여주인공이 조금 마음에 들긴 했지만…….

"으읍! 으브븝……!"

"아저씨, 좀 조용히 해봐요. 생각을 못 하겠잖아."

나는 미약한 감상에 젖어 있다가 다시 현실로 끌려 나왔다. 내 밑에서 기절해 있던 사람이 완전히 정신을 차렸는지, 고막을 파고드는 소음이 한결 강렬해졌다.

힐끗 시선을 내려 내가 깔고 앉은 사람을 쳐다보았다. 하얀 실에 고치처럼 둘둘 말려 눕듯이 공중에 매달린 남자가 경악해 버둥거리고 있었다. 그게 거슬려서 나는 여전히 남자의 등 위에 다리를 꼬고 앉은 채 그의 몸을 천장에 고정하고 있는 실을 움직였다.

공중에 멈춰 있던 몸이 앞뒤로 흔들리기 시작하자 히이익, 급히 숨을 들이켜는 소리가 적막한 실내에 울렸다.

"아저씨 집 좋네요. 천장도 높고, 방음도 잘되고."

"흐읍……."

"이런 집은 얼마 정도 해요? 못해도 금화 5,000개 정도는 있어야 하나?"

어느새 몸부림을 멈춘 남자가 다 죽어가는 신음을 흘렸다.

여기는 대저택인 데다 예배당으로 쓰이는 곳이었다. 천장부터 바닥까지의 거리는 대략 10m쯤. 그래서 아주 재수가 없지 않은 이상 떨어져도 죽지는 않을 텐데 엄살이 심한 남자였다.

혹시 고소공포증이 있나?

"그러게, 진작 순순히 말을 들었으면 이런 꼴을 당할 이유도 없었잖아요."

뭐, 내가 알 바는 아니었기 때문에 나는 공중에 매달린 남자의 몸을 그네 삼아 앞뒤로 흔들며 창밖에 보이는 붉은 저녁 풍경을 감상했다. 그냥 보면 꽤 한가롭고 평온한 광경이었지만 아래쪽의 상황은 그렇지 못했다. 아까 나한테서 남자를 지키려던 사람들이 유혈이 낭자한 바닥에 널려 있었으니 말이다.

그렇다고 오해는 하지 말길 바란다. 나는 지금 어디까지나 일을 하는 중이니까. 애먼 사람을 농락해 놀이 기구로 삼는 취미는 딱히 없다는 의미였다. 오늘의 내 목적은 대충 이 남자에게서 어떤 정보를 알아내는 건데…….

"아, 왠지 좀 귀찮아지네……."

사실 돈을 많이 줘서 수락하기는 했지만 이런 의뢰는 좀 성가셨다.

툭.

나는 남자와 천장을 연결한 실타래의 개수를 서서히 줄이기 시작했다.

"그냥 선금만 받고 의뢰는 실패한 걸로 할까."

투둑.

실이 끊어져 몸이 조금씩 밑으로 내려앉을수록 남자의 호흡은 점차 불안정해졌다. 마침내 천장에 붙은 실이 몇 가닥 남지 않았을 때, 나는 하얗게 질린 남자의 얼굴을 무심히 내려다보며 물었다.

"아저씨, 그냥 내가 물어본 거 말 안 해도 되니까 지금 깔끔하게 죽을래요?"

그러자 내 받침대가 다시 격렬히 요동치기 시작했다.

"읍! 읍……!"

날 보는 눈빛이 지금까지와는 조금 달라져 있었다. 드디어 말할 생각이 들었나 보다. 내 말에서 진심이라도 느껴졌나. 나는 막고 있던 남자의 입을 풀어주었다.

"무, 문서를 숨겨놓은 위치는……."

그는 벌벌 떨면서 아까 내가 물었던 것에 대답했다. 사실 이 남자의 목숨은 마지막에 의뢰인이 끝장내기로 이야기가 되어 있어 웬만해서 내가 직접 죽일 생각은 없었다.

하지만 그것을 모르는 남자는 필사적이었다. 벽 한 면을 가득 채운 커다란 창문 밖에서 떨어지고 있는 낙조가 지금 내가 있는 곳까지 붉게 비쳤다. 남자가 생각보다 겁쟁이라 그래도 오늘은 일찍 집에 갈 수 있을 듯했다.

나는 집으로 향하는 좁은 골목을 혼자 걸었다. 그러고 보니 저녁 식사가 아직이었다. 집에 가면 뭐라도 챙겨 먹어야지. 그러다 문득 저 앞에서 무거운 짐을 들고 걷는 어떤 할머니가 눈에 띄었다.

주위에는 사람이 아무도 없었다. 나는 시선이 닿은 곳을 향해 발길을 돌렸다.

"할머니, 제가 도와드릴게요."

"아유, 무거울 텐데."

연구소에 있을 때 신체가 강화되었기 때문에 이 정도 무게는 무겁게 느껴지지도 않았다. 또 여차하면 손에서 실을 뽑아내 무게를 지탱하면 될 일이었다. 나는 실의 경도와 굵기를 마음대로 조절할 수 있었다.

"고마워요. 덕분에 금방 왔어. 이것 좀 줄 테니까 먹어봐."

할머니의 푸근한 인심 덕에 예정에 없던 사과 두 개를 얻었다.

"감사합니다, 할머니."

사실 내가 이런 일을 하는 건 딱히 어른을 공경하는 마음이 투철하다거나 이타심이 있기 때문은 아니었다. 의뢰를 하나 맡을 때마다 사소하게라도 착한 일 하나씩. 다 먹고살려고 하는 일이긴 해도 내가 하는 일이 딱히 좋은 일이 아니라는 자각 정도는 당연히 하고 있었다. 그래서 결정한 일이었다. 물론 그런 일을 하는 것에 죄책감을 느끼지는 않았지만.

잠시 후 나는 집으로 돌아가 다소 늦은 저녁 식사를 준비했다. 아침에 사 온 통밀빵에 신선한 양상추와 토마토를 끼워놓고 베이컨을 얹어 소스를 뿌린 간단한 샌드위치를 먹을 예정이었다.

사실 연구소에서의 일 이후로 영양소를 꾸준히 섭취하지 않아도 되는 몸이 되었지만 그래도 웬만하면 삼시 세끼 밥을 꼬박꼬박 챙겨 먹고 있었다. 식료품을 부엌에 꺼내놓고 바로 요리(라고 하기는 뭣하지만)를 시작하려다가 문득 깜빡한 것이 기억나 창문 쪽으로 손을 뻗었다. 내 의지에 따라 뻗어져 나간 반투명한 하얀 실의 끄트머리가 커튼에 스며들었다.

촤르륵!

다시 작게 손짓하자 실이 움직여 창가에 커튼을 드리웠다. 특별 주문한 암막 커튼이라 집안이 순식간에 깜깜해졌다. 이번에는 반대쪽으로 뻗어져 나간 실이 전등에 불을 밝혔다. 물론 이곳에는 전기가 없어서 진짜 전등은 아니었다.

이것은 동부의 연금술사들이 만든 물건이었다. 식료품을 차게 보관할 수 있는 간이 냉동고나 가스레인지처럼 음식을 데울 수 있는 가열기를 포함한 생활용품도 모두 동부의 연금술사들에 의해 탄생한 것이다. 생김새는 내가 아는 현대의 물건과 많이 달랐지만 용도는 비슷했다.

사용법이 몹시 간편한 데다 수명도 반영구적이라 소량만 생산해 귀족에게만 비싼 값에 팔았다면 대박이 났을 것이다. 하지만 이것을 처음 만든 연금술사는 물건을 다량으로 만들어내 저렴하게 유통했다. 그래서 지금은 나 같은 소시민들도 흔히 사용할 수 있었다.

참고로 말하자면, 그 대단한 연금술사는 바로 소설의 남자 주인공 중 하나였다. 당연하지. 이렇게 난 놈인데 소설 속에서 그 정도 비중은 당연하지. 시중에 나온 물건들에는 그의 이름을 따서 'DS'라는 약자가 적혀 있었다.

소설에서 내가 제일 좋아했던 남자 캐릭터는 그가 아니었지만 말이다. 그래도 덕분에 생활이 편리해진 건 사실이라 잠깐 그를 찬양한 뒤 다시 샌드위치를 만들기 시작했다.

가느다란 은실에 꿰인 재료들이 허공에서 혼자 춤을 추었다. 어느새 손질된 재료들이 차곡차곡 쌓인 샌드위치에 소스를 뿌리고 그 위에 다시 빵을 덮었다. 그제야 나는 눈앞에 얼기설기 얽혀 있던 실을 거둬들였다. 1분 만에 저녁 식사 준비가 끝났다.

그 후 쟁반을 들고 내 집에서 노을이 가장 잘 보이는 방으로 이동했다. 집의 뒤쪽에는 강이 흐르고 있어서 시야가 환하게 탁 트여 있었다. 그레이페럿가의 집세가 비싼 이유이기도 했다.

달그락.

창문 앞에는 포근한 안락의자가 하나 놓여 있었다. 나는 창틀 위에 쟁반을 내려놓고 안락의자에 앉아 바깥을 바라보았다. 진한 황금색의 물결이 눈앞에서 찬란하게 이지러졌다.

'평화롭다.'

여주인공을 만나 조금 싱숭생숭하던 마음이 다시 차분하게 가라앉았다. 그렇게 해 질 녘의 풍경을 바라보며 한가롭게 저녁 식사를 마친 뒤 나는 자리에서 일어났다.

툭!

그러다 발에 무언가가 채여서 시선을 밑으로 떨어뜨렸다. 나무를 깎아 만든 매끄러운 팔이 시야에 들어왔다. 방 안 곳곳에는 마네킹 같은 인형이 몇 구 구겨져 있었다. 일부러 진짜 사람처럼 만든 것이기 때문에 어두울 때 이 방에 들어오면 가끔 나조차도 흠칫 놀랐다.

나는 낮엔 커피숍의 점원으로 일하고 밤에는 능력을 이용해 뒷세계에서 활동하고 있었다. 아라크네로서의 능력은 상당히 쓸 만했기 때문에 간간이 의뢰를 받아 돈을 벌었다.

이 인형들도 그 일환으로 마련한 것이었다. 옆집에 유령이 산다는 소문이 생긴 건 처음에 내가 이 페럿가로 이사 왔을 때 아라크네의 능력을 사용하는 데 다소 부주의했기 때문이다.

집 안에서 실을 이용해 물건을 움직이는 것과 비어 있는 옆집에서 이 인형들을 사람처럼 움직이도록 조종하는 연습을 하는 모습을 이웃에게 들킨 적이 있었다. 그런 이유로 이 동네에 귀신이 산다느니 하는 헛소문이 생긴 것이다. 하지만 이제 옆집에도 이사 온 사람이 생겼으니 소문도 잠잠해지겠지.

나는 바닥에 있는 인형의 팔을 발로 차서 구석에 처박았다. 그래. 어차피 소설의 인물들과 내가 엮일 이유는 없었다. 그러니 그냥 난 지금까지처럼 평범한 일상을 보내면 될 것이다.

그때만 해도 그렇게 평온히 생각했다. 내 달콤한 평화가 여주인공과 이웃이 된 지 불과 반년도 지나지 않아 완벽하게 박살이 날 줄은 꿈에도 모르고 말이다.

제3장
그렇게 해서 악역님과 나는

"하아……."

어둠이 깊이 내려앉은 밤. 달빛조차 비치지 않는 으슥한 골목길을 비척거리며 걷는 남자가 있었다. 흐트러진 숨소리가 어둑한 그림자 속에 녹아들었다.

"시끄…… 러워. 그만 닥쳐."

주위에는 지나가는 사람 한 명 없었는데도 남자는 환청이라도 듣는 것처럼 간간이 혼잣말을 중얼거렸다.

옷이 검은색인 데다 주위가 워낙 어두워 눈에 띄지는 않았지만, 지금 그의 몸은 피범벅이었다. 하지만 놀랍게도 바닥에 떨어진 남자의 피는 금방 흔적도 없이 사라졌다.

마침내 구름이 걷히고, 그 사이로 둥근 보름달이 모습을 드러냈다. 헝클어진 머리카락 밑으로 드러난 눈동자가 달빛을 받아 선득하게 번

뜨였다. 식은땀에 젖은 얼굴은 창백했으나 새파란 눈동자만큼은 맹수의 것처럼 형형하게 빛나고 있었다. 깎아지른 듯한 턱이 이를 악문 것처럼 다음 순간 좀 더 단단하게 굳어졌다.

"안 죽으니까…… 입 다물라고……."

꽉 다문 남자의 잇새 사이로 속삭임이 내뱉어졌다. 하지만 얼마 지나지 않아 결국 남자의 몸은 바닥으로 풀썩 내려앉고 말았다.

–라키어스……!

머릿속에서 메아리치는 다급한 음성을 들으며 그는 얕은 숨을 토해냈다. 시끄럽다고 힐난하고 싶었지만 목은 돌멩이라도 낀 것처럼 꽉 막혀 있었고, 눈꺼풀은 자꾸만 아래로 내려앉았다. 꼭 중력에 짓눌리는 것처럼 몸이 무거웠다. 머릿속에서 울리는 다급한 목소리가 점차 흐려져 갔다.

그저…… 조금 피곤해서.

그래. 그래서 잠깐 쉬어 가는 것뿐이었다. 절대로, 이렇게 허무하게 죽지는 않을 것이다.

하지만 밀려드는 암흑은 향기로운 독처럼 달콤했고, 결국은 굴복하듯이 무릎 꿇을 수밖에 없었다. 서서히 의식이 멀어지는 것을 느끼며 마침내 그는 눈을 감았다.

블루페럿가의 사거리에 위치한 커피하우스.

번화가도 아니고, 가게가 특별히 번듯한 것도 아니며, 또 가장 중요한 커피 맛이 딱히 훌륭한 것도 아닌데 그곳은 항시 개점 시간부터 문

전성시를 이루었다.

처음부터 커피하우스의 장사가 이렇게 잘된 것은 아니었다. 이곳이 명소로 떠오르기 시작한 것은 지금으로부터 약 이 년 전. 바로 암암리에 페렛가의 명물이라 불리고 있는 어떤 사람 때문이었다.

“유리 씨, 커피 두 잔 추가요.”

“네, 잠깐만요.”

억양 없는 조곤조곤한 음성이 울린 직후, 하나로 느슨히 땋아 내린 검은 머리채가 가볍게 흔들렸다. 손님에게 주문 사항을 전달받은 점원이 손을 움직이기 시작했다. 길고 검은 속눈썹 아래로 무심한 빛을 띤 붉은 눈동자가 늦은 저녁의 노을빛을 받아 요요한 광채를 발했다.

소매 밑으로 드러난 백옥 같은 고운 손과 가느다란 손목이 우아하게 움직이는 모습에 절로 시선이 따라붙었다. 특별한 장식 없이 그저 단정한 옷차림이었는데도 그녀에게서는 이상할 정도로 화려한 느낌이 났다. 누구나 절로 시선이 갈 수밖에 없을 만큼 아름다운 외모 때문이기도 했으나, 그것만으로는 설명하기 부족한 어떤 묘한 매력 같은 것이 그녀에게 있었다.

감정이 드러나지 않는 담담한 낯빛을 하고 있는 여인은 2년 전부터 이곳에서 일하고 있는 점원이었다.

이름은 유리였고, 그 밖에 나이나 출신 등은 불명이었다. 그래서 사람들은 그저 그녀의 외모를 보고 이제 20대 초반 정도가 아닐까, 추측하고 있었다. 하지만 그녀에게서는 어딘가 묘하게 삶을 달관한 듯한 무감한 분위기가 풍겼기 때문에 사실은 그보다 나이가 많은 것이 아니냐는 의견도 있었다.

“커피 나왔어요.”

어쨌든 커피하우스의 점원인 유리는 이 페럿 거리의 유명인이었다. 이곳에 오는 사람의 대부분은 그녀를 보러 오는 것이라 해도 무방할 정도였다. 2년 전까지만 해도 파리만 날리던 커피하우스가 지금 이렇게 사람들로 바글거리게 된 이유도 멀리까지 입소문이 퍼져서였다.

게다가 쓰고 떫기만 하던 커피 맛도 유리가 온 이후로 그래도 먹을 만하게 바뀌었다. 다만 유리의 커피는 이상하게도 맛에 기복이 있어 어떨 때는 기가 막히게 훌륭한 맛이 나다가, 또 어떨 때는 약을 우려온 것처럼 끔찍한 맛이 날 때도 있었다. 그래도 그녀가 준 것이라면 흙탕물이라도 달게 마시겠다고 하는 사람들도 있었으니, 카페의 장사는 잘될 수밖에 없었다.

"어? 오늘은 유리 씨가 이렇게 늦게까지 일하는 거예요? 길버트 씨는?"

평소의 퇴근 시간이 훌쩍 지난 지금까지 커피하우스를 지키고 있는 유리를 보고 막 가게에 들어선 단골손님이 물었다.

"몸이 안 좋아서 오늘은 일찍 들어가셨어요."

길버트는 이 커피하우스의 주인이었다. 그는 꽤 훈훈한 인상의 중년 남자로, 혼자 가게를 운영하고 있었다. 오래전에 아내와 사별한 뒤 아직까지 혼자였기 때문에 유리가 맨 처음 이곳에서 일할 때만 해도 두 사람을 엮어 질 나쁜 농담을 하는 손님도 간혹 있었다.

하지만 그럴 때마다 길버트는 자신에게는 유리만 한 딸이 있는데 그게 무슨 돼먹지도 않은 소리냐며 길길이 화를 냈다.

곰 같은 덩치의 길버트는 평소에는 굉장히 유순한 인상이지만 격한 감정을 표출할 때는 꼭 불곰처럼 인상이 매우 험상궂어졌다. 그래서 그가 그렇게 성을 낼 때면 질 나쁜 농담을 건네던 사람들도 금방 깨갱 하며 입을 다물었다. 물론 자존심 때문에라도 기세에서 밀린 티는 내지 않고 농담은 이쯤 하겠다는 듯이 큼큼 헛기침하며 짐짓 점잖은 체하곤 했지만 말이다. 그러다 보니 오히려 유리는 이런 문제로 화를 낼 기회가 없었다.

하지만 꼭 이런 일이 아니더라도, 그녀는 평소에 커피하우스에서 일하면서 큰 소리 한 번 낸 적이 없었다. 그래서 처음에는 그녀의 성격이 유순한 줄 알고 일부러 더 짓궂게 구는 인간들도 있었다.

유리는 그렇게 손님을 가장한 쓰레기 같은 인간을 눈앞에 둘 때마다 특유의 서늘함을 품은 눈으로 평소보다 오래 상대에게 시선을 두곤 했다. 그럴 때면 그녀의 붉은 눈을 마주한 사람들은 백이면 백, 이유를 알 수 없는 오싹함을 느껴 입을 닥칠 수밖에 없게 되었다.

이해할 수 없게도 꼭 포식자의 아가리 속에 겁 없이 머리를 들이민 먹잇감이라도 된 것처럼 급격히 속이 졸아붙으며 등골이 시렸다. 그러다 보니 커피하우스의 근로 환경은 어느새 자연스럽게 쾌적해졌다. 아무튼 그렇게 오늘도 바쁜 하루를 보낸 뒤 유리는 가게를 나섰다.

본래 그녀의 퇴근 시간은 저녁 6시였다. 하지만 오늘은 특수한 상황이라 길버트 대신 유리가 가게의 문을 닫게 되었다. 땅거미가 완전히 진 거리는 한산하고 어두웠다. 유리는 밤 특유의 적요함을 느끼며 조용한 거리를 걸었다.

저벅. 그러던 어느 순간, 누군가 자신의 뒤를 밟는 움직임을 느꼈다. 무감정한 붉은 눈이 슬쩍 옆으로 미끄러졌다. 우연은 아닌 것 같고, 역시 일부러 뒤를 쫓는 것이 맞았다.

아무래도 얼마 전의 그놈 같은데……. 어떻게 할까.

유리는 잠깐 고민했다. 하지만 곧 그마저도 귀찮아져서 그만두었다. 오늘은 오래간만에 늦게 퇴근해서 그런지 좀 피곤해서 아무도 상대하고 싶지가 않았다. 그녀는 일부러 으슥한 골목길로 들어섰다.

잠시 후 그녀를 쫓던 발소리가 그녀에게 접근했다. 유리는 그 사람이 골목으로 들어서자마자 실을 뽑아냈다.

"컥!"

짐승의 목에 올가미를 걸듯이 실을 휘감아 상대의 목을 조이자 남자는 금세 산소 고갈로 기절했다. 유리는 그의 몸을 실로 칭칭 동여매 옆에 있는 쓰레기장 속에 처박았다. 소리를 내지 못하도록 입을 막는 것은 덤이었다.

"내일 상대해 줄게요. 오늘은 좀 피곤해서."

부기질적인 붉은 눈동자가 어두운 골목 속에서 홀로 도드라지게 빛났다. 잠시 후 그녀는 짙은 그림자가 진 골목을 빠져나와 다시 어두운 거리를 걸었다.

오늘따라 달이 밝네.

나는 하늘에 휘영청 떠오른 둥근 달을 올려다보았다. 여주인공인 안네마리가 내 옆집으로 이사 온 지 정확히 5개월하고 24일이 지났다. 그동안 내 일상은 별다를 것이 없었다. 아침부터 저녁까지는 근방의 커피하우스에서 일하고, 그 후 집에 돌아와 휴식을 취하거나 의뢰받은 일을 처리한다.

쳇바퀴 굴러가듯이 늘 비슷하고 단조로운 일상. 누군가는 지루하고 재미없다고 평할지 모르지만 평범함을 지향하는 나로서는 매우 만족스러웠다. 아까 내 뒤를 밟던 남자처럼 가끔 헛짓거리를 시도하는 정신 빠진 놈들만 없다면 더 좋았을 것이다.

"음?"

그런데 내 집 앞에 웬 노란 실뭉치가 자리한 것이 보였다. 의문을 느끼고 다가가 확인한 결과, 그것은 실뭉치가 아니라 사람의 머리통이었다. 처음에는 취객인 줄 알았다.

"저기요. 여기서 이러시면 안 되는……."

하지만 성가심을 느끼며 남자의 몸을 뒤집은 순간, 나는 그대로 얼어붙고 말았다.

'이런 미친?'

오랫동안 쓰지 않았던 욕을 나도 모르게 입 밖으로 내뱉을 뻔했다. 그래도 애써 침착하게 마음을 가라앉힌 뒤 문패에 적힌 주소를 다시 확인했다.

그레이페럿가 44번지-B04

아무리 봐도 우리 집이 맞았다. 그런데 뭐야. 왜 얘가 내 집 앞에 있어? 이 얼굴은 분명 연구소에서 봤던 그 얼굴이었다. 물론 세월이 흘러 그때의 예쁘장했던 소년은 한결 더 남자다워진 근사한 청년으로 탈바꿈했지만, 이 존재감 넘치는 사람을 다른 사람과 착각할 수 있을 리는 없었다.

나는 당혹스러운 심정을 숨기고 일단 몸을 낮추어 남자의 상태를 살폈다. 거리가 좁혀지니 한층 짙은 피비린내가 코끝으로 훅 밀려들었다.

온몸이 피로 칠갑되어 있기는 하지만 전부 본인 피는 아닌 것 같고.

내키지 않았지만 능력을 사용해 남자의 몸을 확인했다. 내 손끝에서 뽑혀 나온 반투명한 하얀 실이 남자에게 스며들어 몸속을 한차례 훑었다. 부상이 심하기는 하나 그렇다고 해서 지금 당장 죽을 것 같지는 않았다.

나는 암흑세계의 왕이라고는 믿기지 않을 정도로 천사같이 순하게 생긴 예쁜 남자의 얼굴을 보다가 다시 몸을 일으켰다. 그리고 조용히 주위를 살폈다. 다행히 주변에는 쥐새끼 한 마리 얼씬거리지 않았다.

스윽.

나는 발을 들어 남자의 몸통을 옆으로 쭉 밀어냈다. 머릿속에서 왠지 모를 경고음이 울리고 있었다.

이봐요, 당신 악역 서브남이잖아요? 그럼 내 집이 아니라 내 옆집에 가서 기절해야지.

"윽……."

바로 그때, 남자에게서 낮은 신음이 흘러나왔다. 나는 퍼뜩 정신을 차리고 남자를 발로 밀어내던 것을 멈추었다. 옆으로 늘어져 있던 남자의 머리가 작게 꿈틀거렸다. 그의 고개가 정면으로 향하는 것과 동시에 지금껏 무겁게 내리깔려 있던 눈꺼풀이 천천히 위로 들어 올려졌다.

투명하게 느껴질 정도로 맑은 벽안이 어둠 속에서 모습을 드러냈다. 초점 없는 그 눈동자와 일순간 눈이 마주쳤다.

바로 그때였다.

달칵.

끼이익…….

"유리 씨?"

별안간 옆집의 문이 열렸다. 나는 반사적으로 내 발밑에 있는 사람을 걷어차서 화단에 처박았다. 다행히 남자는 곧바로 다시 기절한 듯 움직임이 없었다.

순간 낭패다 싶었다. 워낙에 경황이 없었던지라 나도 모르게 저지른 일이었는데, 이래도 되는 건지 알 수가 없었다. 하지만 바로 다음 순간 내 옆집에 사는 사람이 모습을 드러냈기에 더 고민할 겨를은 없었다.

내가 서 있는 곳에서 네 걸음 정도 떨어진 곳에 있는 문에서 아름다운 여자가 불쑥 튀어나왔다. 이 밤중에 치렁치렁하게 긴 머리카락을 풀어 헤치고 저렇게 빼꼼 열린 문밖으로 얼굴을 내밀면 귀신같아 보일 수도 있지만 지금 내 눈앞에 있는 건 여주인공이었다.

문틈으로 따스한 주황색 불빛이 새어 나왔다. 그녀는 역광 속에서도 밤의 여신 같은 그윽한 아름다움을 발하고 있었다. 눈이 마주친 순간, 안네마리가 반갑게 생긋 미소를 지었다.

"발소리가 들려서 나와봤는데, 정말 유리였네요."

"안녕하세요, 안네마리."

나도 언제 발밑에 있는 남자를 화단에 처박았냐는 양 여상히 인사했다. 워낙 순식간에 일어난 일이라 다행히도 안네마리는 이상함을 감지하지 못한 것 같았다.

"이제 퇴근하세요?"

보기만 해도 마음이 정화될 것 같은 다정한 목소리로 그녀가 물었다. 유일한 또래의 이웃이라 그런지 안네마리는 처음 이사 왔을 때부터 늘 내게 친근하게 굴었다. 그래서 우리 사이도 지금은 장족의 발전을 한 상태였다.

"네. 오늘은 제가 가게 마감을 하게 되어서요."

"밤늦게 혼자 다니면 위험해요. 이 근방은 치안도 안 좋은데."

"그러게요. 저도 생각보다 늦어져서 서둘러 돌아온 참이었어요."

나도 처음보다 안네마리에게 정이 들어 있어서 예전이라면 굳이 하지 않았을 말을 덧붙였다.

"안네마리도 조심하세요. 방금도 밖에 있는 사람이 제가 아니었을 수도 있었잖아요."

"하지만 발소리가 꼭 유리 씨 같았는걸요."

"누가 일부러 제 발소리를 흉내 낼 수도 있는 거니까요."

"그런 사람이 있을까요……?"

내 말에 안네마리가 묘한 표정을 지었다. 일부러 그런 짓을 하는 사람이 있겠냐는 말인지, 아니면 그런 것이 가능한 사람이 있겠냐는 말인지 의미가 다소 모호했다. 그러나 어느 쪽이든 가능한 일이었다.

"그래도 이제부터는 조심할게요. 걱정해 줘서 고마워요."

안네마리가 배시시 미소 지으며 말했다.

하지만 정작 나는 내 입으로 말해놓고도 조금 회의감을 느끼고 있었다. 사건 생성의 법칙에 따라 여주인공은 집에 얌전히 틀어박혀 있어도 절대 안전하지 않았으니 말이다.

오늘도 봐라. 위험한 짓은 아무것도 하지 않았는데도 이런 악역 서브남이 직접 집 앞까지 굴러와서 재난이 되어주려고 하잖아. 어째서인지 여주인공 집이 아니라 내 집으로 잘못 찾아오기는 했지만 말이다. 그렇게 내가 속으로 혀를 차고 있을 때, 안네마리가 다시 물어왔다.

"혹시 식사는 했어요?"

역시 인사만이 목적은 아니었나. 아무래도 문밖으로 나온 진짜 본론은 이것이었던 모양이다.

"지금 헤스티아랑 늦은 저녁 식사 중이었거든요. 혹시 아직이면 들어와서 같이 먹지 않을래요?"

헤스티아는 안네마리의 여동생이었다. 이제 열두 살이었는데 나도 가끔 볼 때마다 사탕을 주곤 할 정도로 귀여웠다. 참고로 안네마리는 이제 20살이라고 들었다.

으음.

나도 모르게 낮게 침음했다. 조금 전에 내 집 앞에 기절해 있는 남자를 보고 놀라서 무심코 저지르려 했던 짓이 무엇이었는지 이제야 인식이 되면서 양심이 좀 아파졌다.

나도 모르게 악역 서브남을 여주인공에게 밀어 넣으려고 했던 거잖아? 만약 소설대로 진행되면 그녀의 앞날에 어떤 미래가 기다리고 있을지 뻔히 알면서.

사실 지난 6개월 동안 가까이에서 지켜보며 안네마리가 얼마나 좋은 사람인지 몸소 느낄 수 있었다. 지금도 혼자 있는 나를 걱정해서 저녁 식사에 초대하지 않았나. 이 각박한 세상에 아직까지도 안네마리처럼 인간다운 정을 간직하고 있는 사람은 흔치 않았다.

그런 이유로 그동안 안네마리에게 붙은 질 나쁜 사람들을 내가 남몰래 떼어준 횟수도 꽤 되었다. 게다가 안네마리와 그녀의 동생인 헤스티아를 보면 자꾸 코코가 생각나서 마음이 약해지기도 했다. 아무래도 집 앞에 나타난 라키어스를 안네마리에게 보여 치료시키지 않고 화단에 처박은 것은 그런 내 무의식이 작용한 탓인 것 같았다.

나는 안네마리를 보고 미안함을 담은 미소를 그려 보였다.

"아쉽지만 밖에서 먹고 들어와서요."

"아…… 그래요?"

그녀는 아쉬운 듯했지만 그래도 금방 웃으며 나를 보았다.

“그래도 늦지 않게 식사하셨다니 다행이에요.”

“저도 권해줘서 고마워요. 기회가 되면 다음에 같이 식사해요.”

때마침 열린 문 안에서 ‘쨍그랑!’ 하고 무언가가 깨지는 소리가 들려왔다. 안네마리가 깜짝 놀라 뒤돌아보았다. 나는 냉큼 그녀에게 말했다.

“뭔가가 깨졌나 봐요. 어서 들어가 보세요.”

“그래야겠어요. 그럼 좋은 저녁 시간 보내세요.”

“안네마리도요.”

잠시 후 눈앞에서 탁, 문이 닫혔다. 안에서 새어 나오던 따스한 느낌의 불빛도 완전히 잦아들었다. 나는 얼굴의 미소를 지우며 고개를 숙였다. 남자는 여전히 기절한 상태인지, 화단 속에서 미동조차 없었다.

“하…….”

입에서 작은 한숨이 새어 나왔다.

그냥 죽게 놔둘까…….

매우 유혹적인 선택지 앞에서 고민했다. 무엇보다 이놈은 내 최애캐의 원수이기도 했고. 잠깐 갈등하다가 이내 연구소에서의 마지막 날을 떠올리고 마음을 정했다.

그래도 이 남자가 있어서 그때 연구소에서 생각보다 빨리 탈출할 수 있었던 건 맞으니까. 이 남자가 뒷세계의 왕좌에 오른 뒤로 이 바닥이 조금 깨끗해진 것도 사실이고.

게다가 의뢰 하나당 착한 일 하나. 공교롭게도 오늘 새벽에 의뢰를 끝마친 뒤 하루 종일 커피하우스 일이 바빠서 선행이라 할 만한 일을 하지 못했다. 꼭 해야 하는 일은 아니었지만 이제는 그냥 넘어가면 묘하게 찜찜했다.

으음. 어쩔 수 없지. 넌 내가 수거한다, 악역 서브남.

그를 질질 끌고 집으로 들어왔다. 의식을 잃고 축 늘어진 장성한 남자를 혼자 옮기는 건 물론 쉬운 일이 아니었다.

하지만 나한테는 간단했다. 육안으로는 잘 보이지 않는 가느다란 실들을 남자의 몸에 붙여서, 그를 집 안으로 데리고 들어오는 동안 실질적으로 내가 지탱해야 할 무게는 거의 없었다.

그렇게 집에 들어와 커튼을 친 뒤 조금 전보다 마음껏 실을 뽑아 남자를 소파에 눕혔다. 그러고 나서 소파 옆에 있는 등을 건드려 불을 켰다.

잠시 후, 색색 가느다란 숨을 내쉬고 있는 라키어스 아발론의 얼굴이 시야에 들어왔다. 음, 이렇게 초주검이 되어 누워 있는데도 잘생겼군. 심심한 생각 후 상처를 보기 위해서 남자의 옷을 벗겼다. 실제 사람에게서 볼 수 있으리라 여기지 않았던 조각 같은 몸이 드러났지만 이번에도 큰 감흥은 없었다. 그저 흉부를 크게 가로질러 새겨진 깊은 상처에 시선이 머물렀다.

여주인공을 무시하는 건 아니지만, 도저히 평범한 일개 치료사가 고칠 수 있을 만한 상처가 아니었다. 하지만 나는 여주인공이 라키어스를 어떻게 치료했었는지 알고 있다. 그녀는 나와 마찬가지로 유적의 파편에 깃든 힘을 가지고 있었다.

그렇다 해서 안네마리가 나처럼 연구소에서 실험당했다는 뜻은 아니었다. 대륙 중앙부에 위치한 사막에 처음 유적이 나타났을 때, 그것은 이미 일부 파손된 상태였다. 누군가 일부러 부순 것은 아니었고, 자연적인 요인이었던 것으로 기억한다.

문제는 바로 그렇게 부서진 유적의 파편 가루가 공기 중에 날려 퍼져 나갔다는 것이다. 사람들은 아무것도 모른 채 그 공기를 들이마셨고, 유적의 힘은 그들 안에 깃들었다. 아마 어떤 사람들은 그 부작용으로 죽었을 것이다.

그러나 그것이 유적의 파편 때문임은 몰랐을 테니, 실제로는 사인을 알 수 없는 것으로 알려졌겠지. 그리고 대부분의 경우에는 극히 소량만 흡입하여 인체에 큰 영향을 끼치지 않았을 것이다.

하지만 개중에 파편의 힘을 스스로 발현시킨 사람도 있었는데, 그중 한 명이 바로 여주인공인 안네마리였다.

그녀에게는 치유의 힘이 잠들어 있었고, 그것은 무의식중에 발현되어 환자들을 치료하는 데 이용되고 있었다. 지금 안네마리가 다니고 있는 치료소에 대한 입소문이 퍼져 전보다 환자가 많이 몰리고 있는 이유도 그래서였다.

소설에서 라키어스가 처음에 안네마리에게 흥미를 가진 데에는 그런 이유도 포함되어 있었다. 하지만 나는 그런 치유의 능력은 없었으니까…….

실을 움직여 약품과 소독약, 그리고 깨끗한 물과 수건을 포함해 필요한 것들을 대략 준비했다. 이것으로는 부족할지도 모르지만 그렇다고 안네마리를 데려올 수는 없다. 부상을 입은 남자를 생각하면 내가 몰인정한 것 같긴 했다.

하지만 가재는 게 편, 팔은 안으로 굽는다는 말도 있지 않던가. 내가 본 안네마리의 미래를 생각하면 이 남자가 그녀의 손에 치료받도록 놔두는 게 꺼려졌다.

도대체 여주인공이 무슨 죄라고. 그러다 또 피 튀기는 사랑과 전쟁을 찍으면 어떻게 하나. 이 악역 서브남은 안네마리에게 집착한 나머지 급기야 그녀의 주위에 있는 모든 사람을 제거해 버리고 자신의 왕국에 그녀를 납치해 가두려는 계략까지 세웠었다.

그 말인즉, 안네마리의 여동생인 헤스티아까지 죽이려 했다 이 뜻이었다. 소설로 봤을 때도 흉악한 놈이라고 혀를 찼었는데, 만약 그게 현실이 되면…….

음, 정말 별로군. 그동안 옆집의 자매와 나름 친분이 쌓여서 그런지, 지금 내가 있는 이 현실에서 그런 파멸 루트를 타도록 내버려 둘 수는 없었다. 그렇다고 치료소에 데려가 던져 넣자니, 이 남자의 상황이 좀 그랬다.

어째서 시기가 앞당겨진 것인지는 모르겠지만 천하의 라키어스 아발론이 이 모양 이 꼴이 되어 있는 것을 보면 이건 분명 소설에서의 그 사건이 맞는 것 같지 않나? 수족의 배신으로 치명상을 입고 왕좌에서 쫓겨나 추격당하는 몸이 된 것. 그러니까 이렇게 크게 다치고도 치료소에 가는 게 아니라 이런 골목으로 기어들어 왔겠지.

그러니 지금은 그냥 가능한 범위 내에서 내가 할 수 있는 일을 해줄 생각이었다. 그렇다고 명색이 서브남인 사람이 여주인공도 아닌 나한테 도움을 좀 받았다고 반할 리는 없으니까 내가 치료해 주는 건 괜찮을 것이다.

나는 소파에 누운 남자를 보며 손끝에서 실들을 뽑아냈다. 사실 나도 이런 건 처음 해보는 거지만 그래도 실전에는 강한 편이니까…….

"후우."

그럼 봉합을 시작하지.

"하아……."

촉촉한 붉은 입술 사이로 새어 나온 낮은 한숨을 듣고 커피하우스 안에 있던 사람들이 귀를 쫑긋거렸다. 어느덧 시간이 흘러 밝은 태양이 뜬 한낮, 그중에서도 비교적 손님이 적은 시간이었다.

유리는 빈 테이블을 정리하다가 먼 곳을 물끄러미 응시했다. 이내 그녀의 길고 검은 속눈썹이 차양처럼 살며시 밑으로 드리워지며 뽀얀 뺨에 그림자를 만들었다. 속눈썹 아래 짙은 음영을 그린 눈동자에 뜻 모를 수심이 깃든 것처럼 보였다.

'뭔가 고민이라도 있나?'

오늘따라 유리가 좀 이상했다. 무어라 말 못 할 심각한 고민이라도 있는 것처럼 보이는 모습에, 커피하우스의 손님들은 계속 그녀를 힐끔거렸다. 하지만 다른 사람들의 생각과 달리 지금 유리는 단순한 피로감에 시달리고 있을 뿐이었다.

그녀는 결국 어젯밤을 꼴딱 새워야만 했다. 당연히 그 이유는 그녀의 집 앞에 쓰러져 있던 남자 때문이었다. 물론 하루 정도 밤을 새운 것을 가지고 약한 소리를 할 만큼 연약한 몸은 아니었다.

그러나 어젯밤에 그녀가 한 일은 엄청난 집중력을 요하는 일이었다. 생각보다 라키어스의 상태가 위중했던 탓이다. 그냥 겉에 난 상처를 봉합하는 것으로 끝나는 게 아니라 그 안에 손상된 장기와 혈관, 그리고 신경들까지 미세한 실로 다시 연결해야 했기 때문에 새벽까지 엄청난 대작업이 이어졌다. 유적의 파편이 가진 힘이 아니었다면 그녀도 엄두조차 내지 못했을 일이었다.

집을 나오기 전에 마지막으로 보았을 때, 그래도 제법 고른 숨을 내쉬고 있던 남자의 모습이 떠올랐다. 아마 여주인공의 옆집에 살던 게 유리가 아니었다면 십중팔구 날이 새기도 전에 죽었을 터였다. 그런 의미에서는 라키어스 아발론도 참으로 운이 좋은 남자라고 할 수 있었다.

"유리 씨, 오늘따라 피곤해 보이네. 어제 나 때문에 늦게까지 일해서 그런가 봐. 미안해서 어쩌지?"

유리의 얼굴을 본 커피하우스의 주인, 길버트가 쩔쩔매며 사과했다.

"괜찮아요. 그것 때문이 아니라 그냥 개인적인 이유로 잠을 설쳐서 그래요."

"정말이야?"

"길버트 씨야말로 아직 안색이 안 좋은데요. 지금은 손님도 별로 없으니까 치료소에 들러보세요."

어제 몸이 아파 유리에게 가게를 맡기고 일찍 돌아갔던 길버트는 오늘도 상태가 좋지 않아 보였다. 결국 그는 가게의 건너편에 있는 치료소에 잠깐 다녀오겠다며 자리를 비웠다.

"유리 씨!"

잠시 후, 앞에서 낯익은 누군가가 달려오는 모습이 보였다. 화사한 빛을 내뿜으며 다가오는 사람은 바로 유리의 이웃사촌인 안네마리였다. 투명한 은색 머리칼을 나부끼며 달려오는 그녀에게 주위 사람들의 시선이 날아가 박혔다. 그 모습이 꼭 철을 끌어당기는 자석 같아서 유리는 볼 때마다 재미있는 광경이라고 생각했다.

"안녕하세요, 안네마리."

"길버트 씨가 지금 유리 씨 혼자 있다고 해서 와봤어요. 마침 휴식 시간이거든요."

커피하우스의 유리가 페럿 거리에서 유명한 것처럼, 치료소의 안네마리 역시 일대에서 유명했다. 유리가 별빛 박힌 그윽한 밤 풍경 같은 여자라면, 안네마리는 햇빛 찬연한 새벽하늘 같은 여자였다.

"이쪽으로 와서 앉으세요. 커피 드실래요? 저도 지금 한 잔 마시려던 참인데."

"네, 좋아요!"

그런 두 사람이 얼굴을 마주하며 함께 서 있으니, 주변 사람들의 시선도 절로 그들에게 고정될 수밖에 없었다. 하지만 정작 시선에 익숙한 유리와 안네마리는 주변에는 일말의 신경도 쓰지 않고 그들만의 시간을 이어가고 있었다.

"그리고 이거. 오늘 출근할 때 부탁하신 거예요."

안네마리가 건네준 종이봉투에 든 것은 치료소의 약품들이었다. 집에 있는 것만으로 부족할 것 같아서 오늘 출근길에 만난 안네마리에게 유리가 부탁한 것이었다. 그냥 만약을 대비해 집에 미리 약을 상비해 두려 한다는 유리의 말을 믿었는지 안네마리는 의문을 품지 않았다.

"고마워요. 오늘 퇴근길에 제가 찾아가려고 했는데. 값은……."

"안 주셔도 돼요. 매번 커피도 얻어 마시는걸요. 헤스티아한테도 볼 때마다 사탕을 주신다면서요."

안네마리는 생긋 웃으며 고개를 저었다. 그녀가 극구 사양해서 결국 돈은 주고받지 않는 것으로 했다. 대신 유리는 심혈을 기울여서 안네마리의 커피를 타 주었다. 오늘의 커피를 한 모금 맛본 안네마리의 연녹색 눈이 곧 휘둥그렇게 떠져서 유리도 만족할 수 있었다.

"유리 씨, 오늘은 이만 들어가도 돼."

그렇게 시간은 흘러 어느새 커피하우스의 폐점 시간이 되었다.

"그럼 내일 뵐게요."

유리는 인사를 하고 가게를 나왔다. 그러나 그녀의 발걸음은 집에 가까워질수록 점점 느려졌다. 왠지 집에 들어가기가 싫었다. 그 남자가 눈을 뜨고 있어도 성가시고, 눈을 감고 있어도 성가실 것 같았다.

역시 그냥 밖에 버려둘 걸 그랬니? 자신의 취급이 이렇게 하찮은 걸 알면 악역 서브남이 이를 갈지도 모르지만, 유리는 진심으로 후회했다. 그러는 동안에도 집과의 거리는 착실히 좁혀지고 있었다.

달칵.

"……."

그리하여 마침내 도착한 집 안은 조용했다. 유리는 거실에 있는 소파로 다가갔다. 그 위에 누워 있는 남자가 더 선명히 시야에 비쳤다. 꼭 달콤한 꿀이 흐르는 것처럼 보이는 금발이 쿠션 위에 나른히 흐트러져 있었다.

아래로 내리깔린 속눈썹이 생각보다 길었다. 그것 역시 머리카락과 같이 반짝이는 금색이었다. 강직하면서도 섬세한 선으로 이어진 얼굴은 불빛에 반쯤 음영이 져 있었는데, 꼭 신화 속의 프시케가 처음으로 보았던 에로스의 모습이 이랬을까 싶을 정도로 무결한 미모였다.

게다가 사방이 어두운 가운데 불빛을 홀로 받고 있어서 그런지, 아니면 얼굴에 병색이 깃들어서 그런지, 퇴폐적인 매력이 과할 정도로 줄줄 흐르고 있었다. 아마 지금 이 자리에 있는 것이 다른 여자였다면 일순간 심장이 쿵 떨어지는 느낌을 받았을지도 모른다.

하지만 유리에게 있어 이 남자는 그냥 집을 잘못 찾아온 길치 악역 서브남일 뿐이었다. 그녀는 남자의 옷을 젖혀 다시 몸을 확인했다. 그의 몸 곳곳에는 붕대가 감겨 있었고, 거기에는 피가 물씬 배어나 있는 상태였다. 어제 보니 흉부뿐만이 아니라 목도 다쳐서 그곳도 치료를 해두었다.

남자는 아직 깨어나지 못하고 있었다. 이 정도로 심하게 다쳤으니 당연하다면 당연했다. 사실 유리는 그가 죽었을지도 모른다고 생각했다. 어제 애쓴 게 있으니 그렇게 되면 조금 아깝긴 하겠지만, 그래도 그녀에게 있어 라키어스 아발론의 생사는 크게 중요한 일이 아니었다.

그저 저녁에 돌아왔을 때 그가 살았으면 산 대로, 또 죽었으면 죽은 대로. 어느 쪽이어도 어쩔 수 없는 일이라고 생각했을 뿐이었다.

그런데 그는 멀쩡히 살아 숨을 쉬고 있었다. 소설과 달리 그를 살뜰히 보살피며 전력으로 도움을 베푼 여주인공이 없었는데도. 이 정도면 가히 바퀴벌레 같은 생명력이라 칭해도 될 것 같았다.

유리는 한숨 섞인 숨결을 길게 내쉬며 밖에서 일하는 동안 땋았던 머리를 풀어 헤쳤다. 그러고 나서 아까 낮에 안네마리에게 받았던 봉투를 뒤적였다.

……일단은 살아 있으니 할 수 있는 건 해줘야지. 왠지 어제저녁에 그녀가 발로 차 화단에 처박는 바람에 상처가 더 벌어졌던 것 같으니까 말이다.

유리는 왜 자신이 팔자에도 없던 악역의 시중을 들고 있는지 모르겠다고 생각하며 손을 움직였다. 그렇게 그녀의 손끝이 막 남자의 몸에 닿았을 때였다.

"허억……!"

그 순간, 남자가 숨을 훅 들이켜며 번쩍 눈을 떴다.

쾌액! 그와 동시에 단단한 손아귀가 그녀의 손을 확 낚아챘다. 촘촘한 근육이 박힌 남자의 상반신이 일으켜졌다. 꼭 악몽을 꾸다가 발작하듯이 깨어나는 것처럼 성급하고 거친 움직임이었다.

이미 깨어나 있었으면서 지금까지 숨기고 있던 건 아닌 것 같았고, 타인의 손이 몸에 닿는 순간 의식이 깨어난 것 같았다.

찬란한 금색 머리칼이 눈앞에서 사르륵 흘러내렸다. 갑자기 얼굴이 바싹 가까워져서 남자의 흐트러진 숨결과 유리의 얕은 숨결이 한데 섞여들었다. 상처가 벌어져 굉장히 고통스러울 텐데, 그는 고통을 하나도 느끼지 못하는 듯했다. 아니, 사실은 그런 것을 깨달을 겨를이나 여유조차 없는 것 같았다.

지척에서 눈이 마주쳤다. 끓어오르는 푸른 불꽃 같은 눈동자가 시야에 닿는 것을 모조리 집어삼켜 버릴 것처럼 거세게 일렁이고 있었다.

유리는 그 안에서 격렬히 소용돌이치는 맹독 같은 감정들을 목격했다. 라키어스 아발론은 완전히 깨어난 것이 아니라, 아직도 악몽 속을 헤매고 있었다.

"누워요."

이내 굳게 다물려 있던 유리의 붉은 입술에서 나직한 음성이 새어 나왔다. 이런 상황에서도 기묘하게 침착하고 고요하여 이상한 기분이 들게 하는 목소리였다. 동요 없는 붉은 눈동자도 그 목소리와 그다지 다르지 않았다.

"다시 누워서, 더 자요."

억양 없는 그 잔잔한 목소리는 자장가처럼 들리기도 했다. 실상 노랫소리와는 조금도 닮지 않았는데도.

"적어도 지금 당신을 위협할 사람은 없으니까."

그 후 반대쪽 손을 들어 천천히 어깨를 밀어내자 암벽처럼 웅크리고 있던 몸이 느리게 밀려났다. 마침내 초점이 흐린 푸른 눈동자 안에서 사납게 들끓던 감정들이 서서히 불씨를 꺼뜨리기 시작했다. 유리의 손을 강하게 움켜쥐고 있던 손에서도 스르륵 힘이 풀렸다. 라키어스 아발론은 언제 맹수처럼 그녀에게 달려들었냐는 양, 다시 조용히 기절하듯이 잠들었다. 무감한 붉은 눈동자가 그런 그의 모습을 가만히 담아냈다.

조금 전 붙잡혔던 손이 으스러질 것처럼 아팠다. 유리는 무식하게 힘만 센 남자라고 속으로 욕하면서도 그의 몸을 소파에 제대로 눕혀주었다.

"……!"

하지만 바로 다음 순간 눈에 들어온 것에 그녀는 돌처럼 굳어져 버렸다.

"이, 망할……."

유리의 입에서 결국 육성으로 나지막한 욕설이 내뱉어졌다. 또다시 피로 흥건해진 눈앞의 붕대를 보며 그녀는 이마를 짚었다.

'상처…… 터졌잖아, 이 망할 악역 서브남아…….'

이번에야말로 진짜 그냥 죽게 내버려 둘까, 또다시 정말 진지하게 고민하다가 유리는 마지막 참을 인 자를 마음속에 새겼다. 그녀의 손가락 끝에서 다시 가느다란 실이 하늘거리며 뽑혀 나왔다.

그날 밤은 어제만큼이나 길었다.

남자가 다시 깨어난 것은 다음 날 새벽이었다. 그때 유리는 창가에 서서 커튼을 반쯤 걷은 채 동이 터오는 모습을 지켜보고 있었다. 그러다 등 뒤에서 들려오는 숨소리가 바뀌었다는 사실을 알아차렸다. 뒤돌아서자, 소파에 누워 눈을 뜨고 있는 남자의 모습이 시야에 들어왔다.

"일어났네요."

창밖에 뜬 눈부신 태양이 그의 위에도 반짝이는 햇빛을 아낌없이 흩뿌렸다. 그래서인지 라키어스 아발론은 눈부신 듯한 표정을 지으며 그녀가 있는 쪽을 바라보고 있었다. 반쯤 좁혀진 경직된 푸른 눈동자가 창가에 서 있는 유리의 모습을 미동 없이 담아냈다.

왜인지 한순간, 실내에 흐르는 공기의 흐름이 미묘하게 변한 것 같은 느낌이 들었다. 마치 시간이 멈추기라도 한 것처럼 숨을 죽이고 있는 남자의 모습을 보고 유리는 다시 고개를 돌려 창문에 시선을 두었다.

'지금 막 눈을 뜬 사람한테는 햇빛이 너무 강한가?'

촤르륵.

앞으로 뻗어진 하얀 손이 커튼을 끌어당겨 창문 밖에서 스며들던 빛을 차단했다. 그래도 밤사이 어둠을 밝혀주었던 불이 아직 켜져 있어 집 안이 완전히 깜깜하지는 않았다.

"몸은 좀 괜찮아요?"

어젯밤과 동일한 담담한 음성이 적막한 방 안에 고였다. 유리가 걸음을 떼 라키어스에게 좀 더 가까이 다가갔다.

그러나 그녀의 걸음은 그와 적당한 거리를 두고 멈추어졌다. 비록 큰 부상을 입은 상태라고는 하나 얼마 전까지만 해도 암흑세계의 왕이었던 남자였다. 조심해서 나쁠 것은 없었다.

"상처가 벌어질지도 모르니까 어젯밤처럼 갑자기 자리에서 일어나지는 말고요."

워낙 목소리가 조곤조곤 조용하여 얼핏 조언하는 것처럼 들리기도 했지만 사실은 경고였다. 만약 또 라키어스가 몸을 함부로 움직이다가 상처가 벌어지면 그때는 다시 치료해 주지 않을 생각이었다.

그 힘든 일을 나보고 세 번이나 하라고? 나 안 해, 못 해.

다행히 그녀의 말을 제대로 알아들은 건지, 라키어스는 어제처럼 함부로 몸을 일으키지는 않았다. 하지만 찰나, 시선을 마주한 남자의 눈에 혼란이 스쳐 지나갔다. 기민한 시선이 상황을 파악하려는 것처럼 소리 없이 주변을 훑다가 다시금 눈앞에 있는 사람의 얼굴에 날아와 박혔다.

"내가 왜……."

반사적으로 입을 연 라키어스의 입에서 잔뜩 갈라진 목소리가 새어 나왔다. 그러나 그의 말은 미처 끝맺어지지 못하고 낮은 신음과 함께 잘려 나갔다. 보아하니 목의 부상 때문에 당장 말을 하는 것도 어려운 모양이었다.

남자가 손을 들어 올리더니 붕대가 휘감긴 목을 더듬거리며 쓸었다. 그 후 밑으로 내려간 시선이 마찬가지로 붕대가 칭칭 동여매진 자신의 몸 위에 머물렀다. 그런 뒤 지금까지보다 한결 차분해진 푸른 시선이 다시금 위로 들렸다. 아무래도 유리가 그를 치료해 주었다는 사실을 깨달은 것 같았다.

유리는 그런 라키어스를 보며 입을 열었다.

"기억이 나는지 모르겠지만 당신, 이틀 전 밤에 부상을 입고 내 집 앞에 쓰러져 있었어요. 그래서 일단 내가 안으로 데려와서 치료한 거고요."

아마 여주인공인 안네마리였다면 그를 발견했을 당시의 상황이나 부상의 경과 등을 상냥하고 친절히 설명해 주었을 것이다. 그리고 상처가 다 나을 때까지는 안정을 취해야 한다며 그의 옆을 지켰겠지. 하지만 유리는 그러지 않았다.

"더 궁금한 게 있을지도 모르겠지만 제가 지금 바로 출근을 해야 해서요."

그럴 필요성도 느끼지 못했고, 무엇보다도 라키어스에게 설명해 줄 말을 머릿속으로 정리하는 것만으로도 벌써부터 귀찮은 마음이 들기 시작했다.

"나가기 전에 하나만 물어볼게요. 내가 대충 상처를 치료하긴 했는데 전문가는 아니어서. 원하면 치료소 사람을 불러와 줄까요?"

그래도 혹시 나중에 치료를 거지같이 해놨다고 해코지를 할까 봐 이 부분만큼은 확실히 짚고 넘어가기로 했다. 물론 그녀가 알고 있는 라키어스 아발론이라면 빈말로라도 그러라고 할 리가 없었지만.

"말은 굳이 안 해도 돼요. 고갯짓으로 대답해도 괜찮아요."

무슨 생각을 하는지 모를 푸른 눈동자가 유리의 얼굴을 응시했다. 그는 그렇게 잠깐 동안 그녀를 물끄러미 쳐다보다가 이내 고개를 작게 저었다.

역시 예상대로였다. 그것을 확인한 유리도 고개를 끄덕였다.

"일단 제가 없는 동안 필요할 만한 건 머리맡에 있는 탁자 위에 올려뒀으니 마음대로 쓰세요. 한숨 더 자고 싶으면 그래도 되고요. 혹시 밖으로 나가고 싶으면 마음대로 하셔도 상관없어요."

마지막 말은 그녀가 없는 동안 원한다면 인사 없이 떠나도 좋다는 의미였다. 얼핏 들었을 때 배려인 건지 방치인 건지, 그도 아니면 매정함인 건지 알 수가 없는 말이었다. 가늘게 흘러나오는 목소리가 건조한 듯도 하고 나긋한 듯도 하였다. 그래서 그녀를 모르는 사람이라면 그 안에 담긴 것이 상냥함인지 싸늘함인지 헷갈릴 만했다.

유리가 말하는 동안 라키어스는 여전히 속을 알 수 없는 눈을 한 채 그녀를 그저 가만히 지켜보았다. 유리는 자신의 등에 따라붙는 시선을 뒤로하고 정말 집을 나섰다.

사실 보통의 상식으로, 저렇게 다친 사람을 집에 혼자 두고 나가는 건 있을 수 없는 일이었다. 그 정도는 유리도 당연히 알고 있었다. 하지만 그녀는 이미 오래전부터, 그 보통의 상식을 굳이 따를 이유를 찾지 못하는 사람이 되어 있었다.

유리는 커피하우스가 있는 블루페럿 거리를 향해 걸었다. 하지만 그녀의 걸음은 곧장 커피하우스로 이어지지 않고 외딴 골목으로 향했다. 사실 이렇게 일찍 집에서 나설 필요는 없었는데 다른 때보다 서두른 것은, 그저께 저녁에 골목길에 처박고 온 남자 때문이었다.

유리는 미뤄둔 분리수거를 하기 위해 쓰레기장으로 발길을 옮겼다.

일주일에 한 번, 페럿가의 쓰레기를 수거하는 날이 바로 오늘이었다. 그것을 떠올리지 못했다면 그저께 이곳에 묶어두고 갔던 남자를 다른 사람에게 들킬 뻔했다. 쓰레기장에 도착한 유리는 실을 뽑아내 그 안에 파묻어놨던 사람을 꺼냈다.

"안녕. 좋은 아침이에요."

그동안 정신을 차렸는지, 하얀 실에 칭칭 감긴 남자가 유리의 여상한 인사말을 듣고 몸을 작게 꿈틀거렸다. 하기야 이틀이나 지났으니 의식을 찾은 것도 당연하다면 당연했지만.

"미안. 내가 어제는 너무 바빠서 만나러 오는 걸 그만 깜빡했지 뭐예요."

유리는 영혼 없는 목소리로 사과했다.

"그런데 당신, 며칠 전부터 나 쫓아오던 사람 맞죠?"

무언가 할 말이 많은 듯한 눈빛이 그녀의 얼굴에 쏘아졌다. 유리가 자신의 뒤를 밟는 그림자를 처음 느낀 것은 일주일 전부터였다. 커피하우스에서도 간혹 수상한 시선을 느낄 때가 있었는데, 상대 쪽에서 먼저 접근할 때까지는 움직이지 않을 생각으로 평범한 점원인 양 행동했었다.

원래도 가끔 커피하우스에서 집까지 몰래 뒤따라오는 정신 썩은 남자들이 있어왔기 때문에 어쩌면 이번에도 그런 유의 일일지도 모른다는 생각을 했다. 쓰레기를 수거하는 사람이 오기까지 30분 정도가 남아 있었다. 그래서 이유를 물어볼 요량으로 남자의 입을 막고 있던 실들을 끊어냈다.

"할 말이 있으면 해봐요."

그러나 유리가 원하던 대답은 돌아오지 않았다.

후욱!

바로 다음 순간, 남자가 오므린 입술 사이로 무언가를 훅 불어 유리에게 날려 보냈다. 그러나 유리는 놀라운 동체 시력으로 자신을 향해 날아드는 것을 발견하고, 아무렇지 않게 그것을 손가락으로 낚아채 붙잡았다.

그 광경을 목격한 남자가 두 눈을 부릅떴다. 옆으로 기울어지는 고개를 따라 검은 머리카락이 사르르 흘러내렸다. 무표정한 고운 얼굴에 박힌 붉은 눈동자가 남자의 얼굴과 손에 잡힌 바늘을 번갈아 응시했다.

"이건 또 뭐람."

"잠깐……!"

심심하게 중얼거린 유리가 손을 움직여 들고 있던 바늘을 자연스럽게 남자의 목에 꽂았다.

푹!

"너어…… 그으……."

효과는 금방 나타났다. 마비독이구나. 그것참 하찮은 수작질이네. 호기심을 해소한 유리가 따분히 눈을 깜빡였다.

"이런 걸 입안에 넣고 다닐 정도면 일단 평범한 사람은 아니란 건데."

어쩐지 다른 때보다 느낌이 영 찜찜하더라니, 보통의 스토커는 아닌 모양이었다. 그러나 남자는 혀까지 마비되어 유리에게 더 이상 아무런 말도 하지 못했다. 청명한 새벽빛을 머금은 아름다운 얼굴에 설핏 희미한 살기가 스쳐 지나갔다.

'……그냥 죽일까?'

하지만 만약 이 남자가 아라크네를 찾아온 사람이라면 일단 어디서 꼬리가 밟혔는지 알아볼 필요가 있었다. 일주일 전부터 그녀의 뒤를 쫓던 사람이었으니 라키어스 아발론을 추격해 온 사람일 리는 없을 테고.

유리는 마음을 정하고 다시 실을 뽑아 남자의 몸 선체를 칭칭 동여맸다. 그리고 쓰레기장을 벗어나 이번에는 정말 누구의 눈에도 띄지 않을 으슥한 곳에 남자를 처박았다. 처음 이곳에 이사를 오면서 만약을 위해 미리 봐두었던 장소 중 한 군데로, 설령 시체를 숨겨둔다 해도 금방 발견되지 않을 곳이었다.

저녁때쯤에는 마비독이 풀려 있겠지. 유리는 옷깃을 여미며 자리에서 돌아섰다. 어쩐지 오늘따라 출근하기까지의 길이 멀었다.

쿵.

가녀린 여인의 모습이 시야에서 사라진 직후, 멀지 않은 곳에서 문이 닫히는 소리가 들렸다. 그렇게 라키어스 아발론은 삭막할 정도로 조용한 집 안에 혼자 남았다. 한동안 숨을 죽이고 바깥에 귀를 기울였으나, 발소리는 정말 그대로 문에서 멀어졌다.

'……진짜 이대로 그냥 나간 건가? 처음 보는 남자를 집에 혼자 두고? 집주인이……?'

그는 잠깐 자신이 처한 상황을 파악하려 노력했다.

그러나 아무리 생각해 보아도 지금 그가 당면한 현실은 어딘가 현실감이 부족했다.

눈길을 돌리자 옆에 있는 테이블 위에 놓인 온갖 물건이 시야에 들어왔다.

거기에는 각종 의료 용품과 물수건을 포함해, 그 밖에 갈증을 달랠 물이나 간단히 배를 채울 만한 빵도 놓여 있었다.

물론 라키어스 같은 환자가 저런 빵을 먹는 건 무리였다.

조금 전 출근해야 한다며 주저 없이 집을 나간 여자를 떠올리는 그의 표정이 묘해졌다.

'어쩌다 이런 곳에서 눈을 뜨게 된 거지?'

라키어스는 아직 산만한 정신을 가다듬으며 지금의 상황에 이르게 된 과정을 차근차근 되짚어보기 시작했다.

–야, 라키어스.

바로 그때, 머릿속에서 징– 하고 울리는 듯한 목소리가 메아리쳤다. 그것을 듣는 순간, 공중에 부유하는 것 같던 현실성이 곧바로 중력을 얻어 밑으로 묵직하게 내려앉았다.

–너 살아 있냐?

라키어스의 푸른 눈이 가늘게 떠졌다. 생사의 기로를 오간 끝에 겨우 다시 듣게 된 목소리였지만 반가움보다는 지겨움의 감정이 더 크게 느껴졌다. 여느 때처럼 다소 매정한 대답이 라키어스에게서 흘러나왔다.

'귀 따가우니까 짖으려면 나중에 짖어.'

목에 부상을 입어 소리를 내기 어려운 상태였지만 지금 그에게 말을 건 대상과는 속으로 대화를 하면 되었기 때문에 무리가 없었다. 라키어스의 정 없는 말에 머릿속에서는 한동안 시끄러운 욕설이 울렸다.

–걱정한 사람한테 그게 할 소리야!

의식이 없는 동안 정말 노심초사했었는지, 목소리가 평소에 비해 확연히 격양되어 있었다. 하지만 라키어스는 거기에 감동을 느끼는 대신, 자신에게 기생 중인 미생물을 비웃었다.

'뭔 소리야. 네가 언제부터 사람이었다고.'

–야, 이 새끼야! 지금 그런 게 중요해?!

성난 파도처럼 머릿속에서 지잉, 요동치는 소리에 라키어스는 결국 미간을 찌푸리고 말았다.

–이번엔 진짜 뒈지는 줄 알았잖아! 지금도 네 몸 상태가 어떤지 알기나 해? 네가 죽으면 나도 죽는 거 몰라? 좀 더 조심하란 말이야! 네 몸을 천하에 둘도 없는 연약한 유리 인형처럼 소중히 보듬어 아끼라고!

양초의 불빛이 은은히 스민 라키어스의 얼굴에 떫은 감정이 배어 나왔다. 그는 낮은 한숨을 내쉰 뒤, 이마에 흘러내려 눈을 찌르는 미리카락을 뒤로 쓸어 넘겼다. 그것만으로도 상처가 땅겨서 얼굴을 구길 수밖에 없었다.

그러는 동안에도 라키어스의 감각은 예리하게 주변을 훑고 있었다. 이상한 상황이었지만, 주인이 떠난 이 집에는 정말 그 혼자밖에 없었다. 게다가 집 주위에 수상한 기척도 느껴지지 않는 것을 보니, 일단은 지금 당장 움직이지 않아도 될 것 같았다.

이렇게 다쳐본 것은 지금 한참 머릿속에서 시끄럽게 떠들고 있는 기생충 같은 미생물(물론 그의 생각을 안다면 머릿속의 목소리는 격렬히 분노하며 길길이 날뛸 터였지만)을 얻은 뒤로 처음이었다. 꼭 몸이 물먹은 솜처럼 무거워서, 설령 지금 당장 누가 그를 죽이러 온다 해도 제대로 대응하지 못할 것 같았다.

라키어스는 소파에 좀 더 깊이 몸을 파묻고 느리게 눈을 감았다 떴다. 반짝이는 금색 속눈썹이 푸른 눈동자를 감싸며 내려앉았다가 천천히 다시 올라가기를 몇 번 반복했다. 그러는 동안에도 잔소리는 계속 이어졌다. 아무래도 라키어스의 몸에 있는 잡벌레는 그가 환자란 사실도 잊은 모양이었다.

하지만 이번에는 정말 머저리 같은 이유로 죽을 뻔한 것이 맞기에, 듣기 싫은 잔소리도 그냥 조금쯤은 참고 들어주기로 했다. 게다가 상처를 입고 거리를 헤매는 동안 저 시끄러운 소리 때문에 생각보다 오래 의식을 유지할 수 있었다. 물론 그렇다고 해서 저 수다에 전부 맞장구를 쳐주겠다는 의미는 아니었다.

라키어스는 머릿속에서 울리는 음성을 반쯤 흘려 들으며 다시 주변을 살펴보기 시작했다.

–더군다나 폼 나게 죽는 것도 아니고 그렇게 얼간이같이……! 그나마 운이 좋았으니 망정이지, 까딱 잘못하다가는 정말 골로 가는 거였다고!

그러다 어느 순간, 라키어스의 입가에 싸늘한 미소가 피어올랐다.

……운이 좋아?

세상에서 유일하게 믿었던 놈에게 뒤통수를 맞고 이 모양 이 꼴이 되었는데, 운이 좋다고 할 수 있나?

조금 전 출근하기 위해 문을 나섰던 이 집의 주인, 유리의 생각이 맞았다. 그는 불과 며칠 전까지만 해도 암흑 도시인 카르노말의 왕이었던 바로 그 라키어스 아발론이었다. 그러나 살면서 유일하게 믿었던 이에게 배신당해 굴욕적으로 자리를 빼앗긴 뒤 이렇게 도망자 신세가 되었다. 당시에는 이미 치명상을 입은 뒤였기에 후일을 기약하며 자리를 피하는 것이 최선이었다. 그때의 일을 상기하는 그의 새파란 눈동자에 진득한 살의가 번져 나갔다.

설마 그놈이 유적의 힘을 얻었을 줄이야. 예전에 연구소를 파괴하면서 다 사라진 줄 알았는데, 어딘가에 숨겨져 있는 파편이 남아 있었나.

그렇게 카르노말에서 벗어나 어둠 속에 몸을 숨기고 정처 없이 걷다가…… 어느 순간 의식을 잃었던가. 그리고 눈을 떠보니 지금 이곳이었다.

–내가 그 새끼 느낌이 영 쎄하다고 몇 번이나 말했시? 그놈 눈깔이 썩었다고 그렇게 입이 아프도록 말했는데! 잘난 척하면서 내 말은 죄다 무시하더니 꼴좋다, 등신.

라키어스는 굴욕을 곱씹으며 느리게 입술을 당겼다. 비록 이렇게 왕위를 찬탈당해 부상을 입고 도망치는 신세가 되었긴 하나, 날 때부터 같은 짐승을 물어뜯으며 살던 맹수가 이제 와서 풀을 씹는 초식동물로 변할 리는 없었다. 천장을 응시하는 라키어스의 벽안에는 너없이 섬뜩한 광채가 박혀 있었다.

'맞는 말이네.'

–그래, 넌 등신 쪼다…… 어, 뭐?

'나 등신 맞다고.'

라키어스가 동의하자 오히려 지금까지 시끄럽게 울리던 목소리가 뚝 그쳤다.

이윽고 라키어스는 그 침묵을 배경 삼아 몸을 자세히 살피기 시작했다. 제법 꼼꼼하게 묶인 붕대를 풀어 굳이 속을 확인하지는 않았다. 만약 여자가 그의 몸에 해가 되는 수상한 짓을 했거나 치료에 문제가 있다면 머릿속의 목소리가 알려주었을 것이 분명했으므로.

물론 라키어스의 의식이 없는 동안은 그와 공생하는 존재도 함께 잠들어 있는 것이나 마찬가지였지만, 만약 라키어스의 몸에 다른 이상이 있다면 눈을 뜬 순간 먼저 알아차렸을 것이 분명했다. 하지만 그렇다 해도 그가 입은 상처는 상당히 큰 것이었는데 치료소도 가지 않고 자택에서 이 정도로 쓸 만하게 조치를 취하다니……. 뭘 하는 여자인지는 모르겠지만 이런 방면으로 상당히 능통한 모양이었다.

라키어스가 보인 뜻밖의 반응에 마음이 누그러졌는지, 기세가 한풀 꺾인 목소리가 웅얼거리며 말끝을 흐렸다.

–그러니까, 마지막에 내가 도와준다고 했을 때 그냥 수락했으면…….

'생각만 해도 역겨우니까 그런 하나 마나 한 소리는 덧붙이지 말고.'

그 말대로, 라키어스가 몸에 깃든 힘을 사용했으면 제아무리 방심했다 한들 이렇게 쉽게 당했을 리가 없었다. 하지만 그런 의미의 '만약'이란 없다는 것을 라키어스도 알고, 그의 속에 기생하고 있는 목소리의 주인도 알았다.

라키어스가 진심으로 질색하는 것을 느꼈는지, 그 후로는 목소리도 한동안 더 이어지지 않았다. 라키어스는 이제 몸을 살피는 것을 대충 끝내고 탁자 위를 훑기 시작했다. 손가락 하나 까딱하기 싫은 상태였지만 그래도 쓸 만한 게 뭐가 있는지 한 번은 살펴봐야 할 것 같았다.

–아, 맞다!

그러다 문득 갑자기 무언가가 생각났다는 듯이, 이번에는 지금까지와 사뭇 다른 종류의 활기를 띤 음성이 라키어스를 건드렸다.

–라키어스 너, 아까 그 여자 처음 봤을 때 넋 놓고 있었지?

그 순간, 테이블 위의 약을 뒤적이던 라키어스의 손이 멈칫했다. 조금 전까지 그의 앞에 서 있던 사람이 저절로 뇌리에 떠올랐다.

라키어스가 눈을 떴을 때 그의 시야에 비친 것은, 창문 앞에서 꼭 새벽빛에 서서히 잠겨가는 것처럼 햇빛을 받으며 서 있던 아름다운 여인의 모습이었다. 그 광경이 어쩐지 지독히도 평온하고 또 고요해서, 현실성이 없게 느껴졌다. 그래서 처음에는 아직도 꿈을 꾸는 줄 알았다. 하지만 그녀는 실재하는 사람이었다.

"다시 누워서, 더 자요."

아까의 일을 상기하자 어젯밤의 기억 속에 꿈결처럼 남은 잔잔한 목소리도 덩달아 귓가에 어른거렸다.

"적어도 지금 당신을 위협할 사람은 없으니까."

……왠지 기분이 조금, 아주 조금 이상해졌다. 하지만 라키어스는 그 느낌을 무어라 표현해야 할지 알지 못했다.

–우와, 아니라고도 안 하네?

그래서 설핏 눈가를 찡그리고 있으려니, 머릿속에서 재수 없게 들뜬 목소리가 전해져 왔다.

–그렇게 생긴 여자가 네 이상형이었어? 신기하네. 네가 누굴 보고

이런 식으로 귀엽게 반응한 건 처음인데.

이 멍청한 벌레는 다른 생각을 하느라 반응이 없던 것을 긍정이라 여긴 모양이다. 그 말을 듣고 라키어스는 뒤늦게 부정했다.

'헛소리하지 마. 이상형은 무슨 웃기지도 않은…….'

–헛소리 아니잖아. 아주 그냥 눈을 못 떼던데. 시선 마주치는 순간에 심장도 엄청 크게 쿵 떨어졌던 거 다 알아.

"……."

–그뿐이야? 그 여자가 네 눈앞에 있는 동안 심박수가 아주 그냥 미친 듯이 급상승을 하더만.

'……'

라키어스는 순간 말문이 막히는 것을 느꼈다. 그런데 스스로도 왜 하필 지금 말문이 막힌 건지 알 수가 없었다. 그러자 머릿속의 목소리가 한 건 잡았다는 듯이 얄밉게 시시덕거렸다.

–너 눈 되게 높구나? 난 그것도 모르고 지금까지 네가 고자인 줄로만 알고 있었지 뭐야. 이야, 그런데 아니었다니.

라키어스가 바드득 이를 갈았다.

'닥쳐.'

–안심해서 그래, 안심해서. 난 이대로 네가 평생 동정으로 살 줄 알았…….

'죽기 싫으면 개소리 말고 닥치라고.'

–에헤. 너도 쑥스러움을 다 타네?

그러나 라키어스가 자신에게 실질적으로 해를 끼칠 수 없다는 것을 아는 목소리는 잔망스러운 입방정을 멈추지 않았다.

결국 라키어스는 입안에 고인 욕을 씹어뱉고 말았다. 전부터 이 잡

벌레는 아무렇지도 않게 징그러운 소리를 잘했다.

–근데 나도 알 것 같아! 이상하게 나도 딱 보자마자 느낌이 왔다니까? 왠지 모르게 어딘가 친근하고 익숙한 느낌이 드는 게……. 이런 걸 두고 운명이라고 하는 건가? 맞지?

그리고 이런 얼토당토않은 개소리도 잘 지껄였다.

–역시 내가 선택한 인간이야. 난 이번에야말로 네가 진짜 죽을 줄 알았는데 목숨도 구하고 이상형의 여자도 만나고, 그 두 가지를 한꺼번에 다 해내네. 역시 대단해. 나 정말 감탄했다고.

이제는 닥치라고 더 말하기도 귀찮아져서 라키어스는 무반응으로 일관했다. 그러자 한동안 시끄럽던 목소리도 점점 흥미를 잃었는지 알아서 서서히 사그라졌다. 예전에도 이런 식으로 쓸데없이 과하게 라키어스를 건드렸다가 거의 일 년간이나 독하게 대화를 끊고 산 적이 있었기 때문에 또다시 그 짝이 나기 전에 적당히 주제 파악을 할 마음이 생긴 모양이었다.

사위가 쥐 죽은 듯이 조용해지자 다시 피로가 몰려들었다.

'여자가 돌아오기 전에 이곳을 떠나야 하는데…….'

라키어스는 어떻게든 잠들지 않으려 했지만 결국은 해일처럼 몰려드는 수마에 지고 말았다. 곧 죽음처럼 조용한 안식이 라키어스를 집어삼켰다.

시간은 금방 흘렀다. 유리는 퇴근 후 아침에 들렀던 골목으로 다시 돌아갔다. 그런데…….

남자는 이미 죽어 있었다. 유리의 미간이 슬쩍 찌푸려졌다. 분명 뜻밖의 상황이었으나 그녀는 당황하지 않고 시체에 가까이 다가갔다.

남자는 몸의 특정 장기가 뜯긴 채 죽어 있었다. 저녁놀을 받아 더욱 짙은 빛깔을 띤 붉은 눈동자가 죽은 사람의 몸을 한차례 훑었다. 눈앞에 보이는 상처 자국이 어쩐지 익숙했다.

그래서 이 남자를 그녀에게 보낸 배후 세력이 꼬리를 자르기 위해 이런 짓을 저지른 게 아니란 사실을 알 수 있었다. 애초에 그녀 혼자만 알고 있던 이 으슥한 골목에 찾아 들어와 이런 짓을 할 수 있는 건 단 한 명밖에 없었다.

"나중에 혼내줘야겠네……."

유리는 작게 혀를 찬 뒤 눈앞의 시체를 실로 둘둘 감았다. 남자에게 물어서 누가 그를 보낸 건지 캐내볼 요량이었는데 방법을 바꿔야 할 듯했다.

유리는 왼쪽 손목에 걸려 있던 팔찌에서 검은 깃털을 하나 뜯어냈다. 그리고 깃털을 손에 세게 움켜쥐자, 거기에서 검은 연기가 피어올랐다. 깃털은 그렇게 흔적도 없이 사라졌다. 지금 유리가 생각한 사람에게도 신호가 갔을 터였다. 아무래도 한동안은 '아라크네'로 있는 시간을 줄여야 할 것 같았다.

덜컹. 집에 돌아왔을 때, 라키어스 아발론은 아침에 봤던 그 자리에 그대로 있었다. 혹시 떠났을지도 모른다고 생각했는데 아니었나. 기대했던 결과가 아니라서 유리는 약간 실망했다.

그녀는 문 앞에서 신발을 벗고 실내용 슬리퍼로 갈아 신은 뒤 안으로 들어섰다. 라키어스는 소파 밑으로 팔을 늘어뜨린 채 잠들어 있었다. 문소리도 못 듣고, 다가오는 기척도 못 느낀 채 이렇게 무방비하게 있다니. 이대로 누가 업어 가도 모를 것 같았다. 남의 집에서 너무 곤하게 잠든 것 아닌가?

잠깐은 그렇게 생각했지만, 가까워진 라키어스의 모습을 보고 유리는 생각을 바꾸었다. 곧 그녀의 손이 라키어스의 이마를 짚었다. 지금 손에 닿은 게 사람인지, 불덩이인지 가늠하기 어려울 정도로 뜨거운 기운이 전해져 왔다.

유리는 라키어스의 이름을 부르려다가 멈칫했다. 지금의 그녀는 그가 누구인지 모르는 게 정상이었으니까.

"이봐요. 정신 차려보세요."

어깨를 살짝 흔들어 깨워보았지만 라키어스는 일어나지 않았다. 식은땀을 흘리며 죽은 것처럼 누워 있는 모습이 퍽 처량했다. 어쩐지 이런 상처를 입었는데 하루 만에 눈을 뜬 것도 신기하다 싶긴 했었다. 그래도 아침에 봤을 때는 제법 멀쩡해 보여서, 역시 암흑세계의 제왕이라 그런지 보통 놈이 아니구나 싶었는데…….

아무래도 그를 너무 초인으로 생각했던 모양이다. 혹시 상처가 덧나려고 그러나 싶어서 유리는 라키어스의 환부를 확인했다.

그러나 생각보다 상처가 빨리 아물고 있어서 깜짝 놀랐다. 이상했다. 이틀 만에 이렇게 상처가 아무는 게 육안으로 보이다니. 물론 유리 같은 경우는 어디를 다쳐도 반나절이면 거의 다 나았지만, 당연히 그건 보통 사람의 기준이 아니었다. 하지만 어떻게 보면 라키어스 아발론은 소설의 메인 악역이었으니, 처음 유리가 했던 생각처럼 그 역시 보통 사람의 범주에 넣으면 안 되는 건지도 몰랐다.

아니면 혹시……. 라키어스도 그녀처럼 유적의 파편을 흡수했다거나. 소설에서 그런 설명을 본 기억은 안 났지만 그래도 혹시 그녀가 놓친 부분이 있는 건지도 몰랐다. 또 유리라는 변수가 생긴 것처럼 이곳의 모든 상황이 소설과 똑같이 흘러가리라는 보장은 없었으니까. 몇 년 전에 직접 연구소를 파괴하러 왔던 라키어스를 떠올려 보면, 이쪽도 아예 신빙성이 없지는 않은 것 같았다.

유리는 잠깐 소파에 누운 남자를 내려다보다가 얼음이 담긴 대야와 물수건을 가져왔다. 너무 냉정한 건지도 모르지만, 사실 그녀는 이 남자가 이대로 죽어도 본인 팔자라고 생각했다. 어쩌면 그녀가 이 세계에 환생한 후 늘 그렇게 살아왔기 때문인지도 몰랐다.

어릴 때 있었던 뒷골목도, 그리고 청소년기를 보냈던 연구소도, 또 그 후에 몸을 담았던 뒷세계도, 모두 다 자기편이라고 할 사람 하나 없는 데다, 또 언제 재수 없게 칼침을 맞아 죽을지 알 수 없는 삭막하기 그지없는 동네였으니까 말이다.

라키어스 아발론도 그런 환경에서 나고 자랐을 테니 그녀와 같은 사고방식을 가지고 있을 것이 틀림없었다. 그러니 그가 만약 그녀의 집에서 죽는다면 그것도 다 자기 운이었다.

그러게 누가 집을 잘못 찾아오랬나……. 게다가 분명 자기 입으로 치료사를 부르지 말라고 했다. 그렇다고 그녀가 아무것도 안 해준 것도 아니고, 할 수 있는 한도 내에서는 치료도 해주지 않았던가. 지금도 이렇게 열이 난다고 간호까지 해주고 있고 말이다.

이건 비밀이었지만, 유리는 만약을 대비해서 라키어스가 죽으면 시신을 처리할 곳도 이미 알아봐 뒀다. 물론 '네 묫자리를 미리 봐뒀다'는 말 같은 걸 암흑세계의 왕 앞에서 할 수는 없었지만.

그리고 이미 그곳은 아까 봤던 남자의 묫자리가 되어버렸다. 하지만 그건 말 그대로 어디까지나 만약을 대비한 것이었고…….

"살고 싶으면 좀 더 힘내봐요, 악역 씨."

분명 라키어스 아발론은 잡초 같은 생명력으로 금방 일어설 것이란 생각이 들었다. 그럼 나중에 사례금이나 한몫 단단히 뜯어내도 좋을 것 같았다. 그게 가능하다면 말이다. 왠지 암흑세계의 왕한테서 돈을 뜯어내는 것보다 그녀의 목이 뜯어지는 게 더 빠를 것 같긴 하지만.

그러다 문득 유리의 시선이 라키어스의 옷에 닿았다. 옷 전체가 피투성이인 데다 군데군데 찢어져 있기까지 해서, 아무래도 위생을 위해서라도 옷을 갈아입혀야 할 것 같았다. 그녀가 부업을 할 때 조종하던 인형들한테 입혔던 옷이 있는데, 얼추 사이즈가 맞을 듯했다.

의식 없이 늘어진 사람에게 옷을 입히기란 물론 쉬운 일이 아니었지만 실을 이용하면 간단했다. 처음 봤을 때부터 지금까지 줄곧 라키어스의 손에 끼워져 있던 장갑도 벗겼다. 검은색이라 미처 몰랐는데 거기에도 피가 굳어서 말라붙어 있었다.

그 후 그의 몸에 아직 묻어 있던 피를 물수건으로 닦아내고 새 옷을 입히자 그제야 좀 만족스럽게 깨끗해졌다. 그런데 이제야 겨우 깔끔해진 사람을 피투성이의 소파에 그냥 눕히자니, 뭔가 좀…….

그래서 내친김에 소파에 씌워두었던 커버도 같이 갈았다. 빨랫거리가 좀 많아졌지만 내일은 마침 커피하우스도 쉬는 날이니 괜찮았다.

라키어스의 이마에 올려둔 물수건을 갈다가 그의 머리카락에 손이 스쳤다. 무심한 붉은 눈동자가 라키어스의 금색 머리칼에 머물렀다. 원래는 유리의 머리카락도 이런 색이었다. 그러니까, 연구소에 들어가 실험을 당하기 전에 말이다.

라키어스보다는 조금 물이 빠진 것 같은 흐린 금발이었지만, 그래도 지금 주변 사람 중에는 금발이 없어서 그런지 라키어스를 보면 그녀는 어릴 때가 떠올랐다. 그렇다 해서 유리가 쓸데없는 감상에 빠져 향수에 젖거나 한 것은 아니었다. 그녀는 그런 감정을 느끼지 못하게 된 지 오래였으니까.

그래도 오랫동안 해본 적 없는 이런 잡생각이 갑자기 떠오르는 걸 보면, 확실히 이렇게 누군가와 한 공간에 있는 것이 낯설긴 한 모양이었다. 그렇게 늦게까지 라키어스의 간병을 하다가, 유리는 깜빡 잠이 들었다.

스륵. 문득 잠에서 깨어났을 때, 누군가가 머리를 만지고 있었다. 하지만 '만졌다'라고 표현하기도 애매할 만큼 약한 힘이어서, 한편으로는 착각이 아닌가 싶기도 했다.

아래로 내리깔려 있던 유리의 속눈썹이 슬쩍 위로 들어 올려졌다. 눈꺼풀을 올리자 어제저녁에 새로 간 소파의 새로운 천과 그 위에 엎어진 그녀의 팔이 보였다. 아무래도 엎드려서 자고 있었던 모양이다.

유리는 슬쩍 고개를 들며 팔을 풀었다.

툭. 그러다가 가까이에 있던 따스한 무언가에 손가락 끝이 살짝 닿게 되었다. 이변이 일어난 것은 바로 그 순간이었다.

"……!"

화악!

살갗에 스민 체온과 함께 다른 무언가가 유리의 안으로 흘러들기 시작했다. 순식간에 그녀의 깊숙한 곳까지 침투한 정체불명의 무언가가 이내 심장에 고여 들었다.

처음에 유리는 그것이 뭔지 알지 못했다. 하지만 곧 본능 같은 깨달음이 그녀의 머리를 후려쳤다. 지금 유리의 안에 홍수처럼 쏟아져 들어오고 있는 것은, 그녀가 잃어버렸던 감정이었다.

연구소에 들어가 인간다운 것들을 강제로 제거당하며 빼앗겼던 것들의 한 조각이었다. 그중에서도 가장 따스하고 아름답고, 또 행복한 것들이 그녀의 안으로 걷잡을 수 없이 퍼부어져 당장에라도 넘쳐날 것처럼 목 끝에서 찰랑거렸다. 가슴이 너무 먹먹하게 벅차올라서 그녀는 어찌할 바를 몰랐다.

이건…… 그녀가 너무나 오랜만에 느껴보는 충만감이었다. 그동안은 아무것도 느낄 수가 없어서 스스로가 비어 있는 줄은 알아도 거기에 대한 공허감은 느낄 수 없었는데…….

오랫동안 잃어버렸던 것을 되찾고 나자 지금까지 그녀가 얼마나 이것을 그리워했던 건지 이제야 알 것 같았다. 어떻게 그동안 이런 걸 잊고 살 수 있었을까. 이렇게 눈물이 날 정도로 안온하고 행복한 느낌을.

너, 지금까지 어디에 있었던 거야? 내가 얼마나 찾았는데……. 네가 없어서 내가 얼마나 외로웠는데…….

유리는 겨우 되찾은 자신의 조각을 행여나 놓칠세라 손으로 꽉 움켜쥐었다. 그러자 그녀의 손안에 잡힌 것이 크게 흠칫하며 요동쳤다. 어째서인지 그것은 유리의 손아귀에 잡히자마자 곧바로 그녀에게서 떨어지려고 했다.

유리는 초조함에 사로잡혀 그것을 더 절박하게 붙잡았다. 그러면서 '안 돼, 가지 마……'라는 말 따위를 애원하다시피 중얼거렸던 것 같기도 하다.

"잠깐……."

당혹감을 담은 낮은 목소리가 그녀의 머리 위에서 울렸다. 하지만 그것은 유리에게 닿지 못하고 그대로 스쳐 지나갔다. 그러는 동안에도 유리의 손에 잡힌 것은 다시 한번 그녀에게서 벗어나려 했다.

이번에는 전보다 더욱 강력한 시도였다. 하지만 유리가 더 단단히 손에 힘을 주고 있었기 때문에, 오히려 그녀의 몸이 거기에 끌려가고 말았다. 그러면서 테이블이 유리의 몸에 부딪혔다.

쨍그랑!

뒤이어 날카로운 소리가 고막을 찔러들었다. 테이블 위에서 떨어진 컵이 깨진 것이었다. 그 순간 유리는 정신을 차렸다.

"어……?"

몽롱한 붉은 눈이 이제 막 꿈에서 깨어난 사람처럼 몇 번 느리게 깜빡여졌다. 그런 뒤에야 비로소 시야에 상이 맺혔다. 바로 지척에 투명할 정도로 맑은 연청색 눈동자가 있었다. 얼마나 거리가 가까웠던지, 촘촘한 금색 속눈썹이 잘게 떨리는 것까지 다 보일 정도였다. 장인이 깎아 만든 조각이 아닐까 싶을 정도로 아름답고 잘생긴 얼굴이 바로 코앞에 있었다.

유리는 그것이 라키어스의 얼굴이란 것을 조금 뒤늦게 깨달았다. 그러다 문득 의아함을 느끼고 시선을 내리자…….

이번에는 더 큰 의문이 그녀를 찾아들었다. 유리는 거의 라키어스의 위에 반쯤 올라타 있었다. 그는 소파에 기대 누워 있는 상태였고, 유리는 소파에 한쪽 무릎을 올리고 한 손은 그의 옆을 짚고 있었다. 그리고 다른 한 손은…… 더 이해할 수 없게도, 라키어스와 손을 맞잡고 있었다.

조금 전까지 어떻게든 손안에 움켜쥔 것과 더 가까이 닿으려 애쓴 결과일까. 그냥 단순히 손을 맞잡은 것도 아니고, 서로의 손가락이 사이사이마다 아플 정도로 진득하게 얽혀들어 있었다. 바짝 밀착된 손바닥에서 누구의 것인지 모를 열기가 전해져 왔다. 이런 내밀한 접촉은 지금까지 누구와도 해본 적이 없는 것이었기 때문에 순간 이상한 기분이 들었다.

유리는 다시 시선을 들어 앞에 있는 사람과 시선을 마주했다. 라키어스도 이 갑작스러운 상황에 적잖이 당황한 모양이었다. 동요 어린 벽안이 그녀의 눈앞에서 작게 흔들리고 있었다.

그 위로 드리워진 금색 속눈썹도 나비가 날갯짓하듯이 파르르 떨렸다. 그녀를 곧게 응시하고 있는 라키어스의 눈가가 약간 발갰다. 속에 든 내용물이야 어찌 되었든 간에 외모만큼은 워낙 청순해 보여서 그런지, 꼭 순진한 청년을 그녀가 희롱하는 것 같은 느낌이 들었다. 그 모습을 보니 순간적으로 정신이 확 깨어났다.

"어…… 미안해요."

유리는 반사적으로 사과했다. 어쩌다 상황이 이렇게 되었는지 이해할 수가 없었다. 분명 어젯밤 라키어스를 간호하다가 어느 순간 잠이 들어서……. 그러다 누군가 머리를 만지는 것 같은 느낌이 들어 눈을 떴는데. 그런데 왜 지금 이렇게 이 남자와 손을 붙잡고 있는 거지?

하지만 더 이해할 수가 없는 건, 이런 상황에서도 라키어스에게서 떨어지기가 싫다는 것이다.

머리로는 분명 라키어스의 위에서 곧장 비켜야 한다고 생각했다. 하지만 오히려 유리는 몸을 일으키는 대신 맞잡은 손을 더욱 세게 그러쥐었다. 스스로도 이해할 수 없는 행동이었다. 라키어스도 그랬는지, 마주한 금빛 속눈썹이 더 크게 팔랑였다. 맞닿은 손을 통해 상대의 혼란이 고스란히 전해져 왔다. 밀착한 피부에서 아직도 스며오는 황홀한 감각에 어쩐지 머릿속이 조금 멍했다.

"……손."

바로 그때, 낮게 잠긴 음성이 유리의 귓가에 날아들었다. 아직 목의 부상이 회복되지 않은 탓인지, 한 음절씩 끊어지는 느릿한 어조의 목소리가 고막을 긁고 지나갔다.

"그만 놔줬으면…… 좋겠는데요."

약간 거친 느낌이 나는 가라앉은 음성을 듣는 순간, 유리는 일순간 뒷덜미가 쭈뼛거리는 느낌을 받았다. 라키어스에게서 흘러나온 매혹적인 페로몬 같은 것이 목을 휘감으며 척추를 타고 기어 내려가는 듯한 느낌이었다.

유리는 등줄기를 스치는 낯선 감각에 흠칫하며 거기에서 달아나듯이 라키어스에게서 몸을 물렸다. 얽혀 있던 손가락이 간지럼을 태우듯이 살갗을 스치며 떨어진 순간, 몸속을 채우고 있던 충만함도 같이 사라졌다.

유리의 얼굴에도 서서히 본래의 건조한 무표정이 되돌아왔다. 그에 비례해 그녀의 머릿속에는 의문이 자라나기 시작했다. 유리가 말문이 막힌 동안 라키어스는 손을 들어 목을 움켜잡고 있었다. 말을 했더니 다시 목이 아픈 모양이었다.

하지만 진실은 유리의 생각과 달랐다.

'이 벌레 새끼가……. 야, 너 지금 뭐 한 거야?'

라키어스는 바득 이를 갈며 속으로 사납게 읊조렸다. 그러자 퍼뜩 정신을 차린 듯이 당황한 목소리가 곧 머리에 울렸다.

–아니, 난…… 몰라, 나도! 지금 내가 왜 그랬지?

머리카락에 슬쩍 가려진 라키어스의 푸른 눈동자가 흉흉하게 번뜩였다.

–난 그냥 느낌이 너무 이상해서! 저 여자 손이, 왠지 너무…… 뭐라고 설명해야 할지 모르겠는데, 어쨌든 이상해서, 그래서…….

목소리는 계속 횡설수설 정리되지 않은 말을 떠들어댔다. 지금 그들이 이러는 이유는 조금 전의 일 때문이었다. 미친 벌레가 라키어스의 허락 없이 마음대로 능력을 사용했다. 눈앞에 있는 여자에게 그만 손을 놓으라고 말했을 때였다.

그 순간 라키어스는 자신의 의사와 상관없이 제멋대로 목소리에 실려 나간 힘을 알아차렸다. 라키어스에게 깃들어 있는 유적의 힘 중 하나는 바로 타인의 정신을 홀려서 마음대로 조종하는 능력이었다. 다만 이 힘에는 치명적인 부작용이 있어서 그는 아주 예전부터 이 힘을 매우 경멸했다. 그런데 지금 이 망할 기생충이…….

물론, 당연하게도 유리는 지금 그런 사정을 알지 못했다. 다시 한번 머릿속의 목소리에게 욕을 퍼부은 라키어스가 자리에서 몸을 일으켜 앉았다. 하지만 얼굴을 미약하게 찌푸리는 것을 보니, 아무래도 벌써 이런 식으로 몸을 움직이는 건 무리인 것 같았다.

그런 라키어스의 얼굴에는 어느새 조금 전 유리에게 보였던 감정적 동요가 말끔히 가셔 있었다. 하지만 헝클어진 머리카락 사이로 드러난 그의 귀에는 아직도 붉은 기가 남아 있었다. 불현듯 유리의 뇌리에 깨달음이 스쳐 지나갔다.

'아, 혹시 내가 갑자기 달라붙어서 화가 났나.'

하긴, 그럴 만도 했다. 가뜩이나 몸도 성치 않은데 처음 보는 여자가 느닷없이 덮친 것이나 마찬가지였으니……. 게다가 질척이면서 손을 붙잡고 비비기까지.

'이런.'

자신이 한 짓을 새삼스럽게 다시 한번 상기하고 나자 낭패라는 생각이 들었다. 지금 당장 대로한 악역 서브남에게 참살당하는 개미 엑스트라가 되어도 납득할 수 있을 것 같았다. 확실히 조금 전에는 자신이 실수했다 싶어서 유리는 일단 다시금 제대로 사과했다.

"방금은…… 제가 잠결에 그만 실례했네요. 고의가 아니었어요. 불쾌했을 텐데 미안해요."

그녀는 아직 소파에 대고 있던 무릎을 뗀 뒤 두어 발짝 정도 뒷걸음질 쳐 라키어스와 거리를 벌렸다. 다음 순간 정면으로 시선이 부딪쳤다.

"괜……."

라키어스가 입을 벌렸다가 별안간 멈칫했다. 이후에 그는 옆에 있던 테이블에 팔을 뻗었다. 그 위에서 라키어스가 집어 든 것은 종이와 펜이었다.

'우리 집에 저런 게 있었나?'

유리의 머릿속에 의문이 스쳤다. 아마 소파 근처 어딘가에 처박혀 있던 것을 찾은 모양이다.

라키어스가 종이 위에 무어라 글씨를 휘갈겼다.

[괜찮습니다.]

잠시 후 그가 유리에게 보여준 종이에는 그렇게 적혀 있었다. 그 뒤에는 '절대 불쾌하지 않았'이라고 썼다가 지운 흔적이 보였다.

유리는 조금 놀랐다. 생각보다 악역 서브남의 반응이 매우 유순했던 탓이다. 물론 아직도 약간 붉은 라키어스의 귀가 완전히 삭여지지 않은 그의 분노를 유리에게 알려주고 있었지만 말이다.

라키어스는 다시 고개를 숙여 종이에 무어라 적었다.

[저야말로 인사가 늦었습니다. 사정이 여의치 않아 치료소에는 갈 수 없는 상황이었는데 도와주셔서 감사합니다.]

이렇게 필담으로 대화를 시도하는 것을 보니, 역시 조금 전에는 상황이 상황인지라 무리해서 말을 했던 듯했다. 라키어스는 지금 자신이 처한 상황에 대해 다른 변명이나 거짓말을 덧붙이지는 않았다. 그 점이 유리가 소설을 통해 알고 있던 라키어스 아발론다웠다.

유리도 그에게 따로 연유를 묻지 않았다. 라키어스를 배려해서는 아니었고, 이미 그의 사정이 어떤지 대충 알고 있어 그럴 필요성을 느끼지 못했기 때문이다.

"아니에요. 이웃끼리 서로 돕고 살아야죠."

물론 유리가 돕고자 한 이웃은 악역인 라키어스가 아니라 여주인공이었지만 말이다. 라키어스는 두통이 이는지 간간이 얼굴을 찡그리며 다시 종이에 글씨를 적었다. 그런데 아까부터 느낀 건데, 그는 의외로 굉장한 달필이었다.

[실례지만 지금 이곳의 위치가 어디인지 알 수 있겠습니까?]

그래, 카르노말에서 충분히 멀어졌는지, 얼마나 안전한 곳인지 궁금하겠지.

"그레이페럿가예요. 동부에서도 남쪽에 위치한."

그러자 푸른 눈동자가 무언가를 생각하듯이 유리에게서 비스듬히 비껴 나갔다. 그런데 뭔가 이상했다.

'……왜 이렇게 예의가 바르지?'

소설에서는 처음에 안네마리를 거의 발닦개처럼 부리려고 했던 남자인데. 라키어스는 안네마리의 고운 심성을 한눈에 알아보고 그녀를 우습게 여겼었다. 그래서 손가락 하나로 그녀를 부리려고 했고, 성녀 같은 여주인공은 환자의 탈을 쓴 진상 멍멍이의 수발을 다 들어줬었다.

그래서 혹시 그녀에게도 적반하장으로 굴지 않을까 했었는데, 이렇게 정중하게 행동하다니. 상당히 뜻밖이라는 생각이 들었다. 어쩌면 유리의 성격이 안네마리처럼 좋지 않다는 사실을 간파한 것인지도 몰랐지만.

어쩐지 라키어스는 잠깐 무언가를 고뇌하는 듯했다. 어딘가 수심이 깃든 것처럼 보이는 그 어둑한 얼굴이 다시 한번 잘생겨 보여서 유리는 새삼 신기함을 느꼈다. 그러다가 이내 라키어스가 약간 느려진 손길로 펜을 움직이기 시작했다.

[염치없는 부탁이지만 아직 몸이 회복되지 않아 바로 움직이는 건 무리일 듯한데.]

유리는 종이 위에 늘어나는 글씨를 지켜보았다.

[혹시 며칠만 더 신세를 져도 될까요?]

뒤이어 청명한 푸른 눈동자가 유리를 말끄러미 올려다보았다. 우수에 찬 그의 얼굴을 보니 꼭 무엇이든 뜻대로 하라고 당장 고개를 끄덕여야 할 것 같았다. 의도한 건지 아닌지는 몰라도, 라키어스는 지금 미남계를 사용하고 있었다.

유리는 곧바로 대답했다.

"네, 그러세요. 괜찮아요."

생각보다 너무 흔쾌히 나온 대답에 라키어스가 멈칫했다. 사실은 유리도 거의 충동적으로 꺼낸 대답이었다.

'……야, 너 혹시 또 능력 썼어?'

라키어스가 의심 어린 음산한 기운을 유리 몰래 흘려보내며 물었다.

–나 아니야!

조금 전까지 그에게 한바탕 욕을 처먹고 풀이 죽은 목소리가 발끈해서 부정했다. 하기야, 조금 전에는 라키어스도 이상한 낌새를 느끼지 못하기는 했다. 하지만 그럼에도 그의 의심은 완전히 가시지 않았다.

불과 몇 시간 전까지만 해도 유리는 이런 대답을 할 마음이 눈곱만큼도 없었다. 만약 라키어스가 이런 청을 한 것이 어제였다면 분명 대답이 달랐을 것이다.

하지만 지금 유리의 머릿속에는 좀 전에 그의 손을 잡았을 때 일어났던 기이한 현상이 선명히 각인되어 있었다. 도대체 그것이 무엇이었는지, 지금 당장 다시 한번 확인해 보고 싶어서 손이 움찔거렸다.

라키어스는 마주한 유리의 얼굴을 유심히 들여다보다가, 이번에는 감사의 인사를 적었다.

[정말 감사합니다. 이 은혜는 후에 반드시 갚겠습니다.]

악역의 은혜 갚기라니, 별로 기대감이 생기지는 않았다. 뒤이어 라키어스가 덧붙인 말을 보고 유리는 '아' 하고 작게 소리 냈다.

[그리고 은인의 성함을 알고 싶습니다만.]

그러고 보니 아직 통성명도 안 했던가. 조금 고민되는 부분이었다. 이 남자에게 본명을 알려줘도 될지, 아닐지. 하지만 어차피 이곳에서 한동안 같이 지내기로 했으니, 이름을 숨겨봤자 무슨 소용이 있을까 싶었다. 그래서 그냥 이실직고했다.

"유리예요."

유리.

라키어스는 그 이름을 속으로 읊조렸다. 뒤이어, 라키어스의 입가에 은은한 미소가 번졌다. 병색이 깃들어 퇴폐적인 느낌을 내던 미남이 나른한 미소까지 짓자 파급력이 엄청났다. 라키어스의 주변에서 꼭 빛이 나는 것 같았다.

'와, 악역 서브남인 거 몰랐으면 홀랑 속아 넘어갔겠네.'

유리는 속으로 쯧 혀를 차며 생각했다. 뒤이어 라키어스가 적어서 보여준 글을 보니 더욱 그랬다.

[당신과 잘 어울리는 이름이네요.]

……이 남자가 진짜로 지금 미남계를 쓰나?

"어…… 감사해요?"

왜인지 말끝이 의문형으로 늘어졌다. 라키어스의 얼굴이 어쩐지 배부른 맹수처럼 묘하게 만족스러워 보여 더욱 영문을 알 수가 없었다.

─야, 라키어스, 너…….

'닥쳐.'

입이 근질거린다는 듯이 머릿속에서 또다시 목소리가 말을 걸었으나 라키어스는 가차 없이 잘라냈다. 그리고 이어서 그가 종이에 적은 글씨를 보고 유리는 또 한 번 멈칫하고 말았다.

[제 이름은 라키어스입니다.]

잠깐……. 왜 물어본 적도 없는데 나한테 자기 이름을 알려주는 거야? 분명 소설에서는…….

「전 안네마리예요. 환자분은 성함이 어떻게 되세요? 제가 뭐라고 부르면 될까요?」

안네마리의 물음에 침대에 누워 있던 남자의 얼굴이 구겨졌다. 그는 잠깐

어이가 없다는 듯이 눈앞에 있는 여인의 순진무구한 얼굴을 쳐다보았다.

「이름?」

분명 시야는 엇비슷한데도 꼭 위에서 깔아보는 듯한 눈빛이라, 안네마리는 순간 흠칫했다. 뒤이어 낮고 거친 목소리가 조롱을 담아 그녀의 고막을 긁었다.

「너 따위가 알아서 뭐 하게.」

「네……?」

「고작 이깟 붕대 쪼가리 하나 몸에 감아준 걸로 나한테 대단한 은혜라도 베풀었다 생각하면 곤란하지. 설마 내 생명의 은인이라도 된다고 착각하는 건 아니겠지?」

안네마리는 남자의 아름다운 얼굴에 떠오른 칼날 같은 싸늘한 미소를 멍하니 바라보았다.

「이봐, 여자. 기어오르지 마. 아무리 내 꼴이 이렇다 해도 네까짓 것 하나 세상에서 지워 버리는 건 일도 아니니까.」

……이랬었잖아? 그 장면 정말 인상적이었지. 물론 안 좋은 의미로.

게다가 안네마리는 은혜를 원수로 갚는 라키어스에게 오히려 '민감한 부분을 물어 미안하다'며 사과해서 그녀의 속을 터지게 만들었다.

유리는 약간 혼란스러운 상태로 고개를 끄덕였다.

"그렇군요, 라키어스 씨……."

그런데 기분 탓인지, 유리의 입에서 그의 이름이 읊조려진 순간 라키어스가 움찔했다.

"음, 멋있는 이름이네요."

이어서 그의 표정이 약간 변했다. 유리는 머리카락 사이로 드러난 라키어스의 귀가 다시 빨개진 것을 보았다. 그러고 보니 자신을 보고 있는 라키어스의 얼굴이 어쩐지 조금 딱딱하게 굳은 것 같았다. 아, 혹시 이름을 알려는 주되, 부르는 건 용납할 수 없다는 건가? 칭찬을 해줘도 화를 내다니, 역시 성격 나쁜 남자였다.

어쨌든, 그렇게 되어 악역 서브남과의 짧은 동거가 시작되었다.

제4장
원작 파괴범이 되어볼까요?

「아, 재미있네.」

어두운 하늘에서 굵은 비가 쏟아지고 있었다.

찰박. 검은 구둣발이 피가 고인 웅덩이를 밟았다. 빗물에 젖어 눈가를 찌르는 금색 머리카락을 피투성이의 손이 쓸어 올렸다.

라키어스는 발밑에 쓰러진 남자를 보며 정말 즐겁다는 듯이 웃었다. 라키어스의 몸도 마찬가지로 피와 상처로 뒤덮여 있었지만 그래도 그는 아직 두 발로 땅을 딛고 서 있을 수 있었다.

「그래, 이번에는 인정해 줄게. 버러지 새끼치고는 제법이야, 제노스 셀던.」

'내가 이름씩이나 기억하게 만들다니'라고 덧붙이며 라키어스가 자못 온화하게 입꼬리를 올려 보였다. 하지만 제노스에게 내리꽂힌 연청색 눈동자는 섬뜩하도록 싸늘했고, 뒤이어 바닥에서 꿈틀거리는 남자의 몸을 걷어차는 발길도 거침이 없었다.

퍼억!

「그런데 버러지는 버러지다울 때가 제일 어울리거든.」

제노스는 여전히 이를 사리문 채 신음 한 번 내뱉지 않았다. 흐르는 피 때문에 일그러진 보라색 눈동자에도 여전히 꺼지지 않은 불길이 일렁이고 있었다. 그것이 라키어스를 더욱 짜증 나게 만들었다.

드디어 원하던 것을 빼앗이 손에 넣기 직전이었는데, 갑자기 튀어나온 쓰레기 같은 놈에게 방해받았다.

제노스 셀던은 전부터 안네마리의 옆에 붙어 있어 거슬리던 놈이었다. 크록포드의 애송이만큼 거슬리는 건 아니었지만, 지금 이 순간 라키어스의 안에서 둘의 순번이 바뀌었다. 그런데 이런 꼴이 되고 나서도 제노스는 바들거리는 손을 뻗어 라키어스의 발목을 붙잡았다.

「안네…… 마리와 헤스티아를…… 건드리지 마.」

「이건 진짜 병신인가…….」

라키어스는 하찮은 미물을 보는 것 같은 눈으로 제노스를 내려다보았다. 지금 안네마리는 그녀의 여동생인 헤스티아와 함께 라키어스가 마련한 임시 거처에 있었다.

결국 라키어스는 안네마리의 동생인 헤스티아를 죽이지 않았다. 그는 납치당했던 헤스티아를 자신이 구출해 온 척, 다시 안네마리에게 돌려주었다. 마지막에 생각을 바꾼 것은 그리 나쁘지 않은 선택이었다.

그 결과, 안네마리는 라키어스가 자신의 여동생을 사지에 밀어 넣었던 것도 모르고, 그를 은인이라 여기고 있었다. 참으로 가련하게도.

「그래, 제노스 셀던. 예전에 동부의 수호자라 불렸다고 했던가?」

라키어스는 제노스를 내려다보다가 느른하게 읊조렸다. 그의 말을 들은 제노스가 일순간 움찔거렸다.

라키어스는 무릎을 굽혀 몸을 낮추었다. 그리고 피와 빗물에 젖은 제노스의 붉은 머리채를 손으로 붙잡아 들어 올렸다. 라키어스는 아직도 형형한 남자의 눈을 보며 아름다운 얼굴에 비틀린 미소를 지어 보였다.

「그래서 결국 네가 뭘 지켰지?」

「……!」

「이렇게 나한테 여자도 뺏기고, 개처럼 처맞고, 결국은 오늘 이 자리에서 아무도 모르게 혼자 조용히 뒈질 거잖아.」

쏟아지는 빗줄기 사이로 울려 퍼지는 목소리는 마치 노래하듯이 유려하고 나긋했다.

「난 이래서 동부 놈들이 정말 싫더라. 처음부터 양손 가득 다 쥐고 태어나서 그런지, 정말 뭔가를 미친 듯이 갈구해 본 적도 없으면서 입만 살아서 나불나불한단 말이야.」

퍽! 퍼억!

「크윽……!」

다음 순간, 억센 손이 움켜쥔 머리를 빗물 고인 바닥에 거칠게 몇 번 처박았다. 피가 튀어 라키어스의 구두와 손을 더럽혔다.

안네마리의 기사를 자처했던 고귀한 남자는 어느새 헤진 걸레짝처럼 형편없는 몰골이 되어 처참하게 피를 흘리고 있었다. 그럼에도 일그러진 제노스의 눈은 오히려 조금 전보다 더욱 강렬한 광채를 발하고 있었다.

「그러니까 죽어.」

라키어스는 그것을 보고 선득하게 웃었다.

「또 아무것도 지키지 못하고 지금 이 자리에서 너 혼자 비참하게.」

-『꽃의 사슬』 19장 꽃의 기사의 죽음 中-

맑고 화창한 아침. 나는 평소와 같은 시간에 잠에서 깨어났다. 그러고 나서 얼굴을 찌푸릴 수밖에 없었다.

이상하네……. 되게 찜찜한 꿈을 꾼 것 같은데. 간밤에는 왠지 꿈자리가 좀 사나웠던 느낌이었다. 막상 눈을 뜨고 나니 꿈의 내용까지는 생각나지 않았는데, 묘하게 꺼림칙한 기분이 남아 있었다. 어쩐지 꿈에 내 최애캐가 나왔던 것 같기도 하고…….

하지만 나는 금방 개꿈을 꾼 모양이라고 털어버리며 방문을 열고 거실로 나왔다. 아침이었으나 커튼이 창문을 가리고 있어서 집 안은 어두웠다. 아침마다 그래 왔던 것처럼 일단 물을 마시러 부엌으로 갔다.

달그락. 쪼르륵.

물이 담긴 컵을 들고 거실을 지나는 길에 반대쪽 손에서 실을 뽑아냈다. 커튼을 걷기 위해서였다. 바로 그 순간, 거실에 있는 누군가와 눈이 마주쳤다.

멈칫.

"……."

"……."

나도 모르게 자리에 우뚝 멈추어 섰다. 순간적으로 말문도 막혀 버렸다.

와…… 이번엔 조금 놀랐다. 맞아, 우리 집에 지금 다른 사람이 있었지? 아니, 깨어 있으면 깨어 있는 티라도 내든가, 너무 쥐 죽은 듯이 있어서 존재 자체를 깜빡 잊고 있었잖아.

스르륵.

막 내 손가락 끝에서 빠져나갔던 실이 다시 조용히 기어들어 갔다.

……혹시 봤나? 하지만 집 안이 어두운 데다 손에서 뽑혀 나온 실도 조금뿐이라 어쩌면 보지 못했을 수도 있을 것 같았다.

"일어나셨네요, 라키어스 씨."

나는 그냥 천연덕스럽게 아침 인사를 건넸다. 그런 내 태도가 평소와 다름없이 굉장히 태연하고 담담하리라고 장담할 수 있었다.

"몸은 좀 괜찮으세요?"

나는 그에게 다가갔다. 라키어스는 여전히 가벼운 셔츠 차림으로 소파에 반쯤 기대 누워 있었다. 조금 답답했는지, 소매와 목의 단추를 풀어 팔뚝과 목덜미가 느슨히 드러나 보였다. 커튼 사이로 아주 가늘게 스미는 어렴풋한 빛에 언뜻 비친 몸의 윤곽이 오늘도 여전히 완벽한 황금 비례를 이루고 있었다.

암흑세계의 왕이라 그런지, 저런 깜깜한 배경이 그에게 지독히도 잘 어울리는 느낌이었다. 어둠 속에서 선명한 광채를 발하는 라키어스의 푸른 눈동자가 언제부터인지 모르게 나를 소리 없이 응시하고 있었다. 약간 나른한 느낌으로 눈가가 가늘어진 걸 보니 지금 막 일어난 것 같기도 하고. 아마도 내가 방에서 나와 왔다 갔다 하는 기척에 깬 모양이었다.

"괜찮으시면 커튼을 조금 걷을게요."

나는 창가로 걸어가 직접 손을 움직였다. 그동안 몸에 깃든 유적의 힘을 사용하는 습관이 들어서 그런지 좀 번거롭다는 생각도 들었지만 어쩔 수 없었다.

촤르륵.

말한 대로 커튼을 살짝 걷고 뒤돌아보자 햇살이 연하게 비친 라키어스의 얼굴이 아까보다 선명히 눈에 들어왔다. 그는 또 햇빛이 눈부신 듯이 손으로 눈가를 슬쩍 가리고 창가에 선 나를 쳐다보았다.

라키어스의 눈매에는 거뭇한 그림자가 져 있었다. 환자답다면 환자다운 모습이었지만 어쩐지 눈앞의 광경이 꼭 화보처럼 느껴지기도 했다. 역시 패션의 완성은 얼굴이란 말이 괜히 있는 게 아닌가 보다. 어찌 보면 후줄근하다고 할 수 있는 모습인데도 그림이 되는 걸 보니.

게다가 커튼 하나 걷었을 뿐인데, 조금 전 암흑 속에 있을 때와는 왠지 분위기가 180도 달라졌다. 갑자기 흑조가 백조가 된 느낌, 혹은 하이드가 지킬이 된 느낌이었다. 아침 햇살을 받은 라키어스는 어제 봤던 청순미를 내 앞에서 아낌없이 자랑하고 있었다. 아까는 어두운 곳에서 혼자 빛나는 라키어스의 눈이 꼭 사냥감을 노리는 야생동물을 연상하게 했는데, 지금 나를 보는 라키어스는 그냥…….

막 잠에서 깨어난 귀여운 아기 고양이 같았다. 분개한 악당에게 참살당할 위험성이 있어 이런 이야기는 입 밖으로 꺼낼 수 없었지만. 딱히 겉으로 드러나는 의심스러운 기색은 없어서 내 거미줄을 봤는지 아닌지는 알 수 없었다.

“저 때문에 깨신 게 아닌지 모르겠어요. 하지만 출근 준비를 해야 해서.”

내 말을 들은 라키어스가 팔을 뻗어 옆에 놔둔 종이와 펜을 끌어왔다. 그런 뒤 거기에 무어라 끄적여 내게 보여주었다.

[괜찮으니 전 신경 쓰지 마세요.]

소설에서 봤던 성격대로라면 펜을 내 머리에 꽂으려고 집어 던지는 게 아닌가 싶었는데, 이어진 것은 배려와 예의가 넘치는 답변이었다. 그와의 대화는 이런 식으로 필담으로 이루어지고 있었다.

의식을 찾은 첫날, 상황이 상황인지라 무심코 말을 하긴 했지만 역시 무리해서 성대를 혹사하지 않는 편이 좋다고 생각한 것 같았다. 참고로 이 집에는 아직 빈방이 없어서 라키어스는 여전히 거실에 있는 소파를 차지하고 있었다. 창고 대용으로 쓰는 방이 하나 남긴 했지만 거기에는 인형들이 처박혀 있어서…….

나중에 기회를 봐서 라키어스가 보지 않을 때 치울 생각이었다. 어제 라키어스에게도 지금 당장은 방이 없다고 말했더니 자신은 거실을 써도 괜찮다고 했다. 이 집에서 자신이 불청객이란 것을 충분히 자각하고 있는 모습이었다. 사실 나는 그런 라키어스의 모습에 아직도 의구심을 느끼고 있었다.

"잠은 잘 주무셨어요? 혹시 밤사이에 불편하거나 아프셨던 곳은 없으시고요?"

이번에는 라키어스가 고개를 끄덕였다.

"좀 이를지도 모르지만 제가 금방 나가봐야 해서 일단 간단히 아침 식사를 준비해 드릴게요. 식욕이 없으시면 나중에 드셔도 괜찮아요."

라키어스는 오늘도 여전히 아픈 환자였지만 그래도 내가 결근할 이유는 되지 않았다. 라키어스가 전적으로 내 돌봄이 필요한 연약한 생명체였다면 이야기가 달라졌을 것이다. 하지만 그는 청순한 외모와 달리 철도 씹어 먹을 듯한 바퀴벌레 같은 생명력을 가진 악당이었다. 수상쩍게도 예의가 상당히 바른 것처럼 보이는 악당.

뭐, 그래도 이거 해라, 저거 해라, 하면서 거만하게 구는 것보다는 당연히 나았다.

"그럼 조금만 기다리세요. 혹시 필요한 게 있으면 말씀하시고요."

나는 그렇게 말한 뒤 방으로 향했다. 일단은 지금 입은 게 잠옷이라 옷부터 갈아입어야 할 것 같았다.

예리한 빛을 품은 푸른 눈동자가 방으로 향하는 유리의 뒷모습에 박혀 들었다.

'방금 뭐였지?'

라키어스는 조금 전 있었던 일에 의문을 느끼며 눈매를 찌푸렸다. 사실 그는 유리가 일어나 움직이는 기척을 느끼고, 문이 열리기 전부터 이미 깨어 있었다.

—저 여자, 오늘도 일하러 가나 봐. 동부 애들은 원래 다 이렇게 일개미처럼 꼭두새벽부터 일어나서 노동하러 가나?

원래도 라키어스는 언제 어디서 칼침에 맞아 죽을지 모르는 뒷세계 인간답게 잠귀가 밝았다. 그런데 아무리 부상을 입었다고는 하나, 자신의 영역도 아닌 곳에서 넋 놓고 잠들 수 있을 리가 없었다.

—쯧쯧, 인생 한번 재미없게 사네. 난 저런 애들 보면 우리 카르노말의 사치와 향락을 알려주고 싶더라.

물론 막 이 집에 왔을 때는 옆에서 누가 간병해 주는 것도 모르고 기절해 있었지만……. 어디까지나 그건 잠든 게 아니라 기절한 것이었으니 예외다. 어쨌든, 그래서 라키어스는 어두운 거실에서 유리의 행동을 낱낱이 지켜볼 수 있었다.

처음에는 잠옷 차림으로 방에서 나온 그녀를 보고 흠칫 놀랐다. 유리가 입은 잠옷은 얇고 하늘하늘한 재질이었다. 게다가 어제저녁에 입었던 옷보다 노출도가 높았다. 목과 쇄골 부근이 훤히 드러나 그 밑으로 이어진 골짜기까지 보일 듯 말 듯했으니까. 무엇보다도 그녀가 걸을 때마다 얇은 잠옷 자락이 몸에 휘감기며 어둠 속에서도 윤곽이 어렴풋이 비쳤다.

라키어스는 순간 죄를 짓는 기분을 느끼며 저도 모르게 옆으로 휙 눈길을 돌렸다.

'잠깐, 죄짓는 기분? 고작 이깟 일로?'

그러다 곧 이게 무슨 한심한 반응인가 싶어 괜스레 인상을 찡그리고 말았다. 라키어스의 양심은 금강석만큼이나 매우 단단했다. 지금까지 카르노말의 왕으로 군림하며 온갖 잔악한 일을 하면서도 거리낌한 번 느껴본 적 없을 정도였다.

그런데 고작 잠옷 차림의 여자를 한 번 훔쳐본 것만으로 죄의식을 느낀다고? 이래서야 그에게 기생 중인 벌레가 기분 잡치게 놀려대도 할 말이 없지 않은가?

라키어스는 불끈 주먹을 쥐었다. 그리고 이건 어디까지나 집주인인 여자가 무엇을 하나 확인하는 것뿐이라고 스스로에게 되뇌며 삐걱거리는 고개를 앞으로 원상 복귀했다.

유리는 이제 부엌에 가서 컵에 물을 따르고 있었다. 그러고 다시 왔던 길을 되돌아가는 중에 거실 쪽을 향해 돌연 손을 뻗었다.

"……?"

–어? 방금 뭔가 이상한 느낌이 들었는데?

라키어스는 유리의 손가락 끝에서 스며 나온 반짝이는 무언가를 목격했다. 저게 뭔가 싶어 눈을 가늘게 좁힌 순간, 유리와 시선이 마주쳤다.

그녀는 깜짝 놀란 것 같았다. 하지만 단순히 라키어스가 있다는 사실을 잊고 있어서 보인 반응 같기도 했고, 이어진 행동 역시 지극히 자연스러웠다. 그래서 그녀가 무언가를 숨기고 있는 건지 아닌지 확실히 알 수가 없었다. 일단 라키어스도 아무것도 보지 못한 척했다.

그 후에는 여상한 대화가 잠깐 이어졌다.

—으어어, 근데 네 말투 진짜 적응 안 돼. 닭살 돋아! 개소름!

'X발, 닥쳐.'

잠시 후 유리가 옷을 갈아입고 나왔다. 그녀는 부엌으로 가서 부지런히 아침 식사를 준비했다. 사실 원래 유리는 아침밥을 집에서 해먹는 스타일이 아니었다. 평소에도 꼬박꼬박 끼니를 챙겨 먹긴 했지만 집에서는 요리법이 간단한 것만 만들어 먹고 주로 밖에서 사 온 음식으로 해결하는 편이었다.

그래서 어제도 라키어스에게 대충 빵이나 던져주고 말았는데, 문득 환자에게 줄 만한 음식으로는 적합하지 않다는 생각이 들었다. 그런 이유로, 오늘은 야채를 잘게 잘라 넣은 수프를 만들 생각이었다.

'이 정도면 라키어스도 무리 없이 먹겠지.'

다만 간호 중인 환자가 비정상적인 회복력을 지닌 라키어스가 아니라 보통의 인간이었다면 꼭 전문가의 의견을 듣고 고려해 봤어야 할 일이었다. 집에서 송장을 치우고 싶지 않다면 말이다.

어쨌든, 유리는 일반인의 상식을 깡그리 치워 버린 채 요리를 시작했다. 몇 번 만들어봤던 음식이었기에 요리법은 이미 알고 있었다. 다만 한 가지 사소한 문제점이 있었다.

'그러고 보니 간을 하는 건 늘 실의 역할이었는데.'

이상하게 커피는 직접 손으로 타야 맛이 좋아졌지만 다른 요리들은 반대였다. 특히 음식의 간은 항상 실을 뽑아 했기 때문에 거실에 있는 라키어스를 의식하며 요리를 하려니 영 신경이 쓰였다.

'이런 느낌이었나?'

유리는 소금 통을 들고 고민하다가 손을 움직였다.

툭!

일단 끓는 냄비 위에서 손에 쥔 것을 가볍게 한 번 흔들었다.

촤악!

통에 든 하얀 소금이 냄비 속에 눈처럼 쏟아져 내렸다.

'좀 많은가? 그래도 한 번 더 넣어야 할 것 같은데.'

툭! 촤아악!

그런데 힘이 조금 셌는지, 뜻하지 않게 유리가 처음에 계획한 것보다 많은 소금이 냄비 속에 투하되었다.

'……그래도 2인분이니까 괜찮겠지.'

유리는 그렇게 합리화했다. 그러고 보니 이런 식으로 밥을 할 때 누군가의 몫까지 요리하는 건 이번 생에서 처음이었다. 문득 기분이 조금 이상해졌지만 넋을 놓고 있는 동안 냄비에서 탄내가 나기 시작해서 생각을 오래 잇지 못했다.

"……."

라키어스의 앞에 정체를 알 수 없는 무언가가 놓였다.

-라키어스, 너 설마 이거 먹을 거 아니지……? 존나 수상하게 생겼는데?

머릿속 벌레의 말대로 쉬이 손이 가지 않게 생긴 음식이었다.

"양배추 닭고기 수프예요."

—거짓말!

유리의 말에 벨레가 믿을 수 없다는 듯이 외쳤다. 라키어스도 비슷한 심정이었지만 그래도 딱딱하게 굳은 입매를 애써 이완시키며 접시 옆에 놓인 숟가락을 들었다.

—라, 라키어스? 잠깐만, 다시 생각해 봐! 이거 먹으면 죽을지도 몰라!

'내가 귀 따가우니까 쓸데없이 짖지 말랬지?'

라키어스는 머릿속에서 시끄럽게 촐싹거리는 목소리에게 싸늘히 일갈했다.

'난 독 처먹어도 안 죽는 거 몰라? 닥치고 있어.'

그리고 그릇 속의 거무죽죽한 진득한 액체를 한 숟가락 떠서 과감하게 입에 넣었다. 그러고 난 뒤 라키어스의 움직임이 딱 멈추었다.

순간 그의 등줄기로 식은땀이 흘렀다.

—컥! X발, 염전을 떼서 만들었나! 게다가 맛 존나 이상해! 퉤퉤!

머릿속에서 벨레의 쌍욕이 울렸다. 라키어스와 감각을 공유하고 있는 벨레였기에, 그도 거기에 공감했다. 아마 이것을 내준 것이 다른 사람이었다면 라키어스의 성격상 대번에 숟가락과 접시를 내던지고 상을 발로 걷어차 버렸을 게 분명했다. 몸이 멀쩡했다면 주변을 아예 초토화해 버리기까지 했을 것이다.

하지만 앞에서 유리가 그의 얼굴을 물끄러미 살피고 있다는 사실을 깨달은 순간, 라키어스는 잠깐 카르노말로 날아갈 뻔했던 정신 줄을 간신히 붙잡는 데 성공했다.

그러나 한순간 라키어스의 얼굴에 스쳐 지나간 표정을 보고 유리는 그녀가 만든 아침밥의 상태를 알아차렸다.

'음, 맛이 별론가 보네. 난 그냥 밖에 나가서 사 먹어야겠다.'

유리는 자신 몫의 수프도 라키어스에게 밀어주었다. 어쩐지 냄새가 영 별로더라니, 이번 요리는 실패했구나.

"많이 드세요, 라키어스 씨. 잘 먹어야 빨리 낫죠."

라키어스의 건강을 걱정해서 그런 양 말했지만 사실은 망한 요리를 처리하는 데 이용하려는 속셈이었다. 지금 그녀의 앞에 있는 남자의 정체를 생각하면 심히 간이 큰 짓거리였지만 어쩐지 막상 겪어본 라키어스의 태도가 상당히 유순했기에 시도해 본 일이었다.

-엎자! 엎어버리자, 라키어스!

라키어스의 머릿속에서 목소리가 광분해 아우성쳤다. 그럴 만도 했다. 이건 먹어서 병이 낫기는커녕, 없던 병마저 생길 것 같은 맛이었으니까.

당연히 라키어스가 이런 개죽 같은 것을 굳이 억지로 먹어야 할 이유는 없었다. 그는 상대가 누구든 간에 자신의 심기를 건드리면 절대로 가만히 두지 않는 악명 높은 카르노말의 왕이었다.

라키어스의 손이 당장에라도 숟가락을 두 동강 낼 듯이 꽉 움켜쥐어졌다. 서늘한 푸른 눈동자가 앞에 놓인 접시에서 마주한 여자의 얼굴로 미끄러져 올라갔다.

-독한 놈…….

그리고 잠시 후, 라키어스와 감각을 공유해 끔찍한 수프의 맛을 고스란히 느낀 벌레가 비통하게 울먹였다.

-넌 진짜 내가 아는 인간 중에 제일 독종이야. 흑…….

아까보다 파리해져서 기운 없이 늘어져 있는 것은 라키어스도 마찬가지였다. 라키어스는 결국 유리의 수프까지 다 비우고 입안에 남은 끔찍한 맛을 지우기 위해 물을 벌컥벌컥 들이켜는 중이었다.

자신을 물끄러미 쳐다보는 붉은 눈동자를 마주한 순간, 성격대로 이 따위 쓰레기 같은 요리는 당장 집어치우라는 소리를 할 수가 없었다.

라키어스는 밥을 먹기 전보다 몸 상태가 배로 안 좋아진 것 같은 기분을 느끼며 소파 위로 털썩 몸을 파묻었다. 쿠션에 얼굴을 기대는 그의 얼굴이 한결 창백하고 가련해 보였다. 이름만으로도 모두를 공포에 떨게 만들던 흉포하고 잔인한 카르노말의 왕, 라키어스 아발론의 위상은 어디에도 없었다.

출근 준비를 마치고 막 방에서 나온 유리도 그런 라키어스의 모습을 보고 멈칫했다.

"라키어스 씨, 왠지 아까보다 상태가 안 좋아 보여요. 약 드실래요?"

설마 자신의 요리 때문이라고는 생각하지 못하고, 유리는 그의 앞에 진통제와 해열제 등을 가져다 놓았다.

"오늘은 약속이 있어서 늦을 것 같은데……. 그래도 되도록 빨리 올게요. 쉬고 계세요."

물론 지금의 라키어스에게 가장 필요한 것은 소화제였다. 그러나 그런 말을 차마 입 밖으로 꺼내지는 못하고, 라키어스는 소파에 누워 출근하는 유리를 배웅했다.

……하지만 역시 소화제는 먹어야 할 것 같았다.

문이 닫힌 후, 기운 없는 라키어스의 손이 더듬거리며 테이블 위의 약 상자를 뒤졌다.

"유리 씨, 안녕하세요!"

출근길에 안네마리를 만났다. 나는 반갑게 인사해 오는 그녀에게 마주 답했다.

"좋은 아침이에요, 안네마리."

"오늘은 정말 날이 좋은 것 같아요! 이런 날은 소풍이라도 가면 좋을 텐데. 그렇죠?"

오늘도 변함없이 화사하고 맑은 미소가 주변을 밝게 만들었다. 그것을 보자 계획에 없던 군식구가 생겨 느끼고 있던 정서적 피로가 가시는 것 같았다.

"그러네요. 사람들이 봄에 꽃놀이를 자주 가는 장소가 근처에 있는데, 나중에 알려 드릴 테니 헤스티아와 함께 가보세요."

"정말요? 고마워요."

안네마리는 아직 이곳에 이사 온 지 반년밖에 되지 않아 페렛가에서 봄을 보낸 적이 없었다. 그래서 지나가듯이 말하자 안네마리가 활짝 웃으며 기뻐했다.

"꽃이 피면 유리 씨도 저희랑 같이 소풍 가요."

"저도요?"

"네! 소풍은 여럿이 가는 게 더 재미있잖아요."

그런가. 내가 다른 사람과 소풍 같은 걸 가본 적이 있었나. 적어도 이번 생에서 한 번도 없는 건 확실했다.

"네. 기회가 되면."

이번에도 확답하지 않고 나중을 기약했으나 안네마리는 여전히 구김 없는 얼굴로 나를 보며 웃었다.

“네. 기회가 되면 꼭 같이 가요, 유리 씨.”

나는 그런 그녀를 보며 역시 안네마리는 치유형 여주인공인 것 같다고 생각했다. 하긴, 그러니까 소설 속 악당을 포함해서 저마다 피폐한 과거를 가지고 있던 남주인공들이 안네마리에게 끌렸겠지. 이렇게 가만히 보기만 해도 절로 다정한 기운이 스며드는 것 같으니 말이다.

역시 라키어스를 그녀에게서 떼어놓기를 잘했다고 생각하며 커피하우스를 향해 걸었다.

아, 참. 그러다 문득 무언가를 떠올리고 주머니를 뒤적였다.

“이거 안네마리 씨가 생각나서 샀어요.”

주머니에서 꺼낸 건 머리 끈으로 쓸 수 있는 빨간 리본이었다. 얼마 전 밤에 의뢰 때문에 외출했다가 상점가를 지나오는 길에 안네마리가 하면 예쁠 것 같은 게 있어서 사 온 것이다.

내가 전생에 키우던 강아지 코코도 이런 빨간 리본이 달린 목줄을 좋아했다. 아, 물론 그렇다 해서 안네마리를 예전에 키우던 반려견의 대용으로 생각하는 건 절대 아니고…….

그냥 안네마리를 보면 코코가 생각나고, 그래서 물건을 보다가 코코가 생각나는 게 있으면 자연스럽게 안네마리가 생각나고, 그래서 정신을 차리고 나면 나도 모르게 상인에게 돈을 건네고 있고……. 단지 그런 것뿐이었다. 으음, 그래도 안네마리가 알면 기분 나빠할 수도 있으니 코코에 관한 얘기는 하지 않았다.

“고마워요, 유리 씨! 정말 예뻐요.”

안네마리는 선물을 받은 것이 기쁜지 얼굴을 발갛게 물들였다. 안네마리를 처음 만났을 때부터 나는 종종 이런 식으로 예고 없이 그녀에게 무언가를 선물할 때가 있었다. 처음에 안네마리는 여동생과 둘이 생활을 이어가기에도 돈이 빠듯해 나한테 보답할 선물을 준비할 수 없어 몸 둘 바를 몰라 했다. 하지만…….

"안네마리가 기뻐해 주는 게 나한테는 보답이에요. 친구의 웃는 얼굴을 보는 게 내가 가장 바라는 거니까."

내가 이렇게 말한 뒤로 이제 선물을 건네면 정말 순수한 마음으로 기뻐해 주었다. 물론 나는 감정의 대부분을 제거당한 상태였기 때문에 정말 안네마리에게 저런 마음을 느끼지는 않았다.

저 말도 안네마리의 사고방식이 어떤지 파악한 뒤 그녀를 마음 편하게 만들어주기 위해 꾸며낸 말에 불과했다. 하지만 그래도 안네마리가 웃어주면 내 마음도 따뜻해지는 것 같으니까, 완전히 거짓말은 아닐지도 몰랐다. 여전히 하얗고 곱지만 치료소에서 일하며 약간 부르튼 손이 내가 준 선물을 수줍게 만지작거렸다.

"이런 건 유리 씨가 해도 굉장히 잘 어울릴 것 같은데……."

"제가 하는 것보다는 안네마리 씨가 한 걸 보는 게 더 좋아요."

그 말에 안네마리는 더욱 감동한 표정을 지었다. 어, 이건 딱히 그녀에게 감동을 줄 마음으로 한 말은 아니었는데. 어쨌든 나로서는 진심이었다. 아무리 스스로를 예쁘게 꾸미고 거울을 봐도 별다른 감흥을 느낄 수는 없었으니까.

반면, 코코를 생각나게 하는 안네마리를 보면 아주 작디작은 감정의 티끌이 민들레 홀씨처럼 심장 위에 내려앉는 느낌이었다. 게다가 다른 걸 다 떠나서, 원래 사람이란 예쁜 걸 보면 기분이 좋아지는 법 아니겠는가. 그런 의미로도 안네마리는 선물하는 맛이 있는 사람이었다.

그렇게 그녀와 나는 맑은 햇살이 내리비추는 길을 함께 걸었다. 옆에서 해맑게 재잘거리는 안네마리의 목소리가 꼭 참새가 지저귀는 노랫소리 같았다.

커피하우스의 하루는 오늘도 다른 때와 비슷했다. 손님이 오면 주문을 받고, 한산할 때는 청소를 하거나 가게 안을 정리하고.

"안녕하세요, 유리 씨. 맑고 화창하고 아름다운 오후네요!"

그리고 가끔은 원치 않는 불청객을 맞이해야 하는 것까지. 귀를 파고든 익숙한 목소리에 나는 약간 차게 식은 눈으로 눈앞의 손님을 바라보았다.

또 왔냐, 너. 해맑게 웃고 있는 남자를 보자마자 머릿속을 스쳐 지나간 생각이었다. 남자는 내 싸늘한 시선에도 아랑곳하지 않고 더 활짝 웃었다.

"이야, 지금 이 시간에 보니까 꼭 태양의 여신 같아요, 유리 씨! 그러니 오늘은 유리 씨를 닮은 해바라기를!"

지저분하게 헝클어진 갈색 머리카락을 가진 남자가 실없는 헛소리를 늘어놓다가 등 뒤에 숨겨놓았던 꽃을 짠! 하고 내밀었다. 앞머리에 눈이 가려져 얼굴이 잘 보이지는 않았지만 오뚝한 콧대나 늘 미소 띤 입매, 그리고 날카로운 턱선을 보면 답답한 머리카락 밑에 있는 얼굴은 상당히 준수할 것으로 추정되었다.

하지만 후줄근한 옷차림이나 사흘은 안 감은 것처럼 떡이 진 덥수룩한 머리, 그리고 멍청한 미소가 그를 하찮아 보이게 만들었다. 특히 오늘은 줄기가 반쯤 꺾인 해바라기 꽃까지 들고 있어서 더욱 그랬다.

이 남자는 커피하우스의 단골이었다.

이름은 스노우. 지금으로부터 약 3개월쯤 전부터 이 근방에 출몰하기 시작한 남자였다.

"사적인 선물 안 받아요."

앞에 내밀어진 해바라기를 힐끗 보며 싸늘히 말했다. 그러자 스노우가 무슨 소리냐는 듯이 입을 벌렸다.

"네? 이 해바라기, 제가 가지려고 꺾어 온 건데요. 그냥 한번 구경하라고 보여 드린 건데!"

"……."

"혹시 갖고 싶으셨어요? 하긴 제 해바라기가 한눈에 반할 만큼 예쁘긴 하죠. 으음, 그래도 안 돼요. 이건 오늘부터 저희 집 해바라기예요."

당연히 나는 차게 식었고, 그는 그런 나를 놀리듯이 진지한 얼굴을 한 채로 저 웃기지도 않은 해바라기를 품에 소중히 끌어안았다.

"커피 한 잔 맞죠? 진하게."

그래, 괜히 상대해서 뭐 하나. 나는 남자를 무시하고 뒤돌아섰다.

"헉, 맞아요! 유리 씨, 저한테 관심이 많으셨군요. 그런 것도 기억해 주시고……."

네가 맨날 올 때마다 똑같은 것만 시켰잖아.

"그래도…… 그래도 제 해바라기는……."

"관심 없어요. 줘도 안 가져요."

나는 등 뒤에서 들리는 목소리를 잘라냈다. 감동이라는 듯이 외치다가 금방 시무룩해져서 해바라기 타령을 하는 것이 웃기지도 않았다.

스노우는 페럿가에 사는 것도 아닌데 굳이 멀리 있는 이 커피하우스의 단골이 된 사람이었다. 그리고 웬만한 남자는 모두 조는 내 싸늘한 시선에도 눈 하나 꿈쩍 안 하는 별종이기도 했다. 처음에는 그것이 거슬려 남자의 뒷조사를 해본 적이 있었다.

나이는 23세. 직업은 백수. 그는 옆 동네인 스완가에 사는 평범한 사람이었다.

"커피 나왔어요."

"고마워요."

올 때마다 예측 불가능한 헛소리를 지껄이긴 했지만 그래도 나한테 진심으로 불쾌하게 치근거리지는 않았다. 특히 주문한 음료가 눈앞에 나온 뒤에는 언제 가볍게 입을 놀렸냐는 듯이 조용해졌다. 그리고 경건함이 느껴질 정도로 천천히 맛을 음미하며 커피를 마셨다.

별종이긴 해도 가끔 있는 질 나쁜 남자들과는 확실히 종류가 다른 사람이긴 했다. 그래서 나도 그냥 적당히 상대해 주며 그의 커피하우스 출입을 내버려 두고 있었다.

사실은 덥수룩한 머리카락 사이로 언뜻 본 눈동자가 보라색이라 마음을 너그럽게 가진 이유도 있었다. 보라색은 내가 〈꽃의 사슬〉에서 가장 좋아했던 최애캐의 눈 색깔이었다. 물론 내 최애캐는 이런 경박한 남자와 비교도 되지 않는 매력적인 사람이었지만 말이다.

소설 속 서브남 중 하나였던 최애캐는 지금 내가 살고 있는 이 동부 지역의 수호자라는 별명을 지닌 남자였으니 당연히 비교 불가였다.

'어디 보자.'

마침 최애캐 생각이 나기도 했으니 잠깐 한가해진 틈에 소설의 내용을 다시 한번 정리해 보기로 했다. 악역 서브남인 라키어스 아발론도 등장했으니 말이다.

이름하여 〈꽃의 사슬〉.

이 소설 속의 세계는 동서남북 총 4개의 구역으로 나뉘어 자치적으로 관리되고 있었다. 그중에서도 소설의 주된 배경은 바로 내가 살고 있는 이 페럿가가 위치한 동부였다. 작중에 무대로 등장하는 것은 동부 구역과 카르노말이 있는 서부로 국한되어, 남부와 북부에 대해서는 언급만 되었을 뿐이다.

물론 나는 연구소를 나와 아라크네로서 의뢰를 받으면서 동서남북, 온갖 곳에 다 가봤지만 말이지. 뭐, 지금 중요한 건 그런 게 아니고.

어쨌든, 그중에서 동부는 가장 쾌적하고 청정하게 유지되고 있는 지역이었다. 앞서 말했다시피 이것은 바로 그 동부를 배경으로 한 사랑과 전쟁의 역하렘 소설이었다.

여주인공은 안네마리 블랑셰. 주연급 남자 등장인물은 총 네 명. 간략하게 정리하자면 아래와 같았다.

1. 칼리안 크록포드. (특이사항 메인 남주인공)
2. 제노스 셀던. (특이사항 내 최애캐)
3. 데이몬 살바토르. (특이사항 천재 연금술사)
4. 라키어스 아발론. (특이사항 악당. 그리고 내 최애캐의 원수)

일단 최종적으로 안네마리와 이어진 메인 남주인공 '칼리안 크록포드'는 이 동부를 지배하는 대귀족 가문의 후계자였다. 그는 칠흑 같은 검은 머리카락과 신비로운 은회안을 가진 올곧고 강인한 성격의 남자였다. 칼리안 크록포드는 '동부의 영웅'이라 불리며 사람들에게 사랑받고 있는 이 지역의 마스코트 같은 존재라 할 수 있었다.

잘생긴 외모와 빵빵한 스펙은 남주 후보들 모두의 공통점이니 자세한 묘사를 생략하도록 하고.

어쨌든, 그가 바로 소설의 결말부에서 안네마리와 이어지는 메인 남자 주인공이었다.

다음으로는 제노스 셀던.

하아……. 잠깐 한숨 한 번 쉬고 지나갈게요. 왜냐면 이 사람이 바로 라키어스 아발론에게 죽은 내 최애캐거든.

그는 불꽃처럼 굽이치는 짙붉은 머리카락과 보석 같은 아름다운 보라색 눈동자를 가진, 잘생김과 예쁨을 둘 다 맡은 남자였다. 작중에서 여주인공인 안네마리를 가장 많이 웃게 한 사람을 한 명 고르라면 주저 없이 제노스 셀던을 꼽을 것이다.

제노스는 여주인공에게 기댈 곳이 필요할 때마다 귀신같이 나타나 그녀의 단단한 버팀목이 되어주었다. 때로는 다정하고, 때로는 장난스럽고, 또 때로는 섹시한, 온갖 매력을 다 가졌다고 해도 좋았다.

……어쩐지 이 남자를 금칠하는 수식어만 긴 것 같다고? 착각이다. 각설하고, 칼리안 크록포드가 동부의 검이라면 제노스 셀던은 동부의 방패라 할 수 있는 사람이었다. 원래는 '동부의 수호자'라 불렸었지만, 나중에 '타락한'이라는 수식어가 앞에 덧붙여졌다.

그것은 그의 짠 내 나는 과거와 연관되어 있는데, 일단 지금은 그냥 넘어가도록 하겠다. 소설 시작 시점에서 몇 년 전, 제노스는 어떤 사정으로 직책에서 파문당했다. 그래서 안네마리와 만나기 전까지 이름을 버리고 모습을 감춘 채 살았다. 한마디로 은둔한 고수라고 할 수 있었다. 나중에는 이름을 되찾지만 결국 라키어스 아발론에게 죽는…….

으음, 속이 쓰리니 제노스 셀던에 대한 설명은 이쯤에서 넘어가자.

다음은 데이몬 살바토르.

원 터치 형식의 획기적인 등불과 가열기, 냉동고 등을 비롯해 지금 사람들의 생활 전반에 쓰이는 물건을 만든 그 대단한 연금술사가 바로 이 데이몬 살바토르였다. 파도처럼 푸른 머리카락과 검은 눈동자를 가진 그는 귀엽고 무해해 보이는 외모와 달리 까칠한 성격을 가지고 있었다. 그래도 그 까칠함은 라키어스의 재수 없는 까칠함과 달리 나름대로 귀엽다고 평해줄 만했다.

마지막으로 악역 서브남인 라키어스 아발론에 대한 설명은 그냥 생략해도 될 것 같은데. 못 써먹을 악역이었다는 말만으로도 충분하고, 이미 앞서 대강 설명한 바 있으니까.

안네마리를 둘러싼 남자들의 경쟁은 실로 피 튀겼고, 그들의 비중 역시 우열을 가릴 수 없이 쟁쟁했다. 심지어 성녀 같은 안네마리는 누구에게나 공평하게 상냥해서, 그녀의 마음이 정확히 누구에게 향해 있는지도 마지막까지 확실히 알 수 없었다.

오죽하면 악역인 라키어스에게도 다정했을까. 물론 그 다정함은 그가 여동생인 헤스티아를 죽이려 했다는 사실을 알게 된 후에 끝이 났지만 말이다. 안네마리의 미움과 원망을 산 라키어스는 인내심의 한계에 다다라 결국 그녀를 납치했다. 그래서 소설의 후반부는 카르노말에 갇힌 안네마리의 탈출극으로 전개되었다.

그 과정이 또 한 피폐했기 때문에 소설을 읽으면서 혹시 마지막에 다 같이 파멸 엔딩을 찍고 비극으로 끝나는 것이 아닌지 의심했던 기억이 있었다. 중간에 내 최애캐가 죽어버렸기 때문에 더욱…….

아, 또 생각하니까 라키어스 아발론이 조금 괘씸해지려고 한다. 역시 그냥 구해주지 말 걸 그랬나?

"여기, 커피값이요!"

그때, 여느 때처럼 조용히 음미하며 커피를 마신 스노우가 나를 불렀다.

"오늘도 잘 마셨어요. 그럼 전 우리 라기한테 물 줘야 해서 이만 가볼게요!"

라기? 설마 해바라기를 줄여서 라기인가. 그새 해바라기한테 이름까지 붙이다니. 게다가 허접해. 어쨌거나 커피 잔을 비운 스노우가 해사하게 웃으며 자리에서 일어났다. 품에는 여전히 노란 해바라기를 세상 소중한 듯이 끌어안은 채였다.

까악! 푸드득!

"으악……!"

그리고 막 가게를 나선 스노우가 내지른 비명을 듣고 나는 '오늘도 역시나군' 하고 생각했다.

"쯧쯧, 저 손님은 꼭 우리 가게 앞에서만 새똥을 맞는단 말이야."

길버트 씨도 익숙한 듯이 혀를 차며 물수건을 들고 스노우에게 향했다. 스노우에게는 독특한 특기가 있었다. 바로 새똥 맞기였다. 꼭 번개를 부르는 피뢰침처럼 그는 새똥을 부르는 남자였다.

하지만 사실 나는 왜 스노우가 커피하우스 앞에서만 새똥을 맞는지 이유를 알고 있었다. 고개를 들자 날개를 퍼덕이며 가게 근처를 위풍당당하게 날고 있는 검은 새가 보였다. 역시 까마귀였다. 스노우 못지않게 이쪽도 참 여전하다고 생각하며 절레절레 고개를 저었다.

어느새 해가 저물고 밤의 시간이 시작되었다. 늦은 저녁 무렵, 어둠을 틈타 움직이는 것들이 있었다. 낮보다 밤에 더 익숙해진 이들. 사람인지 짐승인지, 아니면 그 무엇도 아닌 미지의 생물체인지. 스스로도 자신의 존재를 정의 내리지 못한, 타락한 성지의 부산물들. 그중 하나인 유리는 익숙한 자취를 쫓아 도시의 외곽에 위치한 묘지에 발을 들였다.

휘이이. 조용한 공간에 불어 드는 스산한 바람이 언뜻 소리 죽인 곡소리처럼 들렸다. 미리 준비해 온 검은 후드를 눌러쓴 유리가 사람들의 시선을 피해 나무 위에서 소리 없이 몸을 움직였다. 이내 그녀가 거미줄을 이용해 조용히 내려선 곳은 어느 묘비 앞이었다. 더 정확히 말하자면, 그 묘비 너머에 있는 검은 형체가 오늘 이곳을 찾아온 유리의 목적이었다.

"레오."

그녀의 입에서 어떤 이름이 작게 속삭여졌다. 그 순간, '크르르' 짐승의 목울음 같은 소리가 앞에 있는 어둠 속에서부터 기어 나왔다. 자칫 위협감을 느낄 수도 있는 거친 울림이었지만 유리는 지금 그 목울음 안에 들어 있는 감정이 '불안'이라는 사실을 어렵지 않게 알아차렸다.

"화 안 났으니까 이리 와."

건조한 목소리가 다시금 묘지 안에 울렸다. 그때야 어둠 속에 숨어 있던 검은 형체가 꾸물거리며 움직이기 시작했다. 그것은 주인 모를 묘비 뒤에서 슬쩍 고개를 빼 들고 유리의 눈치를 보다가, 이내 네 발로 자리를 박차고 뛰어나와 그대로 유리에게 달려들었다.

"유, 유리……!"

킹, 키잉!

덥수룩한 갈색 머리카락을 가진 어린 소년이 잽싸게 유리의 허리를 끌어안고 매달려 커다란 눈망울을 빛냈다. 행동이나 소리는 영락없는 짐승이었으나, 외양은 사람에 가까웠다. 어둠 속에서도 선명히 보이는 짐승의 귀와 꼬리, 그리고 동공이 세로로 찢어져 환한 안광을 내고 있는 노란 눈만 아니었다면 말이다.

"크륵!"

"그래, 말했잖아. 화 안 났다고."

"끼이잉, 크응!"

"아니, 그렇다고 네가 잘했다는 건 아니고. 내가 그런 더러운 건 배탈 나니까 먹지 말라고 했지?"

꾸중을 들은 소년이 금방 시무룩해져서 환한 금색 눈동자에 눈물을 글썽였다. 유리가 레오라고 부른 이 소년은 그녀와 함께 연구소에 있던 실험체였다. 흡수한 유적의 파편에 의해 그 역시 변형을 겪게 되어 이렇게 짐승의 습성을 가지게 된 것이었다.

지금 유리가 레오와 이런 대화를 하는 이유는 얼마 전 그녀를 미행하던 남자를 죽인 것이 바로 지금 눈앞에 있는 이 소년이었기 때문이다. 남자의 시체에서 누가 일부러 뽑아간 것처럼 간만 깔끔히 사라진 것을 보고 레오의 짓이라는 걸 바로 알아차릴 수 있었다.

"그리고 그 남자는 내가 알아볼 게 있어서 일부러 살려두고 있었던 거야. 그런데 네가 죽여서 일이 복잡해질지도 몰라."

레오는 연구소에서 처음 실험당한 열세 살 무렵부터 성장이 멈추었다. 게다가 연구에 실패해 이성보다 짐승의 본능이 더 강해졌다. 그러다 보니 이런 식으로 실수할 때가 종종 있었다. 이번에도 유리의 흔적을 몰래 쫓아가 그녀에게 위해를 가하려고 한 사람의 존재를 알아차리고 충동에 못 이겨 공격한 것이 분명했다. 하지만 그 와중에도 간을 빼간 것을 보면, 역시 여우는 여우였다.

"그러니까 반성해. 다음에 또 이러면 그때는 정말 화낼지도 모르니까."

유리의 말에 레오가 '키잉!'거리며 쭈그러들었다. 숱 많은 갈색 머리카락 사이로 우뚝 솟아 있던 귀와 엉덩이 부근에서 살랑거리던 꼬리도 밑으로 축 처졌다.

"미, 미안…… 미안해, 유리."

레오가 더듬거리며 어눌한 어투로 사과했다. 그 모습이 풀 죽은 강아지 같았다. 그게 또 조금 딱해 보여서 푹 떨구어진 머리를 쓰다듬어 주었더니, 죽어 있던 귀와 꼬리가 서서히 부활했다. 유리는 꼬질꼬질해진 레오의 옷을 보고 조만간 새 옷을 준비해야겠다고 생각했다.

휘이오오오!

그때, 밤하늘을 가로지르며 한 무리의 새 떼가 날아들었다. 그리고 유리와 레오가 있는 곳까지 다가와 서서히 형체를 변형하기 시작했다.

"나 왔어, 아라크네."

흩날리는 검은 깃털 사이에서 나타난 것은 젊은 남자였다. 워낙 호리호리하게 가는 몸매인 데다 얼굴 또한 어딘가 새침하게 예뻐서 아직은 미성숙한 소년처럼 보이기도 했다. 그의 진보라색 머리카락이 먹구름처럼 어둠 속에 번졌다. 그 사이로 샛별처럼 드러난 것은 분홍색 눈동자였다.

"안녕, 오딘."

유리도 오랜만에 만나는 실험체 동료에게 여상히 인사했다.

"너무 오랜만에 연락하는 거 아니야? 내가 얼마나 목 빠지게 기다렸는데."

근처에 있는 묘비 위에 사뿐히 내려선 오딘이 투정을 부리듯이 투덜거렸다. 그러다 그는 유리의 앞에서 등을 부풀리고 있는 레오를 뒤늦게 발견했다.

"뭐야."

오딘의 얼굴이 불만스럽게 구겨졌다.

"아라크네, 너 그 개새끼 아직도 옆에 끼고 있어?"

그를 본 레오 역시 꼬리를 바짝 세우고 날카로운 이를 보이며 '크르르' 하고 사나운 경고음을 냈다. 마치 다른 사람의 접근을 막으려는 것처럼 유리의 앞을 막아서고 있는 레오를 보며 오딘이 '하!' 하고 날카로운 비소를 터뜨렸다.

"레오, 괜찮으니까 뒤로 가 있어."

하지만 유리의 손길이 머리에 닿는 순간, 레오는 순식간에 순하디 순한 어린 양으로 변모했다. 그 모습을 본 오딘이 가증스럽다는 듯이 이를 갈았다.

"그 이름, 언제 들어도 실패작인 개새끼한테는 과분해."

오딘은 애교를 피우듯이 유리의 손에 머리를 비비는 레오를 보며 입매를 비틀었다.

"연구소에서도 버림받은 짐승 따위에게 이름까지 지어주다니……. 하여간 아라크네, 넌 너무 착하다니까."

오딘이 봤을 때 레오는 자신들과 같은 연구소의 실험체라고 부를 수도 없는 실패작이었다. 그 역시 자기 자신이 성공한 실험체라는 사실을 자랑스럽게 여기는 것은 절대 아니었다. 하지만 요는, 저 자격 없는 개새끼가 유리의 동정심을 자극해 옆에 거머리처럼 달라붙어 비비는 꼴을 보기가 싫다, 이거였다.

"이봐, 번견. 도대체 넌 언제쯤 주제 파악을 할 생각이지?"

오딘은 일부러 연구소에서 레오를 지칭하던 이름으로 그를 불렀다.
"자애로운 아라크네한테 빌붙어서 도대체 언제까지 이런 꼴사나운 짓거리를 할 작정이냐고?"
"크르릉!"
"크르릉은 무슨, 할 말 있으면 인간의 언어로 말을 해. 개새끼처럼 짖지 말고."
레오가 다시 이를 드러내며 노려봤으나 오딘은 같잖다는 듯이 콧방귀를 뀌었다. 이 두 사람의 사이가 안 좋은 것은 하루 이틀 있어왔던 일도 아니기 때문에 사실 그리 낯선 장면은 아니었다.
"오딘. 내가 전에 말하지 않았던가."
하지만 두 사람 모두 유리가 입을 여는 순간 고삐 잡힌 짐승들처럼 조용해졌다.
"레오한테 그런 심한 소리 하지 말라고."
매사에 무덤덤한 유리답지 않게 후드 속에서 빛을 발하는 그녀의 눈동자는 약간 싸늘했다. 레오가 그런 유리의 뒤에서 불쌍하게 낑낑거리는 소리를 냈다. 하지만 오딘을 향한 그의 얼굴에는 얄미운 승자의 미소가 걸려 있었다.
'저게……!'
그것을 본 오딘은 울컥했지만 아라크네를 생각해 참았다. 그래도 오늘은 아라크네가 오랜만에 먼저 연락을 준 기쁜 날이었으니까.
"그래. 지금은 내가 말이 좀 지나쳤어."
그래서 일단 지금은 한 발 뒤로 물러났다.
"아라크네, 그런데 오늘은 어쩐 일로 날 부른 거야? 한동안 일 쉬는 거 아니었어? 이제부터 다시 시작하려고?"

그 후 기대감을 품고 물었으나 유리는 고개를 저었다.
“아니. 알아봐 줬으면 하는 게 있어서.”
오딘의 귀가 쫑긋해졌다.
“뭔데? 뭐든 다 말해봐!”
아라크네의 부탁이라니, 당연히 뭐든 다 들어줄 수 있었다.
“얼마 전에 내 뒤를 쫓은 남자가 있었는데 아무래도 뒷세계 쪽 인간인 것 같아.”
“인상착의는?”
유리는 설명했다. 아주 기본적인 정보였지만 오딘에게는 그것만으로도 충분했다.
푸드덕! 그가 위엄 있게 팔을 들자 밤의 장막처럼 펼쳐진 검은 깃털 망토 속에서 까마귀들이 스미듯이 배어 나왔다. 그들은 밤하늘을 가로질러 날아갔다. 그 모습이 상당히 장관이었다.
음……. 꼭 저런 식으로 까마귀를 풀지 않아도 될 텐데 역시 오딘은 요란한 것을 좋아하는 것 같다. 지금도 유리의 시선을 한껏 의식하고 있는 오딘이 알았다면 굉장히 상심했을 생각이었다. 어쨌든, 까마귀를 부리는 오딘이라면 누구보다 빨리 그녀가 원하는 정보를 알아 올 것이 분명했다. 유리는 의뢰를 추가했다.
“그리고 지금 카르노말의 상황에 대해서도 조사해 줬으면 좋겠어.”
“아아, 왕좌가 바뀌었다는 소문 때문이지? 알았어.”
카르노말의 왕이 바뀐 것처럼 중차대한 일은 음지에 발을 들이고 있는 그들 모두에게 어느 정도 영향을 끼치게 마련이었다. 그래서 오딘은 별다른 설명 없이도 유리의 말을 혼자 납득하고 고개를 끄덕였다.
“의뢰비는 늘 하던 대로 청구해.”

"아니야, 오랜만에 만나서 삭막하게 무슨."

오딘이 예쁜 얼굴에 어딘가 야릇한 미소를 그리며 유리에게 다가갔다.

"그보다, 아라크네."

그녀의 발치에 있던 레오가 오딘을 경계했다.

"오늘 밤에 시간 있어?"

하얀 손가락이 후드 밖으로 언뜻 드러난 유리의 얼굴을 스쳐, 그 밑에 흘러내린 머리카락을 유혹하듯이 휘감았다. 물론 유리는 여느 때처럼 무반응으로 일관하며 오딘의 찜을 단번에 쳐냈다.

"오늘 일찍 들어가야 돼."

그리고 바로 이어진 말에 까마귀와 여우, 둘 다 눈을 크게 떴다.

"고양이를 주워 왔거든."

쿠궁!

바로 그 순간 레오의 눈이 충격으로 물들었다. 오딘의 얼굴에도 놀라움이 서렸다.

"고양이? 아라크네, 너 그런 것도 키웠어?"

"그냥 어쩌다 보니 잠깐 맡은 것뿐이야."

유리는 두 연구소 동료를 등진 채 먼저 묘지에서 벗어나기 위해 발길을 돌렸다.

"그럼 나중에 봐."

오딘과 레오는 유리의 모습이 완전히 사라질 때까지 그녀에게서 시선을 떼지 않았다.

"야, 똥개."

"으르르……."

그러다 이내 오딘의 입에서 새어 나온 낮은 음성에 레오도 작게 으르렁거렸다.

"넌 지금 아라크네가 말한 고양이가 진짜 괭이 새끼를 의미하는 것 같냐?"

"크릉!"

"아니지, 그치? 나만 그렇게 생각한 게 아니지?"

레오가 조금 전까지만 해도 오딘을 배척하던 것은 잊은 것처럼 맹렬히 고개를 끄덕였다. 하지만 오딘은 이미 그런 레오가 안중에도 없었다.

"아, 정말. 우리 아라크네는 왜 이렇게 짐승 새끼들한테 상냥하지? 이 개새끼 하나 참아주는 것도 힘든데."

그의 곁으로 꾸물거리는 어둑한 기운이 몰려들기 시작했다. 레오는 그것을 피해 주춤 물러난 뒤, 경계심 어린 눈으로 오딘을 보며 털을 부풀렸다.

"더군다나 이번에는 그걸 집에 들였다고."

다음 순간, 오딘의 입가에 깨진 유리 조각 같은 미소가 박혀 들었다.

"하. 별 같잖은 것들이……."

암흑 속에서도 불을 켠 듯이 선명한 눈동자가 더없이 날카로운 광채를 냈다. 오딘은 기분이 매우 불쾌했다. 이 개새끼와 비슷한 또 다른 무언가가 유리의 집에 눌어붙어 있는 것을 상상하는 것만으로도 깊은 짜증이 치솟았다. 그렇지 않아도 커피하우스에서 그녀에게 껄떡거리는 놈들 때문에 신경질이 나는데. 오늘 까마귀를 이용해 스노우에게 새똥을 뿌린 것도 다름 아닌 오딘이었다.

유리도 귀찮은 인간들을 번거롭게 직접 손대지 않고 치우기에는 나쁘지 않은 방법이라는 생각에 그런 오딘의 자그마한 심술 정도는 그냥 허용하고 있었다. 하지만 오딘에게 허락된 건 거기까지였다. 유리에게 미움받기로 작정한 게 아닌 이상, 지극히 사적인 공간인 그녀의 집을 마음대로 엿볼 수는 없는 노릇이었다. 오딘은 아드득 이를 악물며 거칠게 망토를 휘날렸다.

푸드덕!

다음 순간, 그는 한 마리의 까마귀로 변해 묘지 위로 날아올랐다.

"킁!"

그 자리에 혼자 남은 레오는 흩날리는 깃털들 사이에서 재채기하다가 이내 유리가 사라진 쪽으로 발길을 돌렸다.

"반성해. 다음에 또 이러면 그때는 정말 화낼지도 모르니까."

하지만 그는 아까 들었던 유리의 말을 불현듯 떠올리고 깨갱거리며 범췄다. 결국 레오는 시무룩해져서 몸을 돌렸다. 그런 후 유리의 뒤를 쫓는 대신 묘비 뒤쪽의 덤불 속으로 기어들어 가 자신의 보금자리를 향해 이동했다. 각자의 소란한 밤이 그렇게 지나가고 있었다.

달칵. 유리는 곧장 집으로 귀가했다. 문을 열고 안으로 들어오자마자 거실의 소파에 있던 사람과 눈이 마주쳤다.

[어서 오세요.]

라키어스가 손을 움직여 미리 써놨던 듯한 종이를 들어 올렸다. 그런 그를 보니 또 순간적으로 기분이 이상해졌다. 왜일까 잠깐 고민하다가 불현듯 이유가 떠올랐다. 집에 왔을 때 누가 이런 식으로 맞아주는 건 굉장히 오랜만이라 낯선 느낌이 들어서 그런 것이었다.

"네, 다녀왔어요. 몸은 좀 괜찮으세요?"

[괜찮습니다.]

하지만 그것만으로는 답변이 부족하다고 생각했는지, 라키어스가 펜을 들어 손을 움직였다.

[덕분에.]

"약이 효과가 있었나 보네요. 다행이에요."

유리의 말대로 탁자 위에 그녀가 놓고 간 약을 먹은 건 효과가 있었다. 물론 그건 진통제가 아니라 소화제였지만 말이다. 그때, 라키어스의 머리에 질색하는 소리가 울렸다.

―어후, 짐승 누린내. 저 여자, 도대체 뭘 하다가 온 거야?

라키어스도 코끝에 스민 냄새를 맡고 의문을 느꼈다. 처음에는 가축 냄새인가 싶었지만 그것과는 조금 달랐다. 그렇다고 거리에서 흔히 볼 수 있는 길고양이나 개 냄새도 아니었다. 유리가 알았다면 개코라고 놀랐을 만한 예리함이었다. 잠시 후, 유리는 욕실에 들어가 간단히 씻고 옷을 갈아입고 나왔다.

"필요한 게 있으면 저한테 말씀하세요. 무리해서 일어나지 마시고."

나오자마자 라키어스가 자리에서 몸을 일으키려 하는 모습이 포착돼 말했다. 그러자 라키어스는 움직임을 멈추고 유리를 쳐다보았다. 그는 누운 채 다시 종이 위에 글씨를 휘갈겼다.

[옷을 갈아입고 싶은데.]

망설임을 담아 잠깐 멈췄던 라키어스의 손이 다시 움직여졌다.

[이런 걸 부탁드리기는 좀 그래서.]

그런 뒤 라키어스는 슬쩍 눈을 내리깔았다. 그림자를 덧그리며 아래로 드리워진 속눈썹이 우수에 젖은 느낌을 풍겼다. 종이에 적힌 글씨를 보고 유리는 역시 상처가 커서 라키어스 혼자 거동하기 불편한 모양이라고 생각했다.

"아니에요, 제가 도와드릴게요."

유리는 흔쾌히 말했다. 그녀는 지금까지와는 달리 그에게 퍽 친절하게 굴고 있었다. 사실은 꿍꿍이가 있어서였다. 라키어스의 손을 잡았을 때 전해졌던 그 기묘한 감각. 그것을 다시 한번 확인해 보고 싶었다. 그래서 라키어스의 움직임이 자유롭지 않은 지금이 차라리 기회라는 생각도 들었다.

유리는 어떻게 하면 자연스럽게 라키어스의 손을 잡을 수 있을까 고민하며 그에게 다가갔다. 라키어스는 유리에게 부축을 받아 소파에서 천천히 몸을 일으켰다.

—야, 너 이 정도면 혼자 일어나는 건 고사하고 옷 같은 것도 아무 문제 없이 혼자 갈아입을 수 있잖아?

머릿속에서 벌레가 속 보인다는 듯이 지껄였다. 당연히 라키어스는 그 말이 들리지 않는 것처럼 무시했다. 그는 소파에 앉아 옷의 단추를 풀기 위해 손을 들었다. 답답해서 셔츠의 단추를 두세 개 풀어놓긴 했지만 옷을 벗기 위해서는 나머지 단추도 지금 풀어야 했다.

그리고 다음 순간, 라키어스는 움찔 눈매를 떨고 말았다. 그를 부축해 앉게 한 뒤 앞으로 가까이 다가온 유리가 너무 서슴없이 그에게 손을 뻗었기 때문이다. 사실 라키어스는 먼저 옷의 단추를 다 풀고 나면 상체를 탈의하고 다른 옷을 걸치는 것까지만 그녀에게 부탁할 생각이었다. 그런데 설명이 부족했던 탓인지, 어느새 유리가 직접 그의 윗옷 단추를 풀기 시작했다.

—우워, 이 여자, 제법인데? 뭐 이렇게 훅 들어와?

이번에는 라키어스의 머릿속에서 쓸데없는 감탄사가 울렸다.

—근데 동정남한테는 너무 과한 자극…….

벌레는 흥분해서 떠들다가 라키어스에게 온갖 욕을 다 처먹은 뒤에야 입을 다물었다. 라키어스는 유리를 그냥 놔둬야 할지 막아야 할지 바로 결정하지 못하고 눈앞에 있는 얼굴을 응시했다.

부드러워 보이는 긴 검은색 머리카락이 눈앞에서 작게 흔들렸다. 아래로 살짝 내리깔린 풍성한 속눈썹이 밑으로 연한 그림자를 만들고 있었다. 하얗고 고운 손가락이 그의 가슴께에서 꼼지락거리며 단추를 하나씩 풀어 내려갔다. 그렇게 집중하고 있는 여자의 얼굴을 보는데……. 뭐랄까, 점점 기분이 이상해졌다.

한편 라키어스가 그렇게 속으로 갈팡질팡하고 있을 때, 유리는 이 상황에 대해 별생각이 없었다. 굳이 따지자면, 그녀는 라키어스의 손에만 관심이 있었다. 하지만 결론적으로 유리는 어떻게 하면 라키어스의 손을 자연스럽게 잡을까 고민할 필요가 없었다.

타악!

결국 라키어스가 기묘한 간지러움을 이기지 못해, 명치 부근의 단추를 풀고 있는 유리의 손을 붙잡아 막았기 때문이다.

"……!"

라키어스의 손이 닿는 순간, 또다시 유리의 등줄기를 타고 찌릿한 느낌이 흘렀다. 라키어스의 머릿속에서도 '흐하아악……' 하는 요상한 신음이 울렸다. 그들과 같은 감각을 공유한 것은 아니었지만 라키어스도 순간 손에서 느껴지는 부드러운 감촉에 움찔했다.

라키어스는 얼른 유리의 손을 밑으로 끌어 내린 뒤 그녀에게서 손을 떼어냈다. 물론 그 직후에 입술 사이로 내뱉어지려는 헛웃음을 삼켜야 하긴 했지만 말이다. 고작 손 한 번 닿은 것이 뭐가 그리 대수라고 자신이 아까 벌레가 지껄인 말처럼 이런 얼간이 같은 반응을 보인 건가 싶어 얼굴이 절로 구겨졌다. 다음 순간, 여전히 약간 거친 라키어스의 목소리가 유리의 고막을 긁었다.

"단추는…… 제가."

성대의 사용을 최소화하려는 듯이 군데군데 생략된 문장이었지만 뜻을 이해하기에는 충분했다. 그러고 나서 라키어스는 직접 남아 있는 단추를 풀기 시작했다. 유리의 눈이 앞에서 움직이는 남자의 손에 저절로 못 박혔다. 분명 라키어스와 접촉했을 때 느낀 감각은 착각이 아니었다. 그래도 다시 한번 확인해 보고 싶은데…….

하지만 아쉽게도 라키어스는 남아 있는 상의의 단추를 너무나 빨리 풀어냈다. 지금 손을 대면 너무 티 나는 건가?

'모르겠다. 그냥 저지르자.'

애초에 이런 식으로 무언가를 오래 고민하는 습성은 없었던지라, 유리는 막 벗어낸 셔츠를 들고 있는 라키어스의 손을 노리고 팔을 움직였다. 하지만 공교롭게도 하필이면 그때 라키어스가 몸을 움직였다.

터억!

그러는 바람에 유리의 손은 간발의 차이로 라키어스의 손을 비켜나가 다른 부위를 짚고 말았다.

"……."

"……."

두 사람은 동시에 굳었다. 유리의 손이 닿은 곳은 라키어스의 허벅지였다. 손바닥으로 느껴지는 꽉 조여진 다리근육이 아주 단단하고 튼실했다. 그의 벗은 상반신만 봐도 알 수 있었지만 확실히 단련을 오래 해온 몸이었다. 하지만 지금 중요한 건 이게 아니라.

혹시 오해하는 건 아니겠지?

이렇게 되면 어제 본의 아니게 그의 몸에 올라탄 것도 그렇고, 꼭 몸을 노리고(?) 라키어스를 집에 들인 것 같은 느낌이지 않은가?

아니, 굳이 따지자면 손을 만지고 싶은 마음은 있으니까 몸을 노린다는 게 아예 틀린 말은 아니었지만……. 그래도 오해였다. 절대로 그녀는 라키어스를 대상으로 그런 심의 불가의 흉계를 꾸미고 있는 게 아니었다. 그나마 어제는 잠결에 그랬다고 했지만 지금 그의 다리를 만진 건 뭐라고 변명해야 할지 알 수가 없었다. 먼지가 묻어 있어서 털어주려 했다고 해?

하지만 이건 너무 노골적인 핑계 같았다. 무엇보다도 단순히 먼지를 털려고 했다기에는, 지금도 그녀의 손이 라키어스의 허벅지를 너무 제대로 짚고 있었다. 그냥 사실은 가볍게 네 손을 노린 것뿐인데 조준에 실패했다고 솔직히 말하면…….

'아하, 그래? 나도 살짝 조준에 실패해서 그만 네 목을 썰어버렸네?' 같은 일이 벌어질 것 같다는 생각이 들지 않는가?

"아…… 갑자기 머리가."

결국 유리가 선택한 것은 아픈 척하는 것이었다. 그나마 다행인 것은 머릿속으로 이렇게 수많은 생각을 하는 동안 현실에서는 지극히 짧은 순간만 지났다는 사실이었다. 그녀는 이마를 짚고 비틀거리는 척하면서 은근슬쩍 자연스럽게 라키어스의 허벅지에서 손을 뗐다. 생각보다 연기가 그럴듯했는지, 라키어스가 엉겁결에 옆으로 기울어지는 유리의 몸을 붙들었다.

"죄송해요. 요즘 피로가 쌓여서 그런지 갑자기 현기증이 나서……."

지금 그녀의 몸 상태가 이렇게 안 좋은 것이 라키어스 때문이라는 사실도 은근히 피력했다. 그게 먹힌 것인지, 유리의 팔을 움켜쥐고 있는 라키어스의 손이 순간 움찔했다. 뒤이어 그의 입술이 작게 벌어졌다.

"……저 때문인가요?"

연기가 통한 모양이다. 그런데 기분 탓인가. 왠지 주변에 떠도는 공기가 조금 전과 약간 달라진 것 같은 느낌이 들었다. 시선이 한결 깊게 얽혀들었다. 마주하고 있는 푸른 눈동자가 끝없는 심연 같았다.

'뭐지……? 왜 갑자기 이런 본능적인 위기감이 드는 거지?'

머릿속에서 영문을 알 수 없는 위험 경보가 울리고 있었다. 유리는 짧은 공백을 둔 후 라키어스에게 대꾸했다.

"괜찮아요. 쉬면 금방……."

하지만 그녀는 말을 끝마치지 못했다. 앞으로 내밀어진 남자의 손이 얼굴에 닿았기 때문이다.

화앗!

바로 그 순간이었다. 조금 전에 느꼈던 바로 그 감각이 다시금 유리의 몸으로 흘러들어 왔다. 열이 있는지 확인하려는 것처럼 이마에 슬쩍 닿았던 손이 눈 옆을 지나 뺨으로 미끄러져 내려갔다. 단단한 손바닥과 길고 예쁜 손가락이 살갗을 훑는 느낌이 선명했다.

무엇보다도 그와 접촉한 순간 심장 안쪽을 파고들어 가득 채우기 시작한 충족감에 머릿속이 어지러워졌다. 유리는 무의식중에 라키어스의 손에 더 가까워지기 위해 거기에 얼굴을 기댔다. 이번에도 그는 잠깐 멈칫하다가 유리에게서 손을 떼려고 했다.

또다시 어제와 같은 억울함과 서러움이 밀려왔다. 왜? 왜 다시 멀어지려고 해? 이제 겨우 만났는데 이렇게 빨리 갈 필요는 없잖아. 유리는 남자의 손이 그녀에게서 완전히 떨어지기 전에 붙잡았다. 그리고 온기가 밴 그 커다란 손바닥에 얼굴을 더 깊이 묻고, 가지 말라고 투정을 부리듯이 뺨을 비볐다.

라키어스가 훅 숨을 멈추었다. 그의 손에 반쯤 파묻힌 얼굴은 작고 보드라웠다. 이대로 힘을 주면 단숨에 형체도 없이 으스러져 버릴 것 같은, 믿을 수 없을 정도로 아주 약하고 여린 느낌이기도 했다.

그래서 쉽게 손을 움직일 수가 없었다. 속에서 어떤 욕망이 꿈틀거리며 충동을 부채질했다. 시릴 정도로 파란 눈동자가 어딘가 으슥한 느낌이 들 정도로 어둡게 침잠하기 시작했다. 하지만 결국 라키어스가 욕심껏 여자의 얼굴을 붙잡아 끌어당기기 전에, 고막을 파고든 소음이 그의 손을 붙들었다.

똑똑!

"유리 씨!"

문밖에서 노크 소리와 함께 유리를 부르는 소리가 들려왔다. 그 소리에 유리의 정신도 희미하게 깨어나기 시작했다. 아래로 내리깔고 있던 눈을 느릿하게 들어 올리자, 푸른 불꽃 같은 눈동자와 바로 시선이 마주쳤다.

"유리 씨, 혹시 안에 계세요?"

옥구슬 같은 목소리가 다시금 들려왔다. 그것을 제외하고는 소음 하나 없이 조용한 집 안에서, 유리와 라키어스는 서로의 시선을 곧게 맞대고 있었다. 퍼뜩, 유리는 지금 자신이 처한 상황을 깨달았다. 그렇다 해서 라키어스의 손을 놓을 마음은 들지 않았다. 여전히 머릿속이 약간 몽롱했고, 구름 위를 걷는 것처럼 기분이 좋았다.

그러니 다른 게 다 무슨 상관이란 말인가. 하지만 유리와 벌레의 반응에서 이상함을 느낀 라키어스가 먼저 정신을 차리고 그녀에게서 강제로 손을 떼어냈다. 그러자 유리의 머릿속도 점차 싸늘하게 식어 내려가기 시작했다.

똑똑!

“유리 씨, 집에 안 계신가요……?”

투명하고 맑게 울리는 조심스러운 음성을 듣고, 유리는 문 쪽으로 고개를 돌렸다. 라키어스도 그녀를 따라 시선을 움직였다. 지금 문밖에 서서 유리를 찾는 것은 옆집에 사는 여주인공, 안네마리였다.

“지금…….”

유리는 어째서인지 약간 막혀 있는 목으로 문밖을 향해 소리 내 대답했다.

“지금 나가요.”

이후 그녀는 라키어스를 쳐다보지 않고 자리에서 일어났다.

‘아, 이런 미친…….’

뒤늦게 현타가 밀려들며 목 끝까지 탄식이 치밀었다. 조금 전까지 라키어스의 손에 강아지처럼 얼굴을 묻고 비볐던 게 생각나서 정신적 타격이 왔다. 변명하자면, 미처 대비할 틈도 없이 너무 갑자기 라키어스의 손이 얼굴에 닿아서 그랬다.

하지만 아무리 그래도 그렇지, 이건 수습이……. 유리는 이 상황을 또 어떻게 해결해야 하나 고민하며 일단 문으로 향했다.

끼이익.

문을 열자마자 안네마리의 화사한 미소가 유리를 반겼다.

“아, 늦은 시간에 죄송해요.”

유리는 완전히 밖으로 빠져나가 문고리를 잡고 있던 손을 놓았다.

"아니에요. 무슨 일이세요?"

그래도 적절한 때에 안네마리가 와서 다행이라는 생각이 들었다. 아니었다면 저 수치스러운 짓을 언제까지 했을지 모르는 일이 아닌가?

혹은 라키어스의 인내심이 먼저 한계에 달했을지도 모르는 일이고.

쿵. 등 뒤에서 문이 닫히는 소리를 들으며, 유리는 안네마리를 따라 작게 웃어 보였다. 아, 다시 집에 들어가기가 정말 싫었다.

한편, 정신이 혼미한 건 라키어스도 마찬가지였다. 그는 조금 전 자신에게 일어난 일을 곱씹어 생각하며 혼란을 느끼고 있었다. 유리가 사라진 문을 응시하는 라키어스의 얼굴은 딱딱하게 굳은 상태였다. 그러다 이윽고 밑으로 떨어진 라키어스의 눈길이 자신의 손에 닿았다. 그 안에 파묻혔던 따스한 온기와 부드럽고 말랑한 살의 감촉이 아직도 선연했다.

그러니까……. 조금 전에 그녀가 그의 손을 붙잡고 거기에 뺨을…….

–흐아아, 라아키이어스으으…….

마침 그때, 정신을 차린 듯이 머릿속의 벌레가 말을 걸어서 라키어스는 흠칫 놀랐다. 그는 괜히 조금 전 유리에게 먼저 손을 댄 것이 제 풀에 찔려 싸늘히 일축했다.

'잡소리 할 거면 다물어.'

–으허어어? 나 아직 아무 말도 안 했는데에에?

'그러니까 그냥 이대로 아무 말도 하지 말고 다물라고.'

–아아아니, 내가 무슨 말을 할 줄 알고오?

'안 들어도 뻔하니까 그냥 닥쳐.'

벌레는 여전히 해롱해롱하며 라키어스의 말에 제대로 된 반응을 하지 못했다. 잠깐, 이게 아니지. 문득 라키어스는 지금 머릿속의 목소리를 닥치게 만들 때가 아니란 사실을 상기했다.

'야, 조금 전에 그거 도대체 뭐야? 어제도 그렇고, 절대 평범한 반응이 아니었잖아.'

–그으게에, 나도 잘 모르겠어으허…….

여운에 잠겨 흐물흐물하게 늘어지는 말투가 거슬려서 라키어스는 얼굴을 구겼다. 일단 그는 대화가 제대로 통할 때까지 인내심을 갖고 기다렸다. 마침내 뒤이은 목소리는 아까보다 한결 또랑또랑해졌다.

–우하아……. 완전 대박! 라키어스으!

머리에서 정신 사납게 쨍알거리는 소리가 울려 라키어스는 눈살을 찌푸렸다.

–나 진짜 너무 좋아서 미치는 줄 알았어……! 하아, 이런 느낌은 처음이야!

아까의 일을 음미하듯이 몽롱하게 신음하는 소리를 듣고 당연히 라키어스는 종잇장처럼 얼굴을 구겼다.

–어제는 이런 게 처음이라, 너무 낯설어서 당황스럽기만 했거든? 그런데 아까 네가 그 여자를 만지는 순간, 머리끝에서부터 발끝까지 전율이 휩쓰는 느낌이었어!

벌레는 야단법석을 떨며 라키어스를 채근했다.

–저 여자 들어오면 한 번만 더 만지자!

'개소리 말고, 왜 그런 반응이 생기는지나 대가리 좀 굴려봐. 혹시 너 때문 아니야?'

–그건 나도 모른다니까! 아니, 내가 알아볼게! 나한테 맡겨줘! 그러

니까 아까처럼 만져봐! 이번에는 더 오래! 더 길게……!

머릿속에서 울리는 필사적인 외침에 라키어스의 얼굴은 갈수록 험악하게 변해갔다. 그의 반응이 썩 긍정적이지 않음을 간파한 벌레가 한결 더 절박하게 설득했다.

-너도 좋았잖아! 네 심박수도 장난 아니게 올라갔잖아! 그 여자랑 손잡고 있는 동안 머리가 막 어질어질했잖아!

'X발, 양심 없냐? 난 너처럼 변태 같은 쾌락을 느낀 건 아니었거든?'

쌀쌀맞은 라키어스의 반응에 머릿속의 벌레가 약간 시무룩해졌다. 하지만 사실 라키어스는 정곡을 찔린 것처럼 속이 뜨끔한 상태였다. 벌레의 말마따나 라키어스도 어제 유리의 손가락이 그의 손가락 사이사이를 파고들어 내밀하게 접촉해 오는 순간, 또 오늘 그녀가 그의 손에 얼굴을 기대며 뺨을 묻어오는 순간, 몸에서 훅 열이 오르며 정신이 아득해지는 느낌을 받았기 때문이다.

하지만 그렇다 한들 이제 만난 지 며칠 지나지도 않은 여자의 손을 덥석덥석 잡으라니. 더군다나 정체도 알 수 없는 그를 이렇게 집에 들여 먹여주고, 재워주고, 도와주고 있는 착하고 순진한 여자를. 뻔뻔하고 무도한 것도 정도가 있지, 도대체 이 벌레 새끼는 인간의 상식이란 것이 없어서 그런지 질겁할 소리를 잘도 해댔다.

암흑세계의 왕인 남자의 머리에 들어 있을 법한 생각이라고는 믿기지 않을 정도로 심하게 건전한 사고방식이었다. 라키어스는 괜히 입안에 갈증이 이는 것을 느끼며 테이블 위에 있는 컵으로 손을 뻗었다.

-그래도, 결국 라키어스 너도 좋긴 좋았다는 거잖아!

그런 그의 상태를 기민하게 알아차렸는지, 머릿속의 목소리가 부활했다. 라키어스는 짜증을 억누르며 컵을 입가로 기울였다.

–그냥 아까처럼 과감하게 속살을 드러내! 그래서 네 그 차진 몸으로 저 여자를 유혹해 버려!

"푸읍!"

그 순간 라키어스는 물을 마시다가 그만 사레가 들리고 말았다.

–라키어스, 네 몸이면 세상 어떤 여자든 다 유혹할 수 있어! 날 믿어!

라키어스가 소리 죽여 쿨럭거리는 동안 머리에서는 여전히 시끄러운 소리가 쩌렁쩌렁하게 울리고 있었다.

–네가 아직 네 몸을 그런 쪽으로 써본 적이 없어서 모르나 본데, 사실 아까 넌 웃통이 아니라 아래를 벗어서 그 여자를 현혹했어야 했어!

급기야 머릿속의 벌레는 라키어스에게 말 같지도 않은 훈계까지 해댔다. 물론 그런 짓을 했다가는 당장에 두 손이 밧줄로 묶여 치안대에 연행되어도 할 말이 없었다. 라키어스는 입가에 흐른 물을 손으로 훔쳐내며 두 눈을 선득하게 빛냈다.

……진짜 이걸 어떻게 죽이지?

머릿속에서 요란하게 떠들어대는 목소리를 향해 이제까지 중에 가장 큰 살의를 느끼며 라키어스는 정말 진지하게 고민했다. 아무래도 몸이 나으면 다시 한번 유적이 있는 곳에 가보는 것도 괜찮을 것 같았다. 물론 저 기생충을 영구히 박멸하기 위해서. 라키어스의 그런 스산한 속내를 아는지 모르는지, 머릿속의 벌레는 여전히 시끄러웠다.

"이거, 별건 아니지만 선물이에요."

유리의 집에 찾아온 안네마리가 건네준 것은, 조금 전까지 그녀가 등 뒤에 숨기고 있던 작은 바구니였다. 유리는 엉겁결에 그것을 받아 들었다.

"오늘 저녁에 헤스티아가 먹고 싶다고 해서 과자를 구웠는데, 생각보다 잘 만들어져서 유리 씨한테도 드리고 싶었어요!"

여느 때처럼 선하고 말간 얼굴로 웃으며 안네마리가 말했다. 그에 유리는 감사 인사를 했다.

"고마워요. 맛있게 먹을게요. 전 지금 드릴 만한 게 없어서 어쩌죠?"

"앗, 아니에요. 저희 사이에 무슨. 저도 보답을 바라고 준비한 건 아닌걸요?"

그렇게 말하며 안네마리가 수줍게 미소를 지었다. 그러다 그녀가 잠깐 주변을 살핀 뒤 한결 소리 낮추어 속삭였다.

"저, 그런데 유리 씨. 혹시 소식 들으셨어요?"

"무슨 소식이요?"

유리는 별생각 없이 되물어놓고 뒤이어 움찔했다.

"저희 페럿가에요. 실종 사건이 일어났다나 봐요."

안네마리의 얼굴은 심각했다.

'……설마 그 남자 얘기인가?'

혹시 얼마 전 그녀의 뒤를 밟다가 레오에 의해 죽은 남자를 찾는 사람이 있는 건가 싶었다. 하지만 다행히도 그건 아니었다.

"다리 건너편에 있는 레드페럿가의 고아원에서 아이들이 없어졌대요. 아까 치료소에서 듣고 얼마나 놀랐는지 몰라요."

바로 그 순간, 유리의 눈에 희미한 이채가 스쳐 지나갔다. 고아원에서 실종된 아이들. 안네마리가 주인공이던 소설의 시작을 알리던 사건과 매우 비슷하게 느껴졌다. 하지만 아직은 이야기가 시작될 시점이 아닐 텐데?

유리는 고개를 갸웃했다. 하기야 라키어스 아발론이 이곳에 나타난 것부터가 예상보다 이른 시기이긴 했다. 그럼 혹시 모든 사건이 조금씩 다 앞당겨지고 있는 걸까?

잠깐, 그런데 라키어스의 일도 그렇고, 고아원 사건까지 이 근방에서 일어난 게 맞다면……. 소설이 시작될 때 여주인공이 살던 집이 정말 이 그레이페럿가란 말이야? 허름한 집이라며? 여동생과 둘이 살기에는 턱없이 작은 집이라고 하지 않았어?

유리는 소설에서의 묘사를 떠올리며 의구심 가득한 눈으로 눈앞에 있는 사람을 보았다. 그리고 곧 납득했다.

"……."

그래, 이 언니 부잣집 딸이었지. 자신에게는 좋은 집이 안네마리에게는 작고 허름한 집에 불과하다는 사실에 어쩐지 유리는 조금 허탈해졌다. 약간 변한 그녀의 눈빛을 어떻게 받아들였는지, 안네마리가 표정을 흐리며 말했다.

"그래서 곧 페럿가를 조사하러 위에서 보낸 사람들이 올 거라고 하더라고요."

"무서운 일이네요. 이렇게 가까이에서 그런 일이 벌어지다니."

"그렇죠? 저희 집에도 나이가 비슷한 헤스티아가 있어서 그런지 괜히 더 걱정이 되네요. 아이들이 무사히 돌아오면 좋을 텐데……."

안네마리는 사라진 아이들이 걱정되는 모양이었다. 게다가 이렇게 가까이에서 원인 모를 실종 사건이 벌어졌으니, 어린 여동생이 염려되기도 할 테고. 안네마리가 일을 나가 있는 동안 헤스티아는 집에 혼자 있었으니 말이다. 유리는 소설의 내용을 상기하며 입을 열었다.

"안네마리 씨와 헤스티아도……."

―푸읍!

바로 그때, 유리의 등 뒤에 있는 문 안쪽에서 기침하는 듯한 작은 소리가 들려왔다. 유리는 순간 저도 모르게 말을 멈추었다. 전부터 알아봤듯이 안네마리도 귀가 좋아 그 소리를 놓치지 않고 들은 것 같았다.

"어, 집에 손님이 계신가 보네요?"

"음, 네…… 뭐."

사실은 원래 너희 집에서 진상을 떨고 있었어야 할 악역님이에요. 하지만 실제로 그렇게 말하지는 못하고 유리는 대충 얼버무렸다.

"어머, 제가 그런 줄도 모르고 유리 씨를 너무 오래 붙들고 있었어요. 어서 들어가 보세요."

"아니에요. 나온 지 얼마 되지도 않았는걸요."

그래도 안네마리는 더 이상 대화를 이어갈 생각이 없는 듯했다. 그녀의 채근을 받고 유리도 더는 다른 말을 더하지 않았다.

"그럼 안네마리 씨도 조심해서 들어가세요. 선물, 다시 한번 고마워요."

"뭘요. 그럼 내일 봬요. 푹 쉬세요."

그렇게 안네마리는 옆집으로 돌아갔다. 그녀가 들어가는 것을 확인한 뒤 유리도 뒤돌아 문을 열었다.

유리가 집 안에 들어가자 다시 분위기가 어색해졌다. 라키어스는 상체에 옷을 걸치다 말고, 유리를 보고 멈칫했다. 그러다 곧 다시 담담하게 마저 손을 움직이기 시작했다. 붕대에 감싸인 그의 몸이 하얀 셔츠에 가려졌다. 유리는 아까 있었던 일을 뭐라고 말해야 좋을지 고민하고 있었다. 그러다 라키어스의 시선이 자신의 손에 들린 바구니에 닿는 것을 느끼고 무심코 권했다.

"과자 드실래요?"

물론 그 직후에 충동적인 말을 꺼낸 것을 약간 후회하긴 했지만 말이다. 한편 라키어스는 유리가 문을 열고 집 안으로 들어오자마자 또다시 환호하며 그를 닦달하기 시작한 벌레 때문에 짜증이 나고 있던 참이었다. 시끄러운 소음은 그가 살벌하게 협박을 하고 나서야 가까스로 멎었다.

라키어스는 유리의 말을 듣고 그녀를 잠깐 물끄러미 보다가 고개를 끄덕였다. 유리는 내심 안도했다. 그래, 생각해 보면 이런 식으로 그냥 아까 있었던 일을 은근슬쩍 수면 아래로 묻어버리는 게 제일 좋은 방법인 것 같았다.

"지금 다녀간 분이 주고 간 거예요."

바구니 속에서 과자를 하나 꺼내 라키어스에게 주다가 말고, 그녀는 불현듯 든 생각에 멈칫했다. 잠깐, 여주인공이 만든 과자 정도는 라키어스에게 하나 줘도 되겠지……?

그래, 고작 이런 걸로 여주인공에게 연애 플래그를 꽂는 일은 없을 것이라 믿었다.

"드세요. 맛있을 거예요."

안네마리가 이런 식으로 가끔 과자를 구워 준 적이 전에도 있었기에 맛은 보증할 수 있었다. 라키어스는 옆에 있는 작은 1인용 안락의자에 앉아 과자를 건네오는 유리에게 손을 뻗었다.

이번에는 둘 다 손가락이 실수로라도 닿지 않도록 극히 조심했기 때문에 아까와 같은 일은 다시 발생하지 않았다. 결국 유리가 준 과자가 라키어스의 입안으로 들어갔다. 사실 이런 과자는 라키어스 같은 환자가 먹기에 적절하지 않았지만 둘 다 평범한 인간이 아닌지라 그 사실을 깨닫지 못했다. 그리고 다음 순간, 라키어스의 얼굴이 돌처럼 굳어졌다.

'……독? 독인가?'

물론 과자에 진짜 독이 든 것은 아니었다. 다만 그만큼 과자의 맛은 아주, 몹시, 무척이나 끔찍했다. 유리가 만들어준 아침 식사와 비견될 정도였다.

―으헉, 존나 똥 맛……!

잠잠하던 벌레도 라키어스의 미각을 공유해 전달된 맛을 느끼고 고통스럽게 절규했다.

―서, 설마 이게 동부 놈들 취향인 건 아니겠지? 그럼 여기에 있는 동안 계속 이딴 개 같은 걸 먹어야 하는 거야? 그런 거야?!

벌레는 거의 라키어스가 배를 뚫려 사경을 헤맬 때와 엇비슷한 절망을 느끼는 것 같았다. 사실은 안네마리가 유리에게 줄 과자를 심혈을 기울여 만들던 중에 실수로 설탕 대신 향신료를 넣어 맛이 괴상해진 것이었지만 라키어스와 유리는 그런 사실을 알지 못했다.

타악!

충격에 젖어 있던 라키어스는 마침 바구니 속에서 과자를 하나 꺼내 들려고 하는 유리의 손을 목격했다. 그 순간, 그는 저도 모르게 그녀를 저지하기 위해 앞에 있는 바구니를 급히 자신의 앞으로 끌어왔다.

"어…… 과자가 입에 맞으세요?"

유리는 그런 라키어스에게 의외성을 느끼고 물었다. 갑자기 커피하우스에서 봤던 스노우가 떠올랐다. 지금의 라키어스는 꼭 해바라기를 소중히 품에 끌어안던 스노우처럼 과자 바구니에 대한 집착을 보이고 있었다.

유리의 물음을 들은 순간 라키어스가 움칫했다. 하지만 그는 격렬히 항변하고 싶은 마음을 억누르고 굳은 미소를 입가에 띤 채 고개를 끄덕였다.

"그럼 전 하나만 먹을 테니까……."

꽈악.

바구니를 움켜쥔 라키어스의 손마디가 도드라졌다. 그걸 보고 유리는 말을 바꾸었다.

"아니에요. 그냥 라키어스 씨가 다 드세요. 전 괜찮으니까요."

안네마리의 성의를 생각하면 하나쯤은 맛을 보는 게 좋을 거라고 생각했지만 이미 바구니는 라키어스의 품 안에 들어가 있었다. 역시 과자를 향한 라키어스의 집념이 엄청나 보였다.

[이 과자, 누가 준 건가요?]

라키어스가 테이블 위에 있던 종이에 질문을 휘갈겨 썼다.

"옆……."

유리는 반사적으로 옆집 이웃이 줬다고 대답하려다 말고 문득 말을 멈추었다. 라키어스가 무언가에 이렇게 식탐을 부리는 건 처음 보았다. 혹시 여주인공의 힘인가? 그럼 누가 줬는지 말하면 안 되는 거 아닌가?

'나한테 이렇게 맛있는 과자를 준 건 네가 처음이야!' 같은 웃기지도 않은 일이 벌어져 안네마리에게 다시 파멸의 미래를 선사할지도 모르는 노릇이 아닌가. 하긴, 라키어스 아발론은 소설에서도 워낙 어디로 튈 줄 모르는 인물이었으니, 언제 어디서 여주인공을 향한 집착 플래그가 설지 알 수 없었다.

"그냥 근처에 사는 이웃이 줬어요."

그래서 유리는 그냥 그렇게 에둘러 말했다. 라키어스는 유리의 답변을 마음에 담아두며 눈빛을 스산하게 빛냈다. 벌레는 이게 동부의 맛일지도 모른다면 좌절했지만 라키어스의 생각은 달랐다. 과자를 준 게 누구인지는 몰라도 어쩌면 지금 그의 눈앞에 있는 여인을 해코지 하려는 수작일 수 있다.

그는 행여나 유리가 이 끔찍한 과자를 먹을세라, 앉은 자리에서 바구니 속을 비우기 시작했다. 물론 그가 지금 앞에 있는 여인의 혀와 위장을 보호해야 하는 이유는 하나도 없었지만.

–으아악! 꺅! 야, 그만 처먹어! 너, 너, 또 아침처럼 나까지 고문할 생각이야?

유리의 시선을 느낀 라키어스가 머리에서 울리는 절규를 무시하고 천연덕스럽게 미소를 지었다. 물론 그도 속으로는 과자의 개 같은 맛에 이를 갈았다. 하지만 그런 속내를 모르는 유리는 약간 심각해졌다.

'……혹시 지금 안네마리한테 플래그 꽂힌 거 아니야?'

물론 플래그가 꽂히긴 꽂혔다. 연애 플래그가 아니라 사망 플래그가. 유리는 그것도 모르고 역시 라키어스에게 과자를 주지 말 걸 그랬나, 하고 살짝 후회했다. 그렇게 동상이몽의 밤이 지나가고 있었다.

제5장

한밤의 축제, 악역님과의 짜릿한 밤

“길버트 씨.”

“응?”

“저랑 악수 한 번 해요.”

내 뜬금없는 요구에 길버트 씨는 어리둥절해하면서도 손을 내어주었다. 나는 그것을 덥석 잡았다. 하지만 역시 아무 느낌도 없었다.

실은 길버트뿐만이 아니라 다른 사람들과도 악수를 빙자해 손을 잡아봤다. 그러나 마찬가지로 별다른 느낌이 들지 않았다. 그럴 거라고 예상하긴 했지만 역시 접촉했을 때 그런 이상한 현상이 일어나는 건 라키어스가 유일한 듯했다.

“유리 씨, 이번 주말에 봄 축제가 열린다던데 같이 가지 않을래요?”

“축제요?”

그리고 그날 퇴근길에 만난 안네마리가 나한테 권유했다.

“네. 밤에는 불꽃놀이도 한대요. 유리 씨는 저보다 여기 오래 사셨으니까 이미 가보셨죠?”

아, 그러고 보니 안네마리는 남부 출신이라 동부 축제는 구경한 적이 없었나. 물론 나야 동부 봄 축제에 가본 적이 있긴 했다. 하지만 그건 안네마리의 생각과 달리 축제를 즐기러 간 것이 아니라, ‘아라크네’로서 일을 하러 간 것이었다.

봄 축제는 동부에서 한 해 중 가장 크게 열리는 축제였는데, 그때를 노리고 음지에서도 비밀 경매가 열렸다. 그리고 내 단골 의뢰인 중 하나는 매년 그 경매장에서 대행으로 물건을 구해달라는 의뢰를 하곤 했다. 나라고 해서 꼭 무언가를 부수고 때리고 고문하고 죽이는 일만 하는 건 아니다.

어쨌든 이번에는 아직 소식이 없긴 하지만 그 사람, 분명 올해도 같은 의뢰를 할 것 같은데.

“마침 그날은 쉬는 날이기도 하고, 헤스티아가 구경하고 싶다고 해서 같이 가려고 하거든요. 그래서 괜찮으시면…….”

“저 그때는 다른 볼일이 있어요.”

“아…… 그래요?”

어, 나도 모르게 너무 단호박으로 거절했나?

안네마리의 웃는 얼굴에 그늘이 드리워지기 시작했다. 나는 울적한 빛을 띤 그녀의 얼굴을 보자 마음이 좀 약해졌다.

“일이 끝나고 늦게라도 괜찮으면 갈게요.”

“정말요?”

마주한 얼굴이 다시 반짝였다. 참 표정 변화가 다양한 사람이었다. 그래서 보는 재미가 있긴 한데. 그보다 축제라니, 뭔가 전형적이군. 딱

봐도 사건 사고가 일어날 가능성이 넘치도록 충분한 장소 아닌가.

특히 로맨스 소설에서는 단골 소재이다 못해 식상해 빠진 에피소드가 전개될 가능성이 매우 농후한 배경이었다. 〈꽃의 사슬〉에서도 여주인공이 가을 수확제를 겸한 축제 때 웬 미친 살인마한테 쫓기는 에피소드가 있지 않았던가?

음……. 그러고 보니 이 소설은 장르가 로맨스와 스릴러를 오가서 그런가. 다른 로맨스 소설에서 여주인공이 열심히 연애 플래그를 꽂고 다닐 때 안네마리는 사망 플래그를 꽂곤 했다. 물론 그런 사건 뒤에는 꼭 남주 후보 중 누군가와 엮여 감정이 깊어지는 결과를 얻긴 했지만.

그래도 생각해 보면 좀 이상했다. 분명 동부는 동서남북 지역 중에 치안이 가장 좋은 동네인데, 고아원 실종 사건도 그렇고 미친 살인마도 그렇고, 범죄자들이 아무렇지 않게 등장해서 도시 전역을 활개 치고 다닌단 말이야?

그래야 남주인공들하고 임팩트 있게 얽히니까 그런 건가. 목숨을 걸어야 얻을 수 있는 남주인공들이라니. 부질없다, 물론 그중에 끝판왕은 무려 암흑 도시의 제왕인 라키어스 아발론이지만 말이다.

차라리 안네마리를 여주인공 자리에서 탈출시키는 게 진정으로 그녀를 위하는 일이 아닌가 하는 생각마저 들었다. 아무튼, 그럼 혹시 이번 축제 때도 위험한 이벤트가 발생할 수 있는 거 아닌가?

소설에서는 고아원 실종 사건으로 메인 남주인공과 엮이는 게 첫 번째 에피소드라, 봄 축제에 대해서는 별다른 언급이 없었는데. 나는 미간을 조금 찌푸린 채 안네마리를 쳐다보았다. 그녀는 자신에게 다가올지도 모를 위협에 대해서는 아무것도 모른 채, 그저 기분이 좋은 듯이 생글생글 웃고 있었다.

"그럼 그날 늦게라도 꼭 오세요! 아, 약속 장소도 정할까요? 대충 볼일이 끝나는 시간을 알려주시면 거기 가 있을게요!"

축제 때 사람이 제일 많고 안전한 장소가 어디더라. 나는 잠깐 생각하다가 말했다.

"그럼 시계탑 앞에서."

"거긴 사람이 너무 많지 않을까요? 북적여서 길이 엇갈리면 오히려 더 만나기 힘들 것 같은데, 좀 더 한적한 곳으로……."

안네마리의 걱정은 이해하지만 나한테는 식은 죽 먹기인 일이었다.

"괜찮아요. 안네마리가 어디에 있든 전 찾아낼 수 있으니까요."

순간 안네마리가 말문이 막힌 표정을 지었다. 그런데 내가 무슨 말 실수를 했나? 왜 얼굴이 점점 빨개지지?

"그……."

스스로도 그것을 느꼈는지, 안네마리가 다음 순간 급히 손을 들어 뺨을 감쌌다.

"그럼 시계탑으로……."

"네. 아마 9시쯤에는 갈 수 있을 것 같아요."

그래도 혹시 내가 늦거나, 그날 안네마리에게 다른 일이 생기면 나를 기다리지 않아도 된다는 말을 덧붙였다. 집에 도착했을 때쯤에는 안네마리의 얼굴색도 원래대로 돌아와 있었다.

"그럼 즐거운 저녁 시간 보내세요, 유리 씨."

안네마리는 뺨에 보조개가 생기도록 방긋 웃으며 내 손을 잡고 흔들었다. 아까 길버트 씨에게 그랬던 것처럼 안네마리에게도 인사할 때 악수하자고 한 적이 있었는데, 그게 마음에 들었던 모양이다.

"안네마리 씨도 좋은 저녁 보내세요."

그렇게 그녀와 나는 인사하고 헤어졌다.

주르륵.

유리는 괜히 거실에 있는 화초에 물을 주는 척하며 라키어스를 지켜봤다. 지금 그는 혼자 붕대를 가는 중이었다. 빠른 속도로 몸을 회복해 가고 있는 라키어스는 놀랍도록 손이 안 가는 환자였다.

그는 지난번에 옷을 갈아입을 때 유리에게 도움을 요청했던 이후로 다시는 같은 부탁을 하지 않았다. 다른 사람의 손을 빌리지 않고 혼자 상처를 돌보고, 옷을 갈아입고, 씻는 일까지 어렵지 않게 해치우는 것을 보고 솔직히 유리는 조금 놀랐다.

가끔은 도와주겠다고 유리 쪽에서 먼저 권한 적도 있었지만 라키어스가 거절했다. 유리는 내심 그것이 조금 아쉬웠다. 물론 지난번 라키어스의 손에 애완동물처럼 얼굴을 비빈 일은 그녀에게 상당한 심적 타격을 입혔지만, 그래도 그와 접촉했을 때 느꼈던 그 충만함이 쉽게 잊히지 않았던 탓이었다.

지금도 붕대를 감는 라키어스의 움직임은 굉장히 능숙했다. 과연 암흑세계에 몸담아 왔던 사람답게 부상에도 익숙한 모습이었다. 결국 라키어스는 붕대를 혼자 다 감은 뒤에 혼자서 옷을 갈아입었다.

–라키어스, 너 진짜 그럴 거야?

한편, 라키어스는 아까부터 떠들어대는 벌레 때문에 짜증을 느끼고 있었다.

–그러지 말고 진짜 한 번만 만져봐! 그렇게 어려운 일도 아니잖아!

며칠 전부터 벌레는 계속 이런 식으로 떼를 쓰고 억지를 부려 라키어스를 성가시게 만드는 중이었다. 그 내용은 매우 가당찮았다. 바로 집주인인 유리와 다시 접촉해 보라는 것이었으니까.

–그냥 손 한 번 잡으면 되는 건데! 내가 이렇게 몇 번이나 부탁하는데, 이 야박한 자식!

그 소리를 듣고 라키어스는 욕설을 짓씹었다.

'이 음흉한 벌레 새끼가 지금 그딴 게 무슨 부탁이라고.'

–음흉하다니! 고작 단추 좀 푼 거 가지고 결혼 첫날밤에 신부한테 옷고름 풀린 새신랑처럼 수줍어하던 네가 할 소리는 아닌 것 같은…….

으드득, 라키어스의 주먹 쥔 손에서 뼈마디가 으스러지는 것 같은 섬뜩한 소리가 울렸다. 그 기세에 눌려 벌레가 입을 다물었다. 그렇지 않아도 라키어스는 기분이 다소 저조한 상태였다.

당장 카르노말에 있는 배신자 놈을 족치고 싶어서 마음은 조급한데 몸이 도통 성에 찰 정도로 낫지 않았다. 아직도 그 당시의 일을 상기하면 피가 거꾸로 솟는 기분이었다. 그 배신자 놈을 회 쳐 먹든, 구워 먹든, 어쨌든 당장 눈앞에 두고 곤죽으로 만들어 놔야 속이 시원할 것 같았다. 허공을 응시한 라키어스의 눈이 첨예한 빛을 띠었다.

……하지만 그놈을 족치러 가기 전에 먼저 확인해야 할 일이 있었다. 그러기 위해서라도 몸을 빨리 회복해야 하는데.

'쓸모없는 벌레 새끼.'

–갑자기 왜 욕이야?!

'쓸데없는 능력 말고 치유력이나 가질 것이지.'

난데없이 욕을 처먹은 미생물이 억울해했다. 라키어스는 그의 말에 대단히 자존심이 상한 것처럼 파들거리는 벌레에게 콧방귀를 뀌었다.

그래도 어쨌거나 집주인인 유리가 있는 곳에서 계속 이렇게 심기가 불편한 티를 낼 수는 없었기 때문에 라키어스는 으스러지게 주먹을 쥐었던 손에서 힘을 풀었다.

그런 상황을 알 리 없는 유리는 아까부터 라키어스의 손을 주시하다가 결국 인내심이 다해 물뿌리개를 내려놓았다. 사실 조금 전부터 유리가 물뿌리개로 물을 주고 있는 화초는 생화가 아니라 조화였다. 역시 길게 고민하는 건 그녀의 취향에 맞지 않았다. 계속 이렇게 신경 쓸 바에는 그냥 저질러 버리는 게 나았다.

무엇보다도 그녀는 라키어스의 생명의 은인이 아닌가? 그러니 이 정도는 라키어스도 허용할 수 있는 범위가 아닌가 싶었다.

유리는 라키어스가 있는 소파 쪽으로 다가갔다.

"라키어스 씨."

라키어스는 유리의 부름을 듣고 고개를 들었다. 얼굴을 사납게 구기고 있다가 유리를 돌아보는 순간 표정 관리를 하는 것도 잊지 않았다. 순식간에 만들어진 유순한 얼굴이 유리를 마주했다.

"이런 말은 진짜 이상하게 들릴 수도 있지만……."

유리는 라키어스와 시선을 마주하며 그냥 직설적으로 말했다.

"손 한 번만 잡으면 안 될까요?"

그 순간 라키어스가 움찔했다. 그는 귀를 의심하는 표정으로 유리를 쳐다보았다. 유리는 '사실 동부에서는 인사할 때 악수하는 게 관행'이라고 라키어스를 낚아볼까 잠깐 생각했다. 하지만 왠지 라키어스가 믿지도 않을 것 같고, 또 분위기만 괜히 더 서먹해질 것 같아서 그냥 관두었다. 그래서 그냥 솔직하게 말했다.

"제가 지금 라키어스 씨 손을 안 잡으면 잠이 안 올 것 같아요."

그 순간 라키어스의 표정이 묘해졌다. 지금 그의 머릿속에서는 벌레가 호들갑을 떨며 환호하고 있었다.

유리는 라키어스에게 긍정의 답변을 기대했다. 만약 라키어스가 거절한다면 기회를 틈타서 강제로 손을 붙잡는, 그런 파렴치한 짓을 할 의사도 있었다. 말하자면, 이 문제는 그 정도로 유리에게 의미가 있었다. 라키어스는 조금 곤혹스러운 듯이 한동안 물끄러미 유리를 쳐다보았다.

이내 그의 눈동자가 약간 가라앉았다. 라키어스의 머릿속에는 지난번의 일이 되감겼다. 손을 맞잡을 때마다 유리는 이상한 반응을 보였다. 아니, 접촉했을 때 그녀에게서 반응을 이끌어내는 것은 꼭 손만이 아닌 것 같았다. 지난번에는 그녀의 얼굴을 만졌는데도 같은 일이 벌어졌으니까.

–뭐 해, 라키어스! 빨리 고개 끄덕여! 빨리! 아, 빨리……!

애가 달은 벌레가 라키어스를 닦달했다. 유리도 그를 쳐다보며 대답을 기다리고 있었다. 유리에게는 다행스럽게도 마침내 라키어스가 천천히 입술을 벌려 내뱉은 말은 허락이었다.

"……잠깐이라면."

낮게 가라앉아 약간 잠긴 것처럼 들리는 목소리가 고막을 긁었다. 곧이어 라키어스의 손이 유리를 향해 느리게 뻗어졌다. 라키어스는 이유도 묻지 않고 유리의 이상한 청을 수락했다. 그녀에게 닿았을 때 일어나는 현상을 다시 확인하고 싶은 생각도 있었지만, 솔직히 호기심보다는 다른 욕망이 더 앞섰다.

유리는 소파에 앉아 그녀에게 이리 오라는 듯이 손을 내밀고 있는 라키어스를 보고 홀린 것처럼 가까이 다가갔다. 라키어스를 위해 일부러 불의 밝기를 조절했기 때문인지, 은은한 빛이 고인 거실의 분위기는 어딘가 오묘했다.

조금 전 욕실에서 씻고 나온 라키어스의 머리는 촉촉하게 젖어 있었다. 이런 큰 부상을 입은 환자가 혼자서 욕실에 들어가 씻다니, 확실히 범인이라면 시도조차 못할 일이었다. 이대로라면 일주일도 안 가서 날아다니는 건 아닌지 모르겠다는 생각이 들었다. 라키어스와 닿기 직전, 유리는 잠깐 손을 멈추고 숨을 한차례 골랐다. 그런 뒤 그녀에게 내밀어진 그의 손 위에 손을 포갰다.

화아악!

전에 느꼈던 것과 동일한 따스함이 순식간에 쏟아져 들어왔다. 비어 있던 가슴에 포근하고 정겨운 행복감이 차올랐다. 그러니까 너무…… 너무 좋았다. 메마른 땅에 봄이 찾아온 것처럼, 황량하던 유리의 얼굴에 발그레한 생기가 입혀졌다.

거기에 더 가까워지기 위해 이번에도 맞잡은 손의 손가락 사이사이를 파고들었다. 빈틈없이 바짝 밀착한 손바닥에서 더 강렬한 기운이 밀려들었다. 행복한 도취감에 젖은 몸에서 서서히 힘이 빠지기 시작했다.

라키어스는 휘청거리는 유리의 몸을 반사적으로 붙잡았다. 유리는 정신이 없는 와중에 지지대처럼 몸을 받쳐주는 무언가를 느끼고 거기에 아예 편안하게 기댔다. 유리의 몸이 라키어스의 품 안에 빨려 들어가듯이 안착했다.

"……!"

기다랗고 검은 머리카락이 라키어스의 어깨와 그 너머에 폭포수처럼 흘러내렸다. 목덜미와 귓가에 닿는 간지러운 숨결에 라키어스의 몸이 흠칫 경직됐다. 유리는 지금 그들이 취하고 있는 자세를 인지하지 못했지만, 어느새 그녀는 라키어스의 다리에 앉아 완전히 몸을 기댄 채 안겨 있었다.

라키어스는 비틀거리는 유리를 붙잡아줄 생각으로 팔을 뻗었다가 졸지에 맞닥뜨린 충격적인 상황에 얼어붙었다. 카르노말에 있을 적에 이런 식으로 그에게 겁 없이 엉겨 붙으려 시도하는 여자들은 지금까지 셀 수도 없이 많았다. 물론 그 시도를 성공한 여자는 지금까지 한 번도 없었다. 그때마다 라키어스가 잔혹할 정도로 가차 없이 상대를 쳐내 버렸기 때문이다.

그런데 지금 그는 품에 안긴 사람을 어찌하지도 못하고 그저 돌덩이가 된 것처럼 굳어 있을 뿐이었다. 코끝에 달콤한 향기가 감돌았다. 밀착해 맞닿은 몸에서 따뜻한 온기가 스몄다. 그 순간만큼은 유리에게 짓눌린 상처의 통증마저도 잊어버렸다.

라키어스는 머리가 아찔해질 정도로 짙은 체취를 들이마시며 깍지를 낀 손을 꽉 움켜쥐었다. 입안에 갈증이 고여들었다. 허공을 배회하던 손이 마침내 맞닿은 몸 위로 내려앉았다. 그 손에도 열기가 배어 있었다. 목덜미에 번지는 숨결이 절로 뒷덜미를 오싹거리게 만들었다. 그러다 라키어스는 문득 의구심을 느꼈다.

"……유리 씨?"

짧은 망설임을 담은 입술이 열리고, 마침내 그 안에서 처음으로 소리 내 부른 이름이 흘러나왔다. 하지만 옆에서는 대답이라 하기에는 뭔가 미묘한 나른한 목 울림과 야트막한 숨소리만 들려올 뿐이었다.

처음에는 워낙 경황이 없었지만 서서히 정신이 돌아오고 나니 지금 이 상황이 뭔가 이상하다는 생각이 들었다. 손을 맞잡은 직후, 유리는 갑자기 균형을 잃은 것처럼 휘청거렸다. 그러더니 이렇게 그에게 먼저 안겨들어 불안정한 호흡을 내뱉고 있다. 물론 지난번에 그의 손에 얼굴을 묻을 때도 뭔가 이상하긴 했지만…….

'벨레. 너 혹시 이상한 짓을 한 건 아니겠지?'

라키어스가 의심을 품고 날카롭게 물었으나 대답은 들려오지 않았다.

"유리 씨. 잠시만."

이대로는 안 되겠다는 생각이 들어 라키어스는 일단 맞잡은 손을 놓고 유리를 떼어놓으려 했다. 하지만 그것을 알아차린 유리가 라키어스의 손을 더 세게 힘주어 붙잡았다. 라키어스의 손끝이 움찔거렸지만 그래도 그는 유리를 뿌리치지 않았다.

유리는 무채색의 세상이 순식간에 다채로운 봄빛으로 바뀐 것 같은 기분을 느끼고 있었다. 그런데 이상했다. 좋아서 눈물이 날 것 같다니. 지난번처럼 그리움과 반가움이 홍수처럼 밀려들어서 주체할 수가 없었다.

다만, 그때는 어디까지나 '울 것 같은' 심정이었다면 이번에는 정말 감정이 눈물이 되어서 밖으로 넘쳐흘렀다. 유리의 뺨을 타고 느리게 미끄러진 눈물이 턱 밑으로 툭 떨어져 내리는 순간, 라키어스도 어깨를 적신 것의 정체를 알아차렸다. 그의 몸이 조금 전과 다른 의미로 작게 흔들렸다.

잠시 후, 딱딱하게 굳은 채로 유리의 허리를 감싸고 있던 라키어스의 팔이 살며시 위로 들어 올려졌다. 그에게 어울리지 않는 주저함을 담은 손이 약간 느리게 움직였다.

이내 그것은 지난번처럼 유리의 얼굴에 닿았다. 젖어 있는 뺨을 부드럽게 쓸 듯이 움직인 손은 이내 그녀의 고개를 들어 올렸다. 거기에 이끌려 유리는 저도 모르게 라키어스의 어깨에서 턱을 뗐다. 그리고 마침내 라키어스와 유리의 눈이 마주쳤다.

라키어스의 맑은 벽안이 눈물에 젖은 여자의 얼굴을 시야에 담아낸 그대로 멈추었다. 유리 역시 가까이에서 시선이 얽히는 순간 불현듯 정신을 차렸다. 뒤이어 물에 번지는 듯한 동요가 그녀의 얼굴에 번져 들었다. 사실은 라키어스와 처음 손을 붙잡은 이후로 그의 존재를 잊고 있었다.

그런데 눈이 마주쳐 퍼뜩 정신이 든 순간, 미처 인지하지 못하고 있던 지금의 상황이 당혹스럽게 느껴지기 시작했다. 더군다나 이렇게 타인의 앞에서 우는 얼굴을 보이기까지 하다니.

애당초 라키어스의 손을 잡지 않았다면 겪지 않았을 일이었고, 또 느꼈을 리 없을 감정이었다.

그때, 눈에 고여 있던 눈물방울이 또다시 밑으로 떨어졌다. 이번에는 라키어스가 보는 앞에서, 상황을 모면할 틈도 없이 추락한 눈물이 그의 가슴팍을 적셨다.

그 순간, 유리는 그녀의 일부를 강제로 도려내듯이 잡고 있던 라키어스의 손을 뿌리치고 그의 무릎 위에서 벌떡 일어났다. 여전히 얼어붙어 있는 라키어스의 시선이 그런 그녀를 따라 올라갔다.

손안의 온기가 사라진 순간, 그녀의 안에서 넘실거리던 감정의 파도는 순식간에 흔적도 없이 잦아들었다. 엉망진창으로 뒤엉켜 있던 가슴도 잠잠하게 가라앉았다. 짧은 마법은 금세 끝났다. 유리는 마른 침을 한 번 삼킨 뒤 입술을 작게 뗐다.

"고마워요."

다행히 여전히 무미건조한 목소리가 흘러나왔다.

"덕분에 궁금했던 걸 확인했어요."

그녀의 얼굴도 마찬가지로 무미건조했다.

"그럼 전 그만 방으로 들어갈 테니까 라키어스 씨도 편하게 쉬세요."

그렇게 통보하듯이 말한 뒤 유리는 단 1초도 지체하지 않고 뒤돌아 걸음을 옮겼다. 라키어스의 시선이 따라붙는 것이 느껴졌지만 그녀는 방문을 열고 들어갈 때까지 그를 돌아보지 않았다.

덜컹, 쾅!

이내 유리는 방에 들어가 닫힌 문에 기대섰다. 거실보다 약간 서늘한 공기가 젖은 뺨에 스몄다. 유리는 손을 들어 살갗을 시리게 만들고 있는 눈물을 훔쳐냈다. 꿈같은 짧은 시간이 지난 가슴에 익숙한 공허함이 들어찼다. 그것이 좋은 건지, 싫은 건지, 지금의 그녀로서는 도저히 분간할 수가 없었다.

다음 날 아침, 집 안의 공기는 기분 탓인지 약간 서먹하게 느껴졌다.

"좋은 아침이에요, 라키어스 씨."

먼저 그렇게 인사해 온 유리의 얼굴은 어젯밤에 무슨 일이 있었냐는 듯이 무덤덤하기만 했다. 라키어스는 비스듬히 소파에 기대 누워 그녀의 무표정한 얼굴을 얼마간 조용히 들여다보다가 대꾸했다.

[네, 좋은 아침이네요.]

그냥 둘 다 어제의 일은 일단 모른 척하기로 한 것이다.

"그럼 전 출근할게요."

잠시 후, 유리는 평소와 같은 시간에 문을 나섰다.

[조심히 다녀오세요.]

라키어스가 소파에 기대 유리를 배웅했다. 현관으로 이어지던 유리의 걸음이 순간적으로 멈칫했다. 그녀는 잠깐 라키어스를 보다가

문을 나섰다.

유리가 집을 나간 뒤, 라키어스는 멀어지는 발소리에 조용히 귀를 기울였다. 아직은 이른 아침. 바깥은 이제 슬슬 하루를 시작하는 사람들로 약간 산만했다. 라키어스는 아직도 쑤시는 몸의 상처를 팔로 감싸며 자리에서 일어났다. 소리 없는 그의 발걸음이 창가 쪽으로 움직여졌다.

라키어스는 창문 옆에 도사린 그림자에 몸을 묻고 살짝 열린 커튼 틈새로 바깥을 엿보았다. 햇살이 한 가닥 비쳐든 그의 푸른 눈동자는 호수 위의 깨진 얼음 막처럼 시리고 날카로웠다. 바로 조금 전까지만 해도 더없이 무해하고 선해 보이는 얼굴로 집주인을 배웅했던 사람이라고는 믿기지 않을 정도로 그를 둘러싼 공기는 차가웠다.

–저기, 라키어스? 나 진짜 어제 이상한 짓 안 했어. 진짜야!

유리가 나간 뒤, 라키어스의 눈치를 슬쩍 보던 벌레가 다시금 변명했다. 바람 빠진 풍성처럼 쭈그러진 그 음성에는 미약한 억울함이 감돌고 있었다. 밤새 라키어스에게 닦달당해 정신적인 고문을 당한 탓에 그에게 말을 거는 머릿속의 목소리는 약간 의기소침해져 있었다. 그 이유는 당연히 어젯밤 유리와 있었던 일 때문이었다.

라키어스의 손을 잡고 이상한 모습을 보이다가 급기야 눈물마저 흘리던 유리의 얼굴이 아직도 눈에서 어른거렸다. 라키어스도 어제 그 일이 자신의 몸에 깃든 미생물이 다른 술수를 부렸기 때문이 아니란 사실을 알았다. 하지만 그렇다면 도대체 어제의 그건 뭐였는지 알 수가 없었다. 그나마 출근하기 전에 그녀의 기분이 괜찮아 보여서 안심이었다.

–그보다 너 진짜 나갈 거야?

'그래.'

머릿속의 목소리가 말을 돌려 물었다. 라키어스는 오늘 밖으로 나가볼 생각이었다. 물론 그의 몸은 아직 회복되지 않아 크게 움직이면 다소 무리가 갈 것이 분명했다. 하지만 그렇다고 해서 이대로 손 놓고 가만히 있을 수는 없었다. 라키어스는 얼마 전에 들었던 이곳의 지명을 머릿속으로 다시금 되뇌었다.

그레이페럿가. 동부라면 크록포드가 관할하는 구역이었다. 그러니 정체만 들키지 않는다면 움직여 볼 만했다.

–그런데 라키어스…… 다른 건 아무래도 좋으니까 일단 나가기 전에 소화제 좀 더 먹자. 우욱, 아직도 토 쏠려.

머릿속에서 울리는 적나라한 소리에 라키어스는 결국 인상을 구겼다.

'아, 진짜……. 남의 머릿속에서 개같이 헛구역질하지 마.'

벌레가 이러는 이유는 오늘 아침에 먹은 아침밥 때문이었다. 오늘도 유리가 만들어준 밥은 구토를 유발했지만, 이번에도 라키어스는 그것을 꾸역꾸역 전부 먹어치웠다.

그 결과, 현재 라키어스의 얼굴은 아침에 막 깨어났을 때보다 확연히 파리해져 있었다. 그렇지 않아도 웬만한 약에는 내성이 있어 효과가 쉽게 돌지 않았기 때문에 병에 든 소화제를 절반은 비워야 했다. 그래도 아직까지 속이 느글거리는 건 사실이라, 라키어스는 벌레의 말대로 소화제를 입안에 더 쏟아부었다.

–아오, 이제 좀 속이 가라앉는 것 같네. 이게 다 네가 그딴 쓰레기 같은 걸 꾸역꾸역 처먹어서 그렇잖아!

그에게 기생한 벌레가 그새 기가 살았는지, 언제 라키어스의 눈치를 보았냐는 양 진저리를 치며 푸념했다.

–으으, 이런 맛은 '무덤'에 있을 때 먹은 밥 이후 처음이야.

라키어스는 그 말에 빈정이 상했다. 상기하기도 싫은 옛 과거의 일이 쓸데없이 떠올랐기 때문이다. 오래전, 벌레가 말한 '무덤'에 있을 때의 기억이었다. 그곳은 라키어스가 이 시끄러운 기생충을 얻게 된 장소이기도 했다. 그곳이 '무덤'이라 불리는 이유는, 한번 들어간 사람은 누구도 살아서 나오지 못했기 때문이다.

단 한 명의 예외가 바로 라키어스였다. 하지만 그는 그 지긋지긋한 곳에서 빠져나오는 데 5년이라는 시간을 허비해야 했다. 이후, 그를 그곳에 처넣은 데 일조한 사람들을 전부 죽였다.

다른 사람들은 카르노말의 전대 주인이었던 라키어스의 아버지가 병환으로 죽은 뒤 아들인 그가 경쟁자들을 죽이고 왕좌를 차지한 줄 알고 있었지만 사실과 달랐다. 애초에 아버지인 전대 왕을 죽인 건 라키어스였다. 라키어스로서는 그를 살려둘 이유가 없었다. 카르노말에 역겨운 연구소를 설치한 것으로도 모자라, 아들까지 실험체로 이용하는 미친놈이었으니까. 라키어스는 싸늘히 비소하며 손아귀에 힘을 주었다.

와그작!

쨍강!

라키어스의 손에 들려 있던 약병이 산산조각 났다.

–헉!

자신의 말실수 때문에 라키어스의 기분이 더러워졌다는 것을 기민하게 눈치챈 벌레가 숨을 들이켰다. 라키어스는 사나운 기운을 몸에 두른 채로 깨진 병 조각과 바닥에 쏟아진 약을 짓밟았다.

라키어스에게 굴욕적인 기억을 안겨준 사람들은 오래전에 모두 죽었고, 그때의 기억을 상기하게 만드는 장소도 지금은 모조리 폐허가 되었다. 라키어스의 손으로 직접 그렇게 만들었다.

그러니 이번에도 마찬가지다. 배신자에게는 그에 걸맞은 최후를.

라키어스는 인근의 사람들이 만들어내는 소음이 잦아들 때까지 기다렸다. 몸을 회복하는 동안 정보를 얻기 위해 먼저 찾아야 할 것이 있었다.

커피하우스에서 맞이하는 하루. 오늘도 평소와 비슷했다. 단지 어젯밤에 라키어스와 있었던 일이 자꾸 생각나서 일에 집중이 잘 안 된다는 것만 제외하면 말이다. 지난번 라키어스의 손에 얼굴을 비볐던 데 이어, 그의 앞에서 눈물까지 보인 일은 내가 한동안 잊고 있던 수치심 비슷한 감정을 느끼게 했다.

'수치심 비슷한' 감정이라고 한 것은 지금 느끼고 있는 감정이 지극히 미미해 그것이 수치심이라고 확신하기 어려웠기 때문이다. 아마 내가 정상적으로 감정을 느끼는 상태였다면 건물 벽 몇 개는 족히 부수고도 남았을 것이라는 생각이 들었다.

마침 커피하우스에 손님이 거의 없는 한가로운 시간대라 그런지 쓸데없는 잡념이 더 드는 것 같았다. 나는 마른행주로 젖은 컵을 닦으며 다른 생각을 해 기분을 환기하기로 했다. 예상했던 대로 이번에도 비밀 경매장에서 어떤 물건을 대리 구입해 달라는 의뢰가 들어왔다.

사실 나로서는 '어차피 자기 돈을 주고 비싸게 낙찰받는 거, 차라리 나한테 훔쳐 달라고 하는 게 더 쉽고 간편하지 않나?' 싶었지만 내 의뢰인은 그렇게 생각하지 않는 모양이었다. 뭐, 나도 굳이 건실한 동부 시민을 꾀어내서 범죄의 세계에 끌어들일 마음은 없으니까.

"유리 씨, 혹시 저랑 같이 이번 축제에……."

"선약 있어요."

오늘로 19번째 퇴짜를 놓은 뒤 돌아섰다. 축제 일정이 나와서 그런지 오늘따라 이런 권유를 하는 사람이 많았다. 물론 당연히 전부 거절했다. 그래서인지 커피하우스 안은 다소 분위기가 우중충했다.

"와, 유리 씨, 역시 인기 좋네요."

오늘도 커피를 마시러 온 스노우가 아까부터 나를 지켜보다가 말을 걸었다. 그는 지금의 상황이 몹시 흥미진진한 듯했다.

"그런데 선약이 있었군요. 왠지 유리 씨는 축제 같은 데 관심 없을 것 같았는데."

스노우의 생각이 맞았다. 내가 축제에 가려는 건 안네마리 때문이지, 딱히 거기에 흥미가 있어서가 아니었으니까.

"유리 씨가 축제에 가신다니까 왠지 저도 가고 싶어지…… 으윽."

갑자기 스노우가 손으로 눈가를 짚으며 신음했다. 공교롭게도 마침 그 앞을 지날 때라 걸음을 멈추고 물었다.

"왜 그러세요? 어디 아프세요?"

"윽, 그게……."

여전히 손으로 눈을 가린 채 고개를 떨구고 신음하는 모습이 정말 몸이 좋지 않은 사람 같았다. 하지만 그가 부스스 고개를 들며 내뱉은 말에 내 기분은 차게 식고 말았다.

"유리 씨가 너무 눈부셔서……."

"네, 주문받을게요."

스노우의 말이 끝나기도 전에 뒤돌아 다른 손님에게 향했다. 뒤에서 매정하다고 시무룩하게 투덜거리는 소리가 들렸지만 무시했다. 스노우는 가게에 오래 있지 않고 곧바로 커피값을 치른 뒤 문을 나섰다.

"……?"

문득 밖에서 시선 비슷한 것을 느끼고 고개를 돌렸다. 까악, 까악!

'그냥 까마귀인가.'

문밖에서 날아다니고 있는 까마귀를 보자 오딘 생각이 났다. 내가 맡긴 일은 생각보다 시간이 걸리는 모양이다. 나는 열린 문에서 시선을 떼고 다시 가게 안쪽으로 걸음을 옮겼다.

"으, 내 눈알."

커피하우스를 빠져나온 스노우는 아직도 바늘로 찌르는 것처럼 화끈거리는 눈을 손으로 문질렀다. 그 후 굳은살이 박인 손이 눈을 찌르는 앞머리를 슬쩍 위로 걷어냈다. 그러자 의외로 날카롭고 차가운 빛을 띤 보라색 눈동자가 언뜻 모습을 드러냈다.

'이상하네. 왜 연금술사 놈 얼굴이 보이지?'

그는 조금 전 커피하우스의 직원인 유리의 얼굴을 보았을 때 일순간 떠올랐던 장면을 되새기며 눈살을 찌푸렸다. 아직도 잔상처럼 남아 눈앞에 어른거리는 그 재수 없는 낯짝은 분명 스노우가 알고 있는 사람이었다.

'설마 둘이 축제에서 만나나?'

스노우의 입매가 슬쩍 비틀렸다. 사실 조금 전에 유리에게 했던 말은 빈말이었고, 정말 축제에 참석할 마음은 없었지만……. 지금 생각이 바뀌었다. 스노우는 어느 정도 따끔거리는 느낌이 가라앉은 눈을 손으로 한차례 훑은 뒤 팔을 내렸다.

그러자 덥수룩한 갈색 머리카락이 풀썩 내려앉아 다시 그의 눈가를 가렸다. 높이 솟은 코와 완만한 호선을 그리는 입술만이 드러난 스노우의 얼굴은 놀랍도록 순박해 보였다. 그는 처음 커피하우스에 들어갈 때보다 한결 저조해진 기분으로 블루페럿가를 떠났다.

조만간 열릴 봄 축제. 그날, 모처럼 외출해야 할 듯했다.

−라키어스…… 그래서 여긴 왜 온 건데?

머릿속에서 떨떠름한 목소리가 울렸다. 라키어스는 그냥 무시할까 하다가 대답해 주었다. 하지만 곱게 대답한 것은 아니었고, 꼭 그것도 모르냐고 한심해하는 듯한 목소리를 머릿속에 흘려보냈다.

'집주인이 자리에 잘 있나 확인하러 온 거잖아.'

유리의 집을 빠져나온 라키어스는 현재 커피하우스의 인근에 와 있었다. 그는 커피하우스의 맞은편에 위치한 치료소의 건물 꼭대기에 올라 가게 안팎을 오가며 일하는 검은 머리의 여자를 지켜보는 중이었다.

물론 그 여자는 바로 유리였다. 라키어스가 이곳에 가장 먼저 들른 이유는 유리가 직장에 잘 있는지 확인하기 위해서였다. 혹시라도 중간에 그녀가 커피하우스를 빠져나와 집에 들르기라도 하면 그의 외출 사실을 들킬지도 모르는 노릇이 아닌가?

물론 지금까지 그녀가 일하는 도중에 집에 온 적은 한 번도 없었으니 오늘도 딱히 염려할 필요는 없을 것 같긴 했다. 그래도 원래 무슨 일이든 만전을 기하기 위해서는 돌다리도 다시 한번 두드려 보고, 꺼진 불도 다시 봐야 하는 법이다.

그래서 라키어스는 머릿속의 물음에 당당하게 대꾸할 수 있었다. 하지만 라키어스는 또다시 울린 벨레의 떨떠름한 음성에 그만 저도 모르게 움칫 몸을 떨 수밖에 없었다.

—근데 너 지금 40분째 보고 있잖냐…….

……벌써 그 정도나 시간이 지났던가?

그냥 느슨히 땋은 긴 검은 머리카락을 흔들며 눈앞을 왔다 갔다 하는 여인의 모습을 좀 지켜보았을 뿐인데. 그러다 하나둘씩, 웬 잡놈들이 자꾸만 유리에게 말을 거는 것을 보고 어쩐지 발길이 떨어지지 않아서 시간 가는 줄 몰랐던 모양이다.

'그보다, 저 얼굴. 어디서 봤었지?'

라키어스의 시선이 조금 전 커피하우스에서 빠져나온 남자에게 날아가 박혔다. 지저분한 갈색 머리카락이 걷히자, 볼품없는 몰골을 하고 있던 남자의 얼굴이 시야에 드러났다. 보통 사람은 육안으로 얼굴을 구분하기 불가능할 정도의 먼 거리였지만 라키어스는 무리 없이 남자의 얼굴을 관찰했다.

분명 어디선가 본 적이 있는 얼굴이었다. 하지만 기억날 듯 말 듯 남자의 정체가 생각나지 않았다. 라키어스는 가늘게 뜬 눈으로 멀어지는 남자의 모습을 주시했다. 그리고 다시 한번 커피하우스에 있는 유리를 시야에 담은 뒤, 홀연히 그 자리에서 사라졌다.

라키어스는 여느 때처럼 소파 위에 환자답게 누워 유리를 맞이했다. 하지만 유리는 라키어스가 오늘 외출했던 사실을 쉽게 알아차렸다. 그녀가 집 안에 있는 모든 창문과 문 귀퉁이에 몰래 붙여놨던 아주 가느다란 실 중, 건물 뒤쪽으로 통하는 창문의 실이 하나 끊어져 있는 것을 발견했기 때문이다.

유리만 알아보도록 표시한 것이라 라키어스조차 실의 존재를 눈치채기 어려울 터였다. 원래는 혹시 모를 침입자를 낚기 위한 거미줄 함정도 설치되어 있었지만 라키어스가 집에 온 뒤 혹시 몰라 전부 제거했다.

'밖에 나가서 뭘 한 거지?'

소설은 외전을 제외하고 거의 안네마리의 1인칭 시점이었다. 그래서 그녀가 치료소에서 일하는 동안 라키어스가 뭘 했는지에 대한 내용은 자세히 나와 있지 않았다. 그런 이유로 유리는 라키어스의 외출에 의구심을 느꼈다. 하지만 그녀를 귀찮게만 하지 않는다면 라키어스가 집 구석에 가만히 틀어박혀 있든, 밖에 나가 깽판을 치든 상관없었기 때문에 굳이 그의 외출 사실을 아는 척하지 않았다.

"라키어스 씨, 저녁 드세요."

순간, 소파에 누워 있던 라키어스의 얼굴이 핼쑥해진 것 같았다. 어째서인지 작은 파문을 그리는 파란 눈동자가 얼핏 처연한 느낌마저 풍겨서, 유리는 고개를 갸웃했다.

"오늘은 가게에 빵이 많이 남아서 좀 가져왔어요."

하지만 이어진 유리의 말에 곧 불이 켜진 것처럼 라키어스의 안색이 밝아졌다.

"혹시 이걸로 부족하시면 다른 걸 만들어 드릴까요?"

도리도리!

라키어스는 서둘러 고개를 저었다. 그리고 자리에서 일어나 경건함마저 느껴지는 자세로 유리가 가져온 빵을 맞이했다. 잠시 후 예리한 눈으로 테이블 위의 물건들을 훑은 유리는 깨달음을 얻었다.

'……내가 해주는 밥이 먹기 싫었구나.'

약 상자에는 소화제가 사라지고 없었다. 뭔가 만들어줄 때마다 항상 남김없이 다 먹더니, 그 후에 소화제를 입에 털어 넣은 모양이다.

'먹기 싫으면 그냥 그렇다고 말해도 되는데.'

유리는 새삼스러운 눈으로 라키어스를 바라보았다. 그는 약 상자를 보며 상념에 빠져 있던 유리를 주시하고 있었다. 그래서 고개를 돌리자마자 허공에서 시선이 마주쳤다.

유리가 먼저 빵 봉투에 손을 댈 때까지 기다리는 것처럼 가만히 앉아 있는 라키어스의 모습은 꼭 훈련이 잘된 대형견처럼 보였다. 책에서 보고 막연히 상상했던 것과는 다르게 너무 배려심이 많은 악당이라 영 적응이 되지 않았다.

"많이 드세요, 라키어스 씨."

유리는 아침의 어색함이 약간 잦아드는 것을 느끼며 그에게 빵이 든 종이봉투를 밀어주었다. 그러자 라키어스가 유리와 봉투를 번갈아 쳐다보다가, 팔을 뻗었다. 그리고 빵을 하나 꺼내 유리에게 내밀었다. 다시 눈이 마주치자 라키어스가 눈을 접어 예쁘게 웃었다. 상대가 카르노말의 왕인 라키어스 아발론이 아니었다면 미인계를 쓴다고 생각했을 정도로 수려한 미소였다.

사실 라키어스의 얼굴은 유리의 취향을 직격했기 때문에 그녀는 코코를 생각나게 하는 안네마리를 보았을 때처럼 마음이 조금 녹진해지는 것을 느꼈다. 유리는 라키어스가 준 빵을 받으며 생각했다. 아무래도 악역님을 위해 소화제를 좀 더 구비해 둬야겠다.

“아 참, 저 토요일에는 일이 있어서 밤늦게 들어올 거예요.”

그러다 문득 떠오른 주말의 계획을 말하자 라키어스의 눈에 한순간 이채가 스쳐 지나갔다. 하지만 곧 그는 그런 기색을 지우고 알겠다는 듯이 말간 얼굴을 끄덕였다.

그렇게 시간이 흘러 마침내 이틀 뒤, 축제의 아침이 밝았다.

그날도 라키어스는 유리가 없는 사이에 외출을 감행했다. 지금 그는 동부 중앙에 위치한 대광장에 와 있는 참이었다. 축제날이라 그런지 오늘따라 광장에 사람이 많았다. 게다가 건물과 건물 사이에 웬 반짝이는 장식 같은 것이 실로 연결되어 주렁주렁 달려 있었다.

–어우, 개미 떼처럼 북적거리네.

그 어수선함이 마음에 안 들어서 라키어스는 설핏 인상을 찡그렸다.

‘어쩐지 시끄럽다 했더니 축제였나.’

오늘 아침 유리는 전에 이야기한 대로 늦게 들어올 것이라 말한 뒤 문을 나섰다. 그래서 오늘은 느긋이 외출해도 되겠다고 막연히 생각했는데……. 혹시 유리도 오늘 축제 구경을 하느라 늦는다고 한 걸까?

‘……혹시 그놈들 중 하나와 같이 가려는 건 아니겠지?’

갑자기 얼마 전에 커피하우스에서 유리에게 집적거리던 놈들이 생각났다. 또다시 영문을 알 수 없게도 기분이 저조해져서, 라키어스는 얼굴을 더 구겼다.

–라키어스, 그런데 여기서 도대체 뭘 찾으려는 건데?

그는 머릿속에서 묻는 소리를 무시하며 자리를 박찼다. 놀라울 정도로 가볍게 도약한 라키어스가 순식간에 광장 시계탑의 외벽을 올라 그 꼭대기에 섰다. 푸른 하늘을 등진 라키어스의 머리칼이 사방에서 불어든 바람에 잘게 흩날렸다. 탁 트인 마을의 전경이 한눈에 들어왔다.

라키어스의 미간이 설핏 찌푸려졌다. 아직 동작을 크게 하면 복부의 상처가 조금 쑤셔왔다. 몸에 깃든 유적의 힘 때문에 회복력이 보통 사람 이상으로 특출 났지만 그렇다 해서 상처가 한순간에 낫는다거나, 통증을 느끼지 못한다거나 하는 건 아니었다.

하지만 심하지 않았기 때문에 라키어스는 그냥 무시하고 하던 일을 계속했다. 파란 눈동자가 눈앞에 펼쳐진 전경을 훑었다. 그가 살피는 것은 건물 지붕의 십자가 장식이었다.

–저기요? 저 여기 있거든요? 이보세요?

풍향계가 올라간 지붕도 있어 멀리서 보면 헷갈릴 여지도 있었지만 얼추 확인했을 때 눈에 들어오는 건 스물서너 개 정도였다. 라키어스는 확인을 마치고 시계탑 꼭대기에서 훌쩍 뛰어내렸다.

다음으로 그가 지붕을 타고 이동한 곳은 가까이에 있는 성당이었다. 이번에는 종탑에 올라 본격적으로 무언가를 찾기 시작했다. 하지만 그가 원하는 것은 쉽게 나오지 않았다.

–야, 너 자꾸 무시할 거야? 나 심심하다고!

지금 라키어스가 찾고 있는 것은 표식이었다. 뒷세계의 사람들, 개중에서도 특히 의뢰를 받아 생활하는 자들이 곳곳에 뿌려놓는 어떤 흔적 같은 것. 즉, 연락망이나 마찬가지였다.

대개의 경우, 그들은 자신들의 뿌리인 음지와 정반대라 할 수 있는 신성한 장소에 그 표식을 두는 습성이 있었다. 지금 라키어스가 시계탑에 올라 부근의 성당과 성소를 확인한 이유이기도 했다. 그는 표식을 찾아 뒷세계의 누군가에게 의뢰할 생각이었다.

하지만 라키어스는 이번에도 허탕을 쳐 눈매를 구겼다. 표식을 몇 개 발견하긴 했지만 라키어스가 찾는 것은 아니었다. 이왕 의뢰를 맡기기로 한 것, 반편이 같은 어중이떠중이들에게 시간 낭비할 마음은 없었다. 잠시 후 그가 오른 곳은 또 십자가가 있는 건물의 꼭대기였다. 그리고 종이 매달린 곳에서…….

–라키어스!

라키어스의 계속된 무시에 지쳤는지 한동안 조용하던 머릿속의 목소리가 순간 날카롭게 외쳤다. 하지만 그것이 아니더라도 라키어스 역시 같은 시점에 기척을 알아차렸다.

홰액!

빛의 속도로 움직인 그의 손이 기척이 느껴진 곳에 정확히 쏘아져 박혔다. 속이 비어 있는 종 안에서 한순간 '꽤액!' 하는 소리가 났다. 다음 순간 날카로운 한기가 흐르는 라키어스의 눈에 비친 것은 검은 깃을 가진 새였다. 그것은 라키어스의 손에 틀어 잡히자마자 단번에 연기가 되어서 사라졌다.

–엇, 뭐야? 새 새끼가 갑자기 사라졌어!

라키어스는 허공에 흩어지는 검은 연기를 보며 예리하게 눈을 빛냈다.

'평범한 까마귀가 아니군. 그럼 제대로 찾은 건가.'

뒷세계의 정보상, 혹은 검은 까마귀라 불리는 오딘. 표식은 깃털 정도일 거라고 생각했는데 설마 까마귀 본체였나?

–라키어스! 지금 그 까마귀가 네가 찾으려던 거야?

'시끄러워. 생각 좀 하게 가만히 있어봐.'

라키어스의 대답에 머릿속의 벨레가 신나서 더 떠들었다. 라키어스는 그것을 무시하고 종탑 꼭대기에 서서 미간을 좁힌 채 잠깐 고민했다. 이대로 의뢰가 성사된 건지 아닌지 확신할 수가 없었다. 이런 식으로 뒷세계 인간에게 무언가를 의뢰하는 것은 난생처음이었기 때문이다. 그동안은 직접 몸으로 움직이거나, 부하들에게 명령하면 이루지 못할 일이 없었으니까.

사실 조금 전의 그 수상한 까마귀가 라키어스가 찾던 오딘의 것이 맞는지도 아직 알 수 없는 노릇이었다.

라키어스는 일단 나머지 성지들의 표식도 마저 확인해 보기로 하고 옆쪽의 지붕으로 훌쩍 뛰어내렸다. 그리고 발소리 하나 없이 지붕 위를 달려 신속하고 조용하게 이동했다.

"아씨, 뭐야."

그 시각, 오딘은 자신이 동부에 남겨놓은 표식 중 하나가 소멸한 것을 느꼈다. 그의 곱상한 얼굴이 왕창 일그러졌다.

"어떤 놈이 감히 내 표식을……!"

라키어스의 의심대로 조금 전 그는 오딘에게 의뢰를 넣은 것이 아니었다. 본래 의뢰가 성사되려면 오딘의 까마귀가 의뢰인의 얼굴을 확인하고 따로 연락을 취해야 했다. 하지만 조금 전 오딘이 표식으로 남겨둔 까마귀는 라키어스의 손에 목이 분질러져 그 자리에서 비명횡사해 버렸다. 까마귀가 연기가 되어 사라진 것은 바로 그 때문이었다.

표식으로 사용한 그 까마귀는 실재가 아니라 허상에 가까운 것이었지만 그래도 신경질이 나는 건 어쩔 수 없었다. 도대체 어떤 놈이 자신의 사랑스러운 까마귀를 이렇게 무식하게 없애 버린 것인지 당장에라도 추격해 알아내고 싶어서 몸이 들썩였다.

그러나 그는 이미 동부를 벗어나 있었다. 게다가 까마귀를 죽인 놈의 손속이 오죽 빠르고 정확하던지, 그 낯짝은커녕 털끝 하나도 보지 못했다. 혹시 요즘 자신이 아라크네를 따라 일을 뜨문뜨문하는 동안에 정보상의 자리를 노리고 겁대가리 없이 깝치는 중이라던 그 신참 새끼 짓인가?

그렇지 않아도 그 자식, 처음 소식을 들었을 때부터 묘하게 거슬렸는데. 오딘은 바드득 이를 갈았다. 푸드덕!

그는 하늘을 나는 까마귀 무리 속에서 속도를 더 빨리했다.

'젠장, 까마귀의 보고가 수상하지만 않았어도.'

일단 지금 가장 중요한 건 아라크네의 부탁이었다. 그러니 사라진 표식에 대한 일은 두 번째 순서였다. 물론 이대로 그냥 넘어갈 생각은 절대 없었으니, 놈은 아라크네의 일을 마무리한 뒤에 족쳐줄 생각이었다. 지는 해를 닮은 분홍색 눈동자가 검은 까마귀 무리 사이에서 번뜩였다.

그렇게 그는 까마귀의 보고가 사실인지 직접 확인하기 위해 서부의 카르노말을 향해 날아갔다. 역시 최대한 빨리 일을 끝마치고 그 신참 새끼를 갈아버려야겠다고 생각하면서. 물론 애꿎은 오해를 받은 사람의 입장에서는 억울할 일이었지만 지금의 오딘으로서는 그것이 오해라는 사실을 알 도리가 없었다.

"그럼 이따 봐요, 유리 씨!"

퇴근길에 잠깐 커피하우스에 들렀던 안네마리가 웃는 얼굴로 나한테 손을 흔들며 멀어졌다. 나도 그녀를 보다가 반대쪽으로 발길을 돌렸다. 집에는 들르지 않고 바로 움직일 생각이었다. 경매 시간은 7시 반이니 한 시간 정도 시간이 남았다.

"유리!"

내가 간 곳은 평소에 레오가 머무는 거처로, 예전에는 수도원이었던 장소였다. 하지만 지금은 폐허가 된 곳이라 오가는 사람이 아무도 없었다. 내가 가자마자 레오가 꼬리를 흔들며 달려 나와 나를 반겨주었다.

"크릉!"

"안녕, 레오. 내가 맡겼던 물건, 잘 있어?"

"응! 나, 안 건드려, 유리 거!"

나는 레오의 머리를 쓰다듬어 준 뒤 수도원의 기도실로 향했다. 그곳에는 내가 미리 이곳에 가져다 두었던 물건이 고이 놓여 있었다. 나는 기도실 안에 들어가자마자 옷을 훌훌 벗어 던졌다. 딱히 남 앞에서 맨몸을 보이는 데 수치심이 들지는 않았기 때문에 옆에 누가 있어도 거리낌 없었다. 무엇보다, 속옷까지 벗을 것도 아니었고.

하지만 내 뒤를 쫄래쫄래 따라왔던 레오는 그런 나를 보고 '힉!' 숨을 들이켜며 급히 손으로 눈을 가리고 뒤돌아섰다. 나는 그런 레오를 신경 쓰지 않고 옷을 마저 벗었다. 그리고 미리 준비해 놨던 옷으로 갈아입었다. 땋았던 머리를 풀어 하나로 묶었다.

"레오. 내가 올 때까지 옷 좀 맡아줘."

잠시 후 내 말에 레오가 빼꼼 손가락 사이를 떼고 나를 돌아보았다. 그가 눈을 반짝이며 내게 쪼르르 다가왔다.

"킁킁."

"잠깐만, 털 붙는다."

신기한 듯이 다리에 몸을 비비며 주위를 맴돌던 레오가 내 말에 약간 시무룩해져서 물러났다.

"올 때 메론 사탕 사 올게. 혼자 잘 놀고 있어."

"캬앙!"

나는 메론 사탕 소리에 신이 나서 폴짝이는 레오를 뒤로하고 망토를 뒤집어쓴 채 수도원을 나섰다.

비밀 경매장은 보안이 철저했다. 검은 망토를 쓴 사람이 건물로 다가가자 문에 서 있던 문지기가 앞을 가로막았다.

"신분증을 보여주시겠습니까?"

여기서 말하는 신분증이란 경매장의 마크가 새겨진 조그만 금패였다. 경매장의 손님으로 온 사람이 품에서 문지기가 요구하는 것을 꺼내 보였다.

"시종은 없이 혼자 오셨습니까?"

"그런데."

문지기의 물음에 검은 망토 속에서 중성적인 느낌의 미성이 흘러나왔다.

"안내인을 붙여 드리겠습니다. 혹시 필요한 것이 있으면 그에게 말씀하십시오."

경매에 참석하는 손님이 시종을 두지 않고 혼자 오는 경우도 종종 있긴 해서, 문지기는 군말 없이 안내인을 불렀다.

"경매장에 오신 것을 환영합니다. 회장까지 제가 안내해 드리겠습니다."

멀끔히 차려입은 안내인이 다가와 인사했다. 문지기와 안내인 모두 가면으로 얼굴을 가리고 있었다. 안내인은 경매가 열리는 회장으로 향하기 전 앞에 있는 사람에게 먼저 요구했다.

"그 전에 겉옷은 지금 벗어주셔야 합니다."

머리끝부터 발끝까지 검은 망토로 가리고 있던 사람이 순순히 손을 들어 천 자락을 끌어 내렸다.

"이쪽으로."

드러난 옷차림을 확인한 안내인이 고개를 끄덕인 뒤 앞서 걷기 시작했다. 유리는 그 뒤를 따라갔다. 회장에 들어가기 전에 망토를 벗으라고 말할 줄 알았기 때문에 가면도 미리 쓰고 왔다. 그녀가 준비한 건 아무 특색 없는 하얀 가면이라, 누가 본다 해도 인상에 남지 않을 것이었다.

"자리가 너무 뒤잖아. 단상에 가까운 곳으로 옮겨줘."

"죄송합니다. 앞쪽은 이미 자리가 찼습니다."

"없으면 만들어! 너희 내가 누구인지 몰라?"

경매가 열리는 홀은 굉장히 넓었다. 안내인을 따라 이동하는 중에 다른 안내인과 실랑이를 벌이고 있는 사람이 눈에 들어왔다.

"마담, 실례지만 잠시 길을 비켜주시겠습니까?"

장미꽃과 보석으로 꾸며진 화려한 가면을 쓴 여자가 들려온 목소리에 신경질적으로 휙 뒤돌아보았다.

"누구보고 비키라 마라……."

하지만 그녀는 말을 끝맺지 못했다. 뒤이어 시야에 비친 사람 때문이었다. 얼굴을 하얀 가면으로 전부 가리고 있어 반 가면을 쓴 그녀와 달리 입매조차 보이지 않았다. 그런데 왠지 저절로 시선이 갔다.

"마담."

조금 전 길을 비켜달라고 말했던 안내인이 곤란한 목소리로 다시 그녀를 불렀다. 하지만 여자는 안내인의 뒤에 선 하얀 가면에서 눈길을 떼지 못했다. 그러다 하얀 가면 속의 붉은 눈과 시선이 마주치는 순간, 그녀는 저도 모르게 뒤로 물러나 자리를 피해주었다.

"저런 귀족이 있었나……. 나 저 사람 옆자리로 줘."

"죄송합니다, 이미 자리가……."

"이익, 왜 내가 원하는 자리만 다 없다는 거야!"

유리는 뒤에서 들려오는 소란을 무시하고 안내인을 따라 걸었다. 그런 그녀에게 여기저기서 시선이 날아들었다. 사실 그녀는 꽤 많은 사람에게 관심을 받고 있었다. 특히 시선의 주인 중에는 여성이 많았다. 현재 유리는 남장 중이었기 때문이다.

어차피 경매장에서는 얼굴을 가면으로 가리고 있어, 목소리를 굵게 내면 안내인도 대충 그녀를 중성적인 분위기의 남자로 생각했다. 그런데 지금 그녀는 꽤 화려한 최고급 남성용 정장을 차려입기까지 한 상태여서, 돈 많은 사람만 모인 이곳 경매장에서도 단연코 눈에 띄었다. 최대한 평소에 입지 않을 법한 옷으로 고르다 보니 본의 아니게 그렇게 되었다.

게다가 이런 비밀 경매장에 참석하는 사람은 전부 돈 많은 부유층이라 이 정도는 해줘야 귀찮은 의심을 받지 않을 것이다. 일하는 데 필요한 돈은 의뢰인에게 청구하면 되었다. 그래서 가격도 신경 쓸 필요가 없었다.

문제라 할 점은, 그것이 유리에게 너무 잘 어울렸다는 것이다. 물론 타고난 체격이 있으니 건장한 남성이 아니라 미성숙한 소년으로 보였지만, 오히려 그런 점이 눈길을 끌었다. 하얀 가면 밑으로 언뜻 드러난 얼굴선만 봐도 상당히 곱상한 얼굴을 가진 미소년일 것 같은 느낌이 들었다.

그러나 여리여리한 외양과는 달리, 약한 느낌이 들지 않는다는 점이 또 희한했다. 오히려 얼굴을 가렸기 때문일까. 시각적인 정보가 일정 부분 차단된 만큼 그 사람에게서 풍기는 분위기 같은 것이 한결 선명해졌다. 유적의 힘을 가진 유리에게서 은연중에 배어 나오는 포식자의 기운이 절로 사람들의 시선을 끌어모았다.

'다들 향수로 목욕을 했나. 밀폐된 곳이라 환기도 안 되는데 적당히들 뿌리지.'

하지만 유리는 커피하우스에서 일하며 사람들의 시선을 받는 데 익숙해져 있던 터라 별다른 이상함을 느끼지 못했다. 현재 그녀는 남녀 따질 것 없이 치덕치덕 몸에 뿌려 뒤섞인 지독한 향수 냄새에 불만을 느끼고 있었다.

'그보다, 역시 오늘도 검은 머리가 많네.'

유리의 눈이 한차례 주변을 훑었다. 여기저기서 드물지 않게 보이는 검은 머리를 확인하고 나니, 역시 오늘 가발을 쓸 필요는 없었다는 생각이 들었다. 물론 흑발은 흔하지 않았지만, 현재 동부에서는 머리를 검게 염색하는 것이 유행이었다.

그 이유는 바로 동부의 영웅으로 불리며 사람들의 사랑을 받는 메인 남주인공 '칼리안 크록포드'가 흑발이기 때문이다. 그래서 지금 이 경매장에도 검은 머리를 한 사람이 적지 않았다. 물론 자세히 보면 염색한 그들의 머리는 진짜 흑발인 유리와 달리 어딘가 다소 부자연스러운 느낌의 검은색이긴 했지만 말이다.

"아씨, 진짜. 넌 이딴 걸 가면이라고 가져왔냐? 이런 개 같은 걸 쓰고 있는 건 우리밖에 없잖아!"

"급하게 준비하느라 어쩔 수 없었어요."

"무능한 새끼. 저리 떨어져. 같이 붙어 있으니까 더 병신 같잖…… 엇?!"

유리는 안내인을 따라 자리로 이동하던 중 옆에서 다가온 누군가와 부딪쳤다. 덜그럭, 하는 소리가 작게 들려 고개를 돌리자 바로 코앞에 있는 개구리와 눈이 마주쳤다. 파란 머리를 가진 남자가 얼굴을 구기며 귀찮은 손짓으로 턱밑까지 미끄러졌던 가면을 다시 장착했다.

"죄송합니다."

유리와 부딪친 남자의 입에서 먼저 사과의 말이 내뱉어졌다. 그의 얼굴에서 떨어진 것은 개구리 모양의 가면이었다. 뒤에 있는 사람이 쓰고 있는 것도 같았다.

'저 개구리 가면, 아까 보니까 밖에서 애들이 쓰고 놀던데.'

축제라고 어린이들을 타깃으로 만들어 노점상에서 팔던 걸 산 모양이다. 이 비밀 경매장에서 저런 유아용 가면을 쓰고 있는 사람은 없어서 그들은 몹시 눈에 띄었다. 유리는 괜찮다는 의미로 고개를 까딱인 뒤 그들을 지나갔다. 전체적으로 짙푸른 머리카락인데 귀 옆쪽에 있는 한 줌만 염색한 것처럼 색이 연해서 인상적이었다.

'잠깐, 푸른색?'

그러고 보니 개구리 가면이 떨어졌을 때 마주쳤던 눈이 검은색 아니었나?

불현듯 꽂힌 깨달음에 유리는 힐끗 남자를 돌아보았다. 그는 옆에 있는 남자에게 성질을 부리는 중이었다.

"야, 이왕 주워 올 거면 너도 저런 걸 골라 왔어야지!"

"아, 남은 게 이거밖에 없었다니까요. 맨날 나만 구박해."

시야에 들어온 남자의 머리색은 역시 짙은 파란색이었다.

'서브 남주 중 하나인 연금술사 데이몬 살바토르가 파란 머리였는데.'

혹시 저 남자 머리도 염색일까?

"이쪽입니다."

앞에서 안내인이 재촉하는 소리가 들렸다. 유리는 고개를 갸웃하며 발길을 뗐다. 저 개구리 가면이 진짜 서브남인지 아닌지 알 수가 없어서 묘하게 신경이 쓰였다.

"친애하는 신사 숙녀 여러분, 그럼 지금부터 경매를 시작하겠습니다!"

얼마간의 시간이 지나 마침내 본격적인 경매가 시작되었다. 홀 안에 불이 꺼지고, 앞쪽의 단상에 빛이 집중되었다. 나는 단상 위로 올라간 남자가 인사하는 것을 대충 흘려들었다.

잠시 후 드디어 단상 위에 상품들이 하나둘씩 올라오기 시작했다. 멸망한 고대 왕국의 보검인가 하는 것도 있었고, 북부에 사는 전설적인 동물의 저주를 받았다는 목걸이 같은 것도 있었다.

나는 마지막 순번이 올 때까지 할 일이 없었기 때문에 푹신한 의자에 등을 기댄 채 따분히 시간을 흘려보냈다. 내 의뢰인은 이 비밀 경매가 열릴 때마다 항상 마지막 물건을 낙찰하기를 원했다. 당연히 경매장에서 가장 마지막에 내놓는 상품은 제일 진귀한 것이었다.

솔직히 나로서는 돈이 꽤 있어 보이는 양반이 왜 다른 사람도 아니고 하필 나한테 의뢰해서 이런 일을 하는지 조금 의아했다. 하는 짓을 보면 단순 수집가는 아닌 것 같은데. 의뢰인은 정보를 철저히 숨기고 있어서 돈 많은 할아버지란 것밖에 알 수 없었다. 물론 오딘에게 부탁하면 어렵지 않게 의뢰인의 정체를 알아낼 수 있을 것이다. 하지만 그 정도의 열의와 관심은 없다.

"모두 주목해 주십시오! 이번 경매의 마지막 상품입니다!"

드디어 내가 나서야 할 때가 되었다.

"전설의 연금술사가 만들어낸 기적!"

이번에는 뭐가 나오려나?

작년에는 고대 주술사가 만들었다는 사랑의 묘약이었는데.

"죽은 사람은 부활시키고, 돌 조각은 황금으로 만든다는 전설의 보물!"

이번에는 유독 뻥튀기가 심하구먼. 나는 팔걸이에 턱을 괴고 앉아 단상에 눈길을 두었다. 다른 사람들도 단상 위로 옮겨지고 있는 물건에 시선을 집중하는 것이 느껴졌다.

마침내 사회자의 손에 의해 붉은 천이 걷혔다.

"바로 현자의 돌입니다!"

쩌렁쩌렁한 목소리가 고막을 파고든 순간, 폭발할 듯한 소음이 경매장을 뒤덮었다. 모두 경매에 오른 물건을 보고 충격을 받은 듯했다. 당연했다. 현자의 돌이라니. 정말 말 그대로 전설의 보물이 아닌가. 고대의 연금술이 재생된 유일한 지역인 동부에서도 현자의 돌은 뜬구름 잡는 이야기로 치부되었다.

"……증명해라!"

바로 그때, 웅성거리던 사람들 속에서 누군가가 소리쳤다.

"그래! 그게 진짜 죽은 사람을 살린다면 증명해 내!"

"어떻게 돌이 황금이 될 수 있지?"

그러자 물타기를 하듯, 하나둘씩 경매장 측에 물건의 효용을 입증하라는 압박이 쏟아지기 시작했다. 하지만 사회자는 단호하게 말했다.

"의심되시는 분은 경매에 참여하지 않으셔도 괜찮습니다. 오직 최상급 연금술사만이 발동시킬 수 있는 보물이기에, '탑'과 연이 없는 분들께는 낙찰을 추천하지 않습니다. 경매는 10억 골드부터 시작하겠습니다."

장내가 더 크게 술렁였다. 사회자가 강하게 나오자 오히려 다들 긴가민가하며 동요하는 분위기였다. 게다가 '탑'과 연이 없는 사람에게는 낙찰을 추천하지 않는다니!

사회자가 말한 것은 '연금술사의 탑'이었다. 그곳은 말 그대로 연금술사들이 소속되어 연구하는 장소로, 당연히 그들의 몸값은 굉장히 비싸 웬만한 사람들은 그들에게 사적인 일을 의뢰할 수 없었다. 그러니 사회자의 말은 지금 이 자리에 있는 대귀족들의 자존심을 묘하게 긁는 소리나 마찬가지였다.

"……10억 골드!"

모두가 혼란스러워하고 있던 그때, 회장 중앙에서 누군가가 큰 소리로 외쳤다.

사람들은 '혹시 바람잡이인가?' 하고 의심하는 분위기였다. 하지만 또 다른 목소리가 장내를 가로질렀다.

"10억 5,000골드!"

아까 마주친 개구리 가면의 목소리였다. 생각보다 가까운 곳에서 들렸다. 고개를 돌려보니 나와 좌석 네 개 정도를 사이에 두고 앉은 개구리 가면의 남자가 눈에 들어왔다.

"……데이몬 살바토르잖아!"

바로 그 순간, 그의 바로 옆에 앉은 여자가 비명을 지르듯이 소리쳤다. 그에 개구리 가면을 쓴 남자의 어깨가 흠칫 흔들렸다. 그의 옆에 앉은 여자는 가면 밖으로 보이는 남자의 신체적 특징을 보고 그의 정체를 추리해 낸 듯했다.

"뭐? 연금술의 천재?"

"데이몬 살바토르라고?"

"헉, 그럼 저거 진짜야?"

갑자기 경매장 안에 불이 붙었다.

"11억 골드!"

"12억 골드!"

"12억 5,000!"

"12억 7,000!"

"젠장, 13억 골드!"

경매에 참여하는 사람들이 폭주했다. 여자의 입에서 나온 '데이몬 살바토르'라는 이름이 저 현자의 돌에 대한 신뢰를 증폭시킨 모양이었다.

"아, 그러게 가발이라도 쓰시라니까……."

"이 등신 천치들이……! 15억 골드!"

개구리 가면을 쓴 남자가 이를 바득 갈며 경매가를 높였다.

"20억 골드!"

하지만 앞쪽에서 더 큰 금액을 부른 사람이 나왔다. 개구리 가면의 남자가 광분하며 자리에서 벌떡 일어났다.

"야, 이 머저리들아! 저거 현자의 돌 아니거든!"

"그럼 넌 왜 낙찰받으려고 하는데! 20억 5,000골드!"

"옳소……! 낙찰받으려는 거짓말이다! 20억 6,000골드!"

나는 입술 밖으로 헛웃음을 흘려보냈다. 원래대로라면 나도 여기서 저 싸움에 끼어들어 물건을 낙찰받아야 했다. 하지만 그럴 마음이 들지 않았다. 내 눈은 아까 사회자가 붉은 천을 걷었을 때부터 드러난 물건에 못 박혀 있었다.

유리 상자 속에 든 저 물건. 조금 큰 돌 조각처럼 보이는 투박한 광물.

나는 저것이 무엇인지 알고 있었다. 개구리 가면을 쓴 남자, 서브남 데이몬 살바토르가 한 말처럼 저건 현자의 돌이 아니었다. 연구소 시절, 나를 포함한 실험체들의 몸속에 수없이 주입되었던 것. 저건 바로 유적의 파편이었다.

"25억 골드……!"

마침내 나는 자리에서 일어났다. 그리고 장내의 소란을 틈타 위쪽으로 손을 뻗었다. 콰앙……!

"으악!"

"꺄아악……!"

내 손에서 뻗어져 나간 실이 연금술로 만들어진 천장의 등을 차례대로 깨부쉈다. 순식간에 경매장 안은 깜깜해졌다. 그 틈에 이번에는 단상 쪽으로 실을 날려 보냈다. 결정했어. 오늘의 나는 정의로운 도둑이다.

"뭐, 뭐야! 경비원……!"

"현자의 돌을 보호해!"

사회자를 비롯한 경매장의 사람들이 소란을 피웠지만 이미 내 실에 꿰인 유적의 파편은 단상 위를 떠난 뒤였다. 퍼억!

"윽!"

앗, 조준을 조금 잘못했나. 나한테 날아오던 물건이 앞쪽 좌석에 앉은 누군가의 머리에 부딪혔다. 나는 속으로 누구인지 모를 사람에게 미안하다고 사과했다. 그런 뒤 마침내 손에 들어온 손바닥만 한 유리 상자를 망토 속에 숨기고 경매장의 문을 빠져나갔다.

"현자의 돌이 사라졌다!"

"어떻게 그사이에!"

"당장 출입을 봉쇄해……!"

그새 불을 켠 듯 등 뒤가 밝아졌다. 비교적 빨리 물건이 사라진 사실을 알아차린 듯했지만 이미 늦었다. 나는 달려오는 경비원들의 존재를 느끼고 실을 뽑았다. 그리고 그것을 지지대 삼아 훌쩍 몸을 날려 복도의 유리창 밖으로 빠져나갔다.

"와아, 이게 무슨 일이람?"

스노우는 입 밖으로 터져 나오는 기가 찬 웃음을 참지 못했다. 모처럼 흥미가 동하는 일이 벌어졌나 했는데 대뜸 이런 소동이라니. 사슴 가면을 쓴 얼굴이 옆으로 기울어졌다. 그의 눈은 소란스러운 경매장 안을 훑고 있었다. 이곳은 귀족들과 대부호들이 참석한 비밀 경매장. 평소에는 후줄근한 모습으로 길거리를 쏘아 다니는 스노우였지만, 사실 그에게는 이 경매장에 올 수 있는 자격이 넘치도록 충분했다.

게다가 경매장에 출입하기 위해 옷을 한껏 빼입고 있어서 그런지, 추레한 몰골로 커피하우스를 오가던 사람과 완전히 다른 사람으로 보였다. 무엇보다도 지금 스노우는 얼굴의 절반은 가리고 있던 덥수룩한 갈색 머리가 아니었다. 사슴 가면 뒤로 깔끔하게 정리된 피 같은 붉은 머리카락이 조명 아래서 윤기마저 내며 찰랑거렸다.

"내가! 현자의 돌! 아니라고 했지! 이 답답한 새끼들아……!"

스노우는 고함이 들려온 곳을 향해 시선을 움직였다. 이미 진작 정체가 탄로 난 데이몬 살바토르가 앞으로 뛰쳐나와 개구리 가면을 바닥에 집어 던지고 있었다.

"손님! 여기서 이렇게 난동을 피우시면 곤란합니다……!"

"곤란? 고온라아안? 내가 진짜 곤란해지는 게 뭔지 보여줘? 이 사기꾼 새끼들이!"

연금술사 데이몬 살바토르.

'연금술사의 탑'에서도 단연코 1등으로 꼽는 천재. 스노우는 더러운 성질머리를 못 버리고 발광하는 그를 보며 한쪽 입꼬리를 끌어올렸다. 사실 아까 중간에 바람잡이처럼 경매가를 높이던 사람 중 하나는 바로 스노우였다. 물론 그는 데이몬 살바토르 같은 미친 연금술사도 아니고, 현자의 돌이라 불리는 저 물건을 낙찰하려는 심산도 아니었다.

스노우는 그저 개구리 가면을 쓴 남자가 데이몬 살바토르라는 사실을 일찍이 눈치채고 조금만 약 올려줄 생각이었을 뿐이다. 비록 예상했던 방식은 아니지만, 어쨌든 데이몬 살바토르가 원하는 것을 손에 넣지 못하고 저렇게 분통을 터뜨리는 모습을 보니 기분이 좀 상쾌해졌다.

"적당히 하지그래, 데이몬 살바토르."

데이몬은 경매장의 관리인에게 성질을 부리다가 옆에서 날아든 목소리에 멈칫했다.

"나이가 들었으면 세상일이 자기 뜻대로 안 된다고 지랄 발광하는 횟수를 좀 줄일 때도 되지 않았어?"

서늘한 빛을 띤 검은 눈동자가 소리가 들려온 방향으로 미끄러졌다. 그러자 앞 좌석에 팔을 올리고 기대앉아, 손에 턱을 괴고 있는 남자가 시야에 박혀 들었다.

"너……."

남자는 사슴 모양 가면을 쓰고 있었다. 당연히 얼굴은 보이지 않았지만, 데이몬은 조금 전 고막을 파고든 목소리와 남자의 붉은 머리를 보고 어렵지 않게 그의 정체를 유추했다.

"하, 어쩐지 입소문이 난 것치고 경매장 운영이 엉망이라고 생각했는데."

이윽고 데이몬의 입가에 비소가 걸렸다.

"너 같은 놈까지 여기 있는 걸 보니 수준을 알 만하군."

"이 경매장이 네 거라도 되는 양 천둥벌거숭이처럼 난동을 부려대고 있는 네 수준만 하진 않을 텐데?"

파지직. 순간 두 사람 사이에 벼락이 내리친 것 같았다. 주위에 있던 사람들이 단숨에 떨어진 기온에 몸을 떨며 그들의 눈치를 보았다. 스노우를 노려보던 데이몬이 먼저 더 이상 상대할 가치도 없다는 듯이 시선을 떼고 싸늘히 발길을 돌렸다.

"그래 봤자 버려진 개인 주제에 입만 살아서는."

노골적인 비웃음을 담은 말이 스노우에게 날아들었다. 데이몬에게 밟힌 개구리 가면이 바닥에서 파사삭 부서졌다. 스노우는 가렵지도 않은 조롱에 귀를 후볐다. 그러고 나서 그 역시 자리에서 일어났다.

더 이상 경매장에 있어야 할 이유가 없었다.

경매장에서는 사라진 물건 때문에 사람들의 출입을 봉쇄하고 있었지만 지금 이곳에 있는 것은 대부분 귀족이라 통제가 쉽지 않았다. 그 틈에 스노우도 슬쩍 문을 빠져나갔다. 조용한 복도를 걸으며 그는 고개를 갸웃 기울였다. 결국 이 안에서 유리는 발견하지 못했다. 혹시 데이몬 살바토르와 그녀가 만나는 곳이 여기가 아니었나?

하긴, 생각해 보면 좀 특이한 구석이 있긴 해도 평범한 커피하우스의 직원인 여자가 이런 경매장에 출입한다는 것 자체가 있을 수 없는 일이긴 했다.

'그보다…….'

스노우의 손이 금이 간 사슴 가면의 윗부분을 만지작거렸다. 조금 전 경매장에 불이 꺼졌을 때 허공에서 날아든 무언가에 부딪힌 흔적이었다.

'분명 단상에 있던 물건이었지.'

하얀 실 같은 것에 연결되어 날아오르던 돌 조각이 눈앞에 어른거렸다. 누구인지는 몰라도 대담한 도둑이라는 생각이 들었다. 무엇보다도 데이몬 살바토르의 기대를 좌절시켰다는 것만으로도 그 도둑이 마음에 들었다. 비록 물건을 훔치면서 그의 머리를 후려치기는 했지만.

"모처럼 나온 김에 축제나 즐겨볼까……."

잠시 후 건물 밖으로 빠져나온 그는 가만히 서서 활기찬 거리를 지켜보다가 혼잣말을 중얼거렸다. 사실 이렇게 사람이 복작이는 장소에 온 것은 오랜만이었다. 스노우는 사람들 사이에 녹아들기 어려운 옷차림을 망토로 가렸다. 그리고 길거리에서 파는 개구리 가면을 사서, 얼굴을 가리고 있던 가면과 바꿔 썼다. 그런 뒤 곧 시작될 불꽃놀이를 보기 위해 광장으로 이동하는 사람들 사이에 섞여들었다. 오래간만에 시끌벅적한 밤이었다.

–라키어스, 저쪽에서 맛있는 냄새난다!

'닥쳐, 아까도 먹었잖아.'

라키어스는 머릿속에서 시도 때도 없이 식탐을 부리는 벨레를 구박했다. 지금 그는 축제가 열리는 거리에 나와 있는 중이었다. 낮에 외출했던 이후, 혹시 유리가 집에 들렀다 갈지도 모른다는 생각에 라키어스 역시 그녀의 퇴근 시간에 맞춰 돌아갔다.

하지만 유리는 집에 오지 않았다. 그래서 라키어스도 다시 밖으로 나온 참이었다. 그때부터 벨레는 거리 곳곳에서 풍기는 냄새를 그냥 지나치지 못하고 라키어스에게 자꾸만 이거 먹자, 저거 먹자, 졸라댔다. 라키어스에게는 식탐이 없었지만 그에게 기생 중인 벨레는 아니었다. 그래서 자꾸만 종알종알 떠드는 목소리가 거슬려 두세 번 원하는 대로 해주었다.

물론 그의 수중에는 돈이 없었기 때문에 가장 쉽고 빠른 방법으로, 행인들의 주머니를 털었다. 당연히 법에 위반되는 행위였지만 라키어스는 오히려 그들이 자신에게 감사해야 한다고 생각했다. 죽여서 빼앗을 수도 있는 거, 쓸모없는 목숨은 내버려 두고 그냥 이렇게 돈만 가져가 줬으니 당연히 고마워해야 하는 게 아닌가. 아무래도 요즘 자신이 너무 착해진 것 같았다.

라키어스는 누가 들으면 기막혀할 뻔뻔한 생각을 아무렇지 않게 하면서 축제가 열린 길목에 들어섰다. 그렇게 길거리에서 파는 음식으로 대충 배를 채우며 알게 된 것인데, 동부 음식 자체의 맛이 이상한 건 아니었다. 오늘 라키어스가 입에 댄 것들의 맛은 그에게도 그럭저럭 나쁘지 않게 느껴졌다. 그 말인즉, 유리가 해준 요리가 유별나게 맛이 없다는 것이다.

–역시 그 여자 요리 솜씨가 형편없는 거였어! 그러게 라키어스 넌 왜 하필 그런 맛없는 밥을 하는 여자네 집 앞에 쓰러져서는.

'이 새끼는 얹혀사는 주제에 따지는 게 많아.'

라키어스는 반사적으로 벌레를 질타했다.

'그리고…….'

거기에 더해, 저도 모르게 유리를 두둔하며 말했다.

'네 입맛이 주제넘게 까다로워서 그렇지 다 맛있…… 었거든?'

–야, 거짓말하지 마! 너 지금 말하다가 멈칫했잖아! 그럼 지금까지 네가 먹은 소화제는 뭔데?

'X발, 후식으로 약 먹는 사람 처음 봤어?'

머릿속에서 벌레가 야유했다. 라키어스는 무시하고 자리에서 일어났다. 그가 있던 곳은 어느 건물의 지붕 위였다. 밖으로 나온 김에 유리나 찾아볼까 생각 중이었다.

어떤 새끼…… 아니, 어떤 놈…… 그게 아니라, 그냥 어떤 사람과 축제 구경을 온 건지 궁금했기 때문이다. 딱히 알아내서 뭘 어쩌려는 건 아니었다. 호기심을 해소하고자 하는 것은 사람의 본능과도 같은 욕구 아니겠는가. 라키어스는 사람들이 많은 광장 쪽으로 가기 위해 몸을 돌렸다.

펄럭!

바로 그때, 눈앞에서 갑자기 검은 망토가 펄럭였다. 휘익!

라키어스의 앞에 나타난 정체 모를 사람이 옆 건물의 지붕으로 뛰어올라 가볍게 착지했다. 다음 순간, 그 사람과 눈이 마주쳤다. 아니, '눈이 마주친 것 같다'고 느꼈다. 그의 앞에 있는 사람은 수상한 하얀 가면으로 얼굴을 가리고 있었으니까.

"……!"

그 수상한 사람은 바로 유리였다. 그녀도 느닷없이 맞닥뜨린 라키어스를 보고 흠칫했다.

'라키어스가 왜 여기에?'

유리는 막 경매장을 빠져나와 지붕으로 이동하던 중이었다. 그런데 난데없이 누군가와 마주쳐 얼굴을 확인했더니, 현재 그녀의 집에서 서식 중인 라키어스였다. 멈칫했던 것도 잠시뿐, 유리는 곧 다시금 침착해졌다. 그녀는 지금 가면을 쓰고 있었고, 변장 중이었다. 그러니 라키어스가 바로 자신을 알아볼 리는 없었다.

쏴아아. 머리 위에서 둥근 달이 새하얀 빛을 흩뿌렸다. 그 밑에 선 라키어스의 머리카락이 불어온 바람에 유독 반짝이며 흩날렸다. 라키어스의 푸른 눈동자와 유리의 붉은 눈동자가 밤하늘 아래에서 시선을 맞댔다. 어쩐지 한순간 시간이 느려진 것 같았다.

"……너."

그리고 다음 순간. 마침내 느리게 떼어진 라키어스의 입에서 유리를 부르는 목소리가 새어 나왔다.

"왠지 익숙한 더러운 기운이 느껴지는데."

이어진 말은 다른 의미로 유리의 움직임을 멈추게 했다.

'이놈이 지금 뭐라는 거지?'

설마 날 알아본 건가? 그런데 더러운 기운이라고?

가면에 가려진 유리의 얼굴이 설핏 찌푸려졌다. 설마 지금까지 그녀를 보고 저런 생각을 하고 있었던 건가 싶어서.

"지금 네가 갖고 있는 거, 뭐지?"

하지만 덧붙여진 라키어스의 말을 듣고 오해를 풀었다.

'아, 유적의 파편을 말하는 건가. 난 또.'

다행이라고 해야 할지, 역시 라키어스는 유리를 알아보지 못한 것 같았다.

"대답이 없네."

유리가 걸치고 있는 망토를 주시하고 있던 눈동자가 위로 들어 올려졌다.

"지금 가지고 있는 게 뭐냐니까."

다시 눈이 마주쳤다. 하지만 유리의 입은 열리지 않았다. 당연했다. 지금 무슨 말을 하란 말인가. 입을 열었다가 목소리를 알아들으면 어떡하라고. 유리는 이 자리를 피하기 위해 원래 가려던 방향과 다른 쪽으로 몸을 틀었다.

"아, 입이 없어서 말을 못 하는 건가."

바로 그때, 라키어스의 푸른 눈동자가 섬뜩한 광채를 발했다. 새하얀 미소가 일순간 스쳐 지나갔다고 생각했을 때, 이미 라키어스는 유리에게 훌쩍 다가와 있었다.

"그럼 내가 찢어줘야겠네."

휘익!

"……!"

바로 눈앞에 커다란 손아귀가 쇄도했다. 유리는 본능적인 위기감을 느끼고 급히 몸을 움직여 그것을 피해냈다. 가면을 부수는 데 실패한 와중에도 놀라운 속도로 다음 목표물을 향해 날아든 라키어스의 손이 유리의 망토 자락을 붙들었다. 펄럭!

기어이 벗겨진 검은 천 자락이 달빛 어린 밤하늘 사이로 날아올랐다. 순식간에 벌어진 일에 유리는 황당함을 느꼈다.

'이 미친놈이?'

조금 전까지 유리가 있던 자리에 우뚝 선 라키어스가 고개를 비스듬히 기울였다.

"남자인지 여자인지 구분이 안 돼서 한 겹 벗겼는데 여전히 모르겠잖아?"

하지만 곧 그는 상관없다는 듯이 입매를 비틀며 다시 유리에게 달려들었다.

"뭐, 상판을 보면 알겠지."

쾅……!

다음 순간 부서진 지붕의 조각이 후두둑 떨어져 내렸다. 유리는 얼굴로 날아오는 라키어스의 공격을 막다가 걷어차인 팔이 욱신거리는 것을 느끼고 인상을 찡그렸다.

하지만 잠깐의 여유를 가질 새도 없이 재차 공격이 퍼부어졌다. 그나마 사람들이 곧 시작될 불꽃놀이를 보러 광장 쪽으로 몰려갔기에 망정이었지, 아니었다면 대번에 소동이 일어났을 것이다. 하기야 라키어스도 그걸 알고 이렇게 과감하게 행동한 것이겠지만. 하도 집에서 착한 척, 얌전한 척을 잘해 하마터면 잊을 뻔했다.

그래, 넌 라키어스 아발론이었지. 역시 상대하지 않고 자리를 피하는 것을 최우선으로 해야 할 듯했다.

퍼억!

유리는 연속으로 날아드는 공격을 막아낸 뒤, 오히려 라키어스에게 가까이 파고들어 그의 턱 밑을 찍어 올렸다. 라키어스는 고개를 젖혀 그것을 피해냈다. 잠깐이지만 그의 움직임이 멈춘 사이 유리는 도약해 옆 건물로 몸을 날렸다.

"어디 가? 나랑 술래잡기라도 하자고?"

그러나 금세 스산한 음성이 뒷덜미를 잡아챘다. 콰앙!

다음 순간 유리는 라키어스에게 붙들려 지붕 위에 처박혔다. 이리저리 날뛰는 통에 어느새 머리를 묶고 있던 끈이 풀려서 그녀의 긴 검은 머리카락이 지붕에 융단처럼 깔려 흩날렸다.

"후우……."

유리의 입술에서 약간 억눌린 낮은 숨이 흘렀다. 그녀는 가까이에 있는 라키어스에게 눈동자 색을 들킬까 봐 눈꺼풀을 내리고 있었다. 자신까지 라키어스의 장단에 맞춰 치고받으면 둘 다 몸이 성치 않을 것 같아 그냥 자리를 피하려고 했던 것인데. 무엇보다도 라키어스의 손이 맨살에 닿으면 곤란한 점도 있었고 말이다.

하지만 이렇게 느닷없는 시비에 걸리고 무차별로 쏟아지는 공격까지 받으려니 좀 짜증이 났다. 아무래도 아라크네의 능력을 쓰지 않으면 빠져나가기 어려울 것 같아서 더욱 심기가 사나워졌다. 한편, 라키어스는 그의 밑에 깔린 가면 쓴 사람에게서 영문 모를 익숙한 느낌을 받고 있었다.

'뭐지? 왜 이렇게 낯익은 느낌이 드는 거지?'

게다가 지금까지는 주위가 어두워서 그저 검은색에 가까운 어두운 색상의 머리라고만 생각했는데……. 가까이에서 본 머리카락은 달빛조차 흡수해 버리는, 칠흑 같은 검은색이었다. 분명 상대는 남성용 옷을 입고 있었다. 그런데 기분 탓인지, 천 조각 밑으로 드러난 가녀린 몸의 윤곽이 묘하게 눈에 익었다.

–라키어스. 얘, 여자 같은데?

스윽. 라키어스의 손이 무언가에 이끌리듯이 눈앞에 있는 가면으로 향했다.

“……!”

바로 그 순간, 새하얀 무언가가 그의 시야를 덮었다. 라키어스가 멈칫한 사이에 밑에 깔려 있던 유리가 무릎을 들어 그를 걷어찼다. 그리고 다시 실을 뽑아내 라키어스의 몸을 묶은 뒤 지붕 밑으로 뛰어내렸다.

“잠깐……!”

라키어스는 끈질기게도 그녀를 잡는 걸 포기하지 않고 곧바로 실을 끊은 후에 뒤쫓아 왔다. 그는 눈앞에서 달아나는 사람을 잡기 위해 반사적으로 유적의 힘을 사용하려다가 멈추었다. 라키어스가 주로 사용하는 능력은 피를 이용하는 것이었기 때문에 지금처럼 부상을 입은 상태에서는 쓰지 않는 것이 좋았다. 무엇보다도, 그 힘은 살상에 특화되어 있었다. 왠지 모르게 그의 육감을 건드리는 저 사람에게는 사용할 수 없었다.

라키어스는 낮은 욕을 짓씹은 뒤 결국 손을 내렸다. 그러는 동안 눈앞에 있던 사람은 시야에서 사라졌다.

유리는 작전을 바꿔 사람들 사이에 섞여들 생각이었다.

“꺅!”

하지만 미로 같은 골목길로 뛰어내리자마자 가냘픈 비명이 귓전을 때렸다. 달빛으로 자아낸 실타래 같은 은발이 시야에 나부꼈다. 그 사이로 동그랗게 떠진 신록의 눈동자가 유리를 담아내고 있었다.

'네가 왜 여기서 나와?'

그녀는 저도 모르게 튀어나올 뻔한 말을 삼켰다.

"누, 누구세요?"

유리와 마주친 사람은 바로 안네마리였다.

제6장

이것이 무슨 플래그인지

시간을 30분 전으로 되돌려서.

“크릉.”

레오는 빈 수도원에서 혼자 따분하게 시간을 때우고 있었다.

짹짹!

유리가 떠난 뒤 그는 수도원 안으로 들어온 하얀 비둘기를 데리고 놀다가 질려 바닥을 뒹굴었다. 레오에게 깃털을 뜯기며 실컷 농락당한 새가 마침내 자유를 되찾아 울부짖으며 수도원을 벗어났다. 허공에서 팔랑이며 날리던 하얀 깃털이 레오의 갈색 털에 달라붙었다.

“에취!”

레오는 재채기를 하며 꼬리로 바닥을 탁탁 두드렸다. 심심해도 이렇게 심심할 수가 없었다. 유리가 와서 같이 놀 줄 알았는데 기대감이 배신당한 탓이었다. 그래서 볼일을 끝내고 다시 돌아올 그녀를 기다리는 시간이 더 지루하게 느껴지는 것 같았다.

결국 레오는 어슬렁거리며 수도원을 나섰다. 애초에 레오가 얌전히 메론 사탕을 기다리고 있을 것이라 생각한 게 유리의 실수였다. 레오의 정신연령은 열세 살. 물론 실제로는 그것보다 퇴화한 것 같기는 했지만……. 어쨌든 그는 몸이 근질거려서 한자리에 오래 있지 못하는 어린애였다.

"응?"

수도원을 빠져나와 배회하던 레오는 문득 어디선가 맛있는 냄새가 나는 것을 알아차렸다. 저도 모르게 입에서 군침이 흘렀다. 레오는 눈을 빛내며 축제가 한창인 거리의 골목에 들어섰다.

"헤스티아, 우리 이제 슬슬 시계탑에 가보자."

안네마리는 여동생인 헤스티아와 함께 축제 거리를 돌아다니다가 문득 유리와 약속한 시간이 되었다는 사실을 깨달았다. 노점상에서 산 꼬치를 손에 들고 우물거리던 헤스티아가 고개를 끄덕였다.

안네마리와 같은 은발에 녹안을 가진 헤스티아는 언니와 굉장히 많이 닮았다. 열두 살치고는 차분한 얼굴을 하고 있어 어른스러워 보였지만 머리에 모자처럼 얹고 있는 것은 아까 안네마리가 사준 개구리 가면이었다.

"응, 근데 언니. 나 도마뱀 꼬치 하나만 더 사 주면 안 돼?"

"안 돼. 벌써 두 개나 먹었잖아. 더 먹으면 배탈 나."

헤스티아가 슬쩍 물었으나 안네마리는 단호하게 답했다. 헤스티아는 약간 시무룩해져서 안네마리의 손을 잡고 따라왔다. 그래도 언니에게 더 이상 도마뱀 꼬치를 조르지 않았다.

"어머, 이게 누구야. 안네마리 아냐?"

시계탑이 있는 광장을 향해 걷고 있을 때, 누군가 안네마리를 아는 척해왔다. 안네마리도 자신을 부른 사람이 누구인지 알고 반갑게 인사했다.

"안녕하세요, 메리엘 부인."

같은 동네인 그레이페럿가의 이웃, 수선소의 메리엘 부인이었다.

"동생이랑 같이 축제 구경 왔나 봐?"

"네, 메리엘 부인은 혼자세요?"

"내 일행은 잠깐 저기에 뭘 좀 사러 갔어. 혹시 안네마리 씨도 아나? 옆 동네 스완가에 있는 서점의……."

수선소의 메리엘 부인은 원래 말이 많았다. 그래서 툭하면 아는 사람을 붙잡고 여기저기서 주워들은 소문이나 자신의 이야기를 주절거리며 떠들곤 했다. 그리고 반년 전부터 그녀가 가장 좋아하는 이웃사촌은 바로 안네마리였다. 성품이 고운 안네마리는 메리엘 부인의 말을 언제 잘라내야 할지 몰라 그녀가 떠드는 말을 한참이나 들어주었다. 바로 그 점이 메리엘 부인의 마음에 든 것 같았다.

"저, 메리엘 부인. 그런데 지금 저희가 다른 볼일이 있어서요."

"어머, 그래? 내가 바쁜 사람을 붙잡고 있었네. 그럼 얘기하던 것만 마저 할게. 그래서 그 친구가 말이야, 사돈의 팔촌에게 사기를 당해서……."

역시 메리엘 부인은 말을 쉽게 끊을 낌새를 보이지 않았다. 유리와 만나기로 한 시간도 좀 남았겠다, 그래도 하던 말만 하겠다는 소리를 믿고 안네마리는 메리엘 부인의 이야기를 경청했다.

헤스티아도 같은 동네에 살며 메리엘 부인이 어떤 사람인지 이미 알고 있던 터라, 이야기를 한 귀로 흘리며 고개를 돌렸다. 축제가 열린 거리에는 구경거리가 많았다. 그래서 주변을 둘러보는 것만으로도 시간 가는 줄 몰랐다.

타닥!

바로 그때, 헤스티아는 때마침 시선이 닿은 골목길에서 누군가를 발견했다.

"어?"

어둑한 길목에 꼬리를 말고 몸을 웅크리고 있는 것은 큰 강아지처럼 보였다. 우걱우걱!

하지만 복슬복슬한 꼬리나 쫑긋 솟은 귀는 동물의 것인 반면, 헤스티아가 손에 든 것과 같은 도마뱀 꼬치를 먹고 있는 얼굴과 몸은 사람의 것이었다. 헤스티아의 시선을 느꼈는지, 그 사람인지 동물인지 모를 무언가가 고개를 돌렸다. 순간 눈이 마주쳤다. 금화처럼 반짝이는 황금색 눈동자가 헤스티아의 시선을 사로잡았다.

헤스티아가 발견한 것은 바로 레오였다. 레오는 맛있는 냄새에 이끌려 축제의 거리에 오게 되었다. 하지만 사람이 너무 많아서 골목 밖으로 나갈 수가 없었다. 그래서 침만 흘리고 있다가 슬슬 불꽃놀이를 구경하러 이동하는 사람들로 주위가 어수선해졌을 때, 빛의 속도로 노점상에서 파는 음식을 하나 낚아채 온 것이었다. 하지만 고기를 뜯는 데 정신이 팔린 사이에 어린 인간 여자아이에게 들켜 버렸다.

"올 때 메론 사탕 사 올게. 혼자 잘 놀고 있어."

불현듯 아까 유리가 했던 말이 뇌리를 스쳐 지나갔다. 레오의 입에서 씹다 만 도마뱀의 꼬리가 툭 떨어져 내렸다. 지난번에도 유리가 사고 치지 말라고 했는데……! 이렇게 사람이 많은 거리에 몰래 나온 데다, 그걸 다른 사람에게 들키기까지 했다는 걸 유리가 알게 되면!

"그러니까 반성해. 다음에 또 이러면 그때는 정말 화낼지도 모르니까."

'안 돼……!'

레오는 급히 일어나 헐레벌떡 골목 깊은 곳으로 뛰어가기 시작했다. 털 뭉치 꼬리가 눈앞에서 흔들리는 순간, 헤스티아는 저도 모르게 안네마리의 손을 놓았다.

"잠깐만, 멍멍아……!"

"앗, 헤스티아……!"

안네마리는 깜짝 놀라 갑자기 앞으로 뛰쳐나가는 헤스티아를 불렀다. 하지만 헤스티아는 자신이 저 소년(여전히 사람인지 동물인지 알 수 없었지만 일단 사람이라고 생각하기로 했다)을 겁먹게 해 쫓아냈다는 생각에, 뒤따르는 안네마리의 목소리를 듣지 못했다.

안네마리가 팔을 뻗어 헤스티아를 잡으려 했다. 그러나 바로 그 순간 밀려든 인파에 앞을 가로막혀 안네마리의 시도는 불발로 돌아갔다. 결국 안네마리는 축제 거리에서 여동생을 놓치고 말았다.

"헤스티아!"

당연히 안네마리는 사색이 되어 조금 전 헤스티아가 사라진 골목길로 뒤따라 들어갔다. 골목길은 미로처럼 되어 있어 쉽게 길을 찾기가 어려웠다. 당연히 헤스티아의 모습도 발견할 수가 없었다.

"헤스티…… 꺅!"

휘익!

그렇게 골목길을 헤매고 있을 때, 갑자기 안네마리의 눈앞에 검은 그림자가 졌다. 그녀의 머리 위에서 갑자기 뛰어내린 것은 하얀 가면을 쓴 사람이었다. 차려입은 옷을 보니 남자인 것 같았다. 그런데 특이하게도 축제 거리와 어울리지 않는 화려한 연미복을 입고 있었다. 찰랑이는 긴 검은 머리카락이 안네마리의 눈앞에서 흔들렸다.

"누, 누구세요?"

안네마리는 저도 모르게 물었다. 그녀의 눈앞에 나타난 것이 이웃인 유리인지도 모르고 말이다.

한편 유리는 갑자기 튀어나온 안네마리 때문에 곤혹감을 느끼고 있었다. 가뜩이나 라키어스에게 쫓기고 있었는데, 이번에는 안네마리의 등장이라니?

이것이 바로 사건 사고를 몰고 다니는 여주인공의 힘인가?

"기다려!"

게다가 잠깐 멈칫한 사이에 기껏 따돌렸던 라키어스가 바로 위까지 바싹 다가와 있었다. 답답한 마음에 라키어스의 귓구멍에 대고 말해 주고 싶었다.

'난 네 생명의 은인이야! 그리고 얜 언젠가 네가 반할지도 모르는 여주인공이고!'

물론 지금까지 하던 가락을 보면 이런 말이 통할 것 같지는 않았다. 일반인이 한 명 끼어들었다고 해서 라키어스가 공격을 멈출 것이란 생각은 들지 않았다. 오히려 암흑세계의 제왕이라면 방해물, 혹은 목격자 정도는 거뜬히 처리해 버리고도 남지 않을까?

눈앞에서는 안네마리가 여전히 두 눈을 휘둥그렇게 뜬 채 유리를 쳐다보고 있었다. 혹시 악역 서브남과의 첫 만남 에피소드를 유리가 불발시킨 탓에 새로운 에피소드가 생긴 거라면 지금 이게 사망 플래그는 아닐지도 모른다.

그러나 만약 그게 아니라면, 여주인공이 무자비한 악역 서브남의 손에 생명의 위기를 겪을지도 모르는 노릇이다. 소설에서와 달리 지금 안네마리는 라키어스를 도와준 은인이 아니니까.

'잠깐, 그럼 결국 여주인공 대신 그를 거둬간 내 탓인가?'

유리는 끙, 하고 작게 신음했다. 어쨌든 안네마리를 위험에 말려들게 할 수는 없었다. 길게 생각할 틈도 없었다.

"잠깐 거기 서보…… 윽?!"

파바박!

유리의 손이 지금 막 라키어스가 나타난 곳으로 뻗어졌다. 쇠처럼 단단하고 날카로운 수백, 수천 가닥의 실이 빛줄기처럼 쏘아져 나갔다. 그것은 그물망처럼 라키어스를 뒤덮었다.

콰콰콰쾅!

"엄마야……!"

안네마리가 비명을 내질렀다.

콰콰쾅! 쾅!

혹시 몰라 이중 삼중으로 공격을 중첩했다.

"으앗!"

흙먼지가 자욱하게 일어난 사이, 유리는 안네마리를 안고 재빨리 도약해 자리를 벗어났다.

잠시 후 가라앉은 뿌연 먼지 사이에서 라키어스가 나타났다.

"허."

작게 벌어진 그의 입술에서 헛웃음이 새어 나왔다. 상당히 파괴적인 위력을 발휘했던 공격치고 그의 몸에는 생채기 하나 나지 않았다. 라키어스에게 날아온 창살들이 그를 직접 공격한 것이 아니라 움직임을 봉쇄하는 데서 그쳤기 때문이다.

–라키어스, 너 괜찮아? 역시 쟤도 유적의 힘 보유자인가 봐!

머릿속에서 벌레가 시끄럽게 짖어댔다. 혹시 모를 상황에 대비해 라키어스도 힘을 개방했던 탓에, 손바닥에서 스멀스멀 빠져나온 붉은 핏줄기가 그를 보호하듯이 몸을 감싸며 넘실거리고 있었다. 다음 순간 그것은 라키어스의 의지에 따라 다시 손바닥 안으로 꼬리를 말듯이 기어들어 갔다.

–근데 특이한 무기인데? 실을 이런 식으로 쓸 수도 있나?

시야를 가리고 있던 붉은 핏줄기가 사라지자 달빛에 새하얗게 빛나는 철창 같은 것이 눈앞에 훤히 드러났다. 현재 라키어스는 벽과 정체불명의 하얀 창살 사이에 갇혀 있었다.

물론 그 일부는 조금 전 라키어스에 의해 부서진 상태였다. 벌레의 말대로 창살은 수십, 수백 갈래로 된 실타래로 보였다. 그런데 실이라기에는 지나치게 단단한 느낌이었다. 라키어스는 팔을 들어 실에 손가락을 대보았다. 그러자 예리한 표면에 살갗이 베여 피가 솟아났다.

'역시 살의는 없었어.'

이 정도면 라키어스를 단순히 가두는 것이 아니라 공격해 치명상을 입힐 수도 있었을 텐데, 하얀 가면은 그러지 않았다. 그래서 라키어스도 반격하지 않은 것이다. 거기에 더해 충분히 더 뒤를 쫓을 수 있음에도 그냥 여기서 추적을 멈추었다.

조금 전까지는 일단 무턱대고 하얀 가면을 붙잡으려 했지만, 만약 그의 정체가 생각한 사람이 맞다는 것을 확인하고 나면 어떻게 해야 할지 아직 결정하지 못한 탓이었다.

파삭. 라키어스는 눈앞의 창살을 부수고 밖으로 빠져나왔다.

'유적의 힘 보유자인데다, 가지고 있던 것도 유적의 파편이라.'

첨예한 푸른 눈동자가 뿌연 흙먼지 속에서 하얀 가면이 몸을 날린 곳으로 미끄러졌다.

"넌 저쪽으로 가봐!"

그러다 골목길 사이로 흘러들어 온 소리에 라키어스는 다시 지붕 위로 뛰어올랐다.

"아무도 없어?"

"쥐새끼 한 마리 없어!"

"이상하다, 분명 소리가 들렸는데?"

잠시 후 한 무리의 사람이 라키어스의 시야에 나타났다. 그들은 골목길에서 누군가를 찾는 것 같았다. 그들의 얼굴에 씌워진 가면을 본 라키어스의 눈에 이채가 스쳐 지나갔다.

"젠장, 수상한 사람을 어디서 찾으라고 우리만 달달 볶고 난리야."

"내 말이. 애초에 현자의 돌인지 뭔지, 그게 그렇게 귀한 물건이면 보안을 좀 더 철저히 했어야지."

라키어스의 눈에 선득한 광채가 번뜩였다. 대화에 나온 현자의 돌. 가면을 쓴 사람들. 유적의 파편을 들고 있던 하얀 가면의 사람과 공통점이 느껴지는 구성이었다.

"야, 그만 돌아가자!"

라키어스는 뒤돌아선 사람들을 그림자처럼 뒤쫓았다. 물건의 출처를 알기 위해 하얀 가면 대신 추적해야 할 대상을 알아냈다.

유리는 안네마리를 안은 채 자리를 피신했다. 다행히 라키어스는 더 이상 유리를 추격하지 않았다. 죽이려고 한 공격은 아니었으니 아마 라키어스도 크게 다치지는 않았을 터. 물론 아무리 포박을 목적으로 했다고 한들, 한 발만 삐끗하면 실에 썰려 즉사하고도 남을 공격이었다. 하지만 상대는 라키어스 아발론이니까, 하는 이상한 믿음이 있었다.

"이, 이게 무슨……."

안네마리는 갑작스러운 상황에 넋이 나간 듯이 멍하니 하얀 가면을 보고 있다가 퍼뜩 정신을 차렸다.

"앗, 헤스티아……!"

그녀의 입에서 터져 나온 외침에 유리는 걸음을 멈추었다.

'헤스티아? 혹시 그 골목에 있었나?'

등 뒤로 한기가 스쳐 지나갔다. 유리는 곧바로 헤스티아에게 붙여 놓았던 실의 위치를 추적했다. 사실은 오늘 축제를 대비해 안네마리와 헤스티아에게 미리 투명한 실 한 가닥씩을 달아놓았다.

사람의 육안으로는 볼 수 없는 실이었고, 길이도 거의 무한대로 늘어나서 아주 효율적이었다. 그래서 지금도 헤스티아가 있는 곳을 대강 파악할 수 있었다. 다행히도 헤스티아는 유리와 안네마리가 빠져나온 골목에서 상당히 먼 곳에 있었다.

"내, 내려주세요!"

안네마리는 어느새 더욱 하얗게 질린 얼굴을 하고 버둥거렸다. 서서히 정신을 되찾고 나자 이 상황이 무섭게 느껴지는 모양이었다. 유리는 안네마리의 몸이 딱딱하게 굳은 것을 느끼고 아차 했다.

라키어스에게서 빠져나오는 데만 급급했을 뿐, 안네마리의 입장은 미처 헤아리지 못했다. 갑자기 어두운 골목에 웬 가면을 쓴 사람이 나타난 데다, 이상한 힘을 써서 다른 사람을 공격하기까지 했으니 얼마나 수상해 보일까.

게다가 지금 그녀는 그 수상한 사람에게 납치까지 당했다. 물론 유리로서는 안네마리를 지키려고 그런 것이었지만, 안네마리가 그런 사실을 알 리 없었다.

"미안. 여동생한테 데려다줄게."

유리는 조금 변조시킨 목소리를 입술 밖으로 내보냈다. 그 순간 안네마리의 시선이 하얀 가면에 꽂혀 들었다.

'어……? 목소리가 왠지…….'

문득 하얀 가면 사이로 요요한 빛을 발하는 붉은 보석 같은 눈동자를 본 것 같았다. 하지만 동시에 가면을 쓴 사람이 안네마리를 안고 다시 몸을 움직이기 시작해서, 그녀는 가면의 구멍으로 드러난 눈동자를 제대로 보지 못했다. 달리는 속도가 인간이 아니라 생각될 정도로 굉장히 빨라서 시야가 휙휙 바뀌었다.

"오른쪽으로."

잠시 후, 안네마리를 내려놓은 유리가 짤막하게 말했다. 그런 뒤 그녀는 바닥을 딛고 훌쩍 뛰어올라 순식간에 안네마리의 시야에서 사라졌다.

"앗……."

안네마리는 눈을 동그랗게 뜨고 유리의 자취를 좇았다.

'저 사람, 뭐지? 분명 낯설지 않은 느낌이었는데.'

왠지 목소리도 묘하게 익숙했다. 게다가 잘못 봤는지 모르겠지만…… 가면 속에 언뜻 드러난 눈이 붉은색 같았다. 하얀 가면 뒤로 흩날리는 긴 머리카락도 검은색이었고. 하지만…….

'지금은 그게 중요한 게 아니지.'

안네마리는 혼란을 뒤로한 채 일단 하얀 가면이 알려준 대로 오른쪽으로 급히 달려갔다.

"헤스티아……!"

그리고 그곳에서 정말 헤스티아를 발견했다.

"언니!"

헤스티아도 결국 레오를 찾지 못하고 혼자 골목을 헤매다가 자신을 부르는 목소리를 듣고 뒤돌아보았다. 안네마리는 단숨에 달려가 헤스티아를 부둥켜안았다.

"갑자기 그렇게 혼자 뛰어가 버리면 어떡해! 한참 찾았잖아!"

"미안……."

펑! 퍼엉!

바로 그때, 머리 위에서 색색의 밝은 빛이 수놓아졌다. 어느새 시작된 불꽃놀이였다.

"아, 시계탑……!"

안네마리는 불현듯 떠오른 생각에 헤스티아를 데리고 서둘러 골목길을 빠져나갔다.

유리는 수도원에서부터 미리 챙겨 와 으슥한 골목길에 숨겨놨던 옷으로 재빨리 갈아입었다. 재킷과 조끼 속에 입은 게 하얀 셔츠라 그냥 위에 걸친 것만 벗으면 되었다. 그리고 바로 바지 위에 치마를 입었다. 발목까지 가리는 긴 치마라 누가 일부러 들추지 않는 이상 속에 바지를 입은 건 모를 것이다.

어느새 산발이 된 머리도 대충 손으로 쓸어 정리했다. 그럼 이제 문제는 이 유적의 파편인데……. 물건을 담아놓은 유리 상자에 미리 실을 달아놔서 라키어스와의 난투 중에 잃어버리는 일은 없었다. 조금 전의 일을 떠올리자 급격한 정신적 피로감이 밀려들었다. 지금까지 특이할 것 하나 없던 봄 축제가 이렇게 갑자기 다사다난해질 일인가?

후다닥!

바로 그때, 유리가 있는 골목길로 접근하는 인기척이 느껴졌다. 붉은 눈동자에 예기가 돌았다.

'분명 사람이 오가지 않는 골목인 걸 확인하고 온 건데, 누구지?'

일단 유리는 몸을 숨겼다. 하지만 그 직후 그녀의 시야에 들어온 것은 익숙한 갈색 털 뭉치였다.

"레오?"

유리가 뜻밖의 만남에 눈살을 찌푸리며 나타나자, 레오가 놀라서 '헉!' 소리를 냈다.

"유, 유리!"

'넌 또 왜 여기서 튀어나와?'

허둥지둥 멈춰 선 레오가 깨갱거리며 어쩔 줄 몰라 했다. 하지만 마침 잘됐다.

"레오. 이거 가지고 먼저 돌아가 있어."

유리는 레오에게 유적의 파편이 담긴 유리 상자를 건넸다. 혹시 모를 일이니 실에 고정해 레오에게 목걸이처럼 걸어주었다. 레오는 어리둥절했다.

'어? 혼날 줄 알았는데?'

하지만 유리는 화를 내지 않았다. 레오에게는 그 사실만 중요했다.

"응!"

레오가 눈을 빛내며 나만 믿으란 듯이 가슴을 쭉 폈다. 유리는 레오의 머리를 쓰다듬어 주었다.

"위험하니까 다른 사람들한테 들키지 않게 조심하고."

"크릉!"

"그럼 이따 봐."

그렇게 두 사람은 어두운 골목에서 헤어졌다.

"유리 씨!"

안네마리와 헤스티아가 시계탑에 도착했을 때, 유리는 이미 도착해 있었다.

"안녕하세요, 안네마리. 안녕, 헤스티아."

"안녕하세요, 언니."

헤스티아는 안네마리에게 혼이 나서 다소 풀이 죽어 있었다. 안네마리가 미안한 표정으로 유리에게 사과했다.

"죄송해요, 미리 와 있으려고 했는데. 중간에 일이 있어서 좀 늦었어요."

"아니에요. 저도 금방 왔어요."

안네마리는 저도 모르게 유리의 모습을 살폈다. 하지만 유리는 아까의 하얀 가면과 확연히 다른 차림새를 하고 있었다. 게다가 하얀 가면이 사라진 것도 이곳과 정반대 방향이었고. 안네마리는 역시 하얀 가면이 유리와 어딘가 닮았다고 느낀 건 정말 터무니없는 생각이라고 결론을 내렸다.

펑! 퍼엉……! 다시금 밤하늘에서 불꽃이 터졌다. 유리가 고개를 들어 그것을 보며 입을 열었다.

"불꽃놀이가 이미 시작됐네요."

그 말을 듣고 안네마리와 헤스티아도 밤하늘을 쳐다보았다.

"예쁘다……."

"정말. 이런 건 처음 봐."

자매는 동시에 감탄했다. 조금 전까지는 정신이 없기도 했고, 또 서둘러 시계탑에 오느라 머리 위에서 터져 나가는 불꽃을 제대로 감상하지 못했다. 동부의 연금술사들이 만든 것이라고 하더니, 색색으로 번져 나가는 불꽃이 정말 멋졌다.

"유리 씨, 오늘 와줘서 고마워요."

문득 옆에서 들려오는 목소리에 고개를 내리자 안네마리가 이제까지 중 가장 환한 얼굴로 유리를 보며 웃고 있었다.

"사실, 저 친구라고 할 수 있는 사람이 생긴 건 정말 오랜만이라 유리 씨와 꼭 같이 축제에 오고 싶었어요."

갑자기 조금 짠한 기분이 들었다. 아버지가 죽고 빚쟁이들에게 쫓겨 어디 한 군데 정착하지도 못하고 여기저기 전전하며 지냈으니 오죽할까. 친구가 없는 건 자신도 마찬가지면서 유리는 안네마리에게 미약한 애잔함을 느꼈다.

“나도 같이 가자고 해줘서 고마워요. 안네마리 씨가 아니었으면 이런 장면도 못 볼 뻔했네요.”

그 후 세 사람은 함께 축제 거리를 거닐었다. 사실 유리는 이런 일에 별다른 재미를 느끼지는 못했다. 하지만 즐거워하는 자매의 모습을 보니 아주 가끔은 이런 시간을 보내는 것도 그리 나쁘지 않은 것 같다는 생각이 들었다.

“지금부터 꽃을 나눠 드리겠습니다! 참석하실 분들은 이쪽으로 와주세요!”

조금 더 시간이 흘러, 광장에 꽃바구니를 든 사람이 줄줄이 나타났다. 봄 축제의 마지막을 장식하는 꽃 교환식을 위해 온 축제 관리자들이었다.

‘꽃 교환식’은 한마디로 말해, 젊은이들의 만남의 장이라 할 수 있는 식상한 이벤트였다. 저 꽃을 들고 있는 것 자체가 이벤트에 참석한다는 의사를 표명하는 것이나 마찬가지였다.

이벤트 내용도 간단했다. 지금부터 정해진 시간 동안 마음에 드는 상대에게 가서 이야기도 나누고, 원한다면 단상 위에 올라가 노래를 하든 차력쇼를 하든 매력 어필도 하고, 그러다가 최종적으로 ‘이 사람이다!’ 싶은 상대가 있으면 들고 있던 꽃을 건네주면 되었다.

‘꽃 교환식’의 마지막에는 가장 많은 꽃을 받은 사람을 뽑아 ‘올해의 꽃의 왕’이라는 타이틀을 수여하고 상품을 증정하는 순서도 있었다.

‘호칭도 참, ‘꽃의 왕’이라니……. 촌스럽네.’

“아쉽지만 시간이 늦었으니 그만 돌아갈까요?”

유리와 안네마리는 가차 없이 광장에서 돌아섰다. 둘 다 저런 행사에는 관심이 없는지라 슬슬 집에 돌아가기로 결정했다. 무엇보다도 헤스티아가 졸려 하는 것 같았다. 시계탑에 있는 시계를 확인해 보니, 과연 새 나라의 어린이는 꿈나라에 가야 할 시간이었다.

"그래요. 그러는 게 좋겠네요."

그렇게 막 광장을 빠져나가려 했을 때, 누군가가 그들의 앞을 막아섰다.

"안녕하세요."

마치 노래하는 듯한 묘한 억양의 목소리가 귓가에 울렸다. 그게 어딘가 익숙해서 유리는 슬쩍 미간을 좁혔다. 앞에 나타난 것은 개구리 가면을 쓴 사람이었다. 얼굴은 보이지 않았지만 키가 훤칠하고 몸매도 다부졌다. 무엇보다도 옷차림이 화려해서 눈에 띄었다.

문득 아까 경매장에서 보았던 데이몬 살바토르가 떠올랐다. 하지만 지금 마주한 사람은 붉은 머리였고, 데이몬 살바토르와는 체격과 차림새가 달랐다.

"아는 분이세요?"

안네마리가 유리에게 속닥거려 물었다. 안네마리가 아는 사람은 아닌 모양이다.

"아뇨……."

유리는 대답하면서 말끝을 흐렸다. 역시 기시감이 들었다. 저 말투, 저 체격. 왠지 커피하우스의 단골손님인 어떤 남자가 떠오르지 않는가?

물론 전체적인 행색이 많이 다르긴 했지만. 하지만 중요한 건 그게 아니고……. 오늘 서브남 중 하나인 데이몬 살바토르를 만났기 때문일까. 이렇게 보니 갑자기 왠지 모를 의심이 자라났다.

개구리 가면의 구멍으로 보이는 저 보라색 눈동자와 붉은 머리. 게다가 소설에서는 없던 에피소드지만, 꽃 축제의 마지막 하이라이트 이벤트라고 할 수 있는 이 중요한 순간에 여주인공의 앞을 가로막은 저 당당함까지. 남자의 손에는 조금 전 광장에서 나눠 준 붉은 장미가 들려 있었다. 오호라, 저걸 안네마리에게 줄 생각인가 보구나.

"무슨 일이신가요?"

하지만 안네마리는 그 꽃을 보지 못한 듯, 친절하게 물었다. 말투를 보아하니 남자가 길이라도 물어보려고 말을 걸었다고 생각하는 듯했다.

"지금 이 자리에 있는 가장 아름다운 분께 꽃을 드리고 싶어서요."

남자가 웃음기 어린 목소리로 말했다. 다른 사람이 했으면 오글거렸을 말을 상큼하게도 하는 재주가 있었다. 다음 순간, 개구리 가면을 쓴 남자가 꼭 연극을 하는 듯한 동작으로 꽃을 든 손을 앞으로 내밀었다.

"붉은 장미가 잘 어울리실 것 같아서."

구경꾼의 마음가짐으로 이 상황을 지켜보고 있던 유리가 멈칫했다.

"……저 말인가요?"

남자가 장미를 내민 상대는 안네마리가 아니라 유리였다.

"어머."

"와."

옆에서 안네마리와 헤스티아가 매우 닮은 표정을 지으며 눈을 빛냈다. 유리는 거절하려고 입을 열었다. 그녀는 꽃 교환식에 참석하지도 않았고, 그게 아니라도 이런 걸 받을 이유가 없었으니까.

퐁!

그런데 갑자기 앞에 있던 장미가 두 송이로 늘어났다.

포옹!

남자가 가볍게 손을 위아래로 툭 흔들자 이번에는 세 송이가 되었다. 신기한 광경에 안네마리와 헤스티아를 포함한 주위 사람들 전부가 눈을 휘둥그렇게 뜨고 남자를 보았다. 남자의 손안에서 점점 불어나던 장미는 이제 완전한 꽃다발이 되었다. 유리는 왠지 남자가 가면 너머에서 장난스럽게 웃고 있을 것 같다고 생각했다.

파앗!

뒤이어 남자의 손에 들려 있던 꽃다발이 머리 위로 내던져졌다. 그것은 순식간에 빛 가루가 뒤섞인 방대한 양의 꽃잎으로 변해 광장 안에 화려하게 흩날렸다. 마법 같은 광경이었다.

"우와아아!"

사람들이 함성을 내지르며 박수를 쳤다. 이제 사람들은 이런 기행을 벌인 남자를 꽃 축제의 행사 위원회 같은 것으로 생각하는 듯했다. 안네마리와 헤스티아도 꽃잎이 반짝이며 나부끼는 광경에 정신이 팔려 있었다.

그렇게 주위 사람들의 신경이 분산된 틈에 유리에게 누군가가 다가왔다.

살랑.

다음 순간, 깃털 같은 손길이 그녀의 머리에 닿았다. 유리는 가까워진 개구리 가면을 보고 멈칫했다. 이내 목적한 바를 이루고 뒤로 물러난 남자가 무대 위의 배우처럼 팔을 움직여 인사했다.

"그럼 즐거운 밤 보내시길."

그런 뒤 그는 화려하게 날리는 꽃잎에 뒤섞여 사라졌다. 유리는 팔을 들어 조금 전 남자의 손이 스쳐 지나갔던 귓가를 살짝 더듬거렸다.

역시 꽃잎의 감촉이 느껴졌다. 조금 전까지 남자의 손안에 있던 붉은 장미꽃이 유리의 머리카락을 장식하듯이 꽂혀 있었다.

남자가 다가왔을 때 곧바로 그의 손을 쳐내려면 얼마든지 그럴 수 있었지만 결국 혹시 모를 가능성 하나가 유리의 움직임을 봉쇄했다. 아무리 그래도 최애캐의 선물을 매정하게 내치는 건 팬으로서 할 짓이 아니지 않은가?

물론 이 남자가 '제노스 셀던'이라는 증거는 어디에도 없었고, 또 만약 그가 제노스 셀던이 맞다면 왜 안네마리가 아니라 자신에게 꽃을 주었는지 이해할 수 없지만 말이다. 하여 유리는 조금 갈등하다가 일단 그를 그냥 내버려 두었다.

"앗, 그분은 가셨나 보네요."

이제야 개구리 가면을 쓴 남자가 사라졌다는 사실을 알았는지, 안네마리가 주위를 두리번거렸다. 그러다 그녀는 유리의 머리에 있는 장미를 발견하고 감탄했다.

"역시 유리 씨예요! 그분이 유리 씨한테 첫눈에 반한 거 맞죠?"

"그 아저씨가 유리 언니 좋아하는 거예요?"

안네마리와 헤스티아가 또 눈을 빛내며 유리를 보았다.

"분명 유리 씨가 행사에 참석하면 1등은 따놓은 거나 마찬가지일 거예요!"

안네마리가 당연하다는 듯이 고개를 끄덕였다. 어째서인지 그녀가 다 뿌듯하고 흐뭇하다는 표정을 짓고 있었다.

"저기……."

그때, 아까부터 주위에서 눈치를 보고 있던 남자들이 하나둘씩 다가오기 시작했다.

"괜찮으시면 꽃을……."

"제 것도!"

"제 꽃도 받아주세요!"

그들은 유리와 안네마리에게 앞다투어 들고 있는 꽃을 내밀었다. 안네마리는 갑작스러운 상황에 당황해서 어쩔 줄 몰라 했지만 유리는 손발이 오그라드는 느낌에 표정을 차게 식혔다.

'……여주인공 파워인가?'

꽃을 들고 있는 사람만 이벤트에 참석하는 거잖아? 그런데 갑자기 왜 다들 몰려와서 이 난리인 거지?

"저희는 꽃 교환식에 참석을 안 해서요."

안네마리가 난처한 듯이 거절했다.

"사람이 몰리네요. 빨리 나가죠."

유리는 안네마리의 팔을 잡고 길을 뚫기 시작했다. 안네마리도 다시 한번 사람들에게 사과하며 헤스티아를 놓치지 않게 손을 꼭 붙잡고 유리를 따라 걸었다. 광장의 입구 쪽에도 사람이 많았다. 오히려 들어오고 나가는 사람들로 광장 안쪽보다 인파가 더 몰린 것처럼 느껴졌다.

그러다 줄줄이 사탕처럼 손을 붙잡은 한 무리의 아이가 안네마리와 유리 사이에 끼어들었다. 이미 피하기는 그른 터라, 유리는 하는 수 없이 잡고 있던 손을 잠깐 놓았다.

"앗, 유리 씨!"

"밖에서 만나요."

그사이에 또 사람들이 몰려들어 거리가 벌어지고 말았다. 하지만 어차피 광장을 빠져나가서 다시 만나면 될 일이니 문제 될 것은 없었다. 유리의 말을 알아들은 안네마리가 멀리서 알겠다는 듯이 고개를 끄덕였다. 잠시 후 자매의 모습이 유리의 시야에서 완전히 사라졌다.

'선약이 있다는 게 치료소의 안네마리 블랑셰였구나.'

조금 전 광장에서 화려한 퍼포먼스를 선보이고 유리에게 장미꽃을 주었던 개구리 가면의 남자, 스노우는 시끌벅적한 사람들 사이에 섞여 광장을 가로지르고 있었다. 커피하우스의 점원인 유리가 누구와 함께 축제에 오기로 약속했던 건지 내심 궁금했는데 호기심을 풀게 되어 속이 시원했다.

'그런데 나는 그런 걸 왜 이렇게까지 궁금해하는 거지?'

그러다 문득 스노우는 스스로에게 의문이 들어 고개를 갸웃했다. 하지만 이내 요즘 통 관심 둘 만한 흥밋거리가 없어 그렇다고 혼자 납득한 뒤 슬쩍 주위를 둘러보았다.

'혹시 했는데 연금술사 놈은 안 보이네. 뭐, 상관없나.'

바로 그때였다.

퍼억!

"윽?!"

난데없이 등을 걷어차인 스노우가 눈살을 찌푸리며 뒤돌아보았다.

"헉! 저, 저 아니에요!"

그러자 바로 뒤에 있던 키가 작은 남자가 깜짝 놀라 고개를 마구 도리도리 저었다.

"바, 방금 지나간 다른 사람이 그랬는데……."

그는 스노우의 오해를 살까 봐 두려운 듯이 벌벌거리며 변명했다.

표정을 보아하니 거짓말을 하는 것 같지는 않았다. 스노우는 알겠다는 의미로 고개를 까딱인 뒤 다시 돌아서서 가던 길을 가기 시작했다.

그러자 뒤에 있던 남자가 작게 안도의 한숨을 내쉬는 것이 들렸다. 아까 광장에 들어서면서 인파에 휩쓸려 망토를 잃어버린 탓에, 속에 입고 있던 고급 의상이 고스란히 드러나 있었다. 그래서 스노우를 귀족으로 알고 그의 심기를 건드릴까 봐 겁을 먹은 듯했다.

그럼 혹시 조금 전에 그를 뒤에서 걷어찬 것은 귀족을 혐오하는 일반인인 걸까?

그런 생각을 하며 스노우는 뒷머리를 긁적였다. 상당히 세게 걷어차인지라 지금도 등 쪽이 좀 욱신거렸다. 좀 억울한 기분이 들었지만 그래도 요즘 일반인들에 뒤섞여 살다 보니 그들의 고충을 아주 이해하지 못할 것은 아니었다. 스노우는 잠자코 광장을 빠져나가기 위해 걸음을 서둘렀다.

–야, 너 지금 뭐 한 거냐?

벌레가 어이없다는 듯이 물었다. 그에 라키어스는 서늘히 대답했다.

'보면 몰라? 걸리적거리는 돌멩이가 있어서 치운 거잖아.'

조금 전 스노우의 등을 걷어차고 지나간 것은 다름 아닌 라키어스였다. 벌레는 그런 그의 행태에 황당함을 느꼈다.

–그렇게 거슬리면 차라리 조용한 데 끌고 가서 죽이지?

그러자 라키어스가 별 웃기지도 않은 소리를 다 들었다는 듯이 한쪽 입꼬리를 비틀었다.

'내가 왜? 유리 씨가 저 새끼한테 그깟 너절한 꽃 한 송이 받은 게 뭐가 그렇게 대수라고.'

—…….

'그냥 저 새끼 뒤통수가 마음에 안 들어서 갈긴 거야.'

어떻게 해석해도 유리가 다른 남자에게 꽃을 받은 일이 몹시 신경 쓰이고, 또 유리에게 꽃을 준 놈이 무척이나 마음에 안 든다는 말로 들렸다.

'너 지금 질투하냐?'라는 소리가 절로 나오려 했지만 벌레는 분위기 파악을 하고 근질거리는 입을 다물었다.

말하는 꼴을 보아하니, 라키어스는 자신이 지금 기분이 더러운 상태라는 것을 인정하고 싶지 않은 것 같았다. 조금 전, 라키어스는 현자의 돌이라 불린 물건을 팔았던 경매장의 위치를 알아낸 뒤 유리를 찾기 위해 축제 거리로 나왔다.

마침내 발견한 유리는 광장에 있었다. 그리고 라키어스는 웬 놈팡이가 별 우습지도 않은 허접한 가면을 쓰고 유리에게 꽃을 내미는 광경을 목격했다. 그의 심기가 불편해진 것은 그때부터였다. 그나마 유리의 동행인이 남자가 아닌 것을 보고 기분이 약간 괜찮아지긴 했지만 말이다.

'그런데 꼴같잖은 개구리 새끼들이 왜 이렇게 많아?'

라키어스는 짜증스럽게 속으로 뇌까렸다. 조금 전 화려한 꽃비를 뿌린 스노우를 보고 감명을 받은 사람들이 그가 썼던 개구리 가면을 따라 사기 시작한 탓에 이제는 아이들뿐만이 아니라 어른 중에서도 가면으로 얼굴을 가린 사람이 많았다. 때아닌 개구리의 향연에 라키어스의 기분은 또다시 더러워졌다. 그러다 마침내 그는 멀지 않은 곳에 있는 유리를 다시 발견해 냈다. 휘익!

"어?"

라키어스의 손이 바로 옆을 지나가던 남자가 쓰고 있던 개구리 가면을 낚아챘다. 뒤에서 어리둥절해하는 목소리가 들렸지만 라키어스는 행인에게서 갈취한 가면을 얼굴에 쓰고 시선 끝에 있는 여인에게 다가갔다.

'꾸역꾸역도 몰려드네.'

안네마리와 헤어진 후에도 인파는 줄어들 생각을 하지 않았다. 지금 광장에서 열리는 건 꽃 교환식밖에 없는데, 그게 그렇게 인기 좋은 행사였던가?

유리는 이해할 수가 없어서 고개를 갸웃거렸다.

"잠깐만 지나갈게요!"

퍽!

그때, 앞에서 거의 뛰다시피 접근한 누군가가 유리를 세게 치고 지나갔다. 뒤로 밀려난 그녀를 뒤에 있던 사람이 붙잡았다. 본의 아니게 뒷사람에게 꽤 세게 부딪친 머리가 얼얼해서 유리는 슬쩍 미간을 좁혔다. 일단 자신의 탓은 아니지만 사과해야 할 것 같았다.

"죄송합니……."

그래서 고개를 돌렸는데, 또다시 개구리 가면이 시야에 들어와 말을 멈추었다. 하지만 눈앞에 있는 남자는 데이몬 살바토르도 아니었고, 아까 꽃을 준 빨간 머리의 남자도 아니었다.

'아니, 오늘은 개구리 가면이 유행인가? 만나는 남자마다 똑같은 걸

쓰고 있네.'

유리는 약간 떨떠름하게 생각했다. 남자는 키가 상당히 컸다. 그래서 유리의 머리가 부딪친 부위는 남자의 가슴팍이었다.

'아니⋯⋯ 잠깐만.'

그러다 문득 유리는 번개 같은 깨달음을 얻었다.

'얘 라키어스잖아⋯⋯?'

개구리 가면만 하나 더해졌을 뿐이지, 나머지는 아까 치고받고 했던 남자와 머리부터 발끝까지 똑같았다. 오늘은 정말 무슨 날인가. 왜 다들 이렇게 여기저기서 갑자기 튀어나오는 거지?

개구리 가면을 쓴 라키어스가 유리를 가만히 내려다보았다. 그리고 바로 다음 순간, 유리의 팔을 잡고 있던 손이 스르륵 아래로 미끄러졌다. 그녀는 혹시 라키어스의 손이 맨 살갗에 닿을까 봐 움찔했다.

하지만 유리가 손을 뿌리치기 전에, 라키어스의 손이 먼저 소매로 감싸인 손목 부근에서 떼어졌다. 뒤이어 시야에 붉은 장미가 나타났다. 유리는 지금 라키어스의 손에 들린 것이 조금 전까지 그녀가 가지고 있던 꽃이란 사실을 깨달았다. 광장의 입구로 향하던 중에 머리에 꽂혀 있던 꽃을 빼서 손에 옮겨 들었는데, 그걸 본 모양이다.

라키어스는 어느새 유리의 손에서 빼내 간 장미를 들어 향기를 맡듯이 가면 앞에 가져다 댔다. 그리고 이내 천천히 뒷걸음질 쳐 눈앞의 인파 속으로 스미듯이 사라지면서⋯⋯. 손아귀에 있는 꽃을 움켜쥐어 부쉈다. 붉은 꽃잎이 점점이 흩어져 날렸다. 그가 있던 자리에는 뭉개진 꽃잎의 흔적만이 남아 있을 뿐이었다.

'⋯⋯장미 도둑?'

유리는 라키어스가 사라진 자리를 찌푸린 눈으로 바라보았다. 어차피 광장을 이동하는 동안 사람들에게 이리 쓸리고 저리 쓸려 그새 시들시들해진 꽃이었다. 그래서 최애캐인지 의심되는 사람이 준 거긴 해도 가는 길에 쓰레기통이 있으면 버리려고 했는데, 라키어스가 대신 치워준 셈이었다.

'그런데 왜 가져간 거지? 혹시…… 아까 그게 나라는 걸 눈치채서 선전포고 같은 걸 한 건 아니겠지?'

지금 그녀는 옷도 갈아입었고, 또 라키어스가 관심을 보였던 유적의 파편도 가지고 있지 않았으니 아닐 거라고 생각하고 싶었다. 그래도 왠지 좀 찜찜한 기분이 들었다. 유리는 미간을 찌푸리며 다시 걸음을 재촉했다. 아무래도 이따 집에 가면 라키어스의 상태를 면밀히 관찰해 봐야 할 듯했다.

암흑 도시 카르노말. 그 한가운데에는 높이 솟은 성이 있었다. 어둠처럼 새까맣고 날카로운 성의 외관이 꼭 짐승의 날카로운 손톱이나 갈퀴처럼 보이기도 했다. 보라색으로 물든 하늘을 까마귀 한 무리가 가로질렀다.

까악, 까악!

푸드덕 날갯짓하며 검은 성 위를 맴돌던 까마귀 떼가 이내 뾰족한 첨탑 위로 하나둘씩 내려앉았다. 그중 한 마리가 성의 꼭대기 층 창가에 날개를 접고 앉아 종종걸음을 쳐 옆으로 움직였다.

"그래, 놓쳤다고?"

달빛이 비치는 유리창 안에는 옥좌처럼 커다란 의자가 있었다.

“다 죽어가는 놈 하나 못 잡아서 그걸 머저리 같이 놓쳤단 말이지.”

의자에 다리를 꼬고 앉아 있던 남자가 앞에 무릎을 꿇고 부복한 부하를 향해 느른하게 속삭였다.

“쓸모없기는.”

“죄, 죄송합니다! 한 번만 더 기회를 주시면……!”

새로운 카르노말의 주인은 음영에 반쯤 가려진 얼굴로 발밑에 있는 남자를 내려다보았다. 불과 얼마 전까지만 해도 라키어스의 앞에서 기었던 부하들이 이제는 이렇게 그의 앞에서 목숨을 구걸하고 있었다. 권력, 그리고 그것을 손안에 쥘 수 있게 하는 강력한 힘이란 이렇게도 달콤한 것이었다.

“좋아. 난 너그러운 주인이니까.”

“감사합니다……!”

그는 손에 쥔 술잔을 빙글 돌리며 입술을 말아 올렸다. 구름이 걷히고 드러난 달빛이 조각상 같은 남자의 아름다운 얼굴에 스며들었다. 어둠 속에서도 찬란하게 빛나는 탐스러운 금발. 깨진 유리처럼 맑고 서늘한 푸른 눈동자. 남자의 얼굴은 놀랍게도 라키어스와 완전히 동일했다.

“앞으로 열흘의 말미를 주지. 그 안에 가짜를 찾아서 내 앞에 목을 들고 와라.”

투명한 술잔 안에 든 붉은 액체가 그림자를 머금어 한결 짙은 빛을 냈다.

“이번에도 실패한다면 저 진열장에 전시되는 건 네놈의 머리일 거다.”

그는 발밑에 엎드린 부하의 머리 위로 술잔을 기울였다.

쪼르륵.

은은한 향기를 내는 붉은 액체가 머리카락을 적시고, 바닥에 깔린 카펫마저 더럽혔다. 모멸감을 느낄 수도 있는 일이었으나, 그래도 부하는 거듭 머리를 조아리며 이번에야말로 꼭 성공하겠다고 재차 결의를 다진 뒤 자리를 떠났다. 옆에서 마른침을 삼키고 있던 또 다른 부하는 자신의 차례란 것을 깨닫고 긴장감에 몸을 굳혔다. 남자는 그를 향해 물었다.

"'변종' 찾기는 잘 되어가나?"

"예……! 최선을 다해 노력하고 있습니다."

"최선과 노력?"

그 말에 남자가 입매를 비틀었다.

"그따위 말장난이나 듣자고 부른 게 아닌데. 그 쓸모없는 혓바닥을 불에 지져주기라도 할까?"

"죄, 죄송합니다! 얼마 전 확보한 '변종'에게서 정보를 빼내 수색하고 있습니다. 빠른 진척을 보이고 있으니 조만간 새로운 변종들도 찾아낼 수 있을 겁니다."

빈 술잔을 든 손이 허공에서 까딱거리며 움직였다. 그때마다 의자의 팔걸이에 부딪힌 술잔에서 툭툭 소리가 났다.

"너에겐 닷새를 주겠다. 그 안에 새로운 성과가 없으면 다른 적임자를 찾지."

그 말인즉, 그 역시 머리가 잘려 진열장 속의 장식품이 될 것이란 뜻이었다.

"실망시켜 드리지 않겠습니다!"

이번 부하 역시 발등에 떨어진 불똥에 위기감을 느끼며 방에서 나갔다. 혼자 남게 된 방에서 남자는 의자에 더 깊숙이 몸을 기댔다.

'라키어스……. 그냥 바로 죽어주었다면 좋았을 것을.'

그의 이름은 밀리엄. 한때는 라키어스가 유일하게 곁에 둔 심복이었던 남자였다. 그러나 그들의 사이는 오늘에 이르러 그립게 반추하지도 못할 과거가 되었다. 그들의 관계를 구둣발로 짓밟은 것은 다름 아닌 밀리엄, 자신이었다.

그는 창밖에서 새하얀 광채를 발하는 달을 바라보았다. 라키어스의 방에서 보는 카르노말의 전경은 과연 일품이었다. 물어뜯기기 전에 물어뜯는다. 역시 그것이 카르노말의 방식이었다. 창문 밖에 앉아 있던 까마귀의 눈에 시리게 미소 짓는 남자의 얼굴이 비쳤다.

푸드덕!

이내 검은 깃털을 떨어뜨리며 까마귀가 날아올랐다. 그다지 특이할 것도 없던 평범한 날. 그 어느 밤의 일이었다.

제7장

소설의 주인공들은 얽히고설켜야 제맛

축제가 끝나고 나는 바보 같은 짓을 했다고 후회했다.

'내가 왜 유적의 파편을 경매장에서 훔쳤지?'

그 덕에 결국 아라크네로서는 의뢰를 완수하지 못한 셈이 되었다. 그래서 의뢰인에게 선수금을 제외한 나머지 돈을 받지 못한다는 사실을 깨달은 직후의 후회였다. 그냥 의뢰인 돈으로 비싸게 낙찰한 뒤에 수고비도 챙기고, 그러고 나서 의뢰인의 손에 들어간 물건을 훔치면 되는 일이었는데. 물론 굉장히 상도덕에 어긋나는 생각이었다.

하지만 역시 그쪽이 제일 나았다. 그때 경매장에서는 유적의 파편을 보는 순간 충동에 이끌려 행동했지만……. 생각해 보면 그걸 가지고 마땅히 할 일도 없지 않은가?

내가 연구소에 있던 사람들처럼 실험할 것도 아니고, 여기서 다른 파편을 더 먹어서 힘을 키우고 싶은 것도 아닌데. 그렇다고 그냥 없애

자니, 경매장에서 두 귀로 똑똑히 들었던 이 돌의 가격이 발목을 잡았다. 보글보글. 나는 국자로 냄비 속을 휘저으며 생각했다.

'암시장에 팔아버릴까.'

경매장에 올라왔던 금액을 보면 생각보다 비싸게 팔릴 것 같은데. 그러고 보니, 그 사회자. 분명 유적의 파편을 최상급 연금술사만 발동할 수 있다고 했었다. 그 말을 하는 태도가 거짓 한 점 없다는 양 묘하게 당당했었던 기억이 났다. 그럼 유적의 파편이란 게 정말 연금술과 관련이 있는 건가?

데이몬 살바토르는 이게 현자의 돌이 아니란 걸 알고 있는 것 같았는데. 그럼 이것의 진짜 정체가 유적의 파편이란 사실도 아는 걸까? 그럼 왜 사려고 한 거지. 이걸 뭐에 쓰려고. 단순 연구 목적인가? 연금술사의 학구적 열의란 엄청나니까.

'그럼 데이몬 살바토르한테 팔까.'

소설에서 데이몬 살바토르는 다소 성격이 까칠하긴 해도 악인은 아니었다. 그러니 카르노말에 있던 연구소의 박사처럼 이걸로 인체 실험 같은 걸 하지는 않을 것이다.

'역시 데이몬 살바토르한테 파는 게 제일 나을까.'

경매장에서 보니 비싼 값을 치를 마음도 있는 것 같았고. 나는 정말 진지하게 고민했다. 그러다 문득 소금 통이 빈 것을 알고, 찬장 위에서 새로 꺼내기 위해 손을 뻗었다.

하지만 발을 들어도 맨 위 칸에는 손이 닿지 않았다. 얼마 전까지였다면 간단히 거미줄을 꺼내 해결했을 테지만, 등 뒤의 거실에 라키어스가 떡 하니 있는 상황에서는 그럴 수 없었다. 무엇보다도 축제날 그의 앞에서 능력을 사용해 버린 뒤였기 때문에 더더욱. 그래서 하는 수 없이 부족한 키를 충당하기 위해 의자를 옮겨올 수밖에 없었다.

삐걱!

그런데 의자 위에 발을 딛고 서서 막 손을 뻗었을 때, 이미 망가져 있던 의자의 한쪽 다리가 소리를 내며 툭 부러졌다. 몸이 뒤로 기울어졌다. 반사적으로 실을 뽑아낼 뻔했다. 하지만 다행히도 그러기 전에 뒤에서 누군가가 등을 받쳐주었다. 단단한 팔이 허리에 둘러져 몸을 지탱해 왔다. 무심코 고개를 돌리자 깨끗한 벽안과 눈이 마주쳤다. 조각처럼 잘생긴 남자의 얼굴이 아주 가까이에 있었다. 굳게 다물려 있던 반듯한 입술이 뒤이어 천천히 벌어졌다.

"……조심하셔야죠."

낮은 속삭임이 귓가를 간질였다. 어느새 다가와 나를 붙든 것은 라키어스였다. 반듯한 이마를 덮고 내려와 눈가를 살짝 가린 머리카락이나 그 밑으로 곧게 솟은 콧대, 유려한 곡선을 지닌 입매가 오늘따라 유독 두 눈에 선명하게 들어왔다.

그는 이제 목 상태가 어느 정도 나아져 짧은 말 정도는 필담 없이 그냥 하고 있었다. 물론 아직 목소리에 거친 느낌이 남아 있어서 그가 직접 말하는 건 대개 지금처럼 종이와 펜이 없는 상황에 한정되긴 했다. 라키어스는 나를 가볍게 한 팔로 안아 바닥에 내려놓았다.

"어…… 고마워요."

왠지 좀 어색한 기분이었지만 일단 인사했다. 그러자 라키어스가 나를 가만히 내려다보다가, 이내 갸름한 미소를 머금으며 눈을 접어 웃었다. 사람을 홀릴 것처럼 매혹적인 미소였다. 얼마 전 밤에 나랑 치고받고 싸웠을 때와는 좀 다른 의미의 위험이 느껴지는 모습이기도 했다.

스륵.

조금 전의 일로 약간 헝클어진 내 머리를 라키어스가 매만지기 시작하면서 그런 느낌은 배로 치솟았다. 나를 향해 내리뜬 눈이나 느릿하게 움직이는 손길, 심지어 셔츠 위로 보이는 그의 목울대에서조차 페로몬이 줄줄 흐르는 느낌이었다. 그러다 다시 눈이 마주친 순간, 갑자기 상황에 맞지 않는 뜬금없는 생각이 들었다.

'소설에서도 안네마리한테 이런 식으로 굴었으면 사실 남주인공은 라키어스 아발론이 아니었을까……?'

그런 생각을 하자 사랑을 모르는 개새끼…… 아니, 짐승이었던 소설 속의 라키어스 아발론이 좀 짠하게 느껴졌다.

똑똑!

"유리 언니."

그때, 누군가 집을 방문했다. 이런 이른 아침부터 손님이 찾아오는 것은 굉장히 드문 일이었다. 한데 문밖에서 들려온 앳된 목소리는 귀에 익었다. 현관을 향한 라키어스의 눈이 한순간 싸늘해진 것 같았다. 금방 그런 기색을 지워내긴 했지만 꼭 무언가를 방해받아 기분이 나쁜 것 같은 눈빛이었다.

하지만 그는 금방 다시 무해한 얼굴로 돌아가 한 걸음 뒤로 물러났다. 나는 곧바로 걸음을 옮겨 현관으로 갔다. 문을 열자 안으로 맑은 아침 햇살이 쏟아져 들어왔다.

"안녕하세요, 유리 언니. 좋은 아침이에요."

문 앞에 서 있는 것은 하얀 원피스를 입고 윤기 나는 은발에 깜찍한 꽃 머리띠를 한 여자아이, 헤스티아였다. 역시 오목조목 예쁜 이목구비가 언니를 쏙 빼닮아 있었다. 다만 안네마리 쪽이 좀 더 표정이 풍부했고, 헤스티아는 어린애답지 않게 차분하고 어른스러운 분위기가 있었다.

“안녕. 일찍 일어났구나, 헤스티아.”

“원래 어른이 되면 아침잠이 없어지잖아요.”

지금도 내 말에 헤스티아는 애늙은이같이 대답했다. 이제 고작 열두 살이면서 자신을 어른이라고 생각하는 모습이 오히려 애 같다는 사실은 모르는 모양이다. 그래도 이 꼬마 아가씨와 나누는 이런 대화가 싫지 않았다.

“아닌데. 모든 어른이 아침잠이 없는 건 아니야.”

“그래요?”

“응. 나도 일 나가지 않을 때는 늦잠을 자기도 하니까.”

“그럼 정정할게요. 전 아침잠 없는 어른이라 이 시간에 일어나는 것도 거뜬해요.”

결국 그냥 입매를 올려 가늘게 웃어 보였다.

“이 시간에 무슨 일이야?”

“집에 달걀이 없는데 두 개만 빌릴 수 있을까요?”

헤스티아가 온 이유는 안네마리의 심부름 때문이었다. 처음 있는 일은 아니었다. 퇴근 시간이 대체로 일정한 나와 달리 안네마리는 치료소의 사정에 따라 밤늦게 집에 돌아올 때가 종종 있었다. 그래서 저녁에 미처 장을 보지 못해 다음 날 아침 찬거리가 없을 때 이렇게 나를 찾아와 식재료를 빌리곤 했다.

달걀 두 알에 야박하게 굴 정도로 사이가 나쁜 것도 아니고, 또 얼마 전의 과자처럼 평소에 안네마리도 내게 이것저것 챙겨주는 것이 있었다. 그래서 헤스티아에게 흔쾌히 고개를 끄덕였다.

“안에 들어와서 잠깐만 기다려.”

"어차피 바로 옆집인데요."

"그래도."

말해놓고 집 안에 있는 라키어스 생각이 나 멈칫했다. 하지만 그래도 이런 어린아이가 쌀쌀한 아침 공기를 혼자 맞게 할 수는 없는 노릇이었다.

"그럼 잠시만 실례할게요."

헤스티아와 함께 집에 들어왔을 때, 라키어스는 소파에 없었다. 욕실에라도 들어간 건가. 잘됐다고 생각했다.

하지만 달걀을 가지러 부엌에 들어가자, 그 앞에 서 있는 남자의 뒷모습이 눈에 띄었다. 순간 멈칫했다. 아침 햇살을 맞으며 국자를 들고 서 있는 악당의 모습이 생각보다 위화감 없이 잘 어울렸기 때문이다.

'아직도 부엌에 있었네?'

심지어 당황스럽게도, 라키어스는 내 눈에 익은 작은 부엌을 신성한 장소로 느껴지게 만들었다. 라키어스가 입고 있는 하얀 셔츠도, 자연스럽게 흐트러진 결 좋은 금색 머리칼도, 그리고 그의 수려한 얼굴도 햇빛을 머금고 환하게 빛났다.

'아니, 저렇게 반짝일 건 또 뭐지?'

약간 얼떨떨했다. 라키어스가 내 인기척을 느끼고 돌아보곤 설명했다.

"탄내가 나서."

"아, 그래요?"

확실히 몸 상태가 전보다 많이 좋아진 듯, 부엌에 서 있는 그의 모습이 그리 불편해 보이지는 않았다. 내가 다가가자, 라키어스가 고개를 저어 말렸다. 그러더니 여긴 자신에게 맡기고 나가 보라는 듯이 내 등을 슬쩍 밀었다. 그래서 얼떨결에 달걀을 들고 부엌을 나오고 말았다.

"감사해요, 언니."

혹시 가다가 깨뜨릴 것을 방비해 작은 바구니에 달걀을 담아 주었다. 그러자 헤스티아가 고개를 꾸벅 숙여 인사했다. 그 작은 머리를 보며 입을 열었다.

"헤스티아, 사탕 먹을래?"

"……!"

지나가듯이 묻자 헤스티아에게서 풍겨 나오는 분위기가 달라졌다. 하지만 그녀는 어른스럽게 말했다.

"사탕을 많이 먹으면 이가 썩어요. 무엇보다도 전 사탕 같은 걸 좋아하는 어린애가 아니고요."

"그럼……."

"그래도 누가 호의로 준 선물을 거절하는 건 나쁜 짓이니까 주시면 감사한 마음으로 받을게요."

내가 말을 끝맺기 전에 헤스티아는 얼른 똘똘한 목소리로 덧붙였다. 이럴 줄 알고 있었기 때문에 잠자코 주머니로 손을 가져갔다. 헤스티아는 여전히 애어른 같은 의젓한 얼굴을 하고 있었지만 내 손에 따라붙는 눈빛만큼은 초롱초롱했다.

"아. 오늘은 이것밖에 없네."

하지만 다음 순간 앞으로 내밀어진 손을 보고 헤스티아의 눈동자에서 빛이 사그라졌다. 아, 지금 실망했다. 만약 헤스티아에게 레오처럼 동물 귀가 있다면 기운 없이 축 처진 귀가 보이지 않았을까 싶었다.

"고맙습니다, 언니."

그래도 헤스티아는 퍼뜩 정신을 차린 듯이 금방 실망감을 지워 버리고 사탕을 받으면서 공손히 인사했다. 역시 예의가 바른 아이였다. 부모님의 교육관인지, 안네마리의 교육관인지, 아니면 둘 다인지는 몰라도.

"음, 잠깐만. 주머니에 다른 게 하나 더 있어."

그런 헤스티아를 보며 주머니를 뒤적이는 척했다. 그러고 나서 숨어 있던 것을 찾은 양 양손을 내밀었다.

"이거, 헤스티아가 제일 좋아하는 거지?"

"……!"

헤스티아의 눈동자에 다시 반짝이는 빛이 돌아왔다. 사실은 이 얼굴을 보려고 일부러 헤스티아가 좋아하는 사탕을 갖고 있지 않은 척했다. 스스로 생각하기에도 좀 악취미인 것 같기는 하지만. 안네마리도 그렇지만 역시 헤스티아도 이럴 때 보면 영락없이 코코를 닮았다.

"둘 다 줄게. 오늘 좋은 하루 보내."

헤스티아의 머리를 쓰다듬으며 말했다. 그러자 헤스티아가 아까보다 확연히 밝아진 얼굴로 사탕을 받아 들었다.

"언니도 좋은 하루 보내세요."

나는 문을 나서는 헤스티아의 뒷모습을 보며 내일은 역시 그녀가 좋아하는 사탕을 더 사놔야겠다고 생각했다.

'아, 부엌.'

그러다 조금 전에 두고 온 라키어스가 생각나 몸을 돌렸다.

유리가 부엌에 들어섰을 때, 라키어스는 식탁 앞에 서서 물 잔을 내려놓고 있었다. 그 모습이 또 어찌나 자연스럽던지, 유리는 부엌에 들

어서다 말고 아까처럼 다시 한번 주춤하고 말았다.

"다 라키어스 씨가 하신 거예요?"

식탁 위에는 이미 완성된 요리가 놓여 있었다. 유리의 물음에 라키어스는 태연히 고개를 끄덕였다. 유리는 그의 시선에 이끌려 저도 모르게 식탁에 가서 자리를 잡았다.

[드세요. 식기 전에.]

역시 말을 연속으로 많이 하는 건 무리였던 걸까. 라키어스가 어느새 가져온 종이를 들어 올렸다. 유리가 헤스티아를 상대하는 동안 할 말을 미리 써두었던 듯했다.

유리는 라키어스가 만든 요리를 내려다보았다. 분명 중간까지는 유리가 만들던 것이었는데, 완성된 생김새가 완전히 달랐다. 라키어스가 만든 것은 꼭 식당에서 파는 음식 같았다. 일단 유리는 라키어스의 말대로 한 입 맛보았다. 그 후 엄청나게 놀라고 말았다. 맛있었다. 그것도 엄청 맛있었다.

'이상하네. 다 내 집에 있는 재료들일 텐데?'

"라키어스 씨, 요리를 잘하시네요?"

뭔가 굉장히 의외라서 놀라지 않을 수 없었다.

"맛있어요."

그러자 라키어스가 눈을 갸름하게 접어 웃었다. 그 모습이 꼭 배부른 고양이 같았다. 암흑세계의 왕인 라키어스 아발론이 이렇게 요리를 잘했다니. 처음 안 사실이었다. 그야, 소설에서는 그가 이렇게 부엌에서 무언가를 만드는 장면 같은 게 한 번도 나오지 않았으니까.

안네마리의 집에 머무는 동안에는 주야장천 이거 해라, 저거 해라, 꼭 시집살이시키는 악덕 시어머니처럼 누가 집주인인지 모르게 안네마리를 엄청 갈구면서 요구 사항만 많았었지. 그래서 악당답게 진짜 성격 나쁘고 까칠하다고 생각했는데.

"라키어스 씨도 앉아서 같이 드세요."

유리의 권유에 라키어스가 맞은편에 앉았다. 하얀 셔츠를 입고 유리를 보며 식탁에 앉은 모습이 한 떨기 물망초처럼 얼마나 청초한지, 축제에서의 일만 없었다면 혹시 그의 성격이 소설과 다른 것은 아닌지 의심하고도 남았을 것 같았다.

라키어스는 유리가 먹는 것을 가만히 쳐다보았다.

[그런데.]

그가 '드세요. 식기 전에'라는 말이 적힌 종이 밑에 깔려 있던 다른 종이를 슬쩍 내밀어 유리에게 보여주었다.

[지금 왔던 사람이 과자 바구니에 쪽지를 넣었던 그 헤스티아?]

너무 자연스럽게 지나가는 듯이 물어온 말이라 유리는 대수롭지 않게 대답했다.

"네, 맞아요."

얼마 전 밤중에 왔던 안네마리가 주고 갔던 과자 바구니. 그 안에 든 과자를 다 먹고 나자 밑바닥에 쪽지가 있었다. 거기에는 삐뚤빼뚤한 글씨로 지난번에 사탕을 줘서 고마웠다는 내용이 적혀 있었다. 라키어스가 먼저 그것을 발견해 유리에게 줬었다. 유리의 답변을 들은 라키어스의 눈이 스산하게 빛났다.

'바로 옆에 살고 있었군.'

헤스티아라는 이름을 가진 꼬마는 분명 그 지독한 맛이 나는 과자를 유리에게 준 여자의 여동생이라고 했다. 그런데 이런 이른 아침에 식재료를 얻으러 올 정도로 가까운 곳에 살고 있었다고. 라키어스는 일단 그것을 기억해 두기로 했다. 그러고 나서 무슨 위험한 생각을 했냐는 듯이 맑은 얼굴로 유리를 보았다.

"그런데 무리하신 거 아니에요? 아직 몸도 안 좋으신데."

라키어스는 반사적으로 고개를 저으려다 말고 멈칫했다. 어디까지나 라키어스는 잠깐 이곳에 머무는 것뿐이었다. 만약 몸 상태가 괜찮다고 대답하면 조만간 이 집에서 나가라고 할지도 모른다는 사실에 생각이 미쳤다.

물론 이곳을 나간다 해서 그가 아쉬울 건 전혀 없었다. 그러나 유적의 힘을 얻은 배신자 놈을 처치하기 전에 아직은 좀 더 심신을 재정비할 필요가 있었으니까……. 라키어스가 지금 이곳에 더 머물려는 이유는 단지 그것뿐이었다. 지난번 축제날 밤에 만났던 하얀 가면을 쓴 사람이 유리가 아닌지 의심이 가는 부분도 있긴 했고.

하지만 유리의 반응을 살폈을 때 이렇다 할 수상한 점은 드러나지 않았다. 무엇보다도 그날 라키어스는 얼굴을 가리고 있지 않았으니, 만약 유리가 하얀 가면이었다면 그를 알아봤을 것이 분명했다.

그런데도 유리에게서는 위화감이 없었다. 그래서 혹시 그 하얀 가면에게서 익숙한 느낌을 받은 게 자신의 착각은 아닌가, 하는 생각이 들었다. 그렇다면 집주인인 유리는 라키어스에게 있어서 그저 착하고 순진해서 이용해 먹기 편한 상대일 뿐이다. 그러니 역시 아직은 이 집을 은거지로 삼는 게 여러모로 편리할 터.

–아니……. 너 지금 누구한테 변명하고 있냐?

라키어스는 머릿속에서 어이없다는 듯이 울리는 목소리를 개무시했다.

[그러고 보니 상처가 조금 쑤시네요.]

결국 라키어스가 종이 위에 적은 글은 천연덕스러운 거짓말이었다.

[실례지만 먼저 가서 쉬어야 할 것 같은데.]

그가 처연히 눈을 내리깔자, 속눈썹이 아래로 드리워지며 짙은 음영을 그렸다. 부상을 입은 복부를 팔로 감싸면서 지그시 눈매를 찌푸리는 모습이 정말 통증을 참는 것처럼 보였다. 어쩐지 날이 갈수록 약한 척하는 라키어스의 모양새가 자연스러워져서, 그의 머리에 있는 벌레는 헛웃음을 흘렸다.

"역시 무리하셨나 보네요. 어서 가서 다시 누우세요."

유리는 먹는 것을 멈추고 라키어스를 소파까지 부축해 주었다. 왠지 연기가 아닌가 하는 의심이 들기도 했지만 라키어스의 표정이 너무 진짜 같아서 결국 유리는 그 말을 믿고 말았다. 라키어스는 얌전히 소파에 누워 이불을 덮어주는 유리의 손길을 만끽했다.

-라키어스, 너 이 집에서 하인이라도 되기로 한 거냐?

잠시 후 라키어스의 머릿속에 분개한 목소리가 울렸다.

-위대한 카르노말의 왕이 동부 여자 따위한테 밥이나 해 바치는 게 말이 된다고 생각해?!

벌레는 라키어스의 위엄과 권위가 실추되었다고 생각하는 것 같았다. 하지만 조금 전에 먹었던 음식의 맛을 떠올리고는 곧 굴욕적으로 먼저 백기를 들었다.

-흑……. 근데 맛있었어. 젠장……. 하인이든 우렁이 서방이든, 그냥 여기 있는 동안은 앞으로도 네가 밥해라.

벌레는 축제날 배를 채웠던 이후로 오래간만에 먹은 제대로 된 음식에 감동마저 느끼는 것 같았다.

'닥쳐. 유리 씨가 한 밥도 맛있…… 는데, 네 입맛이 쓰레기 같은 걸 어디다 떠넘기는 거야.'

라키어스는 또다시 유리를 두둔하며 매몰차게 일갈했다. 라키어스의 말을 들은 벌레는 야유했다. 착하고 순진해서 이용해 먹을 생각뿐이라더니, 집주인인 여자가 눈물 한 방울 흘렸다고 신경 쓰고 밥까지 해다 바치는 게 무슨 이용이냐고 이죽거리고 싶은 마음이었다. 게다가 굳이 이 코딱지만 한 집에 머물기 위해서 여자의 동정심을 자극할 필요가 어디에 있단 말인가?

그냥 여자를 쓱싹 해치우고 집을 차지하는 게 제일 빨랐고, 정말 말마따나 집주인인 유리가 착하고 순진해서 이용해 먹기 쉬운 여자라면 그냥 막 나가도 상관없는 일이다. 그런데 라키어스야말로 자꾸 역으로 착하고 순진한 척을 하며 집주인에게 미인계를 발휘하고 있었다. 벌레가 보기에 그건 오히려 구애하는 수컷의 모습에 더 가까웠다.

'X발, 닥치랬지?'

–헉!

하지만 그런 말을 했다가는 라키어스의 심기를 사납게 만들 것 같아서 그냥 꿈틀거리는 충동을 억누르며 꾹 참아내고 있을 때, 음산한 목소리가 울렸다. 벌레는 화들짝 놀라 경기했다.

–나, 나, 아무 말도 안 했는데?

'소리 내서 말만 안 하면 다인 줄 아나. 네놈이 무슨 생각을 하고 있는지 안 들어도 뻔하지. 그렇지 않아도 짜증 나니까 시끄럽게 내 머릿속에서 잡생각 하지 마.'

그동안 원치 않게 동고동락해 온 시일이 있어서 그런지 라키어스는 벌레의 생각을 예리하게 간파했다. 벌레는 이번에도 아우성치고 싶은 욕망을 어렵게 억눌렀다.

'여자 하나 때문에 날 이렇게 홀대하다니, 어떻게 네가 그럴 수 있어!'라고 소리치고 싶었다. 하지만 어차피 그런 말을 해봤자 라키어스에게는 씨알도 먹히지 않을 터였다.

조금 더 시간이 지나 유리가 출근한 뒤 라키어스는 자리에서 일어났다. 그의 발길이 향한 곳은 지금까지 한 번도 들어가 본 적 없는 잠긴 방이었다.

사실 보편적으로 주인 없는 집의 방을 손님이 멋대로 열어 살피는 건 예의가 아니다. 하지만 그건 어디까지나 '보편적인' 경우였다. 당연히 카르노말은 '일반인의 상식 따위는 엿이나 바꿔 먹어라' 하는 곳이었고, 상식에 구애받지 않는 건 라키어스도 마찬가지였다. 오히려 은거지의 안전을 확인하는 건 지극히 당연한 일에 불과했다.

그래서 그는 처음 이 집에 묵기로 했을 때 이미 내부의 확인 작업을 대충 끝마친 뒤였다. 그러다 보니 자연스럽게 알게 된 사실이 몇 가지 있었다. 일단 집주인인 유리는 다른 사람들과의 교류 없이 혼자 살고 있었다. 가끔 지난번에 과자를 줬던 이웃이 들르는 것 같기도 했지만 사람을 집 안에 들인 적은 한 번도 없었다.

처음에는 자신 때문인가 싶었는데 아무래도 그 이유는 아닌 듯했다. 그 밖에도 집 안에는 다른 사람의 흔적이 전혀 없었다. 라키어스는 이 부분이 조금 의문이었다. 왜냐하면 유리와 함께 지내는 동안 가끔 위화감을 느낄 때가 있었기 때문이다.

한 가지 예로, 일상생활에 필요한 생필품 등이 집주인인 유리의 키에 맞지 않는 높은 찬장 같은 곳에 들어 있어 그것을 꺼내는 데 애먹는 광경을 라키어스는 가끔 보았다. 아주 드물게 사용하는 물건이라면 또 몰라도, 금방 상하는 식재료나 일상적으로 쓰는 머리 끈, 또는 지갑이나 매달 집주인에게 납부하는 관리비를 정리한 장부 등이 맨 꼭대기 선반이나 찬장 같은 데 올라가 있는 건 이해가 되지 않았다.

그래서 처음에 라키어스는 얼마 전까지 유리가 이 집에서 키가 큰 사람, 그것도 높은 확률로 남자와 함께 살았던 것 같다고 생각했다. 성별이 남자일 것이라고 판단한 건 유리가 잠긴 방에서 꺼내 와 라키어스에게 갈아입으라며 주는 옷이 어디로 봐도 남성용이었기 때문이다.

물론 단순히 남성복을 즐겨 입는 체격 큰 여자일 수도 있으니 확신까지는 하지 않았다. 다만 옷의 크기가 확연히 컸기 때문에 유리가 입는 것이 아닌 건 확실했다.

유리에게 다른 동거인이 있었다는 건 터무니없는 오해였지만 라키어스가 알 방도는 없었다. 그런 것들 외에도 유리가 근방의 커피하우스에서 점원으로 일하고 있다는 사실이나, 나이는 불명이지만 느낌상 라키어스보다는 어린 20대 초반인 듯하다는 것도 얼핏 들어서 알고 있었다. 출처는 유리의 이웃들이었다. 그동안 그녀가 없는 사이에 외출했다가 본의 아니게 엿들은 사실들이었다.

유리가 이 페릿가에 이사 온 건 몇 년 전이라고 했다. 그 전에는 어디에서 살았고 무슨 일을 했는지는 역시 불명이었다. 상당히 심각했던 라키어스의 부상을 치료한 것을 보면 예전에 그쪽 방면에 발을 담갔던 사람이 아닐까 싶기도 했는데……. 그런 것치고는 간호에 서툴러 고개를 갸우뚱하게 되었다.

철컥.

라키어스는 목적했던 방문 앞에 서서 문고리를 돌렸다. 하지만 문은 오늘도 잠겨 있었다. 그동안은 이 안에 굳이 들어가 보지 않았지만 오늘은 마음이 달라졌다.

–들어가 보려고?

달그락. 달칵.

라키어스는 어렵지 않게 문의 잠금장치를 해제했다. 끼익.

"……!"

그리고 마침내 시야에 드러난 방 안의 광경에 라키어스는 순간 흠칫했다.

–오매, X발, 깜짝이야……!

머릿속의 미생물도 소스라치며 요란하게 경기했다.

–아, 뭐야. 인형? 사람 시체인 줄 알았네!

방 안에는 실제 사람 크기의 인형들이 진열되어 있었다. 개중에는 옷을 입고 있는 것도 있었고, 그냥 천으로 덮인 것도 있었다.

–그 여자, 인형 수집이 취미인 건가? 어우, 취향 하고는.

라키어스는 방 안으로 들어가지 않고 입구에 서서 주변을 둘러보았다. 그러다 문득 무언가를 깨달았다. 방 안의 인형들이 입고 있는 옷과 지금 라키어스가 입고 있는 옷의 사이즈가 비슷해 보였다.

'전에 같이 살았던 사람 옷이 아니라, 인형 옷이었나?'

그렇게 생각하자, 딱히 그럴 이유가 없는데도 라키어스는 왠지 기분이 약간 괜찮아졌다.

'잠깐.'

그때, 라키어스의 날카로운 시선이 어딘가로 움직였다. 이내 그의 눈에 띈 것은 문가에 붙은 아주 가느다란 한 가닥의 실이었다.

'거미줄? 그냥 평범한 거미줄인가?'

라키어스는 그것을 가늘게 뜬 눈으로 응시했다. 그러다가 이내 조용히 문을 닫고 다시 잠금장치를 원상 복구했다.

"안녕하세요, 유리 씨! 오늘도 좋은 날씨예요!"

오늘도 생글생글 웃고 있는 갈색 더벅머리의 남자가 나를 반겼다. 스노우였다.

"커피 한 잔 진하게 주세요!"

"네, 잠깐만 기다리세요."

나는 지난번 축제에서 스노우와 비슷한 느낌이 드는 남자를 보았던 뒤로 가게에 방문하는 그를 남몰래 주시하곤 했다. 그날 광장에서 만났던 개구리 가면을 쓴 붉은 머리 남자. 어째서 그에게서 스노우와 내 최애캐의 향기를 동시에 맡았는지 알 수 없는 노릇이었다.

그래서 이후에 커피하우스를 방문한 스노우에게 은근슬쩍 그날의 일을 떠보기도 했다. 하지만 그에게서는 별다른 수상함이 느껴지지 않아서 또 고개를 갸웃하게 되었다.

잠시 후, 나는 주문대로 그에게 커피를 가져다주었다.

"흐음? 오늘은 커피 향이 평소와 다르네요. 혹시 원두를 바꿨어요?"

"네, 어제부터 브릴리아 원두로 바꿨어요."

"아, 브릴리아산이었구나. 음, 그러네요. 언뜻 향만 맡았을 때는 코르카나인 줄 알았는데."

"코르카나는 너무 비싸서 가게 수입으론 구비 못 해요."

"아…… 그렇죠. 아하하. 저도 예전에 우연한 기회로 한 번 먹어본 건데 향이 비슷한 느낌이라 착각했어요."

흠? 나는 약간 의외인 기분으로 남자를 보았다. 말하는 걸 들어보니 코르카나 커피를 꽤 많이 먹어본 것 같은데. 그건 굉장히 비싸서 나 같은 서민들 사이에서는 '왕족 커피'라고까지 불리는 원두였다. 물론 그냥 허세일 수도 있다. 그렇다면 지금 내 말에 더 거들먹거리며 알은척했어야 마땅했다.

하지만 그는 오히려 자연스럽게 말을 돌렸다. 그것을 보니 왠지 잘난 척하려고 말을 꺼낸 게 아니라 그냥 불현듯 말실수한 듯했다. 순간, 아라크네로서의 촉이 발동했다.

……역시 평범한 백수가 아니었나 보군. 갑자기 저 덥수룩한 머리카락 밑에 가려진 얼굴이 궁금해졌다.

"오늘도 잘 마셨어요."

내가 그의 얼굴을 물끄러미 쳐다보고 있을 때, 남자가 커피 잔을 내려놓고 고개를 들었다. 그리고 멍청하다 싶을 정도로 헤실 웃으며 인사했다. 하지만 그렇게 말한 것치고 오늘 스노우는 커피를 반이나 남겼다. 어쨌든, 그것만 제외하고는 평소와 같은 패턴이라 이제 곧바로 자리에서 일어날까 싶었는데.

"맛있는 커피의 보답으로 제가 간단한 점을 봐드리고 싶은데."

스노우가 해사하게 웃으며 뜬금없는 소리를 했다. 나는 쌀쌀맞게 대답했다.

"종교 안 믿어요. 이상한 물건 안 사요."

"아니, 아니. 그런 게 아니라, 제가 요즘 심심해서 취미로 혼자 공부중이라서."

그래놓고 손금을 봐준다느니 하는 수작질이…….

"사실 제가 손금을 좀 볼 줄 아는데요……."

맞았다.

"안녕히 가세요."

"앗, 잠깐!"

나는 스노우의 앞에 있는 커피 잔을 회수해서 쌩하니 자리를 떠났다.

"유리 씨, 커피 한 잔 더 주세요!"

스노우는 포기하지 않고 커피를 한 잔 더 주문하는 쓸데없는 기지를 발휘했다. 그래도 손님은 손님이라, 나는 성가심을 느끼며 그에게 커피를 가져다주었다.

"사실 제가 간단한 관상으로도 운세를 점칠 줄 알거든요."

"아, 그러세요."

조금 전에 스노우에게 느꼈던 미약한 흥미도 식어서 뜨뜻미지근하게 대꾸했다. 하지만 바로 다음 순간 소리 낮추어 속삭여진 말을 듣고 멈칫했다.

"새를 조심하세요, 유리 씨."

지금까지의 가볍고 경쾌하던 목소리가 아닌 깊고 낮은 울림을 지닌 음성이 고막을 파고들었다. 그러나 고개를 돌렸을 때 본 것은 여느 때처럼 말갛게 웃고 있는 남자의 얼굴이었다.

"아, 제가 요즘 점술에 흥미가 생겨서 독학 중인데 유리 씨 얼굴에서 새 형상이 보이지 뭐예요. 진짜 만에 하나의 일이지만 혹시 새똥이라도 맞을지 모르잖아요? 어휴, 유리 씨에게 그런 흉악한 일이 일어나다니, 상상도 하기 싫지만요!"

"……."

그 후 스노우는 커피를 원샷한 뒤 또다시 웃는 얼굴로 잘 마셨다는 인사를 남기며 자리에서 일어났다. 나는 막 가게 밖으로 나선 남자의 뒷모습을 보았다.

후두둑!

"악!"

하지만 역시 새를 조심해야 할 건 스노우였다. 예상대로, 커피하우스 밖으로 나선 스노우의 머리 위로 까마귀가 비상했다. 그러고 나서 마치 기다렸다는 듯이 그에게 새똥을 투척했다.

나는 짧은 비명을 내지르는 남자를 보며 혀를 찼다. 지난번 언젠가, 이상하게 페럿가에만 오면 새똥을 잘 맞는다고 어리둥절해하던 스노우를 떠올리자 약간의 측은함이 생겼다. 하지만 오딘의 새는 공정해서 나한테 치근덕대는 사람 모두에게 새똥을 고루 분포했으니 스노우 혼자 억울해하지는 않아도 될 것이다. 조금 전까지 스노우가 앉았던 자리를 보며 그가 남기고 간 말을 떠올렸다.

"새를 조심하세요, 유리 씨."

어디까지가 농담이고 어디까지가 진담인지 파악하기 어려운 사람이었다. 얼핏 생각하기에는 그냥 평소처럼 의미 없는 농담인 것 같기도 했다. 하지만 왠지 그가 저 말을 하고 싶어서 일부러 어설프게 점 얘기를 꺼내며 미적거리고 있던 것 같다는 생각이 들었다.

나는 스노우가 비운 두 번째 커피 잔을 들고 발길을 돌렸다. 새를 조심하라. 왜인지 예언처럼도 들리는 기묘한 말이었다.

뽀드득.

나는 커피하우스의 안쪽에서 유리컵을 씻으며 심각하게 고민했다.

'……설마 진짜 내 최애캐인가?'

내 최애캐가 처음 등장하는 건 소설의 첫 사건인 '고아원 아이들 실종 사건' 에피소드 때였다. 그뿐만이 아니다. 메인 남자 주인공인 칼리안 크록포드가 여주인공인 안네마리와 처음 만난 계기도 동일했다. 고아원 아이들이 사라진 것을 선두로 하여 실종자 수는 점점 많아졌고, 결국 크록포드 가문에서는 시민들에게 인망이 두터운 칼리안을 조사관으로 파견한다.

이 사건에서 실종된 아이 중에는 안네마리의 여동생인 헤스티아도 포함되어 있었다. 이 실종 사건의 배후를 캐다가 여주인공의 여동생을 구해준 사람이 바로 메인 남주인공 칼리안 크록포드였고, 그 남주인공을 옆에서 서포트한 사람이 서브남인 제노스 셀던이었다. 그리하여 소설의 남녀 주인공들은 운명적인 첫 만남을 갖게 된다.

그 이후에도 그들은 우연히 계속 만남을 반복하게 되고, 두 남자는 안네마리에게 서서히 빠져든다.

소설에서 헤스티아는 칼리안과 안네마리의 사랑을 이어주는 사랑의 큐피드 같은 역할이었다. 중간중간에 감초처럼 등장해서 적절하게 분위기도 띄우고, 남녀 주인공들의 애정을 깊어지게 만드는 조력자 같은 일을 많이 했거든.

사실 독자들 사이에서는 '트러블 메이커'란 별명으로 불리기도 했다. 그녀가 뜻하든 뜻하지 않든, 끊임없이 사건 사고를 몰고 와서 안네마리와 남자 캐릭터들을 계속 엮이게 만들었기 때문이다.

하지만 솔직히 막상 내가 소설 속에 들어와 보니…… 작가가 '자캐코패스(자캐를 사이코패스처럼 굴리는 인간)가 아닌가?' 하는 생각이 들었다. 스릴러인 만큼 안네마리 못지않게 헤스티아도 여주인공의 동생이란 이유로 납치의 위험에 시달리고, 악당들에 의해 죽을 뻔하고, 그렇게 온갖 위험에 시달려야 했는데……. 어린애가 그 일로 트라우마가 생길지도 모르는 일 아닌가. 아니, 평범한 어린애라면 100퍼센트 정신적인 충격을 입고도 남았다.

곧 다가올지도 모르는 첫 번째 납치 에피소드도 마찬가지다. 그런 이유로, 그런 에피소드는 그냥 없애도 되지 않나 하는 결론에 일렀다. 사실 나는 지난 축제 때 헤스티아에게 몰래 실을 붙여놓은 이후로 그것을 떼지 않고 간간이 위치를 확인하고 있었다.

비록 보호자의 동의를 받지 않은 불법 위치 추적이었지만. 물론 내가 헤스티아가 납치당하기 전에 막아내면 남자 주인공과 여자 주인공의 운명적 첫 만남이 망가질지도 모른다.

하지만 내가 아는 안네마리라면 여동생의 안위보다 더 중한 것은 없을 것이 분명했다. 그런고로 나는 라키어스 아발론을 안네마리에게서 떼어놓은 것처럼 헤스티아에게 위험이 생겼을 때 원작에 끼어들 생각을 하고 있었다.

음, 왠지 어쩌다 보니 사서 귀찮은 일을 만드는 느낌이긴 했지만 말이다. 하지만 역시 옆집 자매들과 원하든 원하지 않든 이웃사촌으로 살다 보니, 도저히 그들이 종이 속의 활자라는 생각은 들지 않았다.

게다가 주인공들이 원래 이어지기로 정해진 운명이라면 내가 막아도 어떻게든 만나게 되지 않겠는가. 더군다나 칼리안은 소설의 메인 남주인공이었으니 나 같은 엑스트라의 방해 공작이 있어도 어떻게든 알아서 해나갈 것이라고 막연히 생각하고 있었다.

그리고 내 최애캐는…… 솔직히 안네마리와 안 엮이는 게 무병장수하는 길 아닌가.

뽀득.

갑자기 또 생각하니 아련해져서 나는 잠깐 유리컵을 닦던 손을 멈추었다. 요즘 집에서 매일 라키어스를 봐서 그런지, 이상하게 최애캐 생각이 전보다 자주 났다. 사실 아라크네로서 뒤에서 각 잡고 조사하면 지금 내 최애캐가 어디에서 뭘 하고 있는지 알아낼 수 있을지도 모르지만 그런 일은 하지 않았다.

그야…… 최애캐가 밝히길 원하지 않는 비밀 정도는 같이 지켜주어야 그래도 한때 팬이었던 독자라고 할 수 있지 않겠는가. 물론 그 책을 읽은 지 이미 시간이 너무 많이 지나 버렸고, 또 나도 메마른 감수성을 갖게 되어서 전처럼 그에게 큰 관심과 애정을 갖고 있진 않다. 하지만 그래도 당시에는 꽤 많이 좋아했으니까, 어떤 의미로는 그냥 나 혼자 의리를 지키는 것이라고 해도 좋았다.

그런데 왠지 그 최애캐가 커피하우스의 스노우일 것만 같은 느낌이 들어서 현실적인 타격을 좀 입을 것 같다. 당연하지 않은가. 둘 사이의 거리감이 좀 멀어야지.

까악!

그렇게 잠깐 심란함에 젖어 있을 때, 가게 위에서 까마귀의 작은 울음이 들렸다. 까마귀는 정확히 네 번 울고 갔다. 잠시 후, 나는 컵을 닦는 일을 마무리하고 주변을 정리했다. 그러고 나서 가게 안에 있는 쓰레기봉투를 들고 뒷문으로 나가보았다.

그러자 왼쪽 화단에 놓인 검은 깃털 하나가 눈에 띄었다. 나는 쓰레기를 모아 놓는 자리에 손에 들고 있는 봉투를 내려놓고 깃털을 집어 들었다. 거기에는 보통 사람들은 육안으로 확인하지 못할 정도로 작고 희미한 글씨가 새겨져 있었다.

사흘 뒤, 동일.

사흘 뒤, 늘 보던 시간, 보던 장소에서 만나자는 오딘의 전언이었다. 보나 마나 지난번에 내가 의뢰한 것이 목적일 터였다. 오늘 바로 만나자고 하지 않는 것을 보니 아직 의뢰가 완료된 것은 아닌 모양이다. 나는 확인 후 검은 깃털을 손안에 쥐었다. 그러자 그것은 연기가 되어 흔적도 없이 사라졌다. 나는 뒤돌아 가게 안으로 들어왔다.

"여기 주문이요!"

"네."

때마침 새로 방문한 손님이 나를 불렀다. 길버트 씨는 다른 손님을 상대하고 있었다. 나는 오딘이 사흘 뒤에 어떤 소식을 들려줄지 생각하며 손님을 향해 발길을 돌렸다.

연금술사의 탑은 오늘도 분위기가 어둡고 침침했다.

"젠장, 이번에는 진짜 같았는데."

그 이유는 바로 지금 복도를 걸으며 한기를 퍼뜨리고 있는 남자 때문이었다. 연금술사들의 탑에서 일하는 사람들은 모두 정복을 입어야 했지만 그는 규율 따위는 전혀 신경 쓰지 않는 것처럼 혼자 사복을 입고 있었다. 남자는 바로 데이몬 살바토르였다.

조금 전 가문의 모임에 억지로 끌려갔다 온 탓에 그의 기분은 특히 저조했다. 답답한 정장을 차려입고 있는 것도 가문의 모임 참석 때문이었다. 데이몬은 목을 조르는 타이를 약간 끌어 내리고, 기름을 발라 정돈했던 머리카락도 신경질적으로 헝클어뜨렸다. 불편한 자리에 있다가 온 것도 데이몬의 심기 사나움에 일조했지만, 기실 그는 축제날 비밀 경매장에 다녀온 뒤 이렇게 사방팔방 사늘한 기운을 흩뿌렸다.

데이몬은 연금술사의 탑 안에서도 내로라하는 실력자인 데다, 그의 가문 또한 동부에서 알아주는 대귀족이었다. 그래서 모두 그의 눈치를 볼 수밖에 없었다. 데이몬이 이렇게 심기가 불편한 이유는 당연히 경매장에서 도둑맞은 마지막 상품 때문이었다.

'그 귀신 눈깔 새끼.'

게다가 그곳에서 예기치 못하게 마주쳤던 남자의 모습이 뇌리에 남아 그를 짜증스럽게 만들었다.

'파문당한 뒤로 머리카락 한 올 보이지 않기에 쥐구멍에라도 숨어 질질 짜고 있나 했더니. 완전 멀쩡하게 싸돌아다니고 있었잖아.'

데이몬은 그의 개인 연구실에 들어가서도 책상 위에 발을 올리고 앉아 인상을 구기고 있다가 사람을 불러 명령했다.

"요즘 제노스 셀던이 뭐 하는지 알아봐."

"제노스 셀던이요?"

그런데 그의 명령을 받은 이의 반응이 어딘가 묘했다. 데이몬이 눈살을 찌푸리며 물었다.

"왜, 너 뭐 아는 거 있어?"

"그게……."

잠깐 망설이던 목소리가 데이몬의 재촉에 떠밀려 결국 입 밖으로 흘러나왔다.

"이번 중앙 회의에서 다시 복직시키자는 안건이 나왔다고 하던데."
"뭐?"
수려한 얼굴에 비틀린 미소가 걸렸다.
"늙은이들이 단체로 노망이라도 났나. 자기들이 발 벗고 앞장서 쫓아낼 때는 언제고, 이제 와서 지랄들이야?"
신랄한 말이 데이몬의 입에서 이죽거리듯이 내뱉어졌다.
"그래서, 그놈이 온대?"
"그건 아직 모르고요. 회의에서도 아직 결정이 안 난 모양이더라고요."
데이몬은 경매장에서 보았던 사슴 가면의 남자를 다시 한번 머릿속에 떠올렸다. 동부의 수호자 제노스 셀던. 크록포드 가문은 동부의 왕이나 마찬가지였고, 데이몬이 있는 살바토르 가문은 그런 크록포드를 떠받치는 명실상부한 기둥이었다.
하지만 제노스 셀던이 나타난 이후 그저 그런 수준이던 셀던 가문은 비약적으로 출세해 급기야 살바토르 가문을 제치기까지 했다. 물론 그 영광은 제노스 셀던의 파멸과 함께 사그라졌지만.
"어쨌든, 요즘 그 자식이 뭘 하는지 조사해 봐. 촌구석에 처박힌 줄 알았는데 아닌 모양이니까."
"예, 알겠습니다!"
"그리고 그때 갔던 경매장에서 팔던 현자의 돌인가 뭔가, 그 행방도 계속 따로 찾아보고."
"아, 그거 아직도 포기 안 하셨……."
"뭐? 너 설마 안 찾고 있었냐?"
"헉, 그, 그게 아니라요!"
"이 새끼, 이거 빠져 가지고……!"

데이몬 살바토르의 몸에서 흉흉한 기운이 폭발했다. 그 후 그의 방은 데이몬이 부하 직원을 잡는 소리로 지금까지와 비할 바 없이 소란스러워졌다. 오늘도 시끌벅적한 연금술사의 탑이었다.

"으악!"

평소 보안이 철저한 4층 높이의 거대한 건물. 그곳에 때아닌 침입자가 난입했다.

"겨, 경비병!"

누군가 급히 경비병을 찾았지만 이미 소용없었다. 개구리 가면을 쓴 남자는 건물 안에 쳐들어오자마자 그곳을 지키고 있던 사람들을 단숨에 무력화시키고 중앙까지 도달했다. 라키어스였다. 유리가 커피하우스에 있는 동안 라키어스는 밖으로 나와 경매장부터 털기 시작했다. 목적은 물론 그들이 축제날 경매에 올렸다던 현자의 돌, 즉 유적의 파편이었다.

"내가 세 번째로 묻는 건데 말이야."

어린애들이 쓸 법한 귀여운 개구리 가면 뒤로 선득한 음성이 흘러나왔다. 맨 처음 털었던 경매장에서는 아쉽게도 기대했던 답이 나오지 않았다. 대신 그곳의 운영자라고 하는 사람은 모진 고초 끝에 현자의 돌을 받아 온 곳이 따로 있다고 말했다.

그렇게 또 그곳에 가서 협박과 고문을 가했더니, 이번에는 다른 장소에 가보라고 하더라. 그것이 바로 지금 라키어스가 이곳에 서 있는 이유였다.

"내가 지금 좀 굉장히 귀찮고 짜증이 나. 그러니까 여기가 끝이었으면 좋겠는데."

라키어스는 허리를 숙여 그가 짓밟고 있던 남자의 뺨을 손으로 툭 툭 두드리며 짐짓 다정하게 말했다. 자신을 도와줄 사람 한 명 없는 상황에 잔뜩 겁을 먹은 남자는 온몸을 부들부들 떨며 무엇이든 대답하겠다는 듯이 고개를 마구 끄덕였다.

"그래. 대답 잘해야 할 거야."

라키어스는 기회를 주겠다는 듯이 고개를 끄덕이곤 물었다.

"경매에 내놨던 그 현자의 돌이라는 거, 어디에서 구했지?"

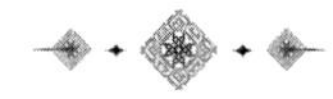

–생각보다 별거 아니었네, 그치?

라키어스는 속으로 벨레의 말에 동조했다.

'정말 그냥 우연히 찾은 거였군.'

그는 약간 김이 새는 것을 느끼며 건물 지붕을 타고 이동했다. 혹시 다른 파편이 더 있을지도 모른다고 생각했는데 아무래도 괜한 기대였던 듯했다. 결국 헛걸음한 셈이라 조금 짜증스러웠다. 역시 그때 하얀 가면에게서 유적의 파편만큼은 가져오는 것이 좋았을 뻔했다.

하지만 아직 기회가 있을지도 모르니. 라키어스는 그렇게 생각하며 눈을 가늘게 좁혔다. 그리고 건너편 건물 지붕으로 가볍게 뛰어내렸다. 그 너머로 보이는 해가 서서히 지고 있었다. 유리가 집에 돌아오기 전에 도착해야 하니 좀 더 서둘러야 할 듯했다.

"레오."

"킁!"

유리가 이름을 부르자마자 안쪽에서 갈색 형체가 튀어나왔다. 탐스러운 꼬리가 마구 흔들렸다.

"유리!"

귀를 쫑긋 세우고 달려 나온 레오가 유리에게 반갑게 매달렸다.

"잠깐……."

그런데 오늘따라 반가움이 과했는지, 레오는 평소 이상으로 격렬하게 그녀를 덮쳤다. 결국 유리는 레오에게 떠밀려 뒤로 넘어지고 말았다. 지금은 그쳤지만 조금 전에 소나기가 지나간 탓에 레오의 옷은 젖어 있었다. 그래서 바닥에 쓸린 옷자락이 금방 더러워졌다.

"크릉!"

레오는 반짝이는 눈망울로 유리를 보며 꼬리를 정신없이 흔들었다. 유리가 얕은 한숨을 내쉬며 턱을 긁어주자 레오가 진짜 짐승처럼 골골거리는 소리를 냈다. 이제 레오의 꼬리는 이러다 떨어지는 건 아닐까 싶을 정도로 요란하게 춤을 추고 있었다. 유리는 그렇게 광란의 환영을 받은 뒤 오늘 이곳에 온 본론을 꺼냈다.

"새 옷 가져왔어. 지금 건 더러워졌으니까 이걸로 갈아입어."

그녀의 손에서 실이 뽑혀 나왔다. 옆으로 날아간 가느다란 은사가 조금 전 레오에게 덮쳐졌을 때 바닥에 떨어뜨린 종이봉투를 순식간에 눈앞으로 끌어왔다.

"네가 좋아하는 사탕도 가져왔어."

"사탕!"

순간 레오의 입에서 주륵 침이 흘렀다. 레오는 오딘의 말처럼 연구소 시절 실험에 완전히 성공한 건 아니었지만, 다른 실험체들처럼 굳이 영양분을 따로 섭취할 필요가 없는 몸이 되었다.

하지만 어릴 때 성장이 멈춘 아이답게 레오는 사탕이나 초콜릿 같은 군것질거리를 좋아했다. 식사할 필요가 없어도 끼니때마다 밥을 먹는 건 유리도 마찬가지였기 때문에 그런 레오를 이해했다. 그래서 유리는 종종 이런 식으로 그에게 간식을 사다 주곤 했다.

아드득! 아득!

"레오."

까드득!

사탕에 정신이 팔린 레오는 어느새 종이봉투를 찢어발기고 그 안에 코를 박고 있었다. 유리의 목소리조차 들리지 않는 듯했다. 옷부터 갈아입고 먹으라고 권할까 싶었지만 레오의 날카로운 이에 반짝이며 부서지는 사탕 가루를 보니 어차피 새 옷도 금방 더러워질 것 같았다.

그렇게 레오가 사탕에 정신을 팔고 있는 사이, 유리는 레오에게 맡겼던 유적의 파편을 확인하러 움직였다. 파편은 수도원 기도실에 있는 조각상 밑의 홈에 있었다.

'역시 데이몬 살바토르에게 팔자.'

연구소의 실험체 동료들이 알면 욕할지도 몰랐지만, 결국 사람은 모두 자본주의의 노예가 아니던가. 물론 이 유적의 파편은 유리가 긴 시간 고통받아야 했던 원흉이나 마찬가지였지만, 지금 그녀의 눈에는 돈다발로 보였다.

"크릉!"

그러다 문득 앞에서 불만스러운 울음이 들리기에 봤더니, 레오가

똥 씹은 얼굴로 무언가를 입에서 뱉어내고 있었다.

"퉤엣!"

그러더니 그것을 맹렬히 땅에 파묻는 시늉을 하기 시작했다.

"……."

유리는 잠깐 할 말을 잃었다. 아니, 너 고양이가 아니라 여우잖아……. 원래 여우들도 맛없는 게 있으면 저렇게 땅에 파묻나?

급기야 레오는 입가심하듯이 방금 사탕을 파묻은 자리에 몇 번 퉤퉤 침까지 뱉었다. 그러더니 아예 종이봉투를 파헤쳐 지금 파묻은 것과 동일한 사탕을 전부 골라내 앞발…… 아니, 손으로 그것마저 땅에 파묻었다.

아무래도 저 사탕은 레오에게 극심한 혐오감을 불러일으키는 모양이다. 헤스티아한테 주면 좋아하기에 레오한테도 줘보려고 사 온 건데. 하지만 레오의 취향에는 영 아닌 듯했다. 레오는 마음에 들지 않는 사탕을 모두 파묻었는지, 이제 만족스러운 얼굴로 자리를 옮겨 다시 봉투에 얼굴을 처박았다.

"레오, 난 그만 가볼게. 나중에 또 봐."

유리가 인사했으나 레오는 사탕에 심취해 듣지 못했다. 이런 식으로 다른 것에 정신이 팔린 레오가 익숙했기에, 유리는 그냥 그를 두고 먼저 은신처를 떠났다. 유적의 파편을 라키어스가 있는 집에 들고 갈 수는 없었기 때문에 다시 원래 있던 자리에 고이 숨겨놓고 실로 꼼꼼히 막아놓기까지 했다.

밖으로 나오자 소나기가 지나간 후 먹구름이 걷혀 드러난 노을이 눈에 띄었다. 유리는 집에 있을 사람을 생각하며 발길을 서둘렀다.

연구소에 있던 실험체들은 기본적으로 독립적이고 개인주의적인

성향을 지니고 있었다. 그래서 연구소를 탈출한 뒤에도 한곳에 같이 모여 산다는 생각은 유리와 오딘, 레오 모두 한 번도 해본 적이 없었다. 그렇기에 지금처럼 집에서 누군가가 기다리고 있는 상황은 몇 날 며칠을 겪어봐도 쉽게 익숙해지지 않았다. 그렇게 그녀는 라키어스가 있는 집으로 향했다.

집으로 향하는 길, 지나치던 단골 식자재점에서 지금 할인하는 품목이 많으니 한번 둘러보라는 제의를 받았다. 그러고 보니 장을 보긴 해야 할 것 같아서 유리는 가게 안으로 들어섰다.

"유리 씨, 요즘은 식료품 구입량이 늘었네요?"

잠시 후, 자주 얼굴을 보던 점원이 계산하다 말고 고개를 갸웃했다. 그의 말대로 요즘 집에 입이 두 개로 늘어났다 보니 자연스럽게 구입 품목도 두 배로 늘어나게 되었다. 게다가 지난번 아침 이후로 라키어스가 가끔 밥을 해줄 때도 있었는데, 그게 또 기가 막히게 맛있었다. 악역 서브남은 생각보다 요리를 굉장히 잘했다.

"어쩌다 보니 그렇게 되었어요."

"오늘은 토마토가 아주 신선해요. 몇 개 드릴 테니까 가져가서 드셔 보실래요?"

점원은 호기심 어린 눈으로 유리를 볼 뿐, 필요 이상의 정보를 캐내려 하지는 않았다. 유리는 토마토를 덤으로 받고 식자재점을 나섰다. 해 질 무렵의 하늘이 주홍색으로 물들어 있었다. 서서히 내려앉기 시작한 땅거미가 주위에 스쳐 지나가는 사람들의 뒤로 긴 그림자를 만들었다.

"어머, 어쩜 좋아!"

"애, 위험해……!"

문득 그리 멀지 않은 곳에서 사람들이 급히 숨을 들이켜며 외치는 소리가 들려왔다. 유리의 눈길도 그 소란을 따라 미끄러졌다. 다음 순간 그녀의 눈에 들어온 것은 바닥에 넘어져 있는 아이와 바로 지척에서 달려들고 있는 마차였다. 아무래도 마차를 모는 사람은 바닥에 넘어진 아이를 보지 못한 듯했다. 빠른 속도로 질주하는 마차를 보며 사람들이 소리를 내질렀다.

그런데 아이의 은색 머리카락이 낯익었다. 유리의 눈썹이 순간 꿈틀거렸다. 지금 대로변에 쓰러진 아이는 안네마리의 여동생인 헤스티아였다. 이유는 모르겠지만 지금 아이는 달려오는 마차를 보면서도 자리에서 일어나지 못하고 있었다.

유리는 빠르게 상황을 파악했다. 사람들의 이목이 집중되어 있어서 지금 여기서 거미줄을 꺼낼 수는 없었다. 유리는 눈앞에 있는 아이와의 거리, 그리고 거기까지 이동하는 데 걸리는 시간을 재빨리 계산했다. 그리고 결론을 내린 유리는 뛰기 시작했다.

"헤스티아!"

유리의 부름을 들은 아이가 무의식중에 고개를 돌렸다. 여린 얼굴이 하얗게 질려 있었다. 떨어진 종이봉투 밖으로 빠져나온 토마토들이 바닥에 으깨졌다. 마침내 유리의 손이 아이에게 닿았다.

히히힝!

바로 지척까지 접근한 말이 크게 울었다. 이제 헤스티아를 안고 이 곳에서 벗어나면 되는데……. 그녀가 자리를 박차기 직전, 누군가 유리의 몸을 확 끌어당겼다. 강한 악력에 이끌려 유리는 헤스티아를 안은 채 몸이 기울어 뒤로 넘어지고 말았다.

하지만 누군가가 그런 그녀의 등을 받쳐주었다. 아니, 그냥 받쳐준 것만이 아니었다. 어느새 유리는 누구인지 모를 사람의 품에 안겨 있었다. 유리는 헤스티아를 안고 있는 상태였지만 아무런 영향도 받지 않는 듯, 정체 모를 사람은 그들을 훌쩍 안아 들었다. 그리고 놀라운 순발력으로 몸을 움직여 눈 깜짝할 새에 위험 지역을 벗어났다.

휘익!

간발의 차이로 마차가 등 뒤를 스쳐 지나갔다. 바람에 떠밀린 유리의 긴 머리카락이 크게 휘날리다가 이내 서서히 내려앉았다.

"괜찮으십니까?"

귓가에 아주 정중하고 반듯한 남자의 목소리가 울렸다. 거기에 이끌려 유리는 반사적으로 고개를 돌렸다. 그러자 아직까지도 그녀를 안아 들고 있던 남자와 아주 가까이에서 시선이 마주쳤다.

부서진 달 조각 같은 광휘로 빛나는 은회색 눈동자가 가장 먼저 시야에 들어왔다. 그 밑으로 이어진 높은 콧날과 단정한 입매, 그리고 단단한 턱. 귀티와 금욕적인 느낌이 물씬 나는 근사한 외모의 젊은 남자였다. 유리와 마찬가지로 그의 머리카락은 칠흑같이 검었다. 남자의 얼굴을 두 눈에 담는 순간 유리는 저도 모르게 멈칫했다. 그를 보는 순간 어렵지 않게 정체를 짐작할 수 있었다.

"전 괜찮아요."

이내 그녀는 짤막하게 대꾸한 뒤 자신을 보호하듯이 끌어안고 있는 남자의 몸을 밀어냈다.

'혼자서도 충분히 빠져나갈 수 있었는데.'

괜히 쓸데없는 도움을 받았다는 생각에 왠지 기분이 언짢아졌다.

게다가 이 공주님 안기는 또 뭐란 말인가? 살면서 한 번도 당해본 적이 없는 일이라 가슴이 두근두근 설레…… 기는커녕 뒷덜미가 오싹거렸다. 그동안 직접 겪어본 적이 없어 몰랐는데 아무래도 이런 일은 그녀의 취향이 아닌 듯했다. 혹시 이 일로 남자가 생색이라도 낸다면 그의 첫인상은 완전히 바닥을 칠 것이 분명했다.

하지만 다행이라고 해야 할지, 아니면 당연하다고 해야 할지…….
남자는 군말 없이 유리를 바닥에 내려놓았다. 유리는 그때까지도 끌어안고 있던 아이를 향해 고개를 숙였다.

"헤스티아."

품 안에 비 맞은 작은 새처럼 안겨 있는 아이에게서 간헐적인 떨림이 전해져 왔다.

"괜찮아?"

"괘, 괜찮……."

하지만 아이는 한 마디도 채 내뱉지 못하고 말을 멈추었다. 히끅, 하는 소리가 작게 고막을 찔렀다. 언니인 안네마리와 쏙 닮은 연녹색 눈동자가 금세 울먹울먹해졌다. 자신이 처했던 상황이 뒤늦게 인식되면서 공포감과 안도감이 한꺼번에 밀려든 모양이었다.

'이런.'

유리는 탄식했다. 우는 아이를 달래는 재주는 없는데. 일단 그녀는 헝클어진 헤스티아의 머리를 쓰다듬듯이 정리해 주었다.

"오, 오늘이 언니 생일이라…… 꽃을 주고 싶어서……."

헤스티아는 계속 울먹이면서 더듬더듬 말했다. 그러고 보니 조금 전 마차가 지나간 자리에는 짓이겨진 꽃들이 떨어져 있었다. 꽉 쥐어진 헤스티아의 손에도 노란색 꽃이 한 송이 들려 있었다. 오늘이 안네마리 생일이었나. 언니의 선물을 주려고 헤스티아가 이곳에 꽃을 사러 왔던 모양이다.

"그랬구나. 다친 곳은?"

"어, 없어요."

"아까 보니 넘어진 것 같던데. 다리가 아프진 않아?"

그제야 헤스티아는 자신이 발목을 삔 사실을 깨달은 듯했다. 게다가 넘어질 때 바닥에 찧은 무릎에서도 피가 나고 있었다. 마침내 아이의 커다란 눈동자에서 눈물이 방울방울 떨어지기 시작했다.

"으……."

평소에 어른스러웠던 아이이니만큼 어떻게든 안 울려고 애를 쓰는 것 같기는 했지만 그래 봤자 아직 어린애였다.

"으아앙……!"

"괜찮아. 괜찮아, 헤스티아."

일단 유리는 아이를 품에 안아 달래주며 아직까지 자리를 떠나지 않고 그들을 지켜보고 있던 남자에게 인사했다. 도움은 필요 없었지만 어쨌든 그들을 도와준 사람이었으니까.

"도와주셔서 감사합니다."

그리고 이 남자의 행동에 깔려 있던 것은 분명 온전한 선의였을 것이다.

"아닙니다. 위급한 상황에서 가장 먼저 아이를 감싼 건 제가 아니라 숙녀분이신데요."

역시 유리의 인사에 겸허한 답변이 돌아왔다. 각이 잡힌 말투 때문인지, 아니면 단정한 외모 때문인지, 그에게서는 반듯하고 견실한 느낌이 풍겼다. 조금 전 보았던 광경이 남자에게는 상당히 인상적이었던 모양이다. 한편으로 그는 이런 상황에서도 무척이나 차분해 보이는 유리에게 남다른 감상을 받은 것 같기도 했다. 유리를 보는 남자의 은회색 눈동자에는 희미한 이채가 어려 있었다.

"아이가 다리에 부상을 입은 모양이군요."

남자의 시선이 유리에게 안겨 울고 있는 헤스티아에게 닿았다.

"숙녀분께서는 정말 다친 곳이 없으십니까?"

그러다 다시 눈길을 움직여 물었다. 시선을 맞대고 묻는 말에 유리는 다시금 속이 울렁거리는 느낌을 받았다. 숙녀분이라니. 그가 살던 귀족들의 세계에서는 당연한 호칭일지 몰라도 유리에게는 아니었다. 지나치게 정중한 호칭에 어딘가 거부감이 들었다.

"네, 덕분에 전 멀쩡해요."

"이 근처에 치료소가 있는 것으로 알고 있습니다. 괜찮으시다면 제가 모시겠습니다."

그의 제안에 유리는 반사적으로 거부할 뻔했다. 하지만 이내 그녀는 무언가를 생각해 내고 수락했다.

"도움을 주셔서 감사합니다."

"별말씀을요."

남자가 울고 있는 헤스티아를 안아 들었다. 그런 뒤 돌아서 누군가를 불렀다.

"크록포드 경, 부르셨습니까?"

"오늘은 이만 해산하도록. 보고는 차후에 듣겠다."

"예, 알겠습니다."

유리를 등지고 선 남자의 부하인 듯 보이는 또 다른 남자가 깍듯이 고개 숙이고 물러났다. 부하의 입에서 흘러나온 이름을 듣고 유리는 자신의 짐작이 맞았다는 것을 확인했다.

"그럼 가시죠."

검은 머리의 남자가 유리를 돌아보며 말했다. 흩날리는 머리칼 사이로 드러난 청명한 얼굴이 수수한 거리에서 유독 두드러졌다. 그는 금술로 장식된 하얀 제복을 입고 있었다. 레드페럿가의 고아원에서 일어난 실종 사건 때문에 위에서 조사를 나올 거라더니. 설마 초장부터 이런 거물이 직접 올 줄이야. 역시 지금 이 사건은 원작 진입의 신호탄이 맞는 모양이었다.

지금 유리의 앞에 있는 이 남다른 오라의 남자가 바로 동부의 지배자인 크록포드 가문의 장남, 칼리안 크록포드였다. 그래, 소설의 메인 남주인공 말이다.

지금 유리가 치료소에 그와 동행하는 것을 수락한 중요한 이유이기도 했다. 원래 소설에서 여주인공과 남주인공이 운명적인 첫 만남을 갖는 계기는 헤스티아의 납치였지만, 그건 그녀가 없애 버릴 예정이었으니까.

그래도 어떻게든 두 사람이 엮일 운명인 것은 맞는지, 조금 전 마차 사고에서 칼리안이 헤스티아를 구해냈다. 주인공들의 만남 플래그가 새로 생긴 셈이었다. 그러니 남자 주인공에게 여주인공을 만날 기회를 주어도 괜찮지 않겠는가?

유리는 그렇게 생각하며 걸음을 뗐다. 그러다 문득 희미하게 느껴지는 무언가가 그녀의 육감을 건드렸다.

'시선?'

유리는 걸음을 옮기며 티 나지 않게 눈길을 움직였다. 예리한 빛을 띤 붉은 눈동자가 주변을 스치듯이 훑었다. 하지만 수많은 인파 사이에서 수상한 무언가를 발견할 수는 없었다. 그렇지 않아도 조금 전의 일 때문에 그들을 주시하고 있는 사람이 많았다. 워낙 순식간에 스쳐 지나간 찰나의 이질감이었으니 어쩌면 단순히 그녀가 착각한 것뿐인지도 몰랐다.

"왜 그러십니까?"

그런 유리에게서 위화감을 느꼈는지, 칼리안이 그녀를 돌아보았다.

"아무것도 아니에요."

유리는 태연히 대답하며 옆쪽의 건물들을 훑어보던 눈길을 다시 정면으로 돌렸다. 그렇게 그들은 안네마리가 있는 치료소로 향했다.

"헤스티아!"

여주인공인 안네마리가 달려왔다. 투명하게 반짝이는 긴 은발을 흩날리면서, 치료사 특유의 단출한 하얀 가운을 마치 날개처럼 등 뒤로 펄럭이며.

"어, 언니…… 흐어엉."

안네마리를 보자마자 설움이 복받쳐 오르는지, 헤스티아가 아까와 비할 수 없이 크게 울음을 터뜨렸다. 안네마리는 경황이 없는 모습으로 한달음에 달려와 그런 헤스티아를 끌어안았다.

"괜찮아, 헤스티아? 마차에 치일 뻔했다니, 도대체 그게 무슨 소리야? 다친 데는? 다친 데는 없어?"

유리는 자매의 모습을 바라보다가 슬쩍 고개를 돌렸다.

"헤스티아가 대로변에서 넘어져 큰일 날 뻔했는데 이분이 구해주셨어요.”

그리고 주인공들의 만남을 주선하는 기분으로 안네마리의 짝이 될 예정인 남자 주인공에게 공을 돌렸다. 하지만 정직한 남자 주인공은 유리의 말을 정정했다.

“아이가 위험에 처한 걸 발견하자마자 망설임 없이 달려가 보호한 건 여기 계신 숙녀분입니다.”

‘아니……. 난 상관없으니까 그냥 네 공인 걸로 하라고.’

“그래도 마지막에 구해주신 건 이분이세요. 아니었으면 저도, 헤스티아도 위험했을 거예요.”

안네마리가 어느새 눈물이 그득한 시선을 들었다.

“감사해요. 정말 감사해요…….”

그녀는 헤스티아를 안고 울먹이면서 칼리안과 유리에게 몇 번이나 고맙다고 읊조렸다. 칼리안은 조금 난처한 듯이 그녀의 인사를 받았다. 이렇게 코끝이 발개져서 울어도 그 모습이 참 가련하게 예뻐서, 과연 여주인공이라는 생각이 들었다. 아마 헤스티아가 잘못되었다면 안네마리는 지금과는 다른 얼굴로 울었을 것이다.

유리는 그 얼굴을 보지 않아서 다행이라고 생각했다. 착하고 다정한 옆집 자매에게 불행이 닥치는 건 바라지 않았으니까. 물론 이 경우에는 그녀가 아니었어도 남주인공이 헤스티아를 구해줬겠지만 말이다. 하지만 만약 그걸 예상했다고 해도, 그 상황에서 헤스티아를 외면할 수는 없었을 것이다.

아무리 소설 속에서 여주인공네와 엮이는 모든 사건은 남주인공들의 몫이었다고 해도, 혹시 중간에 무언가가 삐끗 어긋나서 소설대로 내용이 전개되지 않으면 헤스티아는 마차에 치였을지도 모르지 않나.

그런 도박을 감행하기에는 유리에게 있어 옆집 자매의 호감도가 생각 이상으로 높았다.

"그럼 전 이만 가보겠습니다."

"동생을 도와주셔서 다시 한번 정말 감사합니다."

그러다 문득 유리는 두 주인공의 대화가 어딘가 이상하다는 사실을 깨달았다.

'서로 통성명은 안 하는 건가?'

유리가 읽었던 책 내용과 달리, 또 그녀가 지금 치료소에 오는 동안 상상한 것과 달리 그들의 대화에는 찌릿찌릿한 무언가가 없었다. 유리는 멈칫했다.

'설마 내가 남자 주인공의 역할을 일부 가로채서?'

왠지 그게 맞는 것 같아서 잊고 있던 찜찜함이 다시 고개를 들려고 했다. 꼭 그것을 부채질하듯이, 바로 다음 순간 칼리안이 유리를 돌아보았다.

"혹시 지금 자택으로 돌아가실 거라면 제가 모셔다드리겠습니다. 조금 전 일로 많이 놀라셨을 듯한데……."

"그래요, 유리. 유리도 많이 놀랐죠? 다친 곳이 없다니 정말 다행이에요."

헤스티아는 다리를 치료받고 안네마리와 함께 돌아갈 생각인 것 같았다. 아이는 여전히 눈에 눈물방울을 매단 채로 머뭇거리다가 고사리 같은 작은 손으로 유리의 옷자락을 붙잡았다.

"언니…… 고마워요."

그 울먹이는 눈동자를 마주하는 순간 유리는 더 할 말이 없어졌다. 그래……. 사실은 두 주인공이 굳이 이어지지 않아도 상관없었다. 오늘 칼리안 크록포드를 안네마리가 있는 곳에 데려온 이유는 어쨌거나 그가 이 세계에서 가장 정상적이고 건실한 남자였기 때문이다.

소설 속에서 어떻게든 안네마리를 지켜주고 헌신과 사랑을 바쳤던 이 남자라면 둘의 만남을 가로막지 않아도 될 것 같아서. 또, 다른 사람이라면 몰라도 한 이야기의 주인공이었던 두 사람이라면 첫 만남부터 운명적인 끌림이 있을 것이라고 마음대로 상상하기도 했고 말이다. 하지만 아무래도 그녀의 생각이 틀렸던 모양이다. 그렇다면 유리도 굳이 이 두 남녀의 교제를 강제할 생각은 없었다. 자신이 중매쟁이도 아니고, 그런 오지랖을 부리는 건 좀 아니지 않나.

"전 정말 괜찮아요. 그리고 어차피 다른 볼일이 있어서. 마음만 감사히 받겠습니다."

유리는 칼리안 크록포드의 권유를 거절했다. 물론 다른 볼일이란 것은 없었지만 그와 집까지 동행하고 싶은 마음은 없었다. 유리가 거듭 거절하자 칼리안 크록포드도 억지로 더 권하지 않았다. 두 사람은 치료소 밖으로 나란히 나왔다. 문 앞에서 칼리안이 무슨 말인가를 하려는 듯이 입을 열었다. 하지만 그는 잠깐 멈칫한 뒤 다시 입술을 다물었다.

"그럼 전 이만 가볼게요."

"조심해서 돌아가십시오."

그들은 치료소 앞에서 헤어졌다. 그렇게 집을 향해 걷다가, 유리는 무언가를 떠올려 냈다.

'아, 그러고 보니…….'

문득 생각난 것에 유리는 목적지를 변경했다. 그녀가 향한 곳은 아까 헤스티아를 만났던 번화가였다.

'……역시 닮았어.'

칼리안 크록포드는 조금 전 만났던 여인의 얼굴을 다시금 떠올리며 생각했다. 눈송이처럼 새하얗던 섬연한 얼굴과 칠흑같이 검은 머리칼. 그리고 눈동자의 붉은 빛깔까지. 그 얼굴을 시야에 담자마자 어디에선가 본 것 같다는 기시감이 들었다. 지금 칼리안이 유리와 비교하고 있는 것은 크록포트 저택의 화랑 정중앙에 걸린 초상화였다.

문을 열면 곧 한눈에 들어오는 위치에 걸린 어떤 여인의 그림. 역시 그것이 마음에 걸려 그는 공연히 뒤를 돌아보았다. 하지만 여인의 모습은 이미 시야에서 완전히 사라져 그 흔적조차 찾을 수 없었다. 칼리안의 눈동자가 약간 어둑하게 가라앉았다. 여인을 그렇게 보낸 것에 뒤늦게 후회가 들었기 때문이다.

'이름이 유리라고 했지.'

칼리안은 속으로 그 이름을 되뇌며 광장으로 발길을 옮겼다. 조금 전 보았던 여자에 대해 따로 조사해 볼 요량이었다. 게다가 아까 진행중이던 일의 보고도 아직 듣지 못했다.

"어라, 이게 누구야?"

광장에 다다랐을 때, 옆에서 익숙한 목소리가 흘러들었다.

"동부의 영웅 아니신가?"

칼리안은 고개를 돌렸다. 그러자 빙글거리며 웃고 있는 남자의 모습이 여지없이 시야에 들어왔다.

빗질도 하지 않은 듯이 지저분하게 헝클어진 갈색 머리카락과 후줄근한 옷차림. 어디를 봐도 가난한 백수로밖에 생각되지 않는 모습이었고, 크록포드의 피를 이은 칼리안에게 감히 이런 식으로 먼저 말을 걸 만한 인물로는 여겨지지 않았다. 하지만 다음 순간 칼리안은 남자가 누구인지 아는 것처럼 서늘한 눈빛으로 그를 보며 입을 벌렸다.

"제노스 셀던."

그러자 남자가 손사래를 쳤다.

"아니, 아니지. 지금은 '스노우'라고 불러."

덥수룩한 갈색 머리카락 아래로 해사한 미소가 번졌다. 칼리안은 그를 보고 못마땅하게 읊조렸다.

"그 우스꽝스러운 이름은 도대체 뭐지?"

지금 눈앞에 있는 상대의 꼴도 이름만큼이나 웃기기는 마찬가지였다. 저 지저분한 가발은 도대체 뭐란 말인가. 하지만 이어진 말에 칼리안은 입을 다물었다.

"뭐, 원래 이름을 쓸 수는 없으니까. 난 겨울을 좋아하고."

정작 말한 사람은 아무렇지도 않은 양 태연하고 담담한 어투였다. 하지만 그 말을 들은 칼리안의 눈빛은 약간 변했다. 그것을 포착한 스노우가 혀를 찼다.

"이럴 줄 알았어. 난 지금 내 생활에 대만족하니까 그런 눈으로 보지 말지?"

동부 일대를 관할하는 대귀족 크록포드의 장남과 변변한 직업도 없는 평범한 소시민 스노우는 누가 봐도 대등한 관계로 여기기 어려웠다. 하지만 그들은 꼭 막역한 친구처럼 아무렇지 않게 무람없는 태도로 대화를 나누었다.

"네가 여기는 웬일이지? 이 근처에 살고 있었던가?"

"그냥 옆 동네라 자주 와. 그러는 너는, 시찰이라도 나왔어?"

"나는……."

칼리안은 스노우의 물음에 막 대답하려다 말고 어째서인지 말끝을 흐렸다. 그의 시선은 광장의 한구석에 못 박혀 있었다. 그것을 따라 스노우도 의아하게 고개를 돌렸다. 곧 그의 입에서 '어!' 하고 탄성이 내뱉어졌다.

"유리 씨잖아?"

그 소리를 듣고 칼리안이 스노우에게 눈길을 돌렸다.

"아는 사람인가?"

"내가 단골인 커피하우스의 점원인데."

유리가 지금 막 나온 곳은 꽃 가게였다. 그녀는 노란 꽃을 한 아름 품에 안고 있었다. 그 모습이 화사하게 아름다워서, 주변 사람들의 시선이 그녀에게 쏠려 있었다. 그러나 그 시선을 느끼지 못하는 듯이, 인파를 가로지르는 유리의 얼굴은 평소처럼 무표정했다.

"뭐야, 설마 관심 있냐?"

스노우가 유리에게서 시선을 떼지 못하는 칼리안을 보며 짓궂게 웃었다.

"예쁘지? 커피하우스에도 입에서 침 흘리면서 보러 오는 놈들이 얼마나 많은데."

하지만 꼭 예쁘기 때문만이 아니라, 그녀에게는 어딘지 모르게 묘하게 시선을 끄는 매력이 있었다.

"그런데 너같이 재미없는 놈은 유리 씨 취향 아닐걸?"

"그런 게 아니다."

칼리안은 건수를 잡았다는 듯이 실실거리며 장난스럽게 놀려대는 스노우에게 쌀쌀맞게 말했다. 그는 멀어지는 여인에게서 시선을 뗐다. 하지만 그 후 칼리안은 스노우에게 확인하듯이 물었다.

"근방의 커피하우스라면 사거리에 있는 그 가게인가? 치료소 맞은편에 위치한."

"어, 맞긴 한데……. 뭐야, 너 진짜 관심 있어?"

스노우가 놀라 되물었다. 하지만 칼리안은 대답 없이 그를 등지고 발길을 옮겼다.

"어이, 잠깐만! 야!"

뒤에서 스노우가 그를 부르며 따라왔으나 칼리안의 귀에는 그 소리가 닿지 않았다. 조금 전 보았던 여인이 이상하게 자꾸만 눈에 밟혔다. 치료소 맞은편에 있는 커피하우스. 아무래도 조만간 직접 찾아가 봐야 할 듯했다.

유리는 다시 치료소에 들렀다. 헤스티아는 어느새 치료를 마치고 휴게실에 앉아 안네마리를 기다리고 있었다.

"헤스티아."

"어? 언니."

유리가 부르자 헤스티아가 두 눈을 휘둥그렇게 뜨며 그녀를 돌아보았다.

"이거, 선물이야."

유리는 방금 꽃 가게에서 산 꽃을 헤스티아에게 주었다. 그러자 마주한 녹색 눈이 좀 더 크게 뜨였다.

"언니한테 생일 선물 주고 싶었잖아?"

오늘은 안네마리의 생일이라고 했다. 하지만 아까 헤스티아가 산 꽃은 마차에 밟혀 망가져 버렸다. 그것이 생각나 유리는 집에 가던 중에 다시 돌아서 번화가로 향했다. 아이의 품에 한 아름 안긴 노란 꽃은 아까 헤스티아가 가까스로 손에 들고 있던 꽃 한 송이와 같은 종류였다.

하지만 그것은 볼품없이 줄기가 꺾이고 꽃잎이 짓이겨져서, 헤스티아는 차마 그 꽃을 안네마리에게 줄 수 없었다. 그래서 지금도 풀이 죽어 고개를 수그리고 손을 꼼지락거리며 안네마리를 기다리고 있던 참이었다.

"이 꽃…… 정말 제가 언니한테 줘도 돼요?"

유리가 준 꽃은 헤스티아가 처음에 보고 안네마리에게 주고 싶다고 생각했던 꽃처럼 싱그럽고 예뻤다. 헤스티아가 조금 울먹이며 유리에게 물었다. 유리는 그녀의 앞에 무릎을 굽히고 앉아 시선을 맞대며 고개를 끄덕였다.

"응. 오늘 무서운 일을 겪었는데도 의젓하게 잘 견뎠잖아. 그러니까 선물이야. 헤스티아가 주고 싶은 사람한테 주면 돼."

유리의 표정과 목소리는 여전히 건조했으나 그녀의 입에서 나온 말은 다정했다. 그리고 그녀가 일부러 꽃 가게에 들러 헤스티아의 품에 안겨준 꽃도……. 헤스티아는 얼핏 보면 차갑게 느껴지는 이 옆집 언니가 사실은 얼마나 착하고 다정한지 알고 있었다.

"고마워요……."

헤스티아는 눈물이 그렁그렁해져서 유리에게 인사했다. 그러자 유리가 손을 들어 헤스티아의 머리를 몇 번 쓰다듬었다.

"언니!"

곧 자리에서 일어나 먼저 떠나려 하는 유리를 헤스티아가 붙잡았다.

"이거, 언니 줄게요."

자그마한 손이 내민 것은 유리가 주었던 꽃다발의 절반이었다.

"주고 싶은 사람한테 주라고 했으니까…… 언니한테도 주고 싶어요."

뺨이 약간 발갛게 달아오른 헤스티아가 구두코를 바닥에 비비며 웅얼거렸다. 평소에 어른스러운 얼굴을 할 때는 몰랐는데, 이 표정은 안네마리와 똑같았다.

유리는 헤스티아가 내민 꽃을 물끄러미 내려다보다가 손을 움직였다. 아까보다 작아진 꽃다발이 유리의 품에 안겼다. 하지만 어쩐지 유리의 눈에는 지금 헤스티아가 준 꽃다발이 더 크고 예쁘게 느껴졌다. 어쩌면 거기에는 더 이상 유리가 간직하고 있지 않은 마음이 깃들었기 때문인지도 몰랐다.

"고마워."

착각인지 헤스티아의 시야에 비친 얼굴에 희미한 미소가 스쳐 지나간 것 같았다. 그렇게 유리는 먼저 치료소를 떠났다. 집으로 향하는 발걸음이 아까보다 조금 가벼웠다.

—라키어스, 저거 그 여자 집 아니야?

경매장을 털고 나온 라키어스는 해 질 무렵 유리의 집으로 돌아왔다. 당연히 그는 외출할 때 늘 그랬듯이 오늘도 앞문이 아닌 건물 뒤쪽의 창문을 이용하기 위해 움직였다.

그런데 지붕에서 내려다보니 웬 놈이 유리의 집 앞을 얼쩡거리는 것이 눈에 띄었다. 심지어 놈은 웬 도구를 손에 들고 아까 라키어스가 빠져나온 창문을 깔짝거리기까지 했다.

라키어스는 눈매를 지그시 구긴 채로 팔짱을 끼고 서서 잠깐 수상한 남자를 지켜보았다. 하는 짓을 보아하니 창문을 따는 솜씨가 제법 익숙한 듯했지만, 뒷세계에서 난다 긴다 하는 놈들만 보아온 라키어스의 눈에는 잔챙이라 할 만했다. 그러니 그를 찾기 위해 카르노말에서 온 사람일 확률은 0에 수렴했다. 라키어스는 소리조차 죽이지 않고 지붕에서 뛰어내렸다.

"헉!"

수상한 남자는 기척이 없다가 갑자기 나타난 라키어스의 존재에 소스라치게 놀랐다.

퍼억!

라키어스가 성가시다는 남자의 목 뒤를 단단히 움켜잡아 벽에 처박았다.

"뭐야, 이 쥐새끼는?"

"악……!"

귀에 울리는 단말마 같은 비명이 생각보다 컸다. 그래서 라키어스는 일단 두어 번 남자의 머리를 벽에 박아 입을 닥치게 했다. 워낙 순식간에 벌어진 일이라 남자가 볼 수 있었던 건 붉은 노을을 배경으로 시리게 빛나는 맑은 청색 눈동자뿐이었다. 기묘한 압박감이 어린 공기 속에 귀찮음을 담은 느른한 목소리가 울렸다.

"쥐새끼면 시궁창을 기어 다녀야지, 왜 내 눈앞에서 얼쩡거려? 밟아 죽이고 싶게."

아직 부상이 완전히 회복되지 않아 약간 거칠게 갈라지는 음성이 오히려 한층 더 위협적인 느낌을 조성했다. 남자는 라키어스의 손에서 벗어나려고 몸을 바르작거렸다. 하지만 목을 단단히 틀어쥔 억센 손아귀에서 벗어나는 것은 불가능했다.

"내 눈이 삐지 않았다면 지금 분명 이 집 창문을 뜯고 있던 것 같은데."

날카롭게 벼려진 차가운 푸른 눈동자가 남자의 얼굴에 칼날처럼 박혔다. 라키어스가 손에서 힘을 약간 풀자 비로소 숨통이 트인 남자가 꺽꺽거리는 숨을 토해내며 바닥에 엎어졌다. 하지만 그는 자신을 향해 저벅, 한 발짝 다가오는 라키어스의 발소리를 듣고 흠칫해서 급히 외쳤다.

"오, 오해……!"

라키어스가 걸음을 멈추고 고개를 비스듬히 기울였다.

"오해라고?"

"그, 그래! 난 이 건물 관리인이야!"

그 말을 듣고 라키어스는 남자의 행색을 훑어보았다. 하지만 옷차림만으로는 남자의 말이 사실인지 알 수 없었다. 게다가 사실 이 남자가 이 건물의 관리인이 맞든 아니든, 라키어스에게는 별반 상관없는 문제이기도 했다. 그러나 남자는 자신의 정체를 입 밖으로 내뱉고 나자 이내 꿀릴 것이 없다고 생각했는지, 한결 뻔뻔하게 주장하기 시작했다.

"이거 봐! 난 이 집의 창문이 망가져서 고치고 있었던 것뿐이라고……!"

라키어스는 남자가 지껄이는 소리를 듣고 심드렁하게 물었다.

"그럼 왜 도망가?"

"다, 당신이 갑자기 덤벼드니까 놀라서 그런 거잖아!"

–이 자식, 구라 치는 것 좀 봐. 라키어스, 그냥 혀부터 자르자.

머릿속의 목소리가 더 들어볼 것도 없다는 듯이 시큰둥하게 권했다. 라키어스도 거기에 동의했다. 그는 '하' 하고 따분하다는 듯이 얕은 숨을 내뱉은 뒤 말했다.

"야, 쥐새끼. 지금 네가 저 벽에 안면 빻을 때 흘린 거, 수리하는 도구 아니잖아."

조금 전에 라키어스에 의해 벽에 머리를 박았던 일을 새삼스럽게 상기했는지, 남자가 목을 움츠리며 더듬거렸다.

"네, 네가 잘못 본 거……."

라키어스의 입가에 가느다란 미소가 걸렸다. 그것이 어딘가 불길한 느낌을 풍겨서 남자가 흠칫하는 순간, 라키어스의 다른 손이 움직였다. 노래하는 듯한 어조의 음성이 붉은빛이 고인 공기 속에 번져들었다.

"아, 그러니까 지금 내 눈깔이 삔 거라는 소리네?"

으드득!

"……!"

"나 그런 심한 말 엄청 오랜만에 듣는데. 마음 상하네."

으득!

라키어스의 손에 잡힌 남자의 손가락이 가차 없이 부러져 나갔다.

"게다가 우리 쥐새끼 씨는 아까부터 왜 이렇게 말이 짧지?"

뚜두둑!

"악……!"

"쉬이. 큰 소리 내지 말고."

'공공장소에서는 조용히, 몰라?' 조곤조곤하게 덧붙이는 말이 얼핏 상냥하게 들리기까지 했다. 하지만 음영에 물든 라키어스의 얼굴에는 살얼음 같은 한기가 배어 있었다. 그 무형의 압력에 짓눌려 남자는 저도 모르게 라키어스의 말대로 끅끅거리며 비명을 죽이고 말았다. 그러다 돌연 남자가 바들바들 떨면서 더듬거리는 목소리를 입술 밖으로 내뱉었다.

"너…… 너, 사실 나랑 '동류'지?"

라키어스의 눈썹이 슬그머니 치켜 올라갔다.

"끄윽……. 여기 사는 사람도 아닌 것 같은데, 히끅, 이런 시간에 건물 뒤쪽을 얼쩡거리고……. 게다가 지금도 분명 지붕 위에서 뛰어 내렸잖아."

남자는 눈물과 콧물이 범벅된 얼굴로 라키어스를 비굴하게 올려다 보았다.

"이, 이번엔 그냥 내가 양보할 테니까 이…… 이쯤에서 그만……."

석양에 물든 라키어스의 얼굴이 옆으로 갸우뚱 기울어졌다.

"아, 뭐. 쥐새끼 씨가 지금 무슨 생각하는지는 대충 알겠는데."

그가 이해한다는 듯이 말끝을 늘이자 남자의 얼굴에 화색이 돌기 시작했다. 하지만 다음 순간 라키어스의 고아한 얼굴에 비틀린 미소가 박혀 들었다.

"지금 완전히 번지수를 잘못 짚고 있거든?"

퍼억!

"억!"

"아, 짜증 나네. 똥파리 새끼 주제에 감히 누구를 동류 취급이야."

라키어스는 남자를 바닥에 처박은 채로 짜증스러운 눈빛을 보냈다.

"지금 네가 개 같은 수작질을 하고 있던 데가 내 집이거든?"

내 집. 그것은 '내가 머무는 집'을 심하게 축약한 말이었다. 만약 유리가 이 말을 들었다면 기가 차서 헛웃음을 내뱉었을지도 몰랐다.

"뭐……? 내, 내 집?"

그리고 지금 라키어스의 눈앞에 있는 남자도 그의 말을 듣고 동요했다.

"아, 아니…… 분명 여긴 여자 혼자 사는 집인데……."

남자는 혼란과 당황을 담은 혼잣말을 작게 뇌까렸다. 하지만 라키어스의 귀에 들리기에는 무리가 없었다.

뚜둑!

"크, 악!"

라키어스의 눈이 번뜩인 순간, 남자의 손가락 하나가 다시 부러져 나갔다. 그제야 남자가 자신의 상황을 깨달은 듯이 라키어스에게 사죄했다.

"죄, 죄송해요! 전 이 집이 선생님 댁인 줄 몰라서……! 절대 뭘 훔치려거나 그런 게 아니고……. 그냥 집을 잘못 찾아서!"

더 이상 발뺌해 봤자 소용없다는 사실을 깨달았는지, 아니면 라키어스가 말이 통하는 상대가 아니라는 사실을 안 것인지. 남자는 잔뜩 쫄아서 라키어스에게 변명했다. 하지만 오히려 그 말이 라키어스의 심기를 건드렸다. 남자는 그 사실을 몰라 계속 웅얼거렸다.

"그래?"

다시금 해사한 미소가 떠올랐다. 이어 라키어스의 손이 재차 움직였다.

"뭘 훔치려던 것도 아니고."

뚜둑!

"이 집이 여자 혼자 사는 집이면."

으드득!

"들어가서 뭘 하려고 했는데?"

손가락 하나가 부러질 때마다 남자가 눈물을 짜며 끅끅거렸다. 사실은 물을 필요도 없는 일이었다. 조금 전에 남자가 달아나려고 할 때 떨어뜨린 가방에서 쏟아진 물건들만 봐도 답이 나왔다. 밧줄, 약병, 주사기, 천 조각, 복면 등등의 수상쩍은 물품들.

—쯧, 어디에나 이런 쓰레기가 있다니까. 라키어스, 강에 담가 버릴까?

머릿속의 목소리도 이 상황이 퍽 짜증스러운 것 같았다.

아드득!

"악……!"

이번에는 아예 손뼈 전체를 부서뜨렸다. 라키어스는 참지 못하고 비명을 내지르려는 남자의 입을 다시 벽에 짓뭉갰다. 지금 이곳은 건물 뒤쪽이라 사람이 지나다니지 않았다. 고작해야 성인 남성의 작은 보폭 한 걸음 정도의 좁은 지면을 제외하고는 바로 깎아지른 듯한 절벽이 있었고, 그 밑으로는 큰 강이 흐르고 있었다. 지금까지 라키어스와 남자가 낸 작은 소리쯤은 강가에서 흘러드는 얕은 소음에 묻혀 버렸다.

라키어스는 낮게 혀를 찼다. 이제 보니 범죄가 일어나기에 제법 좋은 환경이었다. 그러니 이런 쥐새끼가 겁대가리 없이 기웃거리지. 라키어스는 다시 바닥에 처박힌 남자에게 싸늘한 시선을 옮겼다. 곧 유리가 돌아올 시간이었다. 그 전에 신속하고 정확하게 처리하고 들어가야 할 듯했다.

집에 들어서자마자 오늘도 변함없이 라키어스가 그녀를 맞아주었다. 그는 언제 외출했냐는 양 천연덕스러운 모습으로 소파에 누워 있었다.

[다녀오셨어요.]

"네, 다녀왔어요."

[오늘은 늦으셨네요.]

"중간에 갑자기 다른 일이 생겨서요."

목 상태가 차차 나아지면서 이 정도는 얼마 전부터 직접 말로 했었지만, 조금 전에 쓰레기를 상대하면서 성대를 많이 써서 그런지 또 목이 아팠다. 그래서 라키어스는 전에 자주 사용하는 말들을 미리 적어 놨던 종이를 들어 보여 대신 의사를 전달했다. 그때, 라키어스의 머릿속에서 투덜거리는 음성이 울렸다.

—어휴. 오늘도 짐승 냄새. 오늘은 특히 지독하네.

문득 라키어스의 눈에 더러워진 유리의 옷이 보였다. 그의 시선이 향하는 곳을 따라 눈길을 내린 유리도 곧 옷이 더러워진 것을 알고 미간을 좁혔다. 아까 레오에게 떠밀려 넘어졌던 탓이다.

"오는 길에 넘어졌는데, 그때 묻었나 봐요."

라키어스의 시선이 이번에는 유리의 얼굴에 머물렀다. 아까 처리하고 온 쥐새끼가 떠올라서 절로 눈살이 찌푸려졌다.

'아무래도 이 집, 보안이 생각보다 구린 것 같은데.'

사실 그가 이렇게까지 신경 쓸 일은 아니었지만, 이상하게 조금 전에 집에 들어온 뒤로 자꾸 창문이나 문의 잠금장치 같은 곳에 시선이 갔다. 물론 그가 있는 동안에는 위험할 일이 없을 터였으나 이후에도 이런 일이 없으리라는 보장은 없지 않은가. 그래도 일단 지금은 그녀의 말대로 밖에서 다른 일이 있었던 건 아닌 듯했다. 라키어스는 종이에 글씨를 적어 유리에게 보여주었다.

[위험하니까 너무 늦게 다니지 마세요.]

유리는 그것을 보고 눈을 두어 번 깜빡였다. 슬쩍 눈길을 돌려 시계를 확인해 보니 고작 오후 8시였다.

"네에…… 뭐. 그럴게요."

유리는 약간 애매한 기분으로 대답했다. 라키어스는 일단 만족하고 이번에는 다른 곳으로 관심을 돌렸다. 그의 시선 끝에 걸린 것은 유리의 품에 안긴 작은 꽃다발이었다. 사실은 유리가 집에 들어온 순간

부터 저 꽃이 미묘하게 거슬렸던 터라 라키어스의 눈썹이 비대칭을 그리며 들어 올려졌다.

'……혹시 또 축제 때처럼 다른 사람에게 선물 받은 건가?'

그런 생각을 하자 또다시 영문을 알 수 없게도 기분이 좀 나빠졌다.

─야, 질투 좀 작작해.

'뭐라고?'

결국 참지 못한 머릿속의 벌레가 말했다. 그러자 라키어스가 별 어이없는 소리를 다 들어보겠다는 듯이 말했다.

'질투? 내가 인생 패배자 같은 피라미들이나 하는 찌질한 질투 같은 걸 왜 해? 진짜 별 같잖은 소리를 다 들어보겠네.'

라키어스는 진심으로 그렇게 믿는 것 같았다.

─아, 나 진짜. 답답해서 못 살겠네. 으어어!

머릿속에서 벌레가 몸부림치는 소리를 냈다. 라키어스는 이게 또 웬 지랄인가, 하며 슬쩍 눈살을 찌푸렸다.

한편, 유리는 라키어스의 눈길이 어디에 못 박혔는지를 느끼고 덩달아 시선을 내렸다. 그녀가 들고 온 샛노란 꽃이 라키어스의 금발을 연상하게 했다. 유리의 눈이 라키어스의 얼굴과 꽃에 번갈아 머물렀다. 그러고 보니 원래 아픈 사람에게는 꽃 선물이 제일 보편적이지 않은가?

물론 라키어스는 혼자 집 밖을 돌아다닐 정도로 쌩쌩해 보였지만, 그래도 일단 환자는 환자였으니까. 게다가 왠지 라키어스가 꽃을 들고 있으면 그림이 괜찮을 것 같았다.

"라키어스 씨, 이거 가지세요."

유리는 라키어스에게 다가가 그에게 꽃을 안겨주었다. 라키어스는 얼떨결에 꽃다발을 받았다. 꽃을 품에 안은 채 약간 크게 뜬 눈으로 유리를 올려다보는 라키어스는 역시 유리의 심미안을 충족시켰다.

"그 꽃, 라키어스 씨한테 잘 어울리네요."

생전 처음 들어보는 종류의 칭찬에, 라키어스의 표정이 순간 오묘해졌다. 그는 시선을 떨어뜨려 유리가 준 꽃을 내려다보았다.

'……혹시 날 주려고 가져온 건가?'

조금 전까지만 해도 짓뭉개고 싶던 꽃이 갑자기 좀 괜찮아 보였다. 가까이에서 맡아보니 향기도 좋은 것 같고. 그 모습을 지켜보던 라키어스 안의 미생물은 또 기가 막혀서 소리쳤다.

–아오, 진짜! 너 내가 알던 라키어스 맞냐? 이깟 꽃 하나 받았다고 헤벌쭉한 꼴 좀 보게!

'뭐, 이깟 꽃?'

그 순간, 유순하게 풀어져 있던 라키어스의 미간에 다시 힘이 들어갔다. 그의 안에서 스산한 한기가 몰아치기 시작했다.

'야, 네가 뭔데 내가 받은 선물을 마음대로 폄하해? 당장 취소해라.'

–지금 그게 중요하냐?!

그렇게 라키어스와 벌레가 아웅다웅하고 있을 때, 유리가 말했다.

"그럼 전 씻고 올게요."

라키어스는 얼른 표정을 펴고 고개를 끄덕였다.

유리가 욕실에서 다시 나왔을 때, 라키어스는 아직 그녀가 준 꽃을 안고 있었다. 생각보다 꽃을 마음에 들어 하는 것 같아서 유리도 기분이 나쁘지 않았다.

"라키어스 씨."

욕실에서 무언가를 결심했던 유리는 젖은 머리카락도 다 말리지 않고 라키어스에게 다가갔다. 그런 그녀를 보던 라키어스가 문득 손을 움직였다. 결국 라키어스의 바로 앞까지 다가간 유리가 말을 잇는 것보다 라키어스의 손이 그녀에게 닿는 것이 더 빨랐다.

스윽.

젖은 머리카락에 길고 예쁜 손가락이 닿았다. 끄트머리에 맺혀 있던 물방울이 그 위로 옮겨갔다. 라키어스의 손이 이내 유리의 목에 느슨히 걸쳐진 수건을 잡았다. 느릿한 손길을 따라 그녀의 머리카락에 밴 엷은 물기가 수건에 스몄다. 뒤이어 눈이 마주쳤다. 아무래도 머리를 잘 말리라는 뜻을 전하려는 의도인 것 같았다.

그런 라키어스를 보니 전생의 기억이 얼핏 떠올랐다. 그녀의 어머니도 잠들기 전에 머리를 잘 말리고 자라며 잔소리를 곧잘 했었다. 순간, 유리의 입꼬리가 미소를 짓는 것처럼 아주 희미하게 움직였다. 하지만 그것은 무척 작은 변화라, 라키어스는 물론 유리 자신조차 알아차리지 못했다.

"이 정도는 그냥 놔둬도 금방 말라요."

유리가 괜찮다는 듯이 말했으나 라키어스는 여전히 마뜩잖은 눈치였다.

"그보다 라키어스 씨."

유리가 다시 라키어스의 이름을 불렀다. 그리고 욕실에 있을 때부터 생각했던 말을 입 밖으로 내뱉었다.

"손, 오늘도 빌려주실래요?"

그렇게 말하는 목소리는 차분하고 고요했다. 라키어스를 보는 유리의 얼굴도 마찬가지였다. 이번에는 라키어스가 그녀를 한동안 가만히 응시했다. 그러다 이내 종이에 글씨를 적어 내렸다. 뒤이어 그가 보여준 답변을 보고 유리는 슬쩍 눈가를 찌푸렸다.

[거절하겠습니다.]

"잠깐이면 돼요."

라키어스가 다시 [거절하겠습니다] 종이를 들어 보였다. 유리는 반사적으로 왜냐고 물으려다 말고 멈칫했다. 이유가 너무 뻔하게 예상되었기 때문이다. 느닷없이 손을 잡자고 하는 것도 이상한데 그때마다 넋을 놓고 달라붙기까지 하는 여자라니, 자신이 라키어스여도 거절했을 것 같다.

게다가 지난번에는 또 다른 추태까지 보이지 않았던가. 차라리 술을 먹고 주정을 부리는 게 더 낫지 않을까 싶을 정도였다. 적어도 술에 취하면 이렇게 맨정신은 아닐 테니까.

"네, 당연히 싫으실 텐데 이런 이상한 걸 부탁해서 죄송해요."

유리는 깨끗이 물러났다. 하지만 당연히 이대로 포기한 건 아니었다. 같은 집에서 지내는 동안 실수나 우연을 빙자해 라키어스와 접촉할 기회는 앞으로도 또 있을 것이 분명했다. 그런데 유리의 말을 들은 라키어스가 멈칫했다. 그는 눈살을 찌푸리더니 반사적으로 입을 열었다.

"싫어서가 아니라."

유리는 의외라고 생각했다. 라키어스가 이런 일로 빈말이나 거짓말할 것이라고 여겨지지는 않았으니까. 그의 입장에서는 그럴 필요도 없었고 말이다. 생각보다 이 악역 서브남은 대인배인 모양이다.

라키어스는 어째서인지 뒷말을 바로 잇지 않았다. 그는 찌푸린 눈으로 유리를 쳐다보다가 다시 종이 위에 무언가를 적었다. 그리고 그것을 들어 올렸다. 뒤이어 시야에 들어온 글씨에 이번에는 유리가 미간을 좁혔다.

[당신이 울었으니까.]

아마 지금 유리가 감정을 느낄 수 있었다면 민망함과 창피함에 자리를 피하고 싶었을지도 모른다. 하지만 다행히도 지금의 유리는 무감하게 그때의 일을 반추하고 있었다.

"네, 그건 저도 예상치 못한 일이었는데……. 아마 오늘은 괜찮을 것 같아요."

'물론 확신할 수는 없지만, 그래도'라고 덧붙인 뒤 유리가 라키어스를 응시했다. 왠지 조금 더 밀어붙이면 라키어스가 허락할 것 같았다.

"그러니까, 라키어스 씨."

그의 앞에 서 있던 그녀가 걸음을 떼 한 발짝 더 가까이 다가왔다. 라키어스는 유리를 보며 저도 모르게 숨을 죽였다.

"손을 잡아도 될까요?"

소리 낮춘 속삭임이 그윽하게 귓가에 맴돌았다. 고작해야 손이었다. 하지만 어째서인지 무척이나 은밀한 일을 요구당하는 것처럼 묘한 긴장감이 전신을 휘감기 시작했다. 사실 라키어스도 유리와 접촉할 때마다 벌어지는 현상에 의문이 드는 것은 마찬가지였다. 머릿속의 미생물과 유리의 반응을 보면 그가 알지 못하는 무언가가 있는 것이 확실했다.

그가 손을 내밀자 유리는 망설이지 않았다. 두 사람의 손이 맞닿았다. 또다시 따뜻한 감정의 홍수가 손끝을 따라 심장까지 파고들었다. 삭막하던 유리의 얼굴에 온기가 피어올랐다. 표정도 전보다 말랑말랑하게 변했다. 이번에는 그래도 다리에 힘이 풀리는 일까지는 벌어지지 않았다.

유리는 라키어스에게 더 가까워지기 위해 자의로 몸을 붙였다. 툭, 젖은 수건이 바닥에 떨어져 내렸다. 거의 동시에 두 사람의 몸이 겹쳐졌다. 맞잡은 라키어스의 손에 지그시 힘이 들어갔다.

"유리 씨."

"미안해요…… 잠깐만……."

라키어스가 나직한 속삭임을 입술 사이로 내뱉었다. 유리는 스스로도 주체할 수 없는 충동을 갈무리하지 못해 허덕이며 라키어스의 어깨에 이마를 박고 작게 중얼거렸다. 라키어스의 눈빛이 어둡게 가라앉았다. 속에서부터 충동이 들끓고 있는 것은 그 역시 마찬가지였다. 단지 라키어스의 속에 든 것은 유리의 것보다 확연히 더 위험하고 음습했다.

결국 라키어스는 그 충동에 패배했다. 들어 올린 단단한 팔로 맞닿은 여인의 허리를 둘러 바싹 끌어당겼다. 유리는 순식간에 라키어스의 품 안으로 끌려 들어갔다. 두 사람의 몸이 빈틈 하나 없이 밀착했다. 라키어스는 유리의 젖은 머리카락과 목덜미에 코를 박고 달콤한 체향을 깊이 들이마셨다. 그제야 갈증이 약간 해소되는 느낌이 들며 가슴속에 조금이나마 만족감이 들어찼다.

유리는 목덜미에 닿는 간지러운 느낌에 일순간 몸을 움찔 떨었다. 온몸을 감싸는 타인의 온기와 감촉이 낯설었다. 그러고 보니 이런 식으로 누군가에게 안겨보는 것도 라키어스를 만나기 전까지는 없던 일이었다. 라키어스의 품은 따뜻하고 아늑했다. 낯설긴 했지만 그 느낌이 싫지 않았다. 그래서 유리도 라키어스의 손을 더욱 꽉 잡고 그에게 몸을 기댔다.

라키어스는 자신에게 체온을 겹쳐오는 여자의 몸을 품에 가두듯이 더욱 세게 끌어안았다. 아래로 내리깔린 그의 눈동자가 더욱 위험하게 반짝였다.

역시 이상했다. 왜 그와 접촉했을 때 유리가 이런 반응을 보이는지. 그리고 더 알고 싶어졌다.

지금 그의 품 안에 있는 여자에 대해서. 만난 지 얼마 되지도 않은 사람에게 이런 마음이 드는 것이 스스로 생각하기에도 조금 의아하긴 했지만.

그러나 지금 라키어스에게 그런 이유 같은 건 중요하지 않았다. 그는 마주 안은 사람의 목덜미를 손으로 쓸어내리며 더욱 깊게 숨을 들이마셨다.

……역시 이걸로는 부족했다. 하지만 일단 지금은 이 정도만. 물론 그의 인내심이 얼마나 갈지는 알 수 없는 노릇이었다.

제8장

서서히 다가오는

다음 날, 점심시간. 길버트 씨가 휴식 시간을 줘서 유리는 커피하우스 바깥의 빈자리에 앉아 커피를 마시며 쉬고 있었다. 그러다 문득 어제 라키어스와 있었던 일을 떠올렸다.

"이런 게 몸정이 든다는 건가……."

순간, 저도 모르게 득도한 사실을 중얼거리고 말았다. 물론 빨갛고 19금스러운 의미가 절대 아니었지만, 라키어스와 처음 손을 잡은 뒤부터 틈만 나면 그 생각이 나는 걸 보면 그렇게밖에 표현할 수 없었다. 지금도 어제의 일을 떠올리면 갈증이 났다. 당장 라키어스의 손을 잡고 싶어서 속이 근질거릴 정도였다. 그러니 완전히 똑같지는 않아도 맥락은 비슷하지 않나 싶었다.

쨍그랑!

"푸읍, 쿨럭……!"

챙강!

"앗, 뜨, 뜨거!"

드륵, 쿵!

유리가 새로운 사실을 깨닫고 무의식중에 혼잣말을 중얼거린 다음 순간, 커피하우스 안에서 갑자기 큰 소란이 줄줄이 일어났다. 근처의 테이블에 앉아 있던 손님들이 들고 있던 컵과 식기를 떨어뜨리고 커피를 쏟은 데 이어 사레가 들린 듯이 기침하고 몸을 들썩이는 소리가 시끄럽게 울렸다. 그 소란에 유리의 서늘한 시선이 옆으로 미끄러졌다. 갑자기 일거리가 많아져서 기분이 저조해졌다.

"유, 유리 씨? 이쪽은 내가 할게."

어쩐지 길버트가 동공을 흔들며 말했다.

"네, 그럼 여긴 제가 치울게요."

그렇게 깨진 컵을 치우고 테이블에 쏟아진 커피를 닦느라 시간이 어느 정도 지났을 때였다.

"유리 씨!"

누군가 길 너머에서 유리를 불렀다. 이 옥구슬 같은 목소리는 분명 안네마리였다. 고개를 돌리자 역시 새벽이슬 같은 맑은 얼굴에 미소를 띠고 달려오는 중인 여주인공이 보였다.

유리는 다가온 그녀에게 먼저 말했다.

"안녕하세요, 안네마리. 늦었지만 생일 축하해요."

어제는 따로 인사할 시간이 없었다. 치료소에서는 그럴 분위기가 아니었고. 그래서 하루 늦은 지금이나마 생일을 축하하는 인사를 건네자, 안네마리가 수줍게 웃었다.

"어제 꽃, 정말 고마워요."

아, 헤스티아가 안네마리에게 무사히 꽃을 전달하는 데 성공한 모양이다. 유리는 안네마리의 인사에 말했다.

"그건 헤스티아의 선물인걸요."

물론 헤스티아에게 꽃을 준 건 그녀였지만, 그걸 안네마리에게 준 건 헤스티아였다. 그러니 이렇게 안네마리에게 감사 인사를 받을 이유가 없었다. 그런데 안네마리는 어째서인지 지금까지 중에 가장 푸근하고 따스한 미소를 얼굴에 그리며 말했다.

"아세요? 유리 씨는 정말 다정해요."

"네?"

유리는 예상치 못한 소리에 뭐라고 말해야 할지 알 수가 없어졌다. 그런 소리를 들을 정도로 그녀가 안네마리에게 뭔가를 잘해주었던가? 혹시 가끔 선물을 해준 것 때문에 그러는 건가? 하지만 설령 그렇다 해도 자신에게서 다정함을 찾아낸 안네마리가 대단하다고 생각되었다. 그리고 다음 순간, 안네마리가 더욱 당황스러운 일을 했다.

"별건 아니지만…… 이거, 유리 씨한테 드리고 싶어서요."

그녀가 손에 들고 있던 종이봉투에서 무언가를 꺼내 유리에게 내밀었다. 그것은 리본으로 묶여 포장된 작은 상자였다. 유리는 조금 난처해졌다.

"생일이었던 건 안네마리인데 왜 저한테 선물을 주세요?"

더군다나 지난번에 그녀가 준 과자에 대한 보답도 아직 하지 못했다. 라키어스가 안네마리의 과자를 굉장히 맛있게 먹었었는데. 물론 라키어스가 안다면 질겁할 소리였다.

"어제 유리 씨가 주신 선물이 너무 굉장해서 꼭 감사 인사를 드리고 싶었어요."

하지만 안네마리는 유리의 말에 머리카락까지 휘날릴 정도로 붕붕 고개를 저었다.

"어제 헤스티아를 제 옆으로 보내주셨잖아요."

어제 마차 사고에서 헤스티아를 구한 일을 말하는 것이었다.

'으음, 하지만 결과적으로 중요한 역할을 한 건 남자 주인공인 칼리안 크로포드였는데…….'

"사실은 전부터 유리 씨한테 받은 게 너무 많아서 선물을 꼭 하나 주고 싶었거든요. 그래서 축제 직후에 미리 준비해 놨던 거예요. 그냥 시기가 오늘이 된 것뿐이고요. 그러니까……."

뒤이어 유리를 향한 맑은 녹색 눈동자가 애처로운 빛을 띠었다.

"받아주시면 안 될까요……?"

이렇게까지 말하는데 거절할 수가 없었다.

"그럼 감사히 받을게요."

앞으로 내밀어진 상자를 받자, 이번에는 그녀가 반짝이는 눈으로 유리를 보았다. 동부에서는 선물을 받았을 때 그 자리에서 확인하는 게 예의였다. 리액션에 약한 유리로서는 별로 탐탁지 않은 관행이었다. 그래도 어쩌겠는가. 유리는 안네마리가 준 선물의 포장을 뜯어보았다. 상자 안에서 나온 것은 카메오와 레이스로 장식된 하얀 리본 끈이었다.

"유리 씨는 커피하우스에서 항상 머리를 묶고 계시잖아요. 그래서 잘 어울릴 것 같아서 샀는데……."

안네마리가 손을 꼼지락거리며 힐끔 유리의 눈치를 보았다. 그녀의 말대로 유리는 커피하우스에서 일할 때 늘 머리를 땋아서 묶고 있었다. 머리 끈은 별로 신경 쓰지 않는 편이었는데, 평소에 그걸 눈여겨보고 있던 모양이었다. 어쩐지 지난번에 유리가 리본 머리 끈을 선물

했을 때 유심히 보더니. 과연 안네마리다운 섬세함이 느껴지는 선물이었다. 유리는 고개를 들어 그녀에게 말했다.

"정말 예뻐요. 고마워요, 안네마리."

그녀의 인사에 한시름 던 듯이, 안네마리의 얼굴이 밝게 갰다.

"저기…… 혹시 지금 제가 해드려도 될까요?"

뒤이어 그녀가 뺨을 약간 붉히며 꺼낸 말이 또 의외였다. 안네마리는 꼭 어제 유리에게 꽃을 주었던 헤스티아처럼 쑥스러워했다. 누가 보면 밸런타인데이 같은 날에 좋아하는 사람에게 수줍게 선물을 건네는 소녀라고 생각할 모습이었다.

"네, 고마워요."

딱히 거절할 이유도 없고, 선물해 준 마음이 고맙기도 해서 유리는 수락했다. 안네마리는 기쁜 듯했다. 유리는 리본을 들고 다가오는 그녀에게 등을 내주었다. 조심스러운 손길이 유리의 뒤에서 섬세하게 움직였다. 그러다 마침내 안네마리가 밝은 목소리를 흘려보냈다.

"유리 씨, 다 됐……."

"안녕하세요, 유리 씨! 이제 보니 점심에는 특히 더 눈이 부시네요!"

바로 그때, 어느덧 귀에 익숙해진 경박한 목소리가 날아들었다. 막 커피하우스의 터로 들어서고 있는 갈색 더벅머리의 남자는 아니나 다를까, 스노우였다.

"오늘은 레몬에이드로 주……."

푸드덕!

"으앗!"

그리고 오늘도 그는 기세 좋게 새의 폭격을 맞았다. 그래도 오늘은 새똥이 아니었다. 괴롭힘의 방법을 바꾸기로 했는지, 까마귀가 이번에는 어디에서 조달해 온 건지 모를 벌레를 스노우의 머리에 투하했다.

까악!

스노우에게 점심 인사 대신 폭격을 가한 까마귀가 골 세레모니를 하듯이 위풍당당하게 가게 위를 한 바퀴 돈 뒤에 지붕 위에 내려앉았다.

"어머, 괜찮으세요?"

유리는 별짓을 다한다는 생각에 미간을 슬쩍 찌푸리며 까마귀를 쳐다보았다. 당연하다고 해야 할지, 그녀의 뒤에 있던 안네마리는 스노우의 불행을 그냥 넘기지 않았다. 그녀는 깜짝 놀라 머리에 벌레를 얹고 있는 스노우에게 다가갔다. 보아하니 스노우는 오늘 자신의 머리에 떨어진 것이 새똥이 아니라 벌레라는 사실을 모르는 것 같았다.

하기야, 지금까지 커피하우스에 올 때마다 까마귀가 스노우에게 투하한 건 새똥뿐이었으니 그럴 만도 했다만. 유리는 가까워지는 두 사람의 모습을 주시했다.

"앗, 당신은 치료소의 은빛 천사?"

그리고 다음 순간 스노우가 외친 소리에 손발이 오그라드는 줄 알았다. 안네마리한테 저런 별명이 있었나?

잘 어울리긴 했지만 육성으로 듣자니 고막이 조금 고통스러웠다.

"저기, 괜찮으시면 제가 도와드릴게요."

직접 스노우 머리 위의 벌레를 떼어줄 생각인지 안네마리가 손수건을 꺼내 들고 손을 움직였다.

"이야, 아름다운 분이 마음씨도 참 고우시네요! 하지만 마음만 감사히 받을게요."

하지만 스노우는 안네마리의 호의를 거절했다.

"천사님의 손수건을 이런 일에 사용할 수는 없죠."

그러나 이런 말을 듣고 물러난다면 천사표 여주인공이 아닐 터.

"아니에요. 손수건은 이런 일에 쓰라고 있는 건데요."

"정말 괜찮……."

"잠시만 가만히 계세요."

말릴 새도 없이 안네마리의 손이 스노우의 머리를 향해 뻗어졌다. 바로 그 순간 스노우의 몸이 흠칫했다. 그리고 날카로운 손길이 그녀의 손을 쳐냈다. 짝!

생각보다 큰 소리가 커피하우스에 울렸다. 유리도 조금 놀랐다.

"아."

반사적으로 안네마리의 손을 쳐낸 스노우도 스스로의 행동에 당황한 것 같았다. 그의 얼굴에서 웃음이 사라진 건 유리도 처음 보았다. 손등이 약간 붉어진 안네마리의 백옥 같은 손에서 손수건이 팔랑이며 떨어져 내렸다.

그녀도 놀란 듯이 입술을 약간 벌린 채 눈앞에 있는 사람을 바라보았다. 커피하우스 안에 있던 다른 사람들의 시선도 순식간에 두 사람에게 집중되었다. 스노우가 굳은 공기를 느꼈는지 입을 열었다. 하지만 그보다 먼저 안네마리가 말했다.

"죄송해요. 제가 실례했네요."

그녀는 어느새 표정을 가다듬고 스노우에게 침착하게 사과했다.

"여동생을 돌보던 게 습관이 되어서 저도 모르게 실수했어요. 기분 상하셨다면 죄송해요."

"……아니에요. 지나친 건 제 반응이었죠."

한 템포 늦게 대답한 스노우가 바닥에 떨어진 안네마리의 손수건을 주워 들었다. 그러고 나서 다시 허리를 든 그의 얼굴에는 평소와 같은 실없는 웃음이 걸려 있었다.

"이렇게 아름다운 분이 설마 직접 손을 내밀어주실 줄 몰라서, 제가 그만 너무 과하게 놀라 버렸네요."

언제 매서운 손길로 안네마리의 손을 거부했냐는 듯이 살가운 태도였다. 그런 스노우의 반응을 보고 유리는 거의 확신했다.

'얘, 정말 내 최애캐 같은데?'

아무래도 제노스 셀던이 맞는 것 같은데?

소설에서도 지금과 비슷한 장면이 있었다. 그녀의 예상이 맞다면 지금 스노우의 저 머리는 가발일 것이다. 평소에 왠지 스노우의 머리가 뭔가 좀 부자연스러운 느낌이던 게 그래서였나 싶기도 했다.

게다가 소설에서 제노스 셀던은 누군가가 자신에게 손을 대는 걸 극도로 꺼렸다. 이야기가 진행되면서 여주인공인 안네마리로 인해 점차 치유되기는 하지만 말이다. 게다가 지난번에 새를 조심하라는 얘기도 그렇고. 그녀의 최애캐는 미약하게나마 예지의 힘을 가지고 있었다. 그렇게 유리가 의심의 눈길을 보내는 동안 스노우는 주워 든 손수건을 요란하게 흔들었다.

"어유, 제가 실수로 손수건까지 떨어뜨리고. 깨끗이 털어 드릴게요!"

"아니, 괜찮아요."

"아니에요! 천사님께 지저분한 손수건을 건네드릴 수는 없지요!"

"그보다는 머리에 있는 걸……."

"제 머리는 괜찮아요. 집에 가서 빨…… 아니, 감으면 되니까요!"

스노우의 호들갑스러움에 안네마리는 당혹스러운 기색이었다. 유리는 쯧, 혀를 작게 찬 뒤에 두 사람에게 가까이 다가갔다.

"스노우 씨."

그러자 스노우가 유리를 보고 과하게 놀랐다.

"헉, 유리 씨가 먼저 저한테 관심을 가져주시다니, 오늘은 해가 카르노말에서 떴나요?"

유리는 그의 말을 무시했다.

"머리에 벌레 붙었어요."

스노우는 유리의 말이 무슨 뜻인지 바로 이해하지 못한 것 같았다. 잠시 후, 뻣뻣하게 움직인 그의 손이 갈색 더벅머리를 더듬거렸다. 마침내 꿈틀거리는 무언가가 손가락에 걸렸다.

"흐억!"

스노우가 진저리 치며 벌레를 내던졌다. 안네마리는 그런 그를 측은한 눈으로 보았다.

유리는 다시 한번 작게 혀를 찬 뒤 스노우에게 물었다.

"레몬에이드 주문하셨죠?"

"네……. 진하게 부탁드려요."

스노우는 조금 전 벌레를 맨손으로 만진 것이 충격이었는지, 아니면 벌레 때문에 소란을 떤 일이 민망했던 건지, 처음의 해맑음을 잃고 울적한 기운을 사방에 퍼뜨리며 대답했다. 마음씨 고운 안네마리가 그런 스노우를 연민 어린 눈으로 보다가 살며시 손수건을 권했다.

"저기, 손 닦으실래요?"

"부탁드릴게요……."

이번에는 스노우도 거절하지 않았다.

"손 닦으실 거면 물도 가져다드릴게요."

유리는 그런 두 사람을 보다가 뒤돌아섰다. 만약 이 사람이 제노스 셀던이 맞다면 여주인공과 서브남이 지금 막 안면을 트게 된 셈이었다. 소설에서도 제노스는 이렇게 안네마리에게 무의식중에 싸늘한 반응을 보인 것을 기점으로 조금씩 그녀를 신경 쓰게 된다. 유리가 가게 안으로 들어가기 위해 막 발걸음을 떼려던 순간이었다.

"어? 유리 씨 머리에……."

스노우가 유리한테서 무언가를 발견하고 입을 열었다. 유리는 무의식중에 손을 올렸다.

'혹시 내 머리에도 벌레가 있나?'

조금 전 스노우의 일로 순간적인 의심이 들어 확인해 봤지만 손에는 아무것도 잡히지 않았다. 혹시 장난을 친 건가 싶어서 유리의 표정이 싸늘하게 식었다.

"앗, 유리 씨! 리본 정말 잘 어울려요!"

하지만 곧이어 안네마리가 잊고 있던 것을 떠올린 듯이 내지른 탄성 덕에, 스노우의 무고함이 증명되었다.

'아, 그러고 보니 안네마리의 선물을 착용해 보다가 스노우가 왔었지.'

스노우도 어쩐지 조금 놀란 듯한 기색으로 다시 입을 열었다.

"그러게요, 유리 씨. 이렇게 화려한 머리 장식을 한 건 처음 보는데……."

"상점에서 보자마자 이건 진짜 딱 유리 씨 거라고 생각했는데, 정말 너무 예뻐요!"

"역시 유리 씨에게는 뭐든 잘 어울리……."

"밤하늘 같은 예쁜 머리카락이라 역시 안 어울리는 게 없는 것 같아요!"

하지만 스노우의 말은 안네마리에게 밀려 모두 형체 없이 부스러져 버렸다. 스노우는 치료소의 은빛 천사에게 자신의 말이 모두 먹혀 약간 상심한 것처럼 보였다. 안네마리는 그런 스노우를 팽개치고 유리를 뒤따라오며 계속 아낌없는 찬사를 퍼부었다.

“고마워요. 안네마리의 안목이 좋아서 그런 거죠.”

“아니에요! 이건 유리 씨의 아름다움이 너무 빼어나서 그런 거예요! 아, 리본이 조금 삐뚤어졌는데 제가 지금 바로 살짝만 만져 드릴게요.”

안네마리가 서둘러 유리의 머리를 만졌다. 그러다 이내 그녀가 뒤에서 한숨을 내쉬었다.

“하아……. 어쩜 유리 씨는 머릿결도 이렇게 비단 같으세요?”

안네마리야말로 가늘고 결 좋은 머리를 가지고 있으면서 아까부터 자신에 대한 평이 너무 후했다.

유리의 머리를 만져준 안네마리가 빈자리에 앉아 있겠다며 밖으로 나가고, 유리는 가게 안으로 들어가 스노우에게 물을 가져다주었다. 그 후 다시 부엌에 되돌아와 레몬에이드를 만들기 시작했다. 어쩐 일로 스노우는 커피가 아닌 다른 음료를 주문했다. 문득 지난번에 그가 반 이상 남겼던 커피가 생각났다.

‘흠, 이번에 바꾼 브릴리아산 커피 원두가 입에 안 맞았나 보네.’

“레몬에이드 나왔어요.”

“고마워요.”

잠시 후 스노우에게 음료를 가져갔다. 그는 어느새 평소처럼 가게 안쪽에 있는 테이블에 앉아 있었다. 그새 안네마리와의 볼일은 모두 끝났는지, 두 사람의 거리는 상당히 멀리 떨어져 있었다. 지난번 축제 때 유리에게 꽃을 준 것도 그렇고, 아직 소설의 초입부라 그런지 아니면 그냥 이야기가 소설대로 흘러가지 않으려고 그러는지……. 제노스 셀던으로 추정되는 남자는 안네마리와 딱히 가까워지고 싶은 마음이 없는 듯했다.

스노우는 유리가 준 레몬에이드를 받아 유리컵 안에 든 빨대를 손으로 휘적거리며 유리를 빤히 쳐다보았다. 지금까지와는 종류가 사뭇 다른 의미 불명의 시선이었다. 하지만 타인의 시선에 일일이 신경 쓸 성격은 아니었기 때문에 유리는 무시하고 그냥 할 일을 했다. 안네마리에게도 주문한 샌드위치와 커피를 가져다주었다.

"유리 씨, 여기 에그 샌드위치도 하나요."

잠시 후, 이번에는 스노우가 샌드위치를 주문했다. 이내 접시를 들고 간 유리에게 그가 물었다.

"유리 씨. 혹시 유리 씨는 이상형이 어떻게 돼요?"

속없어 보일 정도로 해맑고 천진한 물음이었다. 그동안 이 남자가 유리에게 껄떡거려 온 역사가 있었지만 이런 식으로 이상형 같은 걸 물어본 건 처음이었다.

"새똥과 거리가 먼 사람이요."

"헉."

유리는 충격받은 척하는 스노우를 뒤로하고 안네마리가 있는 밖으로 향했다.

"어."

"아."

유리는 가게의 문 앞에서 막 안으로 들어서던 누군가와 맞닥뜨렸다. 눈이 마주치는 순간 동시에 서로를 알아봤다. 오늘도 반듯하게 제복을 차려입은 검은 머리칼의 잘생긴 남자를 보고 유리는 저도 모르게 설핏 눈살을 찌푸렸다.

'이 사람이 왜 여기에 있지?'

의문이 들었으나 일단 겉으로는 아무렇지 않게 인사했다.

"안녕하세요."

그러자 칼리안 크록포드가 눈에 이채를 띠며 마주 인사해 왔다.

"안녕하십니까. 또 뵙는군요."

유리는 그의 태도에서 오늘의 만남이 우연이 아니란 사실을 알아차렸다. 처음 눈이 마주쳤을 때 반응도 그렇고, 칼리안은 유리가 이 커피하우스에서 일하고 있는 걸 알고 온 것이 분명했다.

"어제는 조심히 들어가셨습니까?"

"네. 뭐, 평소와 같이."

칼리안의 물음에 여상히 대꾸하며 유리는 힐끗 주변을 살폈다. 커피하우스에 있던 사람들이 귀엣말을 수군거리며 쳐다보는 것이 느껴졌다. 분위기를 보니 칼리안 크록포드의 얼굴을 알아본 것 같지는 않았다. 그의 유명세야 동부에서 자자했지만 사실 일반인들이 그 '칼리안 크록포드'의 얼굴까지 아는 경우는 거의 없었다.

하지만 지금 칼리안은 제복을 입고 있었기 때문에, 그가 귀족이라는 사실은 어렵지 않게 알아차렸을 것이 분명했다. 무엇보다도 칼리안 크록포드는 지금 그가 서 있는 이 장소와 지독히도 안 어울렸다. 꼭 동그라미 속에 낀 네모처럼 혼자만 동떨어져 보이고 위화감이 느껴졌다. 혼자 지나치게 부티가 나서 그런가? 아니면 혼자 지나치게 고상한 분위기라?

문득 고개를 돌리니, 바깥에 앉아 있던 안네마리가 칼리안을 발견하고 두 눈을 크게 뜨는 것이 보였다. 그 후 그녀는 엉거주춤하게 몸을 반쯤 일으키다가 멈칫했다.

어제 헤스티아를 도와준 일에 대해 다시 감사 인사를 하는 것이 좋을지, 굳이 자리에서 일어나면서까지 아는 척을 하는 건 오지랖일지 고민하는 눈치였다. 칼리안과 눈이라도 마주쳤다면 또 몰라도, 그는 아직 안네마리를 발견하지 못한 상태였다.

그렇게 안네마리가 고민하고 있을 때, 치료소 쪽에서 누군가가 그녀를 부르며 달려왔다. 상당히 급한 용무인지, 잠시 후 안네마리는 근처에 있던 길버트를 불러 값을 치르고 치료소로 뛰어갔다. 유리는 그 광경을 칼리안의 어깨 너머로 얼핏 보았다.

까악!

바로 그때, 유리와 칼리안의 머리 위에서 새가 울었다. 동시에 무언가가 떨어져 내렸다. 하지만 칼리안 크록포드의 순발력은 놀라웠다. 그는 단 한 발짝 옆으로 움직여 너무나 쉽게 그것을 피해 버렸다. 바닥에 떨어진 것은…… 예상했듯이 새똥이었다. 칼리안과 유리의 시선이 동시에 위로 향했다.

푸드덕!

바로 그 순간 이번에는 다른 새가 바통을 이어받았다.

퉤엣!

새가 칼리안의 머리 위를 지나가며 침을 뱉듯이 떨어뜨리고 간 것은 통통한 거미였다. 하지만 이번에도 칼리안은 하늘에서 투척되는 것을 가볍게 피했다. 그런 뒤 고매한 입술을 열어 말했다.

"커피하우스에서 기르는 애완 새들입니까? 훈련이 시급한 것 같군요."

"……."

까악, 까악!

아직 머리 위를 날고 있던 까마귀가 꼭 그의 말을 알아듣기라도 한 것처럼 소리 높여 울부짖었다. 그렇지 않아도 유리 역시 요즘 들어 오딘의 새들이 좀 지나친 경향이 있다고 생각하긴 했다. 처음에는 꼭 오딘이 시키니까 마지못해 한다는 듯이 기계적으로 움직이더니, 이제는 꼭 사람들을 골탕 먹이는 걸 즐기는 것 같다고 해야 할까.

'다음에 만나면 적당히 하라고 말해야겠어.'

"그냥 지나가는 새들이에요."

유리는 문 앞에서 비켜서며 말했다.

"안에 자리가 있으니 들어가서 주문하시죠."

칼리안이 유리를 물끄러미 쳐다보았다. 그러다 이내 고개를 작게 한 번 끄덕였다.

"그럼 실례하겠습니다."

그렇게 그는 커피하우스 안으로 들어왔다.

"엇!"

칼리안 크록포드를 본 스노우가 저도 모르게 입을 벌려 소리를 냈다. 칼리안도 그를 발견하고 눈살을 찌푸렸다. 하지만 그들은 서로를 아는 척하지 않았다. 칼리안은 스노우를 지나쳐 가게 안의 빈자리로 향했다. 스노우는 빨대로 레모네이드를 휘저으며 그런 칼리안을 향해 히죽거렸다.

"아이구, 어서 오십시오!"

칼리안이 귀족임을 알아본 커피하우스의 주인 길버트가 멀리서 달려왔다.

"주문은 어떻게 하시겠습니까?"

"그냥 적당한 것으로 아무거나."

칼리안 크록포드가 가장 어려운 것을 요구했다. 바로 '적당히 아무거나'!

메뉴 선정을 다 같이 고민할 때 주변 사람을 가장 짜증 나게 만드는 마법의 말이었다.

"네, 그럼…… 저희 가게의 대표 메뉴인 커피로!"

길버트는 식은땀을 흘리며 유리를 데리고 주방으로 달려갔다. 딱히 몸집이 비대한 것도 아닌데, 칼리안 크록포드가 착석하자 커피하우스의 테이블이 이상하게 작아 보였다. 워낙 분위기에 무게감이 있어서 그런지도 몰랐다.

칼리안은 이런 공간이 낯선지, 자리에 앉아 내부를 두리번거리며 살폈다. 날카로운 눈매 때문에 그 시선이 꼭 가게의 흠을 찾으려는 것처럼 느껴지기도 해서, 잠시 후 커피를 들고나오던 길버트는 괜스레 흠칫했다.

"커피 나왔습니다! 기호에 따라 이쪽에 있는 설탕이나 우유를 넣어 드시면 됩니다."

길버트는 남몰래 달달 떨면서 칼리안이 앉은 테이블에 커피를 내려놓았다. 다행이라고 해야 할지, 칼리안은 별다른 불만 없이 앞에 놓인 커피를 마셨다. 물론 한 입 맛보고 나서 슬쩍 미간을 좁히긴 했지만.

유리는 그 모습을 보며 쯧 혀를 찼다. 비싸고 품질 좋은 최상의 것만 입고 먹고 가져왔을 저런 대귀족의 입맛에 이런 값싼 커피가 맞을 리가 없었다. 그래도 이 자리에서 다시 입에 든 것을 뱉거나 지금 이런 걸 먹으라고 가져온 거냐고 까탈스럽게 굴지 않아 다행이었다. 하긴, 그런 인성이었다면 남자 주인공이 아니었겠지만. 칼리안은 짧은 시간 동안 커피를 다 마시고 물었다.

"얼마입니까?"

"동전 두 개요."

길버트가 하도 소심하게 달달 떨어서 이번에 그를 상대하는 건 유리가 했다. 그리고 뒤이어 칼리안이 테이블에 꺼내놓은 돈을 보고 유리는 침묵했다.

'이 세상 물정 모르는 인간이.'

"금화 말고 동화요."

칼리안은 유리의 말을 곧바로 이해하지 못하는 듯했다. 그러다가 몇 초 정도의 시간이 지난 후…….

"아."

작게 탄식했다. 한순간 그의 얼굴에 스쳐 지나간 것은 옅은 당혹감이었다. 칼리안은 마치 이 세상에 금화 이외의 다른 화폐 단위가 있다는 사실을 그동안 잊고 있던 사람 같았다. 그리고 유리는 지금 자신의 생각이 맞다는 사실에 이번 달 집세를 걸 수 있었다.

이윽고 칼리안이 곤혹스러운 듯이 말했다.

"죄송하지만 지금 수중에 있는 게 금화밖에 없는데."

과연 이 시대의 금수저. 동부의 지배자인 크록포드 가문의 장남다웠다. 유리는 귀찮음을 느끼며 칼리안이 낸 돈을 손에 쥐었다.

"잠깐만 기다리세요. 거슬러 드릴게요."

"크록포드 경!"

그때, 문밖에서 누군가가 칼리안을 불렀다.

"시간이 되었습니다."

사람들의 주목을 받으며 문가에 나타난 것은 칼리안처럼 제복을 입은 남자였다. 칼리안은 문가에 선 부하를 한 차례 쳐다본 뒤 고개를 돌리고 자리에서 일어났다.

"저, 거스름돈을 얼른 준비해 드리겠습니다!"

길버트가 칼리안의 공사다망함을 알고 후다닥 달려와 유리를 재촉했다.

"괜찮습니다."

하지만 칼리안은 고개를 저으며 말했다.

"다음에 또 오지요."

그 후 그는 유리를 쳐다보며 마지막 말을 남긴 뒤 뒤돌아 가게를 나섰다. 길버트가 무사히 오늘을 넘겨 가슴을 쓸어내린 반면, 유리는 칼리안의 뒷모습을 보며 미간을 찌푸렸다. 다음에 또 오겠다고? 그 말을 왜 날 보고 하지? 그보다 오늘은 왜 왔던 거야? 정말 커피를 마시려고?

"유리 씨, 여기 계산이요! 저도 오늘은 이만 가볼게요!"

구석에 앉아 있던 스노우도 테이블에 돈을 올려놓은 뒤 팔랑거리며 가게를 나섰다. 유리는 그런 스노우의 뒷모습도 주시했으나 길버트는 이미 다른 손님 같은 건 안중에도 없었다.

"유리 씨! 호, 혹시 내가 방금 전에 책잡힐 만한 행동을 한 건 없겠지?"

"없어요."

"커피 맛이 별로였다거나!"

"다 마시고 갔잖아요."

물론 맛있어서 다 마신 건 아닐 테다. 고지식한 그의 성격상 단순히 예의를 차리기 위해 잔을 비운 것이겠지만 길버트에게 굳이 얘기하지 않았다.

"이럴 줄 알았으면 가게 청소를 좀 더 깨끗이 하는 건데!"

"저희 가게는 원래 깨끗하니까 괜찮아요."

"하긴, 그렇겠지?"

"네."

유리의 태도가 워낙에 한결같이 뜨뜻미지근해서 그런지, 길버트도 곧 평정을 되찾았다. 아직 커피하우스 안은 손님들이 수군거리는 소리로 소란스러웠다. 유리는 칼리안 크록포드와 스노우가 차례로 떠난 문가를 응시했다.

"이야, 설마 했는데 진짜 오늘 칼리안 크록포드를 만날 줄이야."

칼리안의 부하 중에서도 최측근인 러셀 하프만은 흠칫해 고개를 돌렸다. 그는 조금 전 커피하우스에 칼리안을 부르러 왔던 바로 그 부하였다. 그런데 커피하우스에서 어느 정도 거리가 멀어졌을 때, 갑자기 바로 뒤에서 누군가가 칼리안에게 말을 걸었다.

이렇게 가까이 접근할 때까지 전혀 다가오는 기척을 느끼지 못했기 때문에 러셀은 놀랄 수밖에 없었다. 반사적으로 허리춤에 맨 검집에 손을 가져갔으나 옆에 있던 칼리안이 자연스럽게 그 손을 잡아 눌렀다.

"나도 저 커피하우스에 네가 이미 손님으로 와 있을 줄은 몰랐다."

러셀은 깜짝 놀랐다. 칼리안에게 서슴없이 친근히 말을 건 것이 웬 추레한 몰골의 더벅머리 남자인 것도 놀라웠고, 칼리안이 그런 남자를 마찬가지로 서슴없는 태도로 대하는 것도 놀라웠다.

지금 칼리안을 마주하고 있는 것은 커피하우스에서부터 뒤를 따라왔던 스노우였다. 그는 러셀이 발검하려던 것을 보았지만 그저 한 번 힐끗 시선을 주었을 뿐, 그 후로 신경조차 쓰지 않았다.

"천하의 칼리안 크록포드가 여자 외모를 따지는 줄은 몰랐는데?"

스노우가 건수를 잡았다는 듯이 실실 웃으며 칼리안의 약을 올렸다. 바쁜 것이 분명한데도 굳이 저런 작은 가게에 들러 괜히 커피를 마시고 가는 건 어디로 봐도 그가 알고 있는 칼리안 크록포드답지 않았다.

"그런 말은 실례다."

칼리안은 스노우의 말에 눈살을 찌푸렸다.

"꼭 상대에게 외모 말고는 장점이 없다는 의미 같지 않나."

칼리안이 뭐라고 핑계를 대든 놀려줄 마음 만반이던 스노우는 그 말에 멈칫했다. 칼리안이 실례라고 말한 대상은 그 자신이 아니라 스노우가 엮은 상대방에 대한 것이었다. 스노우는 머리를 긁으며 곧바로 인정하고 반성했다.

"그러네. 실례했어. 그런 뜻이 아니었는데."

약간 멋쩍게 말하자 칼리안도 더 이상 별말을 하지는 않았다. 대신 그는 스노우를 잠깐 쳐다보다가 다른 말을 꺼냈다.

"아버지께서 널 보고 싶어 해."

그에 또 한 번 스노우가 멈칫했다. 머리카락에 가려져 있었지만 그의 눈이 칼리안을 응시하는 것이 느껴졌다. 이내 스노우의 입술이 호선을 그렸다.

"왜? 죽을 때까지 눈앞에 나타나지 말라고 하시더니."

"그 일은 사고였어."

지나가듯이 흘린 스노우의 말에 칼리안이 단호하게 답했다.

"너한테 책임을 전가할 일이 아니었다는 사실을 인정하고도 남을 정도의 시간이 지났으니, 이제는 엎지른 물을 다시 주워 담고 싶어지신 것이 아니겠나."

칼리안이 말하는 일은 스노우가 지금과 다른 이름을 가지고 있을 적에 파문당한 계기가 된 사건이었다.

"신랄하게 말하네. 그래도 네 아버지인데."

"너나 다른 사람들이나, 이제 그만 과거에서 벗어날 때도 되었지."

칼리안의 시선이 조금 전 걸어온 길 너머로 향했다.

"네가 저 커피하우스에 다니는 이유."

뒤이어 귓가에 울린 나지막한 음성에 스노우는 인상을 찌푸리고 말았다.

"닮았기 때문이 아닌가."

순간적으로 말문이 막히고 만 것은 어째서일까.

"아닌데? 닮긴 뭐가 닮았다는 거지."

스노우는 태연히 반박했으나 어쩐지 그 스스로가 듣기에도 썩 설득력이 있는 것 같지 않았다.

"어쨌든, 일단 난 전했으니 결정은 네가 해."

얼핏 멀리 있는 시계탑의 시간을 확인한 칼리안이 지금의 만남을 정리하려는 듯이 말했다. 스노우는 그를 놀려주러 왔다가 괜히 마음이 찜찜해져서 끙 신음했다. 칼리안이 먼저 뒤돌아서기 직전, 스노우의 머릿속에 아까 언뜻 보았던 흐릿한 잔상이 떠올랐다. 그의 입에서 지나가는 듯한 말이 내뱉어졌다.

"블루페럿 치료소의 안네마리."

커피하우스에서 은발 녹안을 가진 아름다운 여인의 얼굴을 봤을 때 한순간 스쳐 지나갔던 어떤 장면.

"꽤 실력 좋은 치료사 같던데 근처에 있는 환자에게 한번 보이는 것도 좋지 않겠어?"

어느새 아까처럼 생글거리는 얼굴로 돌아온 스노우가 가볍게 건넨 말은 칼리안에게 다른 무게로 다가왔다. 그에게서 느닷없이 튀어나온 이름에 칼리안이 눈을 가늘게 떴다.

"그건 '제노스 셀던'으로서의 조언인가?"

하지만 스노우는 그저 어깨를 한 번 으쓱거릴 뿐이었다.

"그냥 네 친구로서의 조언이라고 쳐."

그렇게 말한 뒤 스노우는 인사하듯이 손을 휘휘 흔들며 먼저 칼리안을 지나쳐 갔다. 칼리안은 그런 스노우의 뒷모습을 보다가 뒤이어 발길을 돌렸다. 블루페럿 치료소의 안네마리. 그 이름을 속으로 되뇌었다. 예지의 힘을 가진 제노스 셀던의 말이라면 믿어볼 만했다.

"오셨습니까."

칼리안은 공손히 인사해 오는 집사에게 고개를 끄덕인 뒤 물었다.

"조부님은?"

"온실에 계십니다."

"아버지는 아직 밖에 계시겠지?"

"예. 오늘은 늦게 귀가하신다고 하셨습니다."

칼리안의 발길이 돌려졌다. 크록포드 저택은 늘 그렇듯이 적막하고 고요했다. 잠시 후 그는 온실에 들어섰다. 그 안에서는 싹둑싹둑, 무언가가 잘리는 소리만이 작게 울리고 있었다.

그 소리를 따라 걸어가자 의자에 앉아 직접 가지치기를 하고 있는 노인의 뒷모습이 시야에 들어왔다. 얼핏 평온해 보이는 광경이었지만, 노인의 주위에 감도는 기백은 범상치 않았다.

"왔냐."

그는 칼리안을 뒤돌아보지도 않고 입을 열었다.

"다녀왔습니다."

칼리안도 인사했다.

"요즘 왜 점점 들어오는 시간이 늦어? 연애라도 하냐?"

노인은 칼리안의 조부인 바스티안 크록포드였다. 그가 가위질하며 툭 던지듯이 내뱉은 말에 칼리안은 낯빛 한 번 바꾸지 않고 답했다.

"요즘 동부에서 실종 사건이 일어나 수색 중입니다. 곧 다시 나가봐야 합니다."

그러자 바스티안이 칼리안을 돌아보며 쯧쯧 혀를 찼다.

"여전히 인생을 참 재미없게 사는구먼. 그러다 네 아비처럼 된다, 이놈아."

바스티안은 소싯적에는 검었으나 이제는 세월의 여파로 하얗게 센 머리카락을 뒤로 말끔히 넘겨 주름진 얼굴을 고스란히 드러내고 있었다. 고집스럽게 꽉 다물린 입매와 웬만한 사람들은 마주하기만 해도 오금이 저릴 형형한 눈동자가 그의 성격을 익히 짐작할 수 있게 했다.

"요즘 약 복용을 끊으셨다고 들었습니다."

그렇게 정정해 보이는 바스티안이었지만 사실 그는 건강이 나빴다. 특히 요즘 들어 빠른 속도로 악화되고 있어 칼리안도 전보다 신경 쓰고 있는 참이었다.

"이번에 부른 의원과 치료사도 쫓아내셨다고요."

"늙었으면 죽어야지. 다 낡아빠진 노인네가 꾸역꾸역 연명해서 뭘 해?"

바스티안은 웃기지도 않는다는 듯이 콧방귀를 뀌었다. 싹둑. 그의 손에 들린 가위에 나무의 가지가 잘려 나갔다.

"곧 새로운 사람을 구해 오겠습니다."

"아, 됐다니까, 누구를 닮아서 그런지 고집 하고는!"

결국 성질이 난 바스티안이 역정을 내며 씩씩거렸다. 고집의 대명사가 바로 자기 자신임을 모르는 듯 서슬 퍼런 눈빛이었다. 그에 주춤할 만도 하건만, 칼리안은 늘 그래 왔듯이 눈 하나 꿈쩍하지 않았다.

"아마 이번에는 눈에 띄는 차도가 있을 겁니다."

그 순간, 바스티안의 눈빛이 약간 변했다. 그는 물끄러미 칼리안의 얼굴을 들여다보다가 물었다.

"너, 그 선지자인지 뭔지 하는 셀레나의 기사 놈하고 연락이 닿은 거냐?"

칼리안의 미간이 설핏 좁혀졌다.

"누구를 말씀하시는지 알겠지만 두 수식어 모두 그에게는 적합하지 않습니다, 조부님."

"염병. 알아듣기만 하면 됐지."

바스티안이 투덜거렸다. 칼리안은 그에게 대답하지 않고 물러나는 것을 택했다.

"나중에 말씀드리겠습니다. 그럼 쉬십시오."

먼저 온실을 나서는 칼리안의 뒤로 가늘게 뜬 바스티안의 눈동자가 한동안 머물렀다.

칼리안은 다시 저택을 나서기 전에 화랑에 들렀다. 문을 열자마자 역시 가장 먼저 그 '초상화'가 시야에 들어왔다. 보석으로 장식된 화려한 드레스를 입고 아름답게 웃고 있는 여인. 크록포드 가문의 모두가 사랑했었고, 만약 지금 살아 있었다면 제노스 셀던이 기사로서 섬기고 있었을…….

하지만 지금은 이미 미명에 스러져 없는 그녀는 조금 전 만나고 온 바스티안의 막내딸로, 칼리안에게는 나이 차이가 크게 나지 않는 고모였다. 이 초상화가 그려진 것은 지금으로부터 10년 전이었고, 그 직후 셀레나는 화상을 입어 예전의 외모를 잃게 되었다. 그래서 칼리안이 기억하는 셀레나의 얼굴은 이 초상화에 있는 것과 많이 달랐다. 유리를 처음 봤을 때 한눈에 셀레나를 떠올리지 못한 것은 그래서였다.

그런데 이렇게 다시 보니, 역시 닮았다. 물론 그렇다 해서 두 사람에게 연관점이 있을 리는 없었지만……. 잠시 후 칼리안은 눈앞의 초상화에서 시선을 떼고 발길을 돌려 화랑을 빠져나갔다. 일단은 맡은 일이 있으니, 거기에 집중해야 했다.

그날 저녁, 라키어스와 유리는 함께 식탁에 앉아 밥을 먹었다. 하지만 어째서인지 라키어스는 손을 멈춘 채 앞에 있는 유리를 물끄러미 쳐다보고만 있었다.

살랑.

라키어스의 시선이 닿은 곳은 유리의 어깨 앞으로 흘러내려 흔들리는 머리카락이었다. 따라붙는 시선을 느낀 유리가 멈칫했다. 곧 그녀의 손이 아까 커피하우스에서 안네마리가 직접 머리에 묶어주었던 하얀 리본에 닿았다.

“한번 해봤는데, 이상해요?”

지금까지는 별생각이 없었는데 라키어스가 너무 뚫어지게 보니 괜히 좀 겸연쩍은 기분이 들었다. 유리의 말에 라키어스가 고개를 저었다. 그리고 입을 열어 나직한 음성을 내보냈다.

"잘 어울려요."

그 순간 유리의 눈빛이 약간 변했다. 당연히 기분 탓이겠지만……. 왠지 가끔씩 라키어스가 하는 말이나 그녀를 보는 눈빛이 어딘가 묘하게 느껴질 때가 있었다. 지금도 그랬다. 유리는 고개를 갸웃하며 라키어스를 보았다. 그러자 지금까지 눈이 마주치면 곧잘 그러던 것처럼 그가 눈꼬리를 곱게 접어 웃어 보였다. 유리의 의구심이 조금 더 짙어졌다.

왜 갑자기 전에 없던 미심쩍은 마음이 들기 시작한 걸까. 전날 그녀가 그렇게 매달리고 안기는데도 뿌리치기는커녕 오히려 그런 그녀를 더 깊이 끌어당겨 안았던 것이 떠올라서 그런가.

유리는 왠지 기분이 또 조금 이상해져 라키어스에게서 시선을 떼고 멈추었던 손을 다시 움직였다. 그날의 저녁 시간은 어쩐지 다른 날과 분위기가 아주 조금 달랐다.

"뭐? 칼리안 크록포드?"

데이몬은 보고에서 뜻밖의 이름을 들었다.

"제노스 셀던을 찾으라고 했더니 웬 칼리안 크록포드? 걔가 왜 외부에 있어?"

"알아보니까 실종 사건을 조사하러 파견된 거라고 하던데요."

그 말을 듣고 그는 퍼뜩 깨달았다.

'요즘 벌어지고 있다는 그 대대적인 실종 사건인지 뭔지 때문이군.'

다들 쉬쉬하고 있지만 귀족 아이 중에도 실종자가 있다고 들었다. 하긴, 그 정도나 되니까 칼리안을 직접 보냈겠지. 하여간 속 보이는 인간들.

데이몬의 얼굴에 삐뚜름한 미소가 걸렸다. 그는 조금 전까지 읽고 있던 종이를 책상 위에 내려놓고 손가락으로 툭툭 의자의 팔걸이를 두드렸다. 잠깐 무언가를 고민하는 듯하던 데이몬의 입에서 이내 새로운 명령이 떨어졌다.

"너, 칼리안 크로포드 따라다녀라."

"헉, 미행하라는 말씀이십니까?"

"이걸 확 그냥! 조사지. 그것도 아주 공적인."

그는 한심하다는 듯이 쯧 혀를 차며 말했다. 원래 칼리안 크로포드는 제노스 셀던과 가까운 사이였다. 그러니 혹시 제노스 셀던이 이 근방에 있다면 둘이 교류하고 있을 가능성이 크다고 생각했다. 제노스가 파문당한 이후로는 데이몬도 더 이상 그에게 관심을 두지 않았지만, 동부의 수호자가 다시 복귀할지도 모르는 지금은 이야기가 달랐다.

"거, 걸리면 죽지 않을까요?"

"안 걸리면 되지."

"칼리안 님이라면 100% 걸릴 텐데요."

데이몬의 앞에 있는 사람은 생각만 해도 두려운 듯이 달달 떨었지만 그것을 마주한 데이몬의 반응은 시큰둥했다.

"좋은 일 하고 죽은 거니까 천국 갈 거야."

"데이몬 님한테나 좋은 일이겠죠! 그럴 거면 직접 미행하시든가!"

"이 쫄보 새끼. 배짱 하고는."

데이몬은 손에 턱을 괴고 삐딱하게 앉아 세상에서 제일 찌질한 것을 보는 듯한 시선을 앞으로 던졌다. 그러다 이내 큰마음 먹고 선심

쓴다는 양, 책상 서랍을 대충 뒤적여 그 안에 있는 무언가를 손가락으로 튕겨 던져주었다.

"그만 찡찡거리고 이거나 갖고 꺼져."

데이몬이 준 것은 노란 보석으로, 연금술로 제련한 물건인 듯했다.

"이, 이 비싼 걸 그런 더러운 서랍 구석탱이에……!"

그 물건에는 기척을 지우는 효과가 있었다. 다만 반경 5m 내로 들어가면 무용지물이 되어서, 그것만 주의하면 되었다. 그래도 이 정도라면 칼리안 크록포드의 뒤를 밟기 충분할 것이다.

그렇게 귀찮은 일을 하나 해결한 데이몬은 다시 고개를 숙였다. 그의 시선이 조금 전까지 읽다가 책상 위에 올려 두었던 종이에 내리꽂혔다. 종이를 가늘게 뜬 눈으로 쳐다보던 데이몬이 이내 싸늘한 미소를 지었다.

"누군지는 모르지만……."

낮은 혼잣말이 조용한 방 안에 고였다.

"대범하다고 해야 할지, 주제를 모른다고 해야 할지."

어제 늦은 밤, 출처를 알 수 없는 서신이 그의 앞으로 도착했다. 거기에는 '경매장에서 현자의 돌이라 불렸던 물건이 내 수중에 있으니 관심 있으면 연락해라'라는 간단한 내용이 적혀 있었다. 그리고 그 밑에는 답장을 보낼 방법이 짧게 설명되어 있었고.

'그 돌을 가지고 있다니, 진짜인가?'

어찌 되었든 간에 간 큰 놈인 것은 분명했다. 이렇게 직접 그에게 연락을 취해온 것을 보면 말이다. 데이몬은 또다시 의자의 팔걸이를 두드리며 고민에 빠졌다. 답장을 보낼 것인가, 말 것인가. 하지만 사실 결론은 이미 정해져 있었다.

다음 날에도 평소와 비슷한 일상이 이어졌다. 그런데 어쩐 일로 퇴근 시간이 임박해 안네마리가 유리를 찾아왔다.

"안네마리 씨, 오늘은 일찍 퇴근하시네요."

"네! 유리 씨도 지금 퇴근하세요?"

"마무리만 하면 돼요."

"그럼……."

"그런데 약속이 있어서 다른 데 들렀다 집에 가려고요."

"아, 그러시구나……."

아무래도 같이 집에 가자고 할 생각이었던 듯, 안네마리의 눈썹이 미세하게 밑으로 처졌다. 하지만 안네마리는 곧바로 자리를 떠나지 않고 어째서인지 약간 머뭇거렸다. 눈치를 보니, 무언가 유리에게 할 말이 있는 듯했다.

"저, 실은 얼마 전부터 궁금하던 게 있는데 여쭈어봐도 될까요?"

"네, 그러세요."

안네마리가 고운 얼굴에 약간의 수줍음을 드리운 채 물었다.

"혹시 오빠나 남동생 있으세요?"

다소 뜬금없는 호구조사였다. 의아함에 고개를 갸웃거리던 유리가 멈칫했다.

'……혹시 축제 때 만난 게 나인 걸 눈치챈 건가?'

"아뇨. 외동인데요. 아마."

"아마?"

“고아거든요. 처음 그 사실을 인지했을 때부터 이미 가족이라 할 만한 사람은 옆에 아무도 없었어요.”

순간 안네마리가 굳었다. 뒤이어 그녀의 입술이 빼끔거리며 열렸다. 왠지 사과할 것 같은 분위기라 유리가 모르는 척 먼저 입을 열었다.

“오늘은 오래간만에 일찍 퇴근해서 좋으시겠어요. 헤스티아도 기뻐하겠네요. 조심해서 들어가세요, 안네마리.”

“네……. 유리 씨도 너무 늦지 않게 들어가세요.”

결국 안네마리도 사과 대신 얼굴에 어딘가 어색한 미소를 드리우며 유리에게 인사를 건넸다. 뒤에 남은 유리는 안네마리에게 나쁜 짓을 한 것 같은 찝찝함을 느꼈다. 하지만 덕분에 이 이상의 호구조사를 당하는 건 막아냈으니 그녀로서는 나쁘지 않은 일이었다. 유리는 슬슬 가게 일을 마무리하고 레오가 있는 은신처로 향했다.

레오는 여느 때처럼 은거지에서 혼자 놀고 있었다.

“크릉!”

“짹짹!”

오늘도 폐허가 된 건물 안에 들어온 새를 잡기 위해 팔짝팔짝 뛰어다녔지만 이번에는 아무리 용을 써도 깃털 하나 잡히지 않았다.

“킁.”

결국 레오는 심통이 나서 풍성한 꼬리로 바닥을 탁탁 두드리며 배를 깔고 누웠다. 그사이에 레오를 농락하던 새는 포르르 날아 천장으로 올라갔다. 레오는 다시 따분함에 몸이 근질거리는 것을 느끼며 바닥을 굴렀다. 유리를 보러 가고 싶었지만 지난번에 묘지에서 보았을 때 들었던 말 때문에 주저하게 되었다.

"그러니까 반성해. 다음에 또 이러면 그때는 정말 화낼지도 모르니까."

게다가 얼마 전에도 유리 몰래 축제가 열리는 거리에 갔다가 인간에게 들켰던 전적이 있지 않던가?

유리가 자신에게 화를 낸다면 아마 레오는 너무 슬퍼서 죽어버릴지도 몰랐다. 카르노말의 연구소에 있을 때부터 그를 경멸하거나 무시하지 않고 상냥하게 대해준 것은 유리가 유일했다. 실패작이라며 박사와 연구원들이 그를 처분하려 했을 때 레오를 파수꾼으로 쓰라며 처분을 막아준 것도 유리였다.

연구소를 빠져나와서 길을 헤매다가 유리의 냄새를 겨우 찾아내 그녀를 따라왔을 때도, 그녀는 귀찮은 내색 한 번 하지 않고 그를 받아주었다. 그러니 유리를 화나게 할 만한 일은 하고 싶지 않았다.

하지만 그동안 충동을 참지 못해 가끔 사람들의 간을 뽑아 먹은 적이 있는 건 사실이라, 이대로 가다간 유리의 미움을 살지도 모른다는 위기감이 들었다. 레오는 풀이 죽어서 시무룩하게 몸을 말고 반성의 시간을 가졌다.

툭. 툭. 댕그르르.

그때, 입구 쪽에서 작은 소리가 들려왔다. 레오의 귀가 쫑긋 섰다.

"크륵……?"

그는 잠깐 소리가 난 곳을 보다가 이내 자리에서 몸을 일으켰다. 그러고 나서 어슬렁거리며 걸음을 옮겼다. 잠시 후 눈에 띈 것은 바닥에 떨어진 동그란 무언가였다.

레오는 호기심 어린 눈으로 그것을 보며 슬쩍 앞발을 가져다 댔다. 동그란 물건은 레오가 건드는 대로 이리 굴렀다가, 저리 굴렀다가, 공처럼 왔다 갔다 움직였다. 레오는 새로운 장난감에 재미를 붙였다. 그러다 그의 발이 동그란 공을 좀 더 세게 눌렀을 때…….

파악!

"낑?!"

갑자기 구체가 깨져 나가며 그 안에서 하얀 연기가 치솟았다. 레오는 순식간에 연기 속에 파묻혔다.

"고로롱……."

그리고 잠시 후. 몸을 둥글게 말고 누워 꼬리를 덮은 채 자고 있는 레오가 사그라진 연기 속에서 나타났다.

"잠든 거 맞아?"

"어, 확실해."

"어이, 작업 시작하자."

입구에 숨어 있던 사람들이 그제야 모습을 드러냈다. 그들은 레오를 커다란 우리에 넣고 검은 천으로 꽁꽁 싸맸다. 그러는 동안에도 레오는 쩝쩝 입맛을 다시며 잠들어 있었다.

"X발, 포상금 기대해도 되는 거지?"

"하, 진짜 이런 괴물 같은 게 또 있을 줄이야."

"빨리 가자, 다른 새끼들이 선수 치기 전에."

그들은 레오를 데리고 폐허가 된 수도원을 빠져나갔다.

"레오."

유리가 향한 곳은 레오가 있는 수도원이었다.

"레오?"

그런데 평소라면 대번에 달려 나와 그녀를 격렬히 맞아주었을 레오가 어디에도 보이지 않았다. 막 입구로 들어섰을 때, 유리는 공기 중에 희미하게 떠도는 약 냄새를 맡았다.

"……!"

그녀의 걸음이 멈췄다. 선득하게 빛나는 붉은 눈동자가 주변을 훑었다. 그러다 문득 어딘가에서 아주 흐릿한 기척을 느꼈다. 유리의 눈에 싸늘한 광채가 스쳐 지나간 바로 그 순간, 그녀의 손에서 수십 가닥의 날카로운 실들이 뻗어져 나갔다.

콰과과곽!

일순간 천장에서 뿌연 먼지가 일었다. 아주 길고 가는 바늘처럼 벽에 꽂혀 들어간 실들이 잠시 후 유리가 있는 곳으로 스르륵 물러났다. 그 끝은 촘촘한 쇠창살처럼 둥글게 말려 안쪽에 무언가를 가두고 있었다.

"짹!"

실을 일부 거두자 유리가 만든 새장 속에서 날개를 파닥이고 있는 작은 새의 모습이 온기 없는 붉은 눈동자에 비쳤다. 일단 겉보기에는 평범한 새였다.

하지만 유리는 실을 이용해 새를 뒤집었다. 그리고 새의 목 부근에 있는 자그마한 붉은 반점을 발견하고, 지금 이 새와 시각을 공유하고 있는 것이 누구인지를 알아차렸다. 오딘은 아니었다. 그리고 유리는 오딘을 제외하고 이런 일이 가능한 사람을 딱 한 명 알고 있었다.

"새를 조심하세요, 유리 씨."

문득 커피하우스에서 만났던 남자의 말이 떠올랐다. 이런 의미였나.

"네가 꾸민 일이야?"

유리는 거미줄 사이에 갇힌 새의 눈을 들여다보며 물었다. 물론 돌아오는 대답은 없었지만, 새를 이곳에 보낸 사람이 지금 그녀의 말을 듣고 있으리란 사실을 알 수 있었다.

"레오, 어디 있어?"

연이은 싸늘한 물음에 이윽고 새가 두 번 날개를 파닥였다. 유리는 차가운 눈으로 내려다보다가 이내 거미줄로 만든 새장을 거두었다.

"안내해."

유리의 명령을 들은 새가 하늘 높이 날아올랐다.

안네마리는 퇴근 후 다소 우중충한 기분으로 장을 본 뒤 집으로 향하는 중이었다. 아까까지만 해도, 오늘은 오래간만에 헤스티아와 함께 늦지 않게 저녁 식사를 할 수 있을 것 같아 기분이 좋았는데…….

'아, 난 왜 이렇게 바보 같은 걸까.'

커피하우스에서 유리에게 말실수했던 것이 떠올라 자괴감이 들었다. 안네마리는 반성의 의미로 주먹을 쥔 채 이마를 쿡쿡 두드렸다. 사실 요즘 들어 그녀는 가끔 멍하니 정신을 놓고 있을 때가 있었다.

어째서인지 그때마다 눈앞에 어른거리는 것은 축제날 밤에 보았던 하얀 가면을 쓴 남자였다. 왜 자꾸 그 사람이 생각나는 건지 스스로도 알 수가 없었다. 처음에는 기이한 하얀 가면도 그렇고, 누군가에게 쫓기는 듯하던 모습도 그렇고, 뭔지 모를 무시무시한 무기로 건물까지 부수던 광경까지 더해져 마냥 무서운 사람인 줄만 알았는데…….

"미안. 여동생한테 데려다줄게."

놀랍게도 그에게는 예상치 못했던 상냥한 면모가 있었다. 그러고 보면 안네마리를 안아 올렸던 그 사람의 손길은 부드러웠다. 또 말할 때의 어투도 꼭 그녀를 겁먹게 하지 않으려는 듯이 어딘가 조심스러웠던 것 같았다. 어쩌면 그녀의 친구인 유리와 언뜻 닮은 듯한 모습에 자꾸만 더 생각이 나는지도 몰랐다. 그래서 결국 참지 못하고 유리에게 혹시 남자 형제가 있느냐고 물어본 것이다.

그런데 가족이 아무도 없었다니. 안네마리의 주위로 다시금 울적한 기운이 감돌기 시작했다. 겉으로 티는 내지 않았지만 그렇지 않아도 요즘 그녀는 다른 일로 우울하던 참이었다. 시름이 깊어졌다.

안네마리가 울적한 또 다른 이유는 바로 치료소 일을 계속해도 될지에 대한 고민 때문이었다. 물론 일은 적성에 맞았다. 하지만 너무 잘 맞는 게 문제였다. 일에 집중하다 보니 아직 어린 여동생을 집에 혼자 둘 때가 많아 걱정되었다.

그렇지 않아도 요즘은 퇴근 시간에 임박해 치료소를 찾는 급한 환자가 많아서 본의 아니게 계속 집에 늦게 돌아갔던 참이었다. 게다가 요즘은 그녀를 따라 헤스티아의 식사 시간도 불규칙해지고 있어 미안한 마음이 들었다.

진지하게 치료소 일에 대해 고민해 봐야 할 시점이 온 것 같았다. 집에 거의 다다른 안네마리는 약간 풀 죽은 눈으로 유리의 집을 바라보았다. 그러다 유리의 집 문 앞에 무언가가 떨어져 있는 것을 발견했다.

'누가 유리 씨 집 앞에 이런 걸!'

눈에 띄는 쓰레기였다. 안네마리는 눈살을 찌푸리며 그대로 그녀의 집을 지나쳐 유리의 집으로 움직였다. 유리의 집 앞 쓰레기를 내버려 둘 수는 없었다. 그리고 막 유리의 집 문 앞에 선 안네마리가 쓰레기를 주워 들고 일어났을 때였다.

"혹시 유리 씨?"

"네?"

안네마리는 뒤에서 부르는 소리에 반사적으로 뒤돌아보았다.

"읍!"

그리고 순식간에 이상한 냄새가 나는 수건에 코와 입을 틀어막혀 의식을 잃었다.

후두둑! 데구루루.

그녀가 사 온 식재료들이 바닥에 떨어져 뒹굴었다. 의식을 잃고 쓰러진 안네마리를 서둘러 둘러업은 것은 어떤 남자들이었다. 최대한 의심을 줄이기 위해서였는지, 입고 있는 복장은 평범했다. 그래서 그들은 그냥 페럿가에 사는 이웃사촌으로 보였다. 그들은 안네마리를 데리고 급히 옆쪽의 골목으로 들어갔다.

"야, 이 여자 진짜 '변종' 맞아? 왠지 느낌이 좀 아닌 것 같은데?"

"기막히게 예쁘다며. 얘도 그렇잖아?"

"어…… 그건 그런데."

"게다가 집 앞에 있는 쓰레기 줍는 거 못 봤어? 요즘 남의 집 쓰레기를 대신 주워주는 사람이 어디 있어?"
"확실히 그건 그렇긴 하지만."
"아, 몰라. 시간 없어. 일단 아니어도 상품은 될 테니까 데려가자고."
대화 내용은 어리벙벙했지만 그러는 동안에도 이어지는 손놀림만큼은 능숙했다.
"진짜 우리가 찾아낸 거면 대박 터지는 거야! 포상금만 받으면 이제 떵떵거리며 살 수 있어."
"제이드 놈이 먼저 냄새를 맡은 것 같아서 서둘렀더니……. 그 자식이 찾은 건 다른 데였나?"
그들은 혹시 조금 전의 소리를 듣고 다른 사람이 나타날까 봐 서둘러 기절한 안네마리를 커다란 포대 자루에 넣었다. 바로 그때, 섬뜩한 목소리가 두 사람의 뒷덜미를 스쳤다.
"이상하네. 요즘 쥐새끼들이 제철인가?"
"헉!"
"왜 자꾸 눈에 띄어, 짜증 나게."
포대 자루의 끈을 묶던 손이 흠칫 놀라 멈추어졌다.
'어떻게……! 기척 하나 없었는데!'
급히 뒤돌아보자마자 시야가 암전했다.
쿵!
갑자기 나타난 사람의 발에 걷어차인 남자가 벽에 처박혀 기절했다. 박살 난 이빨이 후두둑 밑으로 떨어져 내렸다. 그의 동료는 경악해서 눈앞에 선 남자를 올려다보았다. 역광 속에서 검은 형체만 비치고 있었지만 파란 눈동자만큼은 오금이 저리도록 강렬한 광채를 발하고 있었다.

"그거, 열어."

라키어스가 얼어붙은 남자를 오연히 내려다보며 명령했다.

"네 머리 뚜껑이 열리기 전에."

잠깐 시간을 되돌려 라키어스가 골목길에 서 있기 5분 전. 그는 오늘도 낮에 잠깐 외출했다 돌아와 집에서 유리의 귀가를 기다리는 중이었다.

까마귀를 찾아내지 못한 그의 기분은 오늘도 다소 저조했다. 슬슬 다른 방법을 강구해야 하는 게 아닌지 고민이 들었지만 한편으로는 오기가 생기기도 했다. 그래서 앞으로 어떻게 할지 생각하며 유리의 귀가를 기다렸다. 그런데 오늘따라 그녀는 퇴근 시간이 한참 지났는데도 집에 돌아오지 않았다.

'오늘은 늦게 온다는 말도 없었는데?'

그러다 문득 집 앞에서 유리 몰래 처리했던 쓰레기가 생각났다.

'……혹시 다른 쥐새끼가 나타난 건 아니겠지? 찾으러 가봐야 하나?'

그렇게 찜찜함과 염려의 마음이 커져 인내심의 한계를 느끼고 있을 때, 문 앞에서 소리가 들려왔다.

"혹시 유리 씨?"

"네?"

그러고 나서 무언가가 바닥에 쏟아져 내리는 소리까지. 잠시 집 밖이 잠잠해졌다. 라키어스는 얼굴을 구겼다. 조금 전 들었던 목소리는 유리가 아니었다. 다가오는 발소리도 평소에 들어왔던 유리의 것이 아니었다. 하지만 그것을 차치하더라도 누군가 유리를 찾은 직후에 집

밖에서 난 소리가 심히 수상쩍지 않은가?

게다가 만에 하나의 경우, 지금 집 앞에 왔던 사람이 유리가 맞는데 자신이 착각한 거라면?

라키어스는 작게 욕설을 읊조리며 자리에서 일어났다. 그는 순식간에 집을 나서 수상한 인기척이 움직인 곳으로 향했다. 어두운 골목 안에서 두 남자가 누군가를 큰 포대 자루 속에 넣고 있었다. 이후에 일어난 사건은 앞서 서술한 대로였다.

본능적으로 라키어스가 먹이사슬의 우위에 있음을 알아차린 남자가 덜덜 떨면서 자루의 끈을 풀었다. 그 안에서 나온 여자는 역시 라키어스가 기다리던 사람이 아니었다. 라키어스의 눈동자가 자루 밖으로 쏟아져 나온 투명한 은발과 여인의 아름다운 얼굴을 무미건조하게 스쳤다.

"그, 혹시 동류신가요?"

남자가 덜덜 떨면서도 용기를 내 조심스럽게 물었다.

"그럼 이 '변종'은 양보할 테니까 저는 그냥 보내주시면 안 될까요?"

그에 라키어스의 눈살이 찌푸려졌다. 그것을 보고 남자는 히끅 딸꾹질을 했다.

–이것들이 자꾸 동류냐고 묻네. 요즘 쥐새끼들 유행어인가?

하지만 그보다 라키어스는 '변종'이라는 말에 관심이 갔다.

"으음……."

바로 그때, 바닥에 누워 있던 안네마리에게서 신음이 흘러나왔다. 남자는 두 눈이 튀어나올 정도로 놀랐다.

"헉, 어떻게 벌써 정신을……!"

약을 그만큼이나 쏟아부었는데 벌써 깨어나다니!

역시 이 여자는 변종이 맞는 모양이다. 순간 포상금이 탐났지만 그래도 눈앞에 도사리고 있는 남자에 대한 공포심이 월등히 컸다.

"어……? 누구세요?"

안네마리는 아직 상황 파악이 안 되는지 초점이 흐린 눈으로 주위를 두리번거리며 혼란스러운 기색을 내비쳤다.

"왜 제가 여기에…… 이게 도대체 어떻게 된……."

라키어스는 그런 안네마리에게서 관심을 끄고 다시 선득한 눈으로 눈앞의 남자를 보았다.

"이봐, 쥐새끼."

"네, 네?"

"또 있지?"

"네?"

"너희 말고 이 X같은 변종 찾기하는 놈들 또 있지 않느냐고."

지금 이 상황이 유리의 귀가가 늦어지고 있는 것과 분명 연관이 있을 것이라는 확신이 들었다. 이틀 전 유리의 집에 침입하려 했던 놈도 그냥 질 나쁜 범죄자가 아니라 사실 '변종'을 찾던 놈이라면. 라키어스는 그들이 찾는 '변종'이란 것이 무엇인지 그 의미를 알고 있었다. 그것은 옛날에 있던 연구소에서 유적의 파편을 흡수시켜 만든 실험체들을 의미하는 카르노말의 은어였다.

이제 와서 왜 이런 놈들이 동부에서 설치고 있는지는 모르겠지만. 라키어스의 몸에서 진득한 살기가 피어올랐다. 바로 옆에 있던 남자와 안네마리가 그것을 느끼고 흡 숨을 들이켰다. 라키어스는 그동안 사용을 금해왔던 유적의 힘을 개방했다.

지잉.

다음 순간, 파르스름한 안광이 그의 연청색 눈동자에 어렸다. 그는 유리를 납치하러 온 남자를 날카로운 눈빛으로 꿰뚫으며 한 손으로 그의 목을 거칠게 움켜쥐었다.

"당장 안내해. '변종'들이 있는 곳으로."

제9장

피폐 장르여도 로맨스에서 납치는 좋지 않습니다

나는 새를 따라 이동했다. 조종당하고 있는 새는 너른 들판을 날아 황폐한 공터를 지났다. 이후 시야에 들어온 곳은 서부와의 경계에 위치한 암시장 쪽이었다. 새가 날아가는 곳을 확인하고 살짝 눈살을 찌푸렸다. 나는 어둠을 틈타 실을 뽑아냈다.

타앗!

단숨에 도약해 지붕 위로 뛰어오르자 밀집한 건물들이 발밑에 늘어서 있는 것이 한눈에 들어왔다. 새는 군데군데 홍등이 매달린 건물들의 위를 가로질러 금방 시야에서 사라졌다. 그래도 미리 실을 달아놨기 때문에 새가 날아간 곳을 찾는 건 쉬운 일이었다. 하지만 바로 새를 쫓아 움직이지 않고 가늘게 뜬 눈으로 눈앞의 광경을 바라보았다.

어떻게 할까. 일을 크게 만들고 싶진 않은데. 그러나 지금 저 안에 들어가서 단 한 사람의 인명 피해도 내지 않고 조용히 레오를 데리고 나올 수 있으리라고는 생각되지 않았다. 무엇보다도 새를 조종하고 있는 사람이 굳이 나를 이곳까지 유인해 온 목적이 무엇인지 알 수가 없었다.

내가 새의 주인으로 짐작하고 있는 사람은 연구소 시절을 함께 보냈던 나와 같은 실험체였다. 이름은 '세이렌'. 세이렌은 유적의 파편을 수차례 흡수해서 신체 능력을 강화하는 데 성공했던 몇 안 되는 실험체 중 하나였다. 하지만 라키어스가 연구소를 폭파한 이후에는 한 번도 만난 적이 없었다. 사실 그 이후에 죽었는지 살았는지도 관심이 없었고 말이다. 지금도 연락하고 지내는 오딘이나 레오가 특이한 경우지, 아마 대부분의 실험체가 나와 마찬가지일 것이다.

그래서 사실 세이렌의 이름도 레오의 은신처에서 조종당하는 새를 발견하기 전까지만 해도 잊고 있었다. 그렇기에 의문이 들었다.

왜 이제 와서 하필 이런 방식으로 우리 앞에 나타난 건지. 만약 서로에게 그럴 마음만 있었다면 진작 각자의 능력을 사용해 위치를 알아내고도 남았을 테니까.

무엇보다도, 단순히 레오의 납치가 목적이었다면 새를 남길 필요는 없었을 것이다. 그럼 역시 목적은 레오가 아니라 나인가?

마지막으로 만난 지는 오래되었지만, 지금 새를 조종하고 있는 사람의 성격을 생각하면 그럴 가능성이 월등히 큰 것 같았다. 옆에 오딘이 있었다면 움직이기가 좀 더 수월했을 텐데 아쉬움이 들었다. 나한테는 거미를 부린다거나 하는 재주가 없어서 무언가를 알아내려면 직접 발로 뛰는 수밖에 없었다.

그러니까 결국은 저 안에 들어가야 한다는 거로군. 나는 다른 선택지가 없음을 깨닫고 잠깐 멈추었던 몸을 다시 움직였다. 그리고 이내 붉은 어둠 속으로 몸을 들였다.

“……거기서 오른쪽으로…….”

라키어스와 눈을 마주한 남자는 꼭 무언가에 홀린 듯이 알고 있는 정보를 술술 이야기했다. 라키어스는 필요한 정보를 전부 빼낸 뒤에 남자의 목을 쥐고 있던 손아귀에 힘을 주었다.

우득!

살벌한 소리와 함께 남자의 목이 꺾였다. 뒤이어 힘이 빠진 몸이 바닥에 풀썩 내려앉았다.

“히익.”

안네마리의 입에서 급히 숨을 들이켜는 소리가 울렸다. 그녀는 지금 자신에게 일어난 상황을 파악할 수가 없어 멍하니 쓰러진 남자를 보다가, 저도 모르게 라키어스에게로 시선을 움직였다. 그와 동시에 라키어스의 스산한 눈빛도 안네마리에게 미끄러졌다.

“아, 어…….”

눈이 마주친 순간, 안네마리는 주춤했다. 무시무시한 육식동물을 눈앞에 둔 것처럼 손가락 하나 까딱할 수가 없었다. 지금 그녀에게 일어난 일 모두가 너무 비현실적으로 느껴져서, 지금 이 상황이 무섭지도 않았다.

그저 정신이 혼미해서 넋이 나간 것처럼 머릿속이 멍했다. 라키어스는 여자의 처우를 고민했다. 목소리가 낯이 익어 이 여자가 유리에게 과자를 가져다주었던 이웃집 여자라는 사실을 어렵지 않게 알아차렸다. 하지만 사실 그렇다 한들 고민할 이유는 없었다. 죽여서 증거를 없애는 것이 가장 깔끔하니까.

—빨리 해치우고 가자, 라키어스.

머릿속의 벌레도 같은 생각을 하는 듯했다. 다음 순간 라키어스의 손이 안네마리에게 뻗어졌다. 하지만 곧이어 그 손이 닿은 것은 눈앞에 있는 가느다란 목이 아니었다. 안네마리는 마침내 얼굴을 뒤덮은 남자의 손 사이로, 눈부시게 빛나는 차가운 눈동자를 보았다.

어디선가 불어온 바람에 섞여 정신을 혼미하게 만드는 달콤한 향이 희미하게 번졌다.

"지금 본 거, 전부 잊어."

그녀의 귓가에 냉혹하리만치 싸늘한 명령이 꽂혔다.

"그러지 않으면 다음에 봤을 때 죽일 테니까."

머리 위의 달이 아득할 정도로 환하게 비추는 밤이었다.

라키어스는 기절한 안네마리를 옆집의 문 앞에 두고 건물 뒤쪽의 창문을 이용해 집으로 들어갔다. 원래는 죽일 생각으로 손을 뻗었지만 왠지 그 순간 유리의 얼굴이 눈앞에 어른거려 마음을 바꾸었다. 그는 급히 얼굴을 가릴 만한 것을 찾기 위해 잠긴 문에 손을 가져다 댔다.

푸드덕!

"아라크네……!"

바로 그 순간이었다. 조금 전 라키어스가 열어두고 온 창문 밖에서 새까만 무언가가 급히 날아들었다. 라키어스의 손이 곧장 그것을 틀어쥐었다.

"켁!"

사람의 기척이 전혀 없던 바로 옆에서 빛처럼 날아든 손에, 오딘은 미처 인간화하기도 전에 급소인 목을 붙잡히고 말았다. 반사적으로 힘을 일으켜 깃털을 가시화했으나 라키어스의 손아귀는 조금도 느슨해지지 않았다. 오히려 그의 손에서 흘러나온 피가 살아 있는 생물체처럼 빠르게 움직여 오딘의 몸체를 단단히 포박해 왔다.

'이, 이게 뭐야!'

오딘은 경악했다. 도대체 어떻게 된 일인지, 그 후로는 인간화를 진행할 수가 없었다. 아무리 다른 곳에 까마귀들을 두고 와 지금의 그가 온전한 상태가 아니라 해도, 이렇게 맥없이 당해 버리다니!

한편, 포박당한 검은 까마귀를 본 라키어스의 눈에 광채가 스쳐 지나갔다. 분명 조금 전에 이 까마귀가 사람의 말을 하며 날아들었다. 게다가 '아라크네'라고? 그 이름은 '오딘'과 마찬가지로 라키어스도 전에 지나가듯이 들어본 적이 있었다.

"네가 바로 까마귀 오딘이군."

마찬가지로 라키어스의 얼굴을 확인한 오딘이 헉 숨을 들이켰다.

"라, 라키어스 아발론?"

불과 몇 시간 전에 카르노말에서 보고 왔던 남자가 시야에 비쳐 오딘은 그만 두 눈을 부릅뜨고 말았다. 도대체 이게 어떻게 된 건지 알 수가 없었다. 경악스러운 마음에 일단 오딘이 선택한 것은…….

"까악!"

뒤늦게나마 평범한 까마귀인 척하는 것이었다. 물론 라키어스에게는 씨알도 먹히지 않는 짓이었다.

"이건 또 무슨 같잖은 수작질이야."

"까악! 까악!"

그럼에도 오딘은 계속 까마귀 행세를 했고, 마침내 그런 오딘을 눈앞에 둔 라키어스의 입가에 섬뜩한 미소가 떠올랐다.

"그래, 계속 새 새끼 행세를 하겠다, 이거지."

오딘은 순간 오한이 드는 느낌에 몸을 부르르 떨었다. 라키어스는 그런 까마귀를 싸늘한 눈으로 내려다보았다. 지금 당장 이 건방진 까마귀 새끼를 처리하고 싶었지만…….

일단 지금은 정보상 오딘의 일보다 더 시급히 해결해야 할 일이 있었다. 라키어스는 낮게 혀를 찬 뒤 까마귀를 더 칭칭 동여맸다. 그리고 잠시 후, 까악까악 애처롭게 울어대는 오딘을 매달고 유리의 집을 나섰다.

새는 어떤 건물 위에서 몇 번 동그랗게 맴돌다가 먼 곳으로 날아갔다. 나는 새의 조종이 끊어졌다는 사실을 깨닫고 실을 거두어들였다. 이 건물인가. 보안이 꽤 철저해 보이는 곳이었다. 잠깐 주위를 둘러보자 잠금장치가 달린 큰 짐마차가 눈에 들어왔다.

"상품 들어간다!"

그 앞에 있던 남자가 외치자 건물 뒤쪽의 문이 열렸다. 그사이 남자는 마차의 잠금장치를 풀었다. 마차의 잠금장치는 이중으로 되어 있어서 겉문 안에 또 쇠창살이 촘촘히 박힌 철문이 있었다. 그것을 열고 안으로 들어간 남자가 사슬을 끌고 나왔다.

"빨리 안 움직여? 이걸 그냥 확!"

"어이, 상품 상하지 않게 조심해!"

마차 안에서 줄줄이 나오기 시작한 것은 사람이었다. 그들의 손과 발에는 족쇄와 사슬이 연결되어 있었다. 마차에서 나와 도망치려다가 얻어맞는 사람도 있었고, 울고 있는 사람도 있었다. 내게는 그리 낯설지 않은 풍경이었다. 이곳은 인간을 사고파는 노예상이었다.

하지만 카르노말에서와 달리 동부에서는 노예제가 불법이었다. 그 말인즉, 이곳은 불법 암시장, 혹은 불법 노예상이라는 말이었다. 나는 미간을 찌푸리고 지붕 밑의 상황을 살펴보다가 몸을 움직였다.

-라라, 라…….

건물 안에서 아주 희미한 노랫소리가 흘러나오고 있었다. 일반인들의 귀에는 들리지 않을 정도로 작디작은, 파동에 가까운 목소리는 역시 내 귀에 익숙했다. 혹시 나를 안내하려는 목적인가?

사실은 새의 조종을 멈춘 세이렌에게 약간 불만스러웠던 참이었다. 이왕 새를 보내 길 안내를 했으면 끝까지 하든가, 기껏 여기까지 사람을 초대해 놓고 도중에 나 몰라라 하는 건 무책임하지 않은가?

하지만 한 가지는 확실해졌다. 이 초대는 정식 초대가 아니다. 그렇다면 이렇게 나를 몰래 불러야 할 이유가 무엇일까?

나는 일단 노랫소리를 따라가 보기로 했다. 보안이 상당히 철저한 곳이었지만 혼자 조용히 건물 내부로 침투하는 것 자체는 어렵지 않았다. 무엇보다도 지금 이 노예상은 예전에 의뢰 때문에 와본 적이 있는 곳이었다. 별건 아니었고, 그냥 사람을 하나 찾아달라는 온건한 의뢰를 1년 전쯤에 받은 적이 있었다. 그래서 이 노예상 내부의 구조는 대충 알고 있는 상태였다.

나는 어둠을 틈타 건물 옆에 난 작은 문 쪽으로 실을 뽑아 보냈다. 그곳에는 경비를 서는 사람이 한 명밖에 없었고, 마침 교대하러 온 남자가 막 문을 열고 밖으로 나오는 중이었다. 죽이는 게 제일 쉽고 간편하지만…… 아직 세이렌의 목적을 모르니.

"야, 교대해."

"아, 마침 오줌보가 터지기 직전이었는데 딱 맞춰 왔네."

슈욱!

내 손에서 빠져나간 실이 남자의 손목과 발목을 휘감았다. 나는 손가락을 바로 움직였다.

"어, 어?"

쿠당탕!

보초를 서던 사람 중 한 명이 내 의지대로 줄 달린 인형처럼 움직여 다른 남자를 붙잡고 함께 자리에 넘어졌다.

"X발, 뭐야?"

"아, 아니, 갑자기 손발이 내 마음대로 안 돼서……."

"병신같이 발이 꼬였으면 혼자 넘어지든가, 왜 날 붙잡고 같이 엎어져?"

나는 그 틈에 뛰어내려 열린 문 안으로 들어갔다. 한순간에 벌어진 일이라 남자들은 내가 움직인 것을 알아차리지 못했다.

—라라라, 라…….

건물 안으로 들어서자 가늘게 끊어질 듯이 이어지는 노랫소리가 조금 더 선명해졌다. 사실 저 노랫소리를 먼저 쫓아야 할지, 아니면 레오의 행방을 먼저 찾아야 할지 조금 고민이 되었다. 그러나 본능이 이끄는 대로 일단 세이렌의 노래를 먼저 쫓기로 했다. 연구소 시절 질리도록 들었던 것처럼 세이렌의 노래는 여전히 아름다웠다. 하지만…….

나는 노랫소리가 가까워질수록 눈살을 찌푸릴 수밖에 없었다. 다 죽어가는 것 같은 기운 없는 음색은 도대체 뭐란 말이야. 너무 가냘

프고 힘이 없어서, 어찌 보면 마른 가지에 이는 겨울바람 소리처럼 으스스하게도 들렸다. 노랫소리는 건물의 중앙부에서부터 흘러나오고 있었다. 심층부로 갈수록 복도를 돌아다니는 사람 수도 줄어들었다. 아무도 세이렌의 노래를 듣지 못한 것 같았다.

나는 그 누구에게도 들키지 않고 지금 막 노래가 멎은 방 앞에 도착했다. 문은 단단히 잠겨 있었다. 어디 보자. 잠금장치가 이중, 삼중, 사중……. 자그마치 일곱 겹이나 되었다.

하아, 입으로 작은 한숨이 흘렀다. 나 참. 이 안에 사람이 있다면 백 퍼센트 감금당했다고 볼 수밖에 없지 않나. 도와달라고 부른 거야, 뭐야. 그런 거면 애초에 레오는 왜 데려간 거고. 아직 해소되지 않은 수수께끼 같은 의문들이 있었지만 역시 그건 이 안에 들어가 봐야 알 수 있을 것 같았다. 설치된 잠금장치의 종류를 보니 잘못 건드리면 경보음이 울리거나 함정이 발동되는 것들도 있었다.

그래서 이 앞에 따로 문을 지키고 선 사람이 없는 듯했다. 과연 허가받지 않은 사람이 여기에 멋모르고 손을 대면 바로 골로 가기 십상일 테니까. 물론 나한테 이 방의 문을 여는 건 까다롭기는 해도, 불가능한 일은 아니었다. 하지만 솔직히 좀 귀찮긴 했다. 세이렌이 불러서 여기까지 오긴 했지만 그냥 무시하고 레오나 찾아볼까?

콰앙!

바로 그때, 우레 같은 폭음이 난폭하게 고막을 파고들었다. 나는 소리가 들려온 뒤쪽으로 고개를 돌렸다.

뎅뎅뎅뎅!

건물 내부 가득 경보가 울리기 시작했다. 나 말고 다른 침입자가 또 있는 건가?

쾅!

폭발음은 한 번으로 그치지 않고 계속 이어졌다. 사람들이 무어라 고함치며 바삐 움직이는 소리가 멀리서부터 흘러들었다. 나는 약간 후회했다.

'괜히 조용히 들어왔잖아.'

누군가 이렇게 신나게 날뛸 걸 알았으면 나도 거기 묻혀서 그냥 마음대로 때려 부수는 거였는데 말이다. 하지만 아직 늦은 건 아니었다.

콰콰콰쾅!

곧바로 날카로운 실을 뽑아내 문에 쏘아 보냈다. 문 사이에 박혀 들어간 가느다란 실들이 내 의지에 따라 틈을 벌리기 시작했다.

콰직!

잠금장치가 부서지며 동시다발적으로 함정이 발동되었다.

슈슈슉! 푸하악!

나는 독침을 쳐내고 벽에서 뿜어지는 불길을 피했다.

우르르!

거의 동시에 복도 전반의 바닥이 무너지기 시작했다.

'요즘 기술 좋아졌네.'

나는 다소 뜨뜻미지근한 마음으로 그렇게 생각하며 천장에 실을 고정해 도약했다.

파스스슥.

잠시 후 복도에 자욱하게 고여 있던 뿌연 먼지가 가라앉았다. 뻥 뚫린 바닥 밑에는 촘촘한 창살이 박혀 있었다. 누가 설계했는지는 몰라도 꽤 고전적인 함정이었다. 나는 손에 휘감은 거미줄을 늘려 부서진 문 쪽으로 몸을 날렸다.

콰앙!

그리고 발로 문짝을 떼어내며 그 안으로 들어섰다. 아직도 건물 안은 소란스러웠다. 그래서 내가 낸 소음을 알아차린 사람도 없는 것 같았다. 혹시 알아차렸다 하더라도 경비병이 여기까지 오는 데는 시간이 걸릴 게 분명했다. 오감을 끌어올려 주변을 살폈지만 다른 인기척은 느껴지지 않았다. 방 한가운데에서 느껴지는 작은 호흡을 제외하고는.

나는 바닥에 떨어진 깃털을 밟고 몇 발짝 앞으로 다가갔다. 방에는 커다란 새장이 매달려 있었다. 그리고 그 안에 내가 찾던 사람이 있었다. 다만, 날개가 모조리 뜯기고 온몸이 피투성이가 된, 엉망진창인 몰골이었다. 새장 밖으로 늘어뜨려져 있던 가느다란 팔이 움직이자 거기에 걸려 있던 족쇄가 절그럭거리는 소리를 냈다.

느리게 들어 올려지는 여인의 고개를 따라 파도 같은 푸른 머리카락이 물결쳐 떨어졌다. 그 사이로 드러난 얼굴에도 붉은 흉터가 몇 개 그어져 있었다.

"아라크네……."

혈색 없는 입술이 달싹였다.

"와줬구나."

연구소에서 마지막으로 보았을 때보다 확연히 추레했다. 하지만 그녀가 세이렌이란 사실을 알아보지 못할 정도는 아니었다. 애초에 실험체들은 성체가 되면 노화가 급격히 느려지기도 하고 말이다. 어쩌다 이런 곳에 저런 꼴로 갇혀 있는지는 몰라도.

"나 왜 불렀어?"

나는 시간 끌지 않고 단도직입적으로 물었다. 그녀가 이곳에 감금당한 경위나 몸 상태 같은 것에 대해서는 따로 묻지 않았다. 몇 년 만에 만난 옛 룸메이트에게 할 말로는 심히 삭막하다고 할 수 있었다.

그러니 세이렌의 입장에서는 어찌 보면 내 태도가 매정하게 느껴질 수도 있었다. 연구소 시절에도 세이렌은 살갑지 않은 내 성격을 가지고 곧잘 툴툴거리곤 했다. 하지만 지금 세이렌은 그럴 기운조차 없는 듯, 흐릿한 눈으로 나를 쳐다보고 있을 뿐이었다. 난 그런 그녀에게 다시 말했다.

"구해달라고 불렀어?"

이번에도 세이렌은 말없이 나를 쳐다보았다. 그녀가 입술을 꾹 깨물고 있었다. 세이렌의 자존심이 얼마나 센지는 나도 잘 알고 있었다. 그러니까 좀 더 일찍 새를 보낼 수 있었는데도 그러지 않고 이 지경이 될 때까지 견뎠겠지.

"그런 거면 빨리 말해."

나는 감정이 담기지 않은 목소리로 그녀에게 재차 말했다. 그러자 세이렌이 새장 속에서 몸을 작게 바르르 떨었다.

"나, 으……."

일단 말문은 열었지만 목이 막히는 듯, 세이렌은 잠깐 숨을 골랐다. 이어진 목소리는 황홀하리만치 아름다운 노랫소리로 모두의 혼을 홀딱 빼놓았던 세이렌이라기에는 믿기지 않을 정도로 거칠게 갈라져 있었다.

"나 좀 여기서 데리고 나가줘."

나는 곧바로 움직였다.

콰콰쾅!

날카롭게 벼려진 실이 새장의 윗부분을 베고 지나갔다.

쿠웅!

허공에 떠 있던 새장이 밑으로 떨어져 내렸다.

"악!"

세이렌이 가쁜 비명을 내질렀다. 하지만 새장이 바닥에 부딪히기 전에 실로 몸을 묶어 올려서 실질적인 타격은 받지 않았을 터였다. 나는 세이렌의 족쇄도 부수고 그녀를 새장 밖으로 빼냈다. 가까운 거리에서 본 세이렌은 한결 처참했다.

추락할 때 본능적으로 날아오르려고 몇 번 퍼덕이다가 결국 힘없이 축 처진 그녀의 날개에서 깃털이 떨어져 팔랑였다. 오딘도 그렇고, 새의 능력과 비슷한 힘을 가진 애들은 원래 이렇게 깃털이 잘 빠지나? 혹시 이것도 탈모의 일종인가?

"너, 깃털 다시 자라려면 시간 좀 걸리겠다."

나는 쯧 혀를 차며 말했다. 세이렌이 자신의 탐스러운 날개를 얼마나 자랑스러워했는지 알기 때문이다. 세이렌은 산발하고 내 실에 묶여 허공에 둥둥 뜬 채로 나에게 멍한 시선을 보내고 있었다. 그러다 상황에 어울리지 않는 내 말에 희미하게 황당한 기색을 내비치다가, 파르르 떨리는 입술을 벌렸다.

"나, 날 도와주는 거야……?"

"네가 도와달라며."

나는 그녀를 뒤에 대롱대롱 매달고 문 쪽으로 걸음을 옮겼다.

"레오는 어디에 있어?"

그러면서 묻자 세이렌이 멈칫했다.

"그 번견도 구해 가려고?"

"애초에 내가 여기에 왜 왔다고 생각하는데?"

나는 빨리 대답하라는 의미로 그녀를 쳐다보았다. 그런데 세이렌의 반응이 이상했다. 머리카락 색과 똑같은 진청색 눈동자에 갑자기 물기가 어리며 동시에 독기도 차오르기 시작했다.

"넌…… 넌 정말 나쁜 년이야."

난데없이 들어먹은 욕에 조금 기가 찼다. 어이없다는 눈으로 세이렌을 보자 그녀가 서러운 듯이 눈물을 글썽이며 외쳤다.

"연구소에서 나오고 나서 나한테는 한 번도 연락 안 했잖아! 그런데 왜 여전히 그 개새끼는 옆에 끼고 있는 건데……!"

나는 조금 귀찮아졌다.

"너도 나한테 한 번도 먼저 연락 안 했잖아."

"너랑 내가 같아?!"

어째서인지 세이렌이 광분했다. 날개까지 푸들거리며 치를 떠는 모습에 나는 미간을 좁혔다. 그녀와 내가 다를 건 또 무엇인가 싶었지만, 잇따라 귀를 파고든 말은 예상했던 것과 달랐다.

"난 항상 널 지켜보고 있었다고!"

"……."

"연구소를 나와서 널 찾았을 때부터, 계속!"

"……."

"그래도 난 이번에는 네가 먼저 날 찾아와 주기를 바라서…… 그래서 꾹 참고 있었던 건데! 넌 그 까마귀 새끼랑 개자식하고만 노닥거리느라 바빠서 난 안중에도 없고……! 몇 년이나, 몇 년이나…… 우, 우흑……."

갑작스러운 스토킹 고백에 나는 어떻게 반응해야 할지 조금 고민이 되기 시작했다. 세이렌의 말을 들으니 갑자기 연구소 시절이 떠올랐다. 세이렌은 이상할 정도로 유독 나한테 살갑게 굴었다. 오딘이 '껌딱지 같은 놈'이라고 표현할 정도로. 하지만 그만큼 심술궂은 구석이 있어서 나는 세이렌이 변덕이 심하다고 생각했다.

세이렌은 나한테 하는 것과는 달리 레오를 극심하게 싫어했고, 오딘과도 거의 천적처럼 사이가 좋지 않았다. 특히 오딘과는 물과 기름처럼 만나기만 하면 이를 드러내고 으르렁거리곤 했다. 둘 다 새를 조종하는 능력이 있었으면서 동족 혐오라도 하는 건지.

"내, 내가 얼마나 보고 싶어 했는지도 모르면서……. 아라크네는 바보야!"

급기야 세이렌은 어린애처럼 눈물방울을 뚝뚝 흘리면서 세상 서럽게 흐느껴 울었다. 나는 그 모습을 보다가 입을 열었다.

"그래서 골탕 먹이고 싶어서 노예상 놈들한테 나랑 레오가 어디에 사는지 분 거야?"

"그, 그건."

내 지적에 세이렌이 흠칫했다. 그녀는 눈동자를 흔들며 날 보다가 이내 풀이 죽어 변명했다.

"고문당하는 게 너무 아파서 그랬어……."

코와 눈이 발개져서 웅얼거리는 얼굴이 퍽 처량해 보였다.

"자꾸 다른 동료는 어디에 있냐고 묻는데, 아무리 없다고 말해도 도무지 들어 처먹지를 않아서."

이어지는 그녀의 말에 한숨이 절로 나왔다.

"그래도…… 아라크네 너라면 괜찮을 줄 알았어. 넌 강하잖아."

세이렌이 이를 아득 갈며 덧붙였다.

"그리고 어차피 그 번견은 잡혀도 네가 구해줄 게 분명하고."

따악!

"악!"

나는 세이렌의 이마에 딱밤을 먹였다.

"철 좀 들어."

"내, 내가 너보다 나이 많거든?"

지금까지 이런 식으로 나한테 물리적인 공격(?)을 당한 적이 없어서 그런지 세이렌은 상당히 당황한 눈치였다.

"레오 위치."

"아마도 오른쪽 방……."

콰앙!

나는 그 말을 듣고 무작정 오른쪽 벽을 부쉈다. 하지만 그곳은 빈 방이었다.

"없는데?"

"사, 사실 나도 잘 몰라. 그냥 나 같은 '변종'은 따로 보관할 거라고 그랬어."

나는 세이렌의 말을 듣고 벽을 하나씩 부수면서 옆으로 이동했다. 잘은 몰라도 세이렌을 건물의 중심부에 가둬놓았으니, 레오도 이 근처에 있을 것이란 생각이 들었다. 레오의 은신처인 수도원에 미약하게 남아 있던 약 냄새는 분명 수면제였다. 레오조차 잠들 정도라면 약효가 굉장히 센 것이었겠지만, 이런 소란 속에서는 아마 금방 깼을 것이다.

"저기, 혹시 나 때문에 번견이 다쳤으면 미안."

세이렌이 여전히 실에 묶여 우물쭈물 사과했다.

크아앙!

때마침 그리 멀지 않은 곳에서 익숙한 울음이 들려왔다.

"내가 걱정하는 건 레오가 아니야."

세이렌은 내 말에 의문을 느낀 모양이지만 나는 더 이상 말하지 않고 소리가 들려온 곳으로 빠르게 이동했다.

어쩐지 밖이 시끄러웠다. 레오는 꿀잠을 자다가 거슬리는 소음에 눈을 떴다.

"쿵?"

그는 무심코 고개를 들다가 머리를 부딪쳐 깨갱거렸다. 레오는 지금 우리에 갇혀 어디론가 이동되는 중이었다.

"뭐야, 벌써 깼나 본데?"

"빨리 서두르자고. X발, 하필 오늘따라 침입자라니, 날을 잘못 잡았어."

우리 위로 두꺼운 천이 드리워져 있어 바깥은 보이지 않았다. 레오는 어리둥절해 고개를 갸웃거렸다.

분명 자신은 집에서 놀고 있었는데 왜 갑자기 이런 곳에 오게 된 건지 알 수가 없었다. 레오의 귀와 코가 동시에 쫑긋거렸다. 복도에 가득 찬 경보음 때문에 예민한 귀가 따가울 정도였다. 하지만 동시에 사방에서 굉장히 맛있는 냄새가 났다. 이것은 분명 신선한 간의 냄새였다.

"츄릅."

레오의 입에서 침이 흘렀다. 그러나 그는 고개를 세게 흔들며 두 손으로 코를 가렸다. 함부로 사고 치지 않겠다고 아라크네와 약속했다. 그러니 참아야 하는데……. 그러나 얼마 안 가 레오는 다시 코에서 손을 떼고, 군침을 흘리기 시작했다. 요즘 레오는 너무 많이 굶었고, 눈앞에는 잘 차려진 밥상이 있다. 이 강렬한 유혹을 참아내기에는 그의 인내심이 그리 강하지 못했다.

"캬오오!"

결국 레오는 폭주했다. 우리에 갇힌 레오의 몸이 단숨에 크게 부풀기 시작했다.

콰드득! 콰직! 콰악……!

"으, 으악!"

"이게 뭐야……!"

우리가 순식간에 뜯겨 사방으로 터져 나갔다. 우리를 옮기던 남자들이 그 반동으로 바닥에 넘어졌다.

"크오오……!"

어느덧 복도를 가득 채우고 선 집채만 한 커다란 짐승이 포효했다.

"악!"

갈색 털의 짐승이 앞발을 휘둘러 바닥에 쓰러진 남자를 짓눌렀다. 동공이 세로로 찢어진 황금색 눈동자가 선득하게 번쩍였다. 입 밖으로 빠져나온 날카로운 송곳니는 섬뜩한 광채를 발하고 있었다.

–먹을 거야……!

레오는 마침내 완전히 이성을 잃고 사나운 짐승이 되어 복도를 휩쓸기 시작했다.

라키어스는 그냥 문 앞을 지키고 있던 사람을 쓰러뜨리고 노예상 안으로 들어왔다.

댕댕댕댕!

그가 들어오자마자 시끄러운 경보가 울렸다.

철컹!

건물의 문들이 저절로 잠기기 시작했다. 침입자를 독 안에 든 쥐로 만들어 소탕하기 위한 방법이었지만 라키어스에게는 오히려 잘된 일이었다. 이 안에 있는 버러지들을 한 놈도 놓치지 않고 처리할 수 있을 테니까.

"누구냐! 정체를 밝히…… 커억!"

그는 침입자를 찾아 달려온 사람을 전부 무자비하게 죽였다.

사악! 그의 손에서 배어 나온 핏줄기가 잔상 같은 가느다란 붉은 선을 그리며 움직여 눈앞에 있는 적들을 분쇄했다.

어차피 라키어스는 이곳에서 유리를 찾으면 그만일 뿐, 다른 사람들을 굳이 살려 보낼 마음이 없었다. 그중 몇에게는 복종의 힘을 사용해서 일단 변종을 가둬놓은 곳이 건물의 심층부라는 사실을 알아냈다.

아까 유리의 집에서 마주쳤던 까마귀 오딘은 그동안 동부를 누비며 미리 봐두었던 빈 창고 구석에 처박아 두고 왔다. 다른 때 같으면 고문을 하든 뭘 하든 당장 그 입을 다시 열게 해주었을 테지만 지금은 유리의 일이 먼저였다.

–라키어스, 저 앞이 유독 시끄러운데?

그러다 문득 벌레의 말처럼 멀지 않은 곳에서 무언가가 부서지는 소리와 사람들의 비명이 울리고 있다는 사실을 깨달았다. 처음에는 그냥 무시했지만 공교롭게도 그 소리는 라키어스가 이동하는 방향에서 들려왔다.

"악……!"

"크르르릉!"

얼마 안 가 그는 복도의 벽을 깨부수며 난동을 피우고 있는 괴수를 발견하게 되었다.

“뭐야, 저건.”

라키어스의 얼굴이 구겨졌다. 지금 그는 혹시 모를 상황에 대비해 가면을 쓰고 있어 표정이 겉으로 드러나지는 않았다.

괴수는 꽤 특이한 행동을 반복했다. 눈에 띄는 사람들을 커다란 앞발로 순식간에 낚아채 코를 박고 냄새를 맡다가 이내 인상을 팍 쓰며 손에 든 사람을 내던지고 땅을 파는 시늉을 하는 것이었다.

‘잠깐, 이 냄새…….’

그러다 문득 라키어스는 코끝에 흘러드는 냄새를 맡고 눈동자를 날카롭게 빛냈다. 지금 그의 앞에서 날뛰고 있는 저 마수에게서 나는 냄새는 가끔 유리에게서 맡았던 들짐승 냄새와 비슷했다.

“킁?”

그때, 레오도 라키어스의 냄새를 맡았다. 새로 나타난 인간에게서는 지금까지 먹어봤던 인간 중 제일 맛있는 냄새가 났다.

“크아악!”

이성을 잃은 레오가 침을 질질 흘리며 달려들었다. 라키어스는 감히 자신을 먹잇감으로 여기고 달려드는 작태를 어이없게 쳐다보다가 몸을 움직였다.

“X발, 이 광견병 걸린 개새끼가 지금 누구를 보고 군침을 흘려?”

콰앙!

라키어스보다 몸집이 수십 배는 큰 괴수였으나, 그는 레오의 꼬리를 잡고 거대한 몸을 가볍게 내던졌다.

“깽!”

레오가 부딪친 벽이 가루가 되어 무너졌다. 레오는 왜 자신이 사냥에 실패했는지 영문을 몰랐다. 그는 어리둥절하게 라키어스를 보다가 다시 침을 흘리며 자리에서 벌떡 일어났다. 라키어스가 그런 레오를 향해 서늘히 명령했다.

"눈 깔고 바닥에 처박혀."

쿠당!

목소리에 실린 기이한 힘이 파동처럼 번져 나간 직후, 레오는 라키어스의 명령대로 바닥에 엎어져 눈을 깔게 되었다.

"낑?!"

레오는 마음대로 움직이지 않는 몸에 당황해 깨갱거렸다. 그러다 문득 라키어스에게서 느껴지는 다른 냄새가 그의 코끝을 스쳐 지나갔다.

"유, 유리 냄새……."

순간 이성을 되찾은 레오가 코를 킁킁거리며 웅얼거렸다. 그 말에 라키어스는 눈썹을 추켜세웠다. 역시 이 마수에게서 나는 냄새는 지난번에 유리가 묻히고 왔던 냄새가 맞았다. 생각 같아서는 이 짐승을 토막 내 죽여 버리고 싶었다. 하지만 유리가 마음에 걸렸다.

"야, 개새끼. 네가 말하는 유리가 검은 머리에 붉은 눈 가진 여자 맞아?"

"유리……!"

레오가 라키어스에게서 듣게 된 이름이 반가운 듯 눈을 빛내며 헥헥거렸다. 그러다 이번에는 콧잔등을 찡긋거리며 고개를 슬쩍 들고 냄새를 맡았다.

"유리 냄새 두 개……?"

라키어스는 그 말을 듣고 눈을 좁혔다. 유리 냄새가 두 개라니. 그럼 지금 이 마수가 유리의 위치를 안단 말인가?

상황을 빠르게 정리한 라키어스는 레오에게 명령했다.

"개새끼. 지금 그 냄새 나는 곳이 어디야?"

"……뭐지?"

한편, 노예상 안에 먼저 숨어들어 와 있던 남자는 갑작스러운 상황에 의문을 느꼈다.

"들킨 걸까요?"

뒤에 있던 부하들도 뜻밖의 상황에 몸을 긴장시켰다. 남자는 오감을 끌어올려 주위를 살폈다. 하지만 급히 달리는 발소리는 오히려 점점 멀어져 갈 뿐, 그들이 있는 곳으로는 다가오지 않았다.

"아니. 다른 침입자가 있는 것 같다."

"그럼 움직일까요?"

눈치 빠른 부하가 말했다. 남자는 고개를 끄덕였다.

"저쪽에서 시선을 끌어준다면 나쁠 것 없지. 계획대로 움직인다."

"예, 크록포드 경."

수색대의 통솔자 칼리안 크록포드는 앞장서 대범하게 움직였다. 그를 비롯한 수색대는 실종자들을 찾기 위해 발 빠르게 움직였다. 세간에 알려진 것은 고아원의 아이들이 사라졌다는 것뿐이었지만 실종자 명단에는 귀족의 자제도 포함되어 있었다.

만약 이번 사건에 연루된 것이 고아원 아이들뿐이었다면 위에서 직접 칼리안을 파견했을 리가 없었다. 사실 칼리안은 그것을 마뜩잖게 여기고 있었다. 하지만 지금은 잡생각을 할 때가 아니었기에 그는 납치당한 사람들의 구조에 집중하기 시작했다.

콰앙!

"꺄악!"

"어, 엄마야!"

레오를 찾아 질주하다가, 어디론가 급히 이동 중인 한 무리의 사람을 마주했다. 손목과 발목에 족쇄가 달린 것을 보니 노예로 팔려던 사람들인 것 같았다.

"뭐, 뭐야, 넌?!"

관리인처럼 보이는 사람이 나와 세이렌을 보고 기함했다. 나는 그것을 무시하고 자리를 박차 도약해 사람들을 훌쩍 뛰어넘었다. 그리고 그냥 계속 내 갈 길을 갔다.

"그냥 가는 거야?"

"그럼?"

"아니, 너라면 도와줄 줄 알았는데 의외라서."

세이렌은 뜻밖이란 듯이 중얼거렸지만 당연한 일이었다. 잡힌 사람들이 불쌍하긴 했지만 나한테 별다른 영웅 심리가 있는 것도 아니고, 내 목적은 그냥 이곳에 있는 레오를 데리고 나가는 것뿐이니까.

콰콰콰쾅!

그런데 바로 그때, 눈앞에서 거대한 폭발이 일어났다. 잠시 후 나부끼는 먼지 속에서 나타난 것은 한 남자였다. 뿌연 시야 속에 가장 먼저 드러난 것은 눈에 익은 제복이었다. 그리고 남자의 얼굴을 확인한 순간, 나는 멈칫할 수밖에 없었다.

"왜, 아는 사람이야?"

내 작은 반응을 귀신같이 알아차린 세이렌이 뒤에서 물었다. 아는 사람이라면 아는 사람이었다. 어제 낮에도 본 적이 있는 칼리안 크록포드였으니까.

"너희는……."

나와 세이렌을 발견한 남자가 미간을 좁혔다. 그새 먼지가 어느 정도 가라앉아 그의 뒤로 펼쳐진 부서진 벽 너머의 모습이 시야에 들어왔다.

"으아앙……!"

"집에 가고 싶어요!"

서른 명 정도 되어 보이는 아이들과 그들을 달래고 있는 몇 명의 어른. 어른들이 입은 옷은 지금 내 앞에 선 남자가 입은 것과 동일한 제복이었다. 그것을 보니 깨달음이 스쳐 지나갔다.

아, 혹시 소설에 나온 고아원 실종 사건의 배후지가 여기였던 건가? 만약 그렇다면 이것 참 공교로운 일이었다. 어, 잠깐 그럼 혹시 저 안에 헤스티아가 있는 건 아니겠지?

그 애한테 달아놓은 실이 움직이는 느낌은 못 받았는데.

"크록포드 경! 저건……!"

그런데 제복을 입은 사람들이 나를 보더니, 일제히 눈을 부릅뜨며 갑자기 무기를 빼 드는 것이 아닌가? 그것을 본 아이들이 딸꾹질하거나 더 큰 울음을 터뜨렸다. 하지만 그들의 우선순위는 납치당한 아이들이 아니라 나와 세이렌이 된 것 같았다.

"뭐, 뭐야."

세이렌이 당황한 듯이 내 뒤에서 몸을 움츠리는 게 느껴졌다.

"이단자인가."

칼리안이 은회색 눈동자를 싸늘히 벼리며 읊조렸다. 그들의 눈은 나보다는 내 뒤에 있는 세이렌을 향하고 있었다.

"롬벨, 지금부터 나 대신 피해자들을 이끌고 속히 이곳을 빠져나가도록."

칼리안이 뒤에 있는 사람 중 누군가에게 말한 뒤 앞으로 걸어 나왔다.

"이단자는 지금 이 자리에서 배제하겠다."

사악!

그 말이 무슨 뜻인지 알아듣기도 전에 날카로운 공격이 날아들었다. 나는 급히 세이렌을 데리고 몸을 피했다.

쿠콰쾅!

"꺅!"

세이렌이 귀 따갑게 내 등 뒤에서 비명을 질러댔다. 하지만 그녀를 추스를 새도 없이 또 한 번의 공격이 쇄도했다.

콰칭! 챙강!

나는 거미줄을 날카롭고 단단하게 만들어 내 목을 노리고 날아드는 남자의 검을 쳐냈다. 보통 무기였다면 단숨에 산산조각 났을 것이 분명했다. 하지만 그의 검은 신묘한 물건인지, 금조차 가지 않았다.

"너도 이단자였나?"

그는 내가 자신의 공격을 막아낸 사실에 놀란 듯하다가, 이내 내게서 뻗어져 나온 실을 보고 서슬 퍼런 눈빛을 보냈다.

'갑자기 이게 무슨 짓이지?'

나는 나대로 짜증이 났다. 미친, 도대체 이게 뭐람? 남자 주인공

씨, 너 지금 나랑 내 동료 죽이려고 한 거예요? 게다가 이단자라니, 설마 실험체를 말하는 건가?

뉘앙스를 보면 그런 것 같았다. 애초에 세이렌의 날개를 보고 그런 말을 했고. 나는 망토로 몸을 가리고 있었던 데다, 딱히 겉모습을 통해 유적의 힘을 흡수한 게 드러나지 않아서 직접 실을 뽑기 전까지 몰랐던 듯했다.

아니, 그래도 그렇지, 만나자마자 대뜸 칼부림이라니.

"이단자라는 것을 알았으니 이번에는 봐주지 않겠다."

그는 단숨에 자리에서 튕기듯이 나를 향해 달려들었다. 그 기세가 실로 흉흉해 누구라도 오금이 저릴 정도였다. 지금까지 보았던 그의 정중한 모습이 사실은 꿈이었나, 하는 생각마저 들었다.

그리고 나는 오늘 새로운 진리를 깨달았다. 소설 속에서 좋은 사람으로 서술되었다고 해서, 나한테도 좋은 사람이란 법은 결코 없다는 것. 그러고 보니 칼리안 크록포드는 음지 인간들에게는 썩 야박한 사람이었던가.

슈악! 파바밧!

나는 거미줄의 강도를 높이고 그물처럼 만들어 칼리안에게 내리꽂았다.

챙강!

하지만 그는 그것을 모두 베어내고 도약해 손에 든 칼을 내 심장에 박으려 했다. 무의식중에 그냥 피하려다가 뒤에 있는 세이렌이 생각났다. 아, 역시 귀찮아. 나는 세이렌이 알면 섭섭해할 생각을 하며 그녀를 최대한 멀리 날려 보냈다. 이번에도 비명이 울렸지만 그냥 모른 척했다. 어차피 실에 묶여 있어 내가 당기면 다시 가까이 올 것이다.

사악!

그런 뒤 칼리안의 공격을 피했지만 세이렌부터 피신시키느라 완전히 흘려보내지는 못해 팔을 얕게 베였다. 몸을 비스듬히 기울이면서 거의 내 눈가까지 내려와 있던 검은 망토 모자가 슬쩍 위로 들렸다. 나는 얼른 실을 붙여 살짝 올라갔던 모자를 다시 푹 눌러썼다. 다행히 칼리안은 내 얼굴을 보지 못한 모양이었다.

콰앙!

바로 그 순간, 바로 옆쪽의 벽이 부서지며 그 사이로 무언가가 쏜살같이 날아들었다.

"크오오……!"

잠깐, 레오?

이성을 잃은 듯 몸집이 거대해진 레오였다. 하지만 벽을 부수고 나타난 건 레오만이 아니었다. 나는 이상한 광경을 보고 때에 맞지 않게 조금 당황했다. 꼭 레오를 조종하듯이 머리 위에 아무렇지 않게 올라서 있던 누군가가 곧바로 날렵하게 몸을 움직였다.

퍼억!

그 사람은 눈 깜짝할 새 내 앞에 있던 칼리안을 거세게 걷어찼다. 칼리안 크록포드에게 악감정이라도 있는 게 아닐까 싶을 정도로 과격하고 거친 발놀림이었다.

"윽……!"

한순간 방심하고 있던 칼리안이 걷어차여 뒤로 물러났다. 하지만 역시 남주인공답게 금방 균형을 잡아 반격을 꾀했다.

콰콰쾅!

칼리안의 공격이 지나간 자리에 검은 먼지가 일었다.

"……동부의 영웅이라기에 얼마나 대단한 피라미인가 했더니."

거칠게 갈라진 남자의 목소리가 뿌연 공기 속에서 흘러나왔다. 그 순간 나는 움찔 눈매를 좁힐 수밖에 없었다. 마침내 먼지가 걷힌 자리에 나타난 것은 입이 찢어진 하얀 가면을 쓴 남자였다.

"X밥이잖아?"

그는 칼리안의 공격에도 생채기 하나 나지 않은 몸을 일으키며 얄미울 정도로 이죽거렸다. 나는 그의 정체를 어렵지 않게 깨달았다. 난데없이 나타나 칼리안을 공격한 남자는 분명 라키어스였다. 귀에 익은 저 목소리와 눈에 익은 저 옷. 그리고 무엇보다도…… 지금 그가 쓰고 있는 가면은 내가 방에 처박아 두었던 내 거였다.

"너도 이단자냐? 이 노예상 사람인가?"

칼리안이 눈을 가늘게 좁히며 물었다.

"동부의 개. 내게는 대답할 의무가 없고, 네게는 질문할 권리가 없다."

지금 쓰고 있는 가면 때문에 얼굴이 보이지는 않았지만, 라키어스가 한껏 칼리안을 비웃고 있으리란 사실을 알 수 있었다.

"그렇군."

칼리안은 한차례 눈살을 찌푸렸을 뿐, 다른 감정을 더 드러내지는 않았다.

"그럼 순서대로 처리하겠다."

다음 순간, 그의 손에 들린 검이 한결 첨예하게 빛났다. 동시에, 라키어스의 손가락에서도 붉은 피가 스멀거리며 배어 나오기 시작했다. 하지만 칼리안이 다시 공격한 것은 라키어스가 아닌 세이렌이었다.

"끄악!"

나는 실을 당겨 세이렌을 내 앞으로 끌어왔다. 누에고치처럼 실에 돌돌 감긴 세이렌이 단말마의 비명을 내질렀다. 다음 공격은 세이렌과 나를 동시에 노리고 날아왔다.

"눈을 돌려도 좋다고 허락하지 않았는데?"

하지만 라키어스가 먼저 끼어들어 칼리안을 막았다. 눈앞에 정체를 알 수 없는 붉은 잔상이 어지럽게 움직였다. 멀리서 보기에도 굉장히 흉흉한 느낌이라 왠지 모를 섬뜩함이 들었다. 칼리안도 마찬가지인지, 굳은 얼굴로 크게 검을 휘둘렀다.

쩌적! 파사삭!

하지만 놀랍게도, 붉은 실선들에 닿은 칼리안의 검이 산산조각 났다. 처음으로 칼리안의 눈에 당혹감이 떠올랐다.

"이 새끼들! 여기가 너희 놀이터인 줄 알아?!"

"크록포드 경!"

어느새 우리가 있던 곳에 다른 사람들이 들이닥쳤다. 한 무리는 제복을 입은 칼리안의 동료들이었고, 다른 한 무리는 노예상들이었다.

"크, 크록포드……?!"

그러다 노예상들이 동부의 지배자인 크록포드의 이름을 듣고 사색이 되었다.

"크와아앙!"

"레오!"

나는 옆에서 흥분해 폭주 직전인 레오에게 뛰어갔다.

"킁!"

다행히 내가 이름을 부르자 레오는 귀를 쫑긋하며 고개를 돌렸다. 나는 아까 라키어스가 그랬던 것처럼 레오의 위에 올라타 털을 붙잡았다.

"레오, 뛰어."

"컹!"

내 말을 들은 레오가 뛰어올랐다.

"으아악!"

사람들이 폭주 기관차처럼 달리는 레오를 보고 혼비백산해 도망쳤다. 착각인지, 라키어스의 가면 너머에 있는 눈이 한순간 나를 쳐다본 것 같았다. 레오는 지붕을 뚫고 도약해 검은 하늘 속에 뛰어들었다. 그런 내 뒤로 기묘한 울림을 담은 목소리가 울렸다.

"지금 내 목소리가 닿는 곳에 있는 모두에게 명령한다."

라키어스의 목소리였지만, 어딘가 묘하게 평소와 달랐다.

"오늘 이곳에 나타난 '변종'과 '이단자'에 관련된 일은 전부 잊어라."

그리고 이어진 그 말에 나는 놀라 뒤돌아보고 말았다. 라키어스가 나를 등지고 있어 내가 볼 수 있는 건 그의 뒷모습뿐이었다.

"지금 나를 이 자리에서 만난 것도 기억하지 마라."

달빛 속에서 흩날리고 있는 금빛 머리칼이 시야에 들어왔다. 그 이후, 라키어스의 몸이 어둠에 스러지듯이 사라졌다.

"레오, 다시 작게 돌아와!"

나는 본능적으로 무언가를 직감하고 레오에게 말했다.

"크릉!"

그러자 레오가 내 말대로 다시 원래의 작은 모습으로 돌아왔다. 나는 하늘에서 떨어지는 레오를 실로 감싸 붙든 뒤 옆 건물의 지붕 위에 올라섰다.

"어? 방금 뭐였지?"

"왜 여기서 이러고 있는 거지?"

사람들이 황망한 듯이 주위를 두리번거리는 모습이 눈에 들어왔다.

"헉, 지붕이 왜 이래!"

그들은 뻥 뚫린 지붕을 보며 기겁했다. 이미 가장 눈에 띄는 존재였던 레오의 몸도 작아진 뒤라 아무도 우리의 존재를 알아차리지 못했다. 놀랍게도 그들은 조금 전에 라키어스가 명령한 것처럼 정말 조금 전까지 있었던 일을 잊은 것 같았다.

"크, 크록포드 경? 지금 뭔가 이상한 느낌이 들었는데 저만 그런 건가요?"

"아니. 나도 비슷하다."

칼리안도 조금 혼란스러운 듯이 주변을 살폈다. 하지만 아까까지만 해도 그의 눈에 떠올라 있던 서슬 퍼런 살기가 지금은 멀끔히 사라져 있었다. 그는 알 수 없는 찜찜함을 느끼는 듯했지만 금방 추스르고 노예상 안의 사람들을 포박해 연행하도록 부하들에게 명령했다.

아이들을 비롯해 강제로 납치당한 사람들은 이미 안전한 곳에 데려다 놓은 듯했다. 나는 기절해 축 늘어진 세이렌과 허공에 묶여 허우적거리는 레오를 데리고 그 자리를 벗어났다.

제10장

피폐 로맨스와 막장물은 한 끗 차이

노예상에서의 일이 지나간 후, 놀랍도록 평범한 예전의 일상으로 되돌아왔다. 라키어스의 힘이 효과가 있는지, 레오의 은신처나 유리의 집 근처에 얼쩡거리는 수상한 뒷세계 인간은 없어졌다.

그날 노예상에서 있었던 일은 정말 다시 생각해 봐도 기가 막혔다.

일단 남주인공 칼리안 크록포드는 유리의 안에서 호감도가 완전히 떨어졌다. 실험체라고 무작정 배척하는 놈이었다니. 그래도 지금까지는 나름대로 호감형이었는데 한 일도 없이 적대받고 나니 어지간히 짜증스러운 게 아니었다.

동부에서는 유적의 힘 보유자를 이단자라고 하는 모양인데. 칼리안이 좋아했던 안네마리도 실험체까지는 아니지만 그래도 유적의 힘을 가지고 있으니 엄밀히 따지면 이단자가 아닌가?

소설에서 언급된 적은 없었지만 칼리안은 그 사실을 알고 있었던가,

몰랐던가. 만약 알았던 거면 정말 참사랑이었나 보다. 하지만 사실 칼리안 크록포드보다 유리의 관심을 끈 것은 라키어스였다. 그때 라키어스가 사용한 힘, 완전히 사기 아닌가?

그 정도로 다수의 사람을 세뇌시켜 좌지우지할 수 있는 능력이라니. 심지어 세이렌과 레오도 라키어스의 말대로 그를 본 것을 기억하지 못하는 듯했다. 그 힘의 범위나 강도가 어느 정도인지 모르겠지만 그 능력 자체만으로도 대단했다. 그럼 역시 그건 유적의 힘인 걸까?

'그런데 왜 내 기억은 그대로지?'

라키어스가 왜 그 자리에 나타난 건지, 또 왜 레오와 함께 왔는지 이유를 묻고 싶었지만 당연히 그럴 수 없었다. 라키어스는 유리에게서도 기억이 사라졌다고 믿는 것 같았고, 그녀도 일단 모르는 척하는 게 신상에 좋을 것 같다는 느낌이 들어서였다. 그래서 가끔씩 예리한 빛이 서린 눈으로 그녀의 얼굴을 탐색하듯이 응시하는 라키어스에게 시치미를 떼고 있었다.

'잠이 안 오네.'

이런저런 생각이 많아서 그런지 도통 눈이 감기지 않았다. 그러다 보니 온몸의 감각이 자연스럽게 문밖으로 향했다. 라키어스는 여느 때처럼 조용했다. 늦은 밤이니 잠들었을 수도 있지만 왠지 아닐 것 같았다.

노예상에서 구해 온 세이렌은 일단 레오의 은신처에서 함께 지내는 중이었다. 물론 그녀는 굉장히 불만이 큰 것 같았지만 그래도 이번 일로 무언가 깨달은 게 있었는지 투덜거리지는 않고 입만 삐죽 내민 채 조용히 깃털을 다듬었다.

아라크네의 능력을 이용해 은신처 곳곳에 함정을 만들어놓았으니, 만약 전처럼 누군가가 침입한다면 바로 신호가 올 것이다. 세이렌도 그 사실에 퍽 안심한 것 같았다.

그보다 어째서인지 오딘에게서 새로운 연락이 없는 것이 신경 쓰였다. 그는 약속했던 날에도 모습을 비추지 않았다. 혹시 세이렌처럼 변종을 찾는 자들에게 잡힌 것이 아닌가 하는 생각이 들어, 이번 주까지 소식이 없으면 유리도 움직여 봐야 할 것 같았다.

쾅쾅쾅!

그때, 누군가 밖에서 유리의 집 문을 두드려 댔다.

'뭐야.'

유리는 둔탁한 소음에 미간을 찌푸렸다. 신체 능력이 발달한 만큼 감각도 예민해져서 귀가 밝았기 때문에, 조용한 밤중의 소음이 폭격처럼 느껴졌다.

"자기야……! 문 열어봐, 자기야!"

술에 꼴은 인간이 엄한 곳에 찾아와 되지도 않는 '자기'를 찾고 있었다. 유리는 짜증을 삼키며 자리에서 일어났다. 당연한 일이지만, 라키어스도 깨어나 있었다. 어둠 속에서 푸른 안광이 선득하게 빛났다. 유리가 방문을 열고 나가자, 창가에 서서 막 커튼을 걷고 있던 라키어스가 그녀를 돌아보았다.

"제가 나가볼게요. 그냥 계세요."

유리는 그를 지나쳐 바로 문으로 향했다. 하지만 어느새 다가온 라키어스가 뒤에서 그녀의 팔을 붙잡았다. 걸음을 멈추고 뒤돌아보자 그가 그녀를 내려다보며 입을 열었다.

"위험해요."

나지막한 속삭임이 귓가를 간질였다. 조금 전 커튼을 걷어 창밖을 확인한 듯, 은은한 달빛이 라키어스의 음영 진 얼굴에 비쳐 들었다.

역시 그가 형성하는 분위기는 낮과 밤이 굉장히 달랐다. 지금의 라키어스는 꼭 어둠 속에서 조용히 사냥감을 물색하는 짐승처럼 어딘가 날카롭고 위험한 느낌을 풍기고 있었다.

'아니……. 진짜 위험한 사람은 저런 취객이 아니라 너잖아.'

저절로 그런 말이 입 밖으로 나오려고 했지만 유리는 그것을 꾹 눌러 삼켰다.

"어떻게 사랑이 변하니~! 우리 행복했잖아!"

밖에서는 여전히 몰상식한 남자가 같잖은 사랑 타령을 하며 소리를 쩌렁쩌렁 질러대고 있었다. 가만히 놔두었다가는 온 동네에 광역 민폐를 끼치고도 남을 듯했다. 무엇보다도, 유리는 저 시끄러운 소리가 거슬렸다.

"안 위험해요."

그녀는 단호하게 말한 뒤 다시 걸음을 옮기기 시작했다. 그러자 무슨 생각을 했는지는 몰라도 라키어스가 잡고 있던 유리의 팔을 놔주었다.

끼익.

마침내 유리는 문을 열었다. 그리고 조금 전부터 그녀의 고막을 괴롭히던 진상의 얼굴을 마주했다. 유리와 눈이 마주치자마자 남자의 얼굴이 멍청하게 변했다.

"어……? 자기, 얼굴이 변했네?"

그는 갑자기 문을 열고 나타난 유리를 보며 몽롱한 눈빛을 하다가 이내 실실 웃었다.

"더 예뻐졌잖아! 우리 자기, 이리 와! 한번 안아보……."

사아아아.

하지만 남자는 미처 말을 끝맺지 못했다. 바로 그 순간, 주위의 온도가 급격히 떨어지며 꼭 한겨울이 된 것 같은 스산함이 몰려들었기 때문이다.

"술을 먹었으면……."

이윽고 유리의 입술이 작게 달싹였다.

"집에 곱게 기어들어 가는 게 좋지 않을까?"

고요한 밤에 어울리는 조용하고 나직한 음성이었다. 하지만 그 목소리가 고막을 찔러드는 순간, 남자는 작살에 꿰이기라도 한 것처럼 몸을 떨며 얼어붙었다.

"이렇게 남의 집에 잘못 찾아와서 개진상을 떠는 게 아니라."

선명한 붉은 눈이 달빛을 받아 으스한 빛을 발했다. 그 순간 남자는 고양이 앞의 쥐처럼 굳어 딸꾹질을 하기 시작했다.

스읍.

그때 유리의 등 뒤로 검은 그림자가 다가왔다. 라키어스였다. 한밤중의 불청객은 헉 숨을 들이켰다. 꼭 마녀처럼 오싹한 기운을 흩뿌리는 여자의 뒤로 그보다 한결 더 위험한 분위기를 풍기는 남자가 나타났다. 마치 눈빛만으로도 사람을 죽일 수 있을 것처럼, 얼굴에 날아와 꽂힌 푸른 눈에 오금이 저렸다.

곧 그가 여자의 뒤에서 팔을 뻗었다. 느릿하게 움직인 손이 여자의 손가락 사이로 얽혀들었다. 그 순간, 여자에게서 흘러나오는 분위기가 갑작스럽게 달라졌다. 남자는 그대로 여자를 뒤에서부터 끌어안듯이 당기며 그때까지도 눈을 마주하고 있던 불청객을 향해 입술을 벌렸다.

"꺼져."

서늘한 경고가 밤공기를 갈랐다.

"방해하지 말고."

쿵!

그 직후 문이 닫혔다. 어느새 술에서 완전히 깬 남자는 이제 딸꾹질조차 하지 못하고 자리에 멍하니 서 있었다. 그러다 마침내 퍼뜩 정신을 차리고 도망치듯이 헐레벌떡 뒤돌아 그레이페럿가를 빠져나갔다. 그 후 그가 두 번 다시 페럿가에 발을 들이는 일은 없었다.

쿵!

문이 닫히는 것과 동시에 그 너머에서 새어 들던 달빛도 차단되었다. 라키어스와 유리는 집 안의 어둠 속으로 빨려들 듯이 스며들었다.

"라키어스 씨……."

"집을 잘못 찾아온 불청객이었네요."

밤공기를 닮은 나지막한 속삭임이 실내의 적막을 두드리며 벽을 타고 기어갔다. 라키어스의 손가락이 좀 더 깊게 유리의 손가락 사이로 얽혀들었다. 유리는 또다시 파도처럼 밀려드는 감정의 홍수를 피해 뒷걸음질 쳤다. 하지만 등 뒤가 벽에 가로막혀 더 이상 움직일 수가 없었다. 그런 그녀의 앞으로 라키어스가 좀 더 가까이 다가섰다.

"왜 그런지 모르겠는데……."

낮은 속삭임이 달빛 어린 공기 속에 실려 귀에 흘러들었다.

"당신한테 이상한 놈들이 꼬이면 기분이 나빠요."

맞잡은 손에서부터 찌릿한 느낌이 퍼져 나갔다. 그래도 그동안 라키어스와 접촉하며 조금씩 익숙해져서 그런지, 이제는 울컥해서 눈물이 날 것 같다든가, 정신이 아득해진다든가 하는 일까지는 벌어지지 않았다.

하지만 이렇게 라키어스의 손을 잡고 있으면 세상이 조금 다르게 보이는 것 같았다. 그동안 놓치고 있던 것들이 팔락이는 장막 뒤로 서서히 모습을 드러내고 유리를 향해 이리 오라고 손짓하는 느낌이었다.

예를 들어 지금 라키어스에게서 전해지는 감정이 그랬다. 평소에는 그다지 신경 쓰지 않았던 부분인데……. 지금은 라키어스가 왜 그녀에게만 유한지, 또 왜 지금도 이런 눈으로 그녀를 보는지 알 수 있을 것 같았다.

'이상하네.'

다른 사람의 감정이 이렇게 다채롭게 보이는 것은 또 처음이었다. 물론 그렇다 해서 그의 감정에 동화해 가슴이 설렘으로 두근거리지는 않았지만…….

그래도 지금 라키어스에게서 전해져 오는 감정이 싫지 않았다.

"라키어스 씨."

유리는 느리게 눈을 깜빡이며 라키어스를 올려다보다가 이내 그의 어깨에 툭, 이마를 댔다. 순간, 맞닿은 몸에서 자잘한 파동이 전해져 왔다. 조금 전까지는 꼭 그녀를 작정하고 유혹할 것처럼 굴더니, 정작 유리가 먼저 다가가니 고작 이 정도로 동요하고 있었다. 그 차이가 커서 묘하게 귀여워 보였다. 하지만 뒤이어 유리의 입에서 흘러나온 것은 다소 가차 없는 말이었다.

"내가 아는 사람 중 라키어스 씨가 제일 이상해요."

순간 라키어스의 미간이 슬쩍 찌푸려졌다.

"그런데 싫진 않아요."

이어진 말에 라키어스의 귀가 달아오르기 시작했다.

"있잖아요, 라키어스 씨."

하지만 더 큰 폭탄은 다음 순간 던져졌다.

"지금, 같이 내 방에 가지 않을래요?"

순간 주위에 흐르는 공기가 멈춘 것 같았다. 유리가 천천히 고개를 들어 라키어스를 올려다보았다. 그는 뻣뻣이 굳은 채 눈을 크게 뜨고 유리를 내려다보고 있었다. 라키어스가 왜 이렇게 놀라는지 알 수 있었다. 일단 유리와 라키어스, 둘 다 신체 건장한 성인 남녀였으니까.

물론 유리의 말에는 약간의 사심이 담겨 있기도 했다. 물론 그 사심이란 이번에도 역시 빨간 딱지를 붙여야 하는 19금적인 것이 아니라, 사람의 체온 그 자체에 대한 것이었다. 그래서 혹시 그가 오해할까 봐 덧붙였다.

"손만 잡고 잘게요."

"……."

"믿어도 돼요."

라키어스의 표정이 미묘하게 변했다. 한순간 오해할 뻔했으나, 유리의 얼굴을 보니 정말 말 그대로의 의미인 것 같았다. 머릿속에서 벨레가 시끄럽게 아우성쳤다. 라키어스는 유리의 얼굴을 내려다보다가 이내 잡고 있던 손을 들어 올려 입술을 묻었다. 어쨌든 간에…… 먼저 내밀어진 손을 굳이 밀어낼 이유는 없었다.

"……그래요."

꼭 사냥감을 앞에 둔 사냥꾼처럼 라키어스의 눈이 파르스름하게 빛났다. 그것을 가리듯 눈을 접어 웃으며 라키어스가 속삭였다.

"손만 잡고 자요."

일단 오늘은. 그렇게 두 사람은 같이 방으로 들어갔다.

잠시 후 라키어스는 자신의 생각을 다소 후회했다.

—너 바보 아니냐?

'시끄러워.'

머릿속에서 벨레가 탄식했다. 라키어스는 미간을 찌푸리며 눈앞에 있는 사람을 쳐다보았다. 유리는 침대 위에서 새근새근 잠들어 있었다. 한 손은 라키어스의 손을 꼭 붙든 상태였다.

라키어스는 그녀의 옆에 누워 있다가 슬쩍 상체를 일으켜 세웠다. 그의 얼굴에 다시 미묘한 표정이 떠올랐다. 이렇게 무방비하게 잠들다니……. 경계심이 없는 건지, 아니면 라키어스를 믿는 건지, 그것도 아니면 유사시에 자기 몸 정도는 지킬 수 있다고 스스로의 힘을 과신하는 건지…….

가운데 이유를 제외하곤 전부 좋지 않았다. 잠시 후 유리에게 붙잡혀 있지 않은 라키어스의 다른 손이 움직였다.

스륵.

그 손은 침대 위에 펼쳐진 유리의 긴 머리카락을 만지작거리다가 동그란 이마를 스쳐 얼굴을 느리게 훑어 내려갔다. 내리뜬 라키어스의 눈에 얕은 만족감이 들어찼다. 고작 이 정도로 이런 만족감을 느낀다는 것이 사실 우스웠지만…….

라키어스는 벨레가 그를 비웃든 말든 그냥 인정하기로 했다. 이게 그의 방식이었다. 그는 눈앞에 있는 여자에게 강압적인 방식을 쓰고 싶지도, 그래서 그녀를 울리고 싶지도 않았다. 그냥 이렇게 그의 앞에서 편안한 모습으로 잠든 모습만 보아도 좋았다. 물론 조금은…… 심란한 마음이 들기도 했지만.

"잘 자요."

라키어스는 그 누구에게도 해본 적 없는 달콤한 인사를 유리의 귓가에 속삭였다. 좋은 꿈을 꾸고 있는지, 잠들어 있는 유리의 입가에 아주 희미한 미소가 한 조각 걸렸다.

라키어스의 손을 붙잡고 있던 그녀의 손이 조금 더 세게 쥐어졌다. 라키어스는 동이 터올 때까지 유리의 손을 붙잡고 곁을 지켰다. 그날 밤은 라키어스에게만 아주 길었다.

다음 날, 나는 침대에서 개운하게 일어났다. 눈을 떠보니 옆에 라키어스는 없었다. 도중에 일어나 먼저 방을 나간 듯했다. 출근 전에 거실에서 마주친 라키어스와는 서로 아무렇지 않게 대했다.

왠지 간밤에 좋은 꿈을 꾸었던 것 같은데 그게 뭔지는 떠오르지 않았다. 그래도 지금까지 보내온 아침 중 기분이 제일 상쾌해서, 앞으로도 종종 어제처럼 라키어스의 손을 잡고 잠들 수 있으면 좋겠다고 생각했다.

그런데 역시…… 악역 서브남은 나한테 관심이 있는 건가.

커피하우스에서 일을 하며 어제 일을 상기했다. 지금까지 그냥 의미 없이 지나쳤던 일들도 다시 떠올려 보았다. 그동안 내게 있어 타인의 존재란 길거리의 돌멩이와도 비등해서 남에게 별다른 관심이 없었다. 그래서 라키어스의 언행도 그냥 흘려 넘긴 것이 많았다.

하지만 이렇게 다시 곰곰이 떠올려 보자…… 왠지 어젯밤에 생각한 게 맞는 것 같다는 확신이 들었다.

"안녕하세요, 유리 씨."

그때, 커피하우스 안으로 눈에 익은 손님이 들어섰다. 나는 고개를 돌렸다가 무의식중에 떨떠름한 표정을 짓고 말았다. 그도 그럴 것이…….

"또 뵙습니다."

커피하우스에 나란히 방문한 사람이 안네마리와 칼리안 크록포드였기 때문이다. 암시장에서 뜻하지 않게 마주쳤던 이후, 칼리안 크록포드를 다시 보는 건 처음이었다. 나는 내게 가볍게 고개 숙여 정중히 인사하는 남자를 보며 달갑지 않은 기분을 느꼈다.

그는 내가 노예상 안에서 만났던 '이단자'라는 걸 알아보지 못하는 듯했다. 당연하다면 당연했다. 라키어스 때문에 기억을 잃은 탓도 있을 테고, 그게 아니더라도 그날 칼리안은 내 얼굴을 보지 못했으니까. 지금의 평안을 유지하고 싶은 나한테는 잘된 일이었지만…….

칼리안 크록포드의 또 다른 일면을 보아서 그런지, 이렇게 얌전한 모습을 한 그를 보아도 좋은 감정이 들지 않았다.

그렇기 때문일까. 나란히 선 두 사람을 보는 순간 갑자기 입안이 떫어지면서 기분이 떨떠름해졌다. 정말 왜인지는 모르겠지만, 곱게 키운 딸을 날강도 같은 놈에게 줘야 하는 친정 엄마 같은 마음이 되어서 '이 결혼 반대일세!'를 외쳐야 할 것 같은 느낌이었다. 물론 내가 그러면 오버겠지만. 나는 일단 태연히 입을 열었다.

"두 분이 같이 오셨네요."

"혹시 조용한 자리 있습니까?"

"조용한 자리요?"

"네, 방해받지 않고 이야기 나눌 장소가 필요해서."

네가 안네마리랑 왜?

머릿속에 자연스러운 의문이 떠올랐다. 눈빛에도 그런 생각이 드러났는지, 안네마리가 난처한 얼굴로 설명했다.

"업무 관련으로 나눌 이야기가 있는데 쉬는 시간에 잠깐 나온 거라, 다른 장소로 옮기기는 어려워서요. 혹시 제일 안쪽에 자리가 있을까요?"

업무 관련이라니. 칼리안 크록포드의 수사 관련 업무 말인가?

고아원에서 일어난 실종 사건은 암시장에서 모두 해결된 줄 알았는데, 아직 마무리할 일이 남았던 것일까?

아니면 또 다른 일일 수도 있긴 했다.

"이쪽으로 오세요."

풀리지 않은 의문이 있었지만 지금 이 자리에서 내가 꼬치꼬치 캐물을 만한 일도 아닌지라 일단 그들에게 자리를 안내했다. 잠시 후 안네마리와 칼리안은 자리에 앉아 커피를 주문한 뒤 무어라 대화를 시작했다. 나는 그들에게 음료를 내간 뒤, 멀리서 그들을 힐끔 쳐다보았다.

이제는 별로 두 사람을 붙여서 생각하고 싶진 않았지만, 이렇게 보면 참 잘 어울리는 한 쌍이긴 했다. 그래도 업무 문제라면 둘이 썸을 타느라 만난 것은 아닐 테니 다행이었다.

뭐, 이렇게 대낮에 정상적인 상황에서 마주친 칼리안 크록포드는 그날 밤과 퍽 다른 느낌이긴 했지만 말이다. 하긴, 그날의 인상이 워낙 별로였어서 그렇지, 칼리안은 원래 소설의 남자 중 가장 정상인이었다.

물론 노예상에서 만난 그는 참으로 짜증스러운 남자였지만, 그건 내가 실험체이기 때문에 그런 것이고. 나는 그 후로도 티 나지 않게 두 사람을 주시했다. 조금 더 시간이 지나자 안네마리는 어째서인지 조금 난처한 표정을 지었다.

반면 칼리안은 여전히 이렇다 할 감정이 드러나지 않는 얼굴을 하고 있었다. 예의가 아니긴 해도 두 사람이 무슨 대화를 나누는지 알아보려 했으나 이상하게도 아까부터 소리가 뭉개져서 들렸다. 아무래도 칼리안에게 연금술로 제련한 방음용 물건이 있는 모양이었다. 그런 건 꽤 비싸서 아무나 소지하지 못하는 걸로 알고 있는데……. 하긴, 당연히 크록포드에게는 껌값이겠지.

"그럼 잘 부탁드리겠습니다."

"네, 저야말로."

그리고 잠시 후, 두 사람은 자리에서 일어나 수상쩍은 인사를 나누었다. 무슨 일인지 알고 싶었지만 안네마리와 크록포드 둘 다 바쁜 듯 곧장 커피하우스를 나섰기에 결국 그들이 나눈 이야기가 무엇인지는 알아내지 못했다.

서부와 동부의 경계 부근에 위치한 암시장.

크록포드가 한차례 휩쓸고 간 탓인지 일대는 쥐 죽은 듯이 조용했다. 암시장의 특성상 낮이 아닌 밤에 활동을 시작하기 때문이기도 했지만, 그렇다 해도 오늘은 다들 몸을 사리느라 움직임에 각별한 주의를 기울이고 있었다.

이번에 직접적으로 피해를 받은 불법 노예상 쪽은 특히 타격이 컸다. 아이들을 포함한 자유민들을 납치해 불법 노예 매매를 한 것까지 들켰기 때문에 정면에서 날아든 크록포드의 철퇴를 피하는 건 무리였다. 그래서 불법 노예상은 그날 이후 실질적으로 문을 닫았다고 해도 좋았다. 하지만 사실 그들의 본거지는 따로 있었다.

"X발, 기껏 잡았던 변종까지 놓치다니, 이 병신 같은 새끼들……!"

그날 크록포드의 기습에 잡혀간 것은 사실상 하수인들뿐이었고, 중추는 살아남았다. 그중에서도 불법 노예상을 직접 총 관리해 온 노든은 몹시 심기가 불편한 상태였다.

그는 라키어스가 노예상에 쳐들어왔던 당시에 자리에 없어 세뇌에 걸리지 않았다. 지금 이 본거지에 있는 다른 수하들도 마찬가지였다. 하지만 그때 노예상에 있던 수하들은 이미 전부 다 크록포드에게 잡혀간지라, 그들은 그곳에서 일어난 기이한 일에 대해 알지 못했다.

"새로운 변종은? 소식 없어? 지난번에 찾은 것 같다고 했잖아?"

"그게, 어째서인지 수색조가 전부 전멸해서……."

"이 무능한 놈들이!"

노든은 광분해서 그 자리에 있는 수하들을 한참 쥐어 팼다. 그런 뒤 씩씩거리며 방에 있는 사람들을 다 밖으로 내보내고, 소파에 앉아 머리를 싸맸다. 상황이 너무 좋지 못했다. 이번 일은 카르노말에서 직접 명령한 일이었다. 그런데 새로운 변종들을 찾기는커녕 이미 잡았던 변종까지 탈출해 버리다니.

"X발, 이러다 나까지 죽는 거 아니야?"

"잘 아네?"

"……!"

혼자서 심각하게 중얼거린 다음 순간, 갑자기 앞에서 어떤 남자의 목소리가 들려왔다. 노든은 소스라쳐서 고개를 들었다. 경악스럽게도 그의 앞에는 하얀 가면을 쓴 남자가 앉아 있었다.

'어, 언제부터!'

노든은 심장이 튀어나올 정도로 놀랐다. 분명 문이 열리는 소리는 고사하고, 사람의 기척 하나 느껴지지 않았다. 그런데 이렇게 바로 코앞에 와서 맞은편 의자에 자리를 잡다니. 목소리가 들려오기 전까지 전혀 눈치채지 못했다. 혹시 그가 이 방에 오기 전부터 숨어 있었던 것일까?

그렇다 해도 마찬가지였다. 초대하지 않은 손님이 저렇게 뻔뻔하게 테이블에 다리까지 올리고 여유롭게 자리를 잡는 동안 전혀 낌새를 느끼지 못했던 건 변하지 않으니까. 심지어 아래로 늘어뜨려진 남자의 한쪽 손에는 테이블 위에 있던 술병까지 들려 있었다.

"웬 놈이냐……!"

노든은 자리에서 벌떡 일어나며 외쳤다. 그러자 가면 쓴 얼굴이 옆으로 갸웃 기울어졌다. 남자의 하얀 가면이 슬쩍 위로 들려 있어 노든이 볼 수 있는 것은 겨우 입매뿐이었다.

'젠장, 장식장이 너무 멀리 있어!'

등 뒤로 식은땀이 흐르는 것이 느껴졌다. 설마 이런 식으로 대비할 틈 없이 불청객을 맞이할 줄은 몰랐기 때문에 너무 무방비했다.

"어디 소속이지? 무슨 목적으로 날 찾아온 거냐!"

노든이 문밖에까지 들릴 정도로 큰 소리를 냈는데도 남자는 조금도 경계하는 낌새가 없었다. 게다가 그의 목소리를 들었을 텐데도 바깥 역시 쥐 죽은 듯이 조용했다. 순간, 묘한 불안감이 엄습했다.

"기대해 봤자 아무도 안 올 텐데."

마치 노든의 머릿속을 들여다본 듯이, 눈앞에 있는 가면을 쓴 남자가 비릿한 웃음을 흘려보냈다.

"밖에 있는 쓰레기들, 조금 전에 다 분리수거하고 왔거든."

의자의 팔걸이에 얹힌 남자의 손에서 붉은 피가 한 방울 툭 떨어져 내렸다. 노든은 곧바로 몸을 날렸다. 비상시를 위해 방에 숨겨놓은 그의 비밀 무기를 당장 손에 넣을 생각이었다.

"이거 찾아?"

하지만 그가 장식장에 손을 대자마자 등 뒤에서 스산한 음성이 스쳐 지나갔다. 장식장은 텅 비어 있었다. 노든은 두 눈을 부릅뜨며 몸을 돌렸다. 어느새 바로 코앞까지 다가온 남자의 손에 들린 물건이 시야를 찔렀다.

"와. 이거 예전에 연구하던 놈들이 몇 개 성공해서 경매에 부친 게 열 손가락에 겨우 꼽을 정도일 텐데, 이걸 여기서 보네. 생긴 거랑 달리 돈이 썩어나나 봐?"

어마어마한 가격을 자랑하는 구체 모양의 진주알 같은 하얀 보석이 그의 손아귀에서 가루가 돼 떨어져 내렸다.

"근데 왜 이딴 싸구려 술을 나한테 먹게 해, 입맛만 버리게."

그 후 남자는 다른 손에 들고 있던 술병을 아무렇게나 옆쪽에 내버렸다. 쨍그랑!

"컥!"

바로 다음 순간 가면을 쓴 남자의 단단한 손이 노든의 목을 틀어잡았다. 설마하니 이런 대낮부터 침입자가 있으리라 생각하지 못했기 때문에 더욱 동요할 수밖에 없었다.

"바, 바라는 게……."

노든은 꽉 졸린 성대 밖으로 더듬거리는 음성을 겨우 흘려보냈다. 그러자 가면 속에서 느른한 음성이 새어 나왔다.

"똑똑하네. 그래, 일단 살려면 뭐라도 던져서 애써봐야지. 아무리 개똥밭에 굴러도 저승보다는 이승이 낫잖아. 그렇지?"

피 묻은 손이 노든의 뺨을 가볍게 툭툭 쳤다. 하지만 그런 뒤 남자가 꺼낸 말은 노든의 머리로는 이해가 되지 않는 것이었다.

"내가 지금부터 네 머릿속을 좀 들여다보려고 하는데."

"뭐……."

"사실 이건 처음 얻었을 때 말고는 사용해 본 적이 없어서 내가 좀 서툴러. 그래서 매우 높은 확률로 네 머리가 망가질 수도 있거든."

여상한 어투의 목소리가 귀에 울린 직후, 눈앞의 가면이 옆으로 비스듬히 기울어졌다.

"뭐, 그래도 상관없겠지."

투명하리만치 연한 푸른색 눈동자가 가면 너머에서 시리게 빛났다. 그리고 마침내 검게 그림자 진 손이 성큼 눈앞으로 다가왔다.

"어차피 죽을 거니까."

'역시 변종을 모으는 건 가짜 놈이었군.'

잠시 후, 암시장을 떠나는 라키어스의 입가에는 비릿한 미소가 떠올라 있었다. 이미 짐작했던 바이기는 하지만 행동이 참으로 예상 반경을 벗어나지 않았다.

그를 배신한 밀리엄은 분명 라키어스와 똑같은 모습이 되어 그의 능력을 이용했다. 그런데 이제는 다른 변종들까지 찾고 있다니. 어떤 경로를 통해서인지는 몰라도, 이미 흡수된 유적의 힘을 복제하는 능력이 놈에게 있는 것이 분명했다.

-그런데 라키어스, 그놈이 진짜 네 능력을 다 베껴 간 거면 그냥 네가 방심한 사이에 뇌를 건드려서 복종시키는 게 빠르고 확실하지 않냐?

'전부 다 빼내 갔다면 그랬겠지.'

–그치? 네가 그놈 한정으로 좀 호구 같았던 것도 아니고. 기회가 쌔고 쌨을 텐데…….

'닥쳐.'

추측하기로, 그 배신자 놈이 라키어스에게서 빼내 간 능력은 지금까지 그가 타인의 앞에서 보였던 능력뿐일 터. 그럼 직접 두 눈으로 본 능력만 흡수하는 것이 가능하단 말인가?

카르노말로 가기 전에 그 부분을 먼저 확인해야 했다. 만약 그렇다면 놈은 라키어스에게 숨겨진 다른 능력이 있다는 사실을 모르고 있는 것이다. 또 배신자 놈이 빼앗은 다른 변종들의 능력은 없는지, 그 부분도 알아야 할 필요가 있었다. 그래서 굳이 번거롭게 정보상 오딘을 찾은 것이기도 했다. 그래도 다행이라고 해야 할지, 변종을 찾는 일을 포상제로 맡겨 단합이 잘되지 않았던 모양이다.

애초에 노예상에 가장 먼저 붙잡힌 변종이 고문 끝에 말했다던 유리의 존재에 대해 아는 자도 극소수였다. 그래도 혹시 몰라 그날 이후 곳곳에 흩어진 수색조를 하나씩 찾아 전멸시키긴 했다.

이제 까마귀와의 일을 해결할 때였다. 라키어스는 정보상 오딘을 만나기 위해 발길을 돌렸다.

"라키어스 아발론……!"

라키어스를 보자마자 묶여 있던 오딘이 꽥꽥거렸다. 오딘은 아직도 까마귀 모습을 한 채 속박당해 있었다. 처음에는 최대한 평범한 까마귀인 척했던 오딘이었지만 라키어스에 의해 사지가 결박당한 채 며칠 내내 갇혀 있었던 탓에 지금은 잔뜩 독이 올라 있었다.

"이 자식! 아라크네를 어떻게 한 거야! 아무리 카르노말의 왕이라고 해도 우리를 이렇게……!"

"닥쳐."

라키어스가 그런 오딘을 향해 서늘하게 명령했다. 지잉. 라키어스의 푸른 눈동자에 기묘한 잔상이 스쳐 지나간 다음 순간, 오딘의 부리가 딱 소리를 내며 다물렸다.

"같잖은 까마귀 행세를 그만둔 건 마음에 들지만 시끄러운 건 별로야."

지금 그들이 있는 장소는 빈 창고였다. 라키어스는 바닥에 널려 있던 나무 상자를 발로 대충 걷어차 자리를 만들었다. 그리고 거기에 앉아 버둥거리는 까마귀를 보다가 속박을 거두었다. 오딘의 몸통을 옥죄고 있던 검붉은 사슬이 사라졌다.

푸드덕!

오딘이 기회를 놓치지 않고 날개를 펼쳤다.

"본체로 돌아와."

하지만 라키어스의 명령이 떨어진 순간 오딘의 도주 시도는 불발로 그칠 수밖에 없었다. 쿠당탕!

막 날아올랐던 검은 까마귀가 인간이 되어 바닥으로 푹 꺼졌다.

"으……."

오딘은 삭신이 쑤시는 것을 느끼며 신음했다. 그는 눈앞에 있는 라키어스에게 욕지거리를 해주기 위해 입을 벌렸다. 하지만 여전히 꽉 막힌 목에서는 아무런 소리도 새어 나오지 않았다.

'X발, 이게 도대체 무슨 일이야! 왜 내가 이런 꼴을……!'

오딘의 눈에 당혹감이 떠오르기 시작했다. 라키어스의 말 한마디에 자신의 의지와 상관없이 인간의 육체로 돌아온 것도 충격적이었다. 오딘의 얼굴에 한결 짙은 경계심이 떠올랐다. 그것을 본 라키어스가 흐음, 하고 흥미롭다는 듯이 고개를 기울였다.

"하고 싶은 말이 많은 것 같은데, 어디 한번 짖어봐."

그의 허락이 떨어지자 막혀 있던 목이 뻥 뚫린 것 같은 느낌이 들었다. 오딘은 마른침을 한 번 삼켰다. 그리고 눈앞에 있는 남자를 정면으로 직시하며 말했다.

"X발……. 엿이나 먹어."

바로 그 순간 라키어스의 눈이 가늘게 접혔다. 하지만 미소 어린 눈동자의 온도는 싸늘했다.

"꿇어."

쿠당!

"윽……."

이번에도 오딘은 강제로 무릎 꿇려졌다.

"까마귀 씨는 은혜를 모르네. 먼저 내 집에 불법 침입한 놈을 이렇게 자비롭게 살려두고 있는데 고마운 줄도 모르고."

"그게 왜 네 집이야……! 너, 이 새끼! 설마 아라크네를 죽인 건 아니겠지!"

"일단 입은 닫치고."

"읍읍!"

오딘은 이글거리는 눈으로 라키어스를 노려보았다. 그는 아라크네에게 부탁받은 의뢰를 완수한 뒤 한시라도 빨리 소식을 알려주고 싶어서 그녀의 집에 찾아갔던 죄밖에 없었다. 특히 세이렌에 관련된 일은 상당히 급한 것이라 평소에 아라크네의 사생활에 필요 이상으로 간섭하지 않으려 했던 노력을 깨고 그날만 특별히 집까지 간 것이었다.

그런데 라키어스 아발론, 이 흉악한 놈이! 유리의 집에 떡하니 있는 것이 아니겠는가!

이 무도하고 잔악한 새끼가 혹시 아라크네를 해치우고 그 집을 차지한 건 아닌가 하는 생각에 오딘의 속은 새까맣게 타들어갔다.

"귀 따가우니까 멍청한 소리는 좀 그만 지껄이지그래. 내가 아라크네를 죽이긴 왜 죽여."

하지만 라키어스는 별 웃기는 소리를 다 듣는다는 듯이 심드렁하게 말했다.

"소중한 동거인인데."

"……?!"

그리고 이어진 말에 오딘의 눈이 부릅떠졌다.

"읍! 으브릅!"

그는 말도 안 된다고 부르짖었다.

"까마귀."

라키어스는 그런 오딘의 퍼덕임은 들리지도, 보이지도 않는 것처럼 바닥에 꿇어앉은 그를 향해 느릿하게 상체를 좀 더 숙여 보였다.

"너, 평소에도 늘 그런 식이었나?"

한결 낮은 음성이 어딘가 불길한 기운을 품고 오딘의 고막을 파고들었다. 라키어스의 눈동자는 더없이 차가운 빛을 띤 채 오딘을 내려다보고 있었다.

'뭐, 뭘?'

오딘은 라키어스의 물음이 어떤 의미인지 몰라 조용히 동공만 흔들었다. 그런 그를 향해 라키어스가 다시금 입술을 벌렸다.

"그렇게 까마귀로 변해서 허락도 없이 네 멋대로 집에 불쑥 들어온 적이 지금까지 많았느냐고 묻는 건데."

라키어스의 고개가 비스듬히 기울어졌다. 순간 오딘의 등 뒤로 식은땀이 흘렀다. 뭔지는 몰라도 대답을 잘해야 한다는 야생적인 육감이 오딘의 머릿속에서 경보를 울렸다.

"대답해 봐."

다시금 목소리를 제어하고 있던 금제가 풀렸다.

"그, 그게……."

오딘은 말을 더듬었다. 자신이 왜 이런 변명을 라키어스에게 해야 하는지 알 수 없었다. 하지만 앞에 있는 남자에게서 흘러나오는 무형의 기운에 밀려 입을 열 수밖에 없었다.

"그, 그런 적 없었……. 이번에만 급한 일이 있어서……."

라키어스는 오딘의 말이 거짓인지 아닌지 판별하려는 것처럼 그의 눈을 말없이 들여다보았다. 그러다 다시 말했다.

"엎드려."

쿵!

"거짓말 아닌데 왜……!"

"까마귀 새끼 주제에 말이 짧아."

오딘의 머리 위에 무자비한 목소리가 떨어져 내렸다.

"입 다물고 굴러."

데구루루.

"일어나."

휙!

"앉아. 다시 굴러."

풀썩! 데구루루!

오딘은 금방 먼지투성이가 되었다. 그는 라키어스의 명령대로 바닥을 구르며 굴욕감에 몸서리쳤다.

'제…… 젠장. 내가 레오 같은 번견 새끼도 아닌데 이런 똥개 훈련을……!'

하지만 라키어스는 이제야 시작이라는 듯이 다시 오딘을 앞에 무릎 꿇려놓고 그에게 질문을 하기 시작했다.

"네 이름."

"실험체 이름은 오딘. 본명은 아스카 페란테."

라키어스의 명령을 따라 입이 멋대로 움직였다.

"카르노말에 있던 연구소 출신인가?"

"그렇다."

"말투 고쳐."

"그렇습니다."

"정보상을 시작한 지 몇 년이나 되었지?"

"연구소에서 탈출한 이후에 본격적으로 시작한 건 3년……."

"아라크네와 알게 된 것도 연구소에서인가?"

"네."

그 밖에도 라키어스는 오딘에게 다른 질문을 했다.

"아라크네가 좋아하는 게 뭔지 말해봐."

"평범함. 돈. 실험체 이전의 삶을 떠올리게 하는 것들."

라키어스는 그것을 마음에 새겨두었다.

"무슨 선물을 받으면 좋아하지?"

"특별한 건 없습니다."

"좋아하는 음식 같은 건?"

"먹는 건 다 좋아합니다."

"그중에서 특히 좋아하는 게 있을 거 아니야."

"그냥 평범한 인간들처럼 기본적인 의식주를 유지하는 것 자체에 의미가 있기 때문에 특별히 선호하는 음식은 없는 것 같습니다."

"이 쓸모없는 새끼. 아라크네랑 정말 친한 거 맞아?"

라키어스가 오딘을 무시하는 눈으로 깔보았다. 오딘은 속으로 억울함과 원통함에 울부짖었다.

"그래도 없는 것보다는 나을 테니."

이윽고 라키어스가 입매를 당겨 어딘가 섬뜩한 미소를 지어 보였다.

"이것도 굉장히 오랜만에 해보는데, 넌 변종인 데다 제법 근성이 있으니까 망가지지 않고 잘 버틸 것 같아."

곧이어 그의 손이 오딘의 얼굴에 검은 그림자를 드리웠다.

"실망시키지 말라고, 까마귀 오딘."

다음 순간, 오딘은 검은 그림자가 머릿속까지 침투하는 것을 느끼며 의식을 잃었다.

라키어스는 오딘과의 볼일을 끝마치고 집으로 향했다. 그렇게 목적지에 돌아와 막 건물 뒤쪽으로 이동한 라키어스가 일순간 멈칫했다.

―어, 뭐야. 집주인인가? 아니면 또 쓰레기?

분명 닫고 나온 창문이 어째서인지 약간 열려 있었다. 안쪽에서 사람의 기척은 느껴지지 않았다. 라키어스는 그림자처럼 소리 없이 집 안으로 들어갔다.

푸드덕!

잠시 후 마음대로 집 안을 휘젓고 다니던 무언가를 발견했다. 라키어스의 손이 단숨에 그것을 틀어쥐었다. 콰악!

“째액!”

목을 붙들린 새가 소리 높여 울었다.

‘까마귀 오딘?’

아니. 지난번과는 느낌이 달랐다. 단순히 새의 종류가 다르다는, 그런 눈에 보이는 것 말고 근본적인 부분에서 차이가 났다.

“너, 누구지?”

라키어스의 눈이 스산하게 빛났다. 툭. 바로 그 순간, 손에 쥐고 있던 새에서 어떤 연결이 끊기는 느낌이 들었다.

“짹짹!”

완전히 평범한 보통 새로 돌아온 생물체가 라키어스의 손에서 깃털을 흩날리며 날개를 퍼덕였다. 무자비한 손길이 올가미처럼 새를 한결 더 억세게 옥죄었다. 더 이상 조종을 받지 않아 평범해진 새였지만 혹시 모르는 일이니 살려서 내보낼 수는 없었다.

‘나를 찾아온 새인가, 아니면…….’

우득, 하는 소리와 함께 새의 목이 단숨에 분질러졌다. 날카로운 푸른 눈동자가 손 안에서 축 처진 새를 시리게 내려다보았다.

‘……아라크네를 찾아온 새인가?’

"헉!"

세이렌은 깜짝 놀라서 상체를 벌떡 일으켜 세웠다.

"왜, 왜 저 인간이 아라크네 집에……!"

그녀의 입에서 질겁한 외침이 터져 나왔다. 유리의 집에 새를 보낸 것은 다름 아닌 세이렌이었다. 그녀는 경매장에 잡혀 있는 동안 얻었던 심신의 후유증을 한참 자가 치유하다가 이제 슬슬 어느 정도 숨통이 트여 심심함을 느끼고 말았다.

지금 세이렌이 있는 곳은 번견인 레오가 지내는 은신처였다. 당연하게도 그녀는 번견 따위와 친하게 지낼 마음이 눈곱만큼도 없었다. 그래서 레오가 혼자 뭘 하든 신경 쓰지 않고 회복을 위해 잠들어 있는 시간을 제외하고는 내내 날개만 다듬으며 시간을 보냈다.

하지만 날개를 다듬는 데에도 한계가 있는 법, 세이렌은 할 일이 없었다. 그러다 보니 또다시 나쁜 버릇이 도지고 만 것이다. 즉, 아라크네가 뭘 하며 지내는지 궁금해졌다.

그래서 전에 알아둔 아라크네의 직장을 몰래 훔쳐보다가, 그녀가 일하는 동안 집으로 새를 보냈다. 평소에 아라크네가 어떻게 생활하는지 궁금했기 때문이다.

그런데 라키어스 아발론이라니……!

"와, 이런 미친, 진짜 뭐 이런 미친 일이!"

세이렌은 카르노말의 왕인 그를 직접 본 적이 있었다. 아주 오래전, 과거에. 연구소 시절로 거슬러 올라가야 했다. 연구소가 폭파되었던 시점은 아니었다. 그때 세이렌은 소동이 일어난 장소의 옆 건물에 있었고, 한참 소란한 동안에 기회를 엿봐 일찌감치 그곳을 탈출했다. 그렇기에 그날 연구소에 온 라키어스를 직접 보지는 못했다.

세이렌이 그를 본 것은 좀 더 예전이었다. 세이렌 역시 몇 번이나 반복해 유적의 힘을 흡수하는 실험을 당했고, 성공한 몇 안 되는 실험체 중 하나였다. 그렇게 그녀의 능력이 어느 정도 무르익었을 무렵, 세이렌의 취미는 새를 이용해 바깥세상을 구경하는 것이 되었다.

"오늘은 네가 '무덤'에 가라."

그러던 어느 날 연구소에 있던 박사와 연구원들의 대화를 듣고 문득 호기심이 들었다.

"제가요? 싫어요! 지난번에도 제가 갔었잖아요."

"난 다른 일이 생겨서 바쁜 거 몰라? 그냥 가서 살아 있는 놈이 몇인지 확인만 하면 되는데 왜 이렇게 야단이야?"

"솔직히 거긴 무섭단 말이에요."

"무섭긴 뭐가 무서워, 어차피 다 똑같은 실험체들인데."

"박사님도 진짜 그렇게 생각하시는 거 아니잖아요. 매번 이 핑계, 저 핑계 대면서 차례가 돌아올 때마다 저희한테 떠넘기시는 거 모를 줄 알아요?"

"뭐, 인마?"

그들이 말하는 '무덤'은 2세대 실험체들이 있는 장소를 지칭했다. 다만 그곳의 환경은 연구소와 달라서 좀 더 살벌하고 위험한 분위기인 듯했다. 얼핏 '무덤'에 비하면 세이렌이 있는 연구소는 '온실'이나 마찬가지라고 말하는 것을 들었다.

물론 실험체의 입장에서는 웃기지도 않은 말이었다. 매일같이 고통스러운 실험을 당하고, 그것을 견뎌내지 못하면 시체가 되어 폐기되는 길밖에 없는데 이런 생활이 온실에서 사는 것과 같다고?

사실 그때 세이렌은 굉장히 빈정이 상했다. 그래서 그들이 말하는 '무덤'을 향해 몰래 새를 보냈다. 그리고 엿보게 된 그곳은……. 정말 구역질이 나는 역겨운 곳이었다. 그만큼 무섭고 소름 끼치는 곳이기도 했다.

그 후 세이렌은 거의 일주일 동안 먹는 족족 토하고 밤마다 악몽을 꾸었다. 오죽하면 그녀에게 큰 관심이 없던 아라크네가 먼저 다가와 왜 그러냐고 물었을 정도였다.

그때 세이렌이 새를 통해 '무덤'에서 본 인간이 바로 소년 시절의 라키어스 아발론이었다. 그때도 그는 세이렌의 새를 발견하자마자 피투성이의 손으로 낚아채 단숨에 목과 몸통을 분리해 죽였다.

"아니, 카르노말에 있어야 할 인간이 왜 아라크네 집에 있어?!"

세이렌은 당황해 우왕좌왕했다. 그 무서운 인간이 도대체 왜 아라크네의 집에서 튀어나온단 말인가? 혹시 아라크네를 노리는 침입자인가? 그럼 지금 빨리 아라크네한테 말해줘야 하는 건가? 그런데 왠지 집에 들어오는 모양새가 자연스러웠잖아? 게다가 손에 들고 있는 가면도 아라크네 거였는데?

……어? 그럼 뭐지?

세이렌은 갑자기 혼란스러워졌다. 사실 그녀는 머리가 좋은 편은 아니었다.

'그래, 번견한테 물어보자!'

"이봐, 번견! 너 어디에 있어?"

"크릉?"

기껏 소리 높여 부른 것이 무색하게도 바로 옆에서 응답하는 소리가 들렸다. 세이렌은 화들짝 놀라 고개를 돌렸다. 그러자 바닥에 풍성하게 늘어뜨려진 그녀의 날개 사이에서 슬며시 고개를 드는 레오가 눈에 들어왔다.

레오는 세이렌의 날개를 이불 삼아 자고 있었던 듯, 눈을 게슴츠레하게 끔뻑이며 귀를 쫑긋거렸다. 세이렌은 그 모습을 보고 왈칵 성질이 뻗치는 것을 느꼈다.

"이게! 너 지금 이게 무슨 짓이야? 어쩐지 날개가 무겁더라니!"

세이렌이 날개를 활짝 펼치자 그 위에 있던 짐 덩이가 바닥으로 떨어졌다. 레오는 얄밉게도 제법 날렵한 움직임으로 지면 위에 착지했다. 그런 뒤 손으로 머리를 긁었다.

세이렌은 날개를 보호하듯이 끌어안으며 레오를 째려보았다. 그래도 가장 중요한 사실을 확인하는 건 잊지 않았다.

"야, 너 아라크네 집에 누가 있는지 알아?"

세이렌의 질문을 들은 레오가 고개를 갸웃했다. 그는 세이렌이 물은 것을 고민하다가, 얼마 전에 묘지에서 들었던 말을 떠올려 냈다.

"고양이?"

"고양이라고?"

세이렌의 얼굴이 와락 일그러졌다. 고양이라니, 이게 뭔 헛소리란 말인가? 설마 아라크네가 그새 집에서 고양이도 키우는 건가?

"사람은?"

"킁?"

이번에는 모른다는 듯이 레오가 고개를 도리도리했다.

"오딘은 어디 있어?"

아무래도 이런 건 까마귀에게 묻는 것이 정확하겠다는 생각에 물었으나 레오는 다시 잠이 오는지 세이렌의 날개에서 떨어진 깃털 위에 몸을 둥글게 말아 누웠다. 세이렌은 답답함에 속이 터질 것 같은 기분을 느끼며 레오를 닦달했다.

하지만 레오는 길게 하품을 할 뿐, 세이렌의 말에 더 이상 귀를 기울이지 않았다. 그러고 보니 잊고 있었다. 이 번견이 잘 따르는 건 아라크네뿐이었다. 비록 실패작이긴 하나, 다른 모든 실험체가 그렇듯이 이 번견 역시 보편적으로 자신 외의 다른 존재에게는 무관심했다. 유일하게 예외인 것이 아라크네와 오딘이었다. 물론 두 사람을 향한 레오의 감정은 극과 극이었다.

'젠장, 그냥 아라크네가 오면 직접 얘기해 봐야겠어.'

어차피 오늘은 아라크네가 번견의 은신처에 들르는 날이었다. 차라리 직접 아라크네에게 물어봐야겠다고 생각하며 세이렌은 레오 때문에 눌린 깃털을 짜증스럽게 손질하기 시작했다.

"저기, 아라크네?"

하지만 막상 유리가 왔을 때, 세이렌은 아까의 패기란 온데간데없이 쭈글쭈글해져 있었다.

"오늘은 깨어 있네."

유리가 방문했을 때는 대부분 세이렌이 회복 차원에서 깊은 잠에 빠져 있었다. 그래서 유리는 어쩐 일로 깨어 있는 세이렌을 보며 약간 의외란 듯이 말했다.

"유리!"

이번에도 역시 레오가 대번에 달려 나와 유리를 반갑게 맞았다. 세이렌은 얄미운 번견이라고 생각하며 그런 레오를 흘겨보았다.

"크흠. 저기, 아라크네."

세이렌은 괜히 헛기침하며 말을 골랐다. 아까는 미처 생각하지 못했으나 유리의 집에 있던 라키어스 아발론에 대한 문제는 조심스럽게 접근해야 할 일이었다. 자칫 잘못하다가는 또다시 그녀가 허락 없이 유리의 집을 훔쳐보았다는 사실을 들킬지도 몰랐다.

"너 말이야……. 그러니까, 지금 혼자 살아?"

일단 세이렌은 최대한 자연스럽게 첫 질문을 던졌다. 하지만 안타까운 것은, 그 질문이 유리에게는 별로 자연스럽게 들리지 않았다는 것이다.

"그건 왜 물어?"

수상함을 느낀 유리가 눈을 가늘게 뜨며 되물었다. 그러자 세이렌이 화들짝 놀라 변명했다.

"그냥, 그냥 궁금해서! 왜, 내가 그런 것도 궁금해하면 안 돼?"

굳이 궁금해할 이유는 없다고 생각했지만 그런 말을 하면 왠지 귀찮아질 것 같아서 유리는 속에 든 말을 그대로 꺼내지 않았다.

"혼자 아니야."

지나가듯이 답한 뒤 유리는 또 한순간 묘한 기분에 젖었다. 혼자가 아니라니. 그런 말을 한 게 몇 년 만인지 몰랐다.

"그럼?"

"너 혹시 또 내 집 엿봤어?"

무미건조한 목소리로 직구를 날리자 세이렌이 파드득 경기했다. 그녀는 짐짓 찔려서 오히려 더 성을 내며 부정했다.

"아아아니……! 그럴 리가! 날 뭘로 보고! 내가 그렇게 한가한 줄 알아?"

엿봤네. 유리는 확신했다. 그럼 집에 있는 라키어스 아발론을 보고 이렇게 좌불안석으로 눈치를 보는 것이 분명했다.

하지만 세이렌이 굳이 집을 훔쳐본 적이 없다고 부득불 우기니 이쪽에서 먼저 말을 꺼낼 필요는 없었다. 세이렌의 입장에서는 스스로 자신의 발목을 붙잡은 격이었다.

"그게 번견이, 네가 고양이랑 같이 산다고 해서……."

"그보다 이거 너 주려고 사 왔어."

세이렌도 그것을 깨닫고 아까보다 핼쑥해져서 날개를 밑으로 축 늘어뜨렸다. 그러다 유리가 부스럭거리며 종이봉투를 뒤적이는 것을 보고 눈을 반짝 빛냈다.

"나, 날 주려고 샀다고?"

아라크네가 자신을 위해 선물을 가져다주다니!

사실 구차해서 말은 하지 않았지만 지금까지 그녀가 레오에게 옷도 가져다주고, 사탕도 가져다주고 하는 것이 내심 부러웠던 참이라 눈이 번쩍 뜨이는 기분이었다.

"뭔데?"

세이렌은 반색하며 두근두근한 마음으로 유리의 손을 보았다.

"별건 아니고. 너한테 필요할 것 같아서."

"괜찮아, 난 뭐든 좋아!"

하지만 뒤이어 유리가 종이봉투에서 꺼내 세이렌의 손에 내려놓은 것은……. 세이렌은 그만 열불이 나서 손에 들린 것을 집어 던지고 말았다.

"이딴 거 필요 없거든?!"

유리가 그녀를 위해 사 왔다는 물건은 바로 발모제였다!

유리 딴에는 깃털이 듬성듬성 빠져 볼품없어진 세이렌의 날개를 보고 신경 쓴 것이었다. 물론 세이렌으로서는 한껏 부풀었던 기대감이 와장창 박살 나 성질이 날 수밖에 없었다. 유리는 그런 세이렌의 마음도 모르고, 조금 전까지만 해도 좋아하다가 씩씩거리는 그녀를 보며 여전히 종잡을 수 없는 성격이라고 생각했다.

"필요 없으면 버릴게."

유리는 실을 뽑아내 바닥에 내팽개쳐진 발모제를 다시 가져왔다. 그러자 또 세이렌이 움찔했다. 그녀는 혹시 유리가 자신의 말에 기분이 상한 건가 싶어 눈치를 보았다. 물론 유리는 전혀 아무렇지 않았지만, 세이렌은 그녀의 무표정한 얼굴을 보며 안절부절못하다가 이내 눈을 질끈 감고 유리의 손에 들린 것을 낚아채 갔다.

"필요는…… 없지만! 그래도 네가 그렇게까지 나한테 주고 싶다니까 특별히 받아는 주겠어!"

여전히 솔직하지 못한 세이렌이었다.

"그보다 오딘 안 왔지?"

유리의 질문에 세이렌도 잊고 있던 것을 떠올렸다.

"아, 맞아! 나도 물어보고 싶은 거 있어서 찾았었는데! 까마귀 언제 와?"

"연락이 안 돼서 모르겠어."

유리의 대답을 들은 세이렌이 눈을 약간 크게 떴다. 오딘이 아라크네에게도 연락을 안 했다니. 왠지 가볍게 넘길 일이 아닌 것 같았다. 세이렌이 유리에게 조심스럽게 물었다.

"내가 새 풀어서 찾아볼까?"

그러자 유리가 새삼스러운 눈으로 세이렌을 보았다.

"아, 맞아. 너한테도 그런 능력 있었지."

"지금 나 무시하는 거야?!"

"아니. 부탁할게."

세이렌은 발끈하다가 곧 이어진 유리의 말을 듣고 금방 사나운 기운을 누그러뜨렸다. 아라크네가 자신에게 무언가를 부탁했다는 생각에 기분이 들떠 입꼬리마저 들썩였다.

"흠, 흐음! 그래, 네가 그렇게 부탁한다니 어쩔 수 없지. 내가 특별히 힘 좀 쓰는 수밖에."

그리고 그녀는 속으로 쾌재를 불렀다.

'이제 당당하게 아라크네의 집을 엿볼 수 있게 됐어!'

물론 이어진 유리의 말에 기쁨은 잠시뿐이었지만 말이다.

"그렇다고 내 집은 들여다보지 말고."

"아, 안 그래! 내가 너한테 그렇게 관심이 많은 줄 알아?"

세이렌은 괜히 또 찔려서 버럭 화를 냈다. 그리고 기대가 좌절당해 시무룩해져 날개를 만지작거렸다. 아무래도 유리의 집에 있던 라키어스 아발론에 대해 물어보는 건 조금 더 후로 미루어야 할 듯했다.

다음 날. 블루페럿가의 커피하우스 앞에 휘황찬란한 마차가 한 대 멈춰 섰다. 금박 장식에 보석까지 박힌 호화로운 마차에 사람들이 깜짝 놀라 힐끔거렸다.

덜컹!

잠시 후 그 안에서 멀끔히 차려입은 잘생긴 남자가 내려섰다. 그는 한차례 주위를 두리번거린 뒤 무언가가 마음에 들지 않는 것처럼 인상을 찌푸렸다.

'동네 한번 구질구질하구먼.'

그러다 마침내 남자의 새까만 눈이 바로 앞에 있는 커피하우스 건물로 미끄러졌다.

'흥, 여기가 칼리안 크록포드와 제노스 셀던의 접선 장소인가?'

데이몬이 연금술사의 탑을 나와 서민들의 거리로 온 이유는 최근 들은 보고 때문이었다. 칼리안 크록포드가 요즘 이상할 정도로 이곳에 자주 들른다고 들었다. 물론 그 정보를 전해준 사람은 그렇다고 해서 칼리안이 제노스로 보이는 남자를 만나는 것 같지는 않았다고 말했다.

그러면서 혹시 잠입 수사 같은 게 아닐까 하는 의견을 덧붙였다. 그것은 상당히 신빙성 있어 보이는 추론이었다. 하지만 데이몬의 촉은 지금 이 커피하우스에 분명 아주 중요한 무언가가 있다고 말하고 있었다. 그게 뭔지 알아내기 위해, 데이몬은 눈앞에 있는 건물 안으로 들어섰다.

생전 처음으로 발을 들인 서민들의 가게에서는 역시 싸구려 티가 폴폴 났다.

데이몬이 가게 앞에 마차를 세웠을 때부터 무슨 일인가 주시하고 있던 길버트가 후다닥 뛰어가 손님을 맞이했다.

"주, 주문하시겠습니까?"

"아무거나, 제일 덜 구질구질한 걸로."

지난번에 왔던 대귀족 칼리안 크록포드보다 더욱 까다로운 주문이었다. 길버트가 애써 미소를 지으며 반문했다.

"제일…… 비싼 메뉴 말씀이신지."

데이몬은 약간 짜증스럽게 커피하우스의 주인을 쳐다보았다. 길버트는 그 눈빛에 얼어붙었다.

"알아서 가져와. 그걸로 내오든지."

결국 어떤 메뉴든 마찬가지라고 생각했는지, 데이몬이 낮게 혀를 차며 말했다. 그런 뒤 그는 가게의 내부를 둘러보았다. 역시 외관만큼이나 내부도 구질구질했다. 칼리안 크록포드나, 제노스 셀던이나, 하필 이런 가게에서 만나다니 취향 한번 후지다고 생각했다.

비밀스러운 접선이 가능한 품격 있는 장소는 쌔고 쌨는데. 어쨌든, 수상한 마음을 한가득 품고 온 것이 무색하게도 이렇다 할 특이한 점은 없어 보이는 가게였다. 그냥 평범하게 별 볼 일 없고, 평범하게 하찮아 보이는 장소.

'……혹시 벌레 같은 게 있는 건 아니겠지?'

날카로운 눈으로 주변을 훑던 데이몬이 이내 찝찝함을 느끼며 눈살을 찌푸렸다. 위생 상태가 그럭저럭 나쁘지 않아 보이기는 했지만 건물 자체가 그가 살던 저택과 비교하면 워낙에 허름해 보이는 탓에 미심쩍은 마음이 들었다. 직접 와보니 더 이해가 되지 않았다. 칼리안 크록포드는 왜 굳이 이런 곳을 들락거리는 걸까?

"주문하신 음료 나왔습니다."

그때 쟁반을 든 커피하우스의 여자 점원이 그가 앉은 테이블에 다가왔다. 데이몬은 커피하우스 주인에게 칼리안 크록포드에 대해 직접 물어봐야겠다고 생각하며 고개를 돌렸다.

"이봐. 당장 이 가게 주인을 부르……."

그리고 검은 머리카락과 붉은 눈동자를 가진 여인을 시야에 담은 순간, 데이몬의 눈이 휘둥그렇게 뜨였다.

'데이몬 살바토르잖아?'

유리는 가게 앞에 멈춰 선 마차에서 그가 내려선 순간 바로 얼굴을 알아봤다.

'이 동네에는 왜 왔지?'

의아하긴 했지만 그냥 다른 볼일이 있어서 왔나 보다 했다. 그렇지 않아도 제노스 셀던으로 추정되는 스노우가 예전부터 단골이었던 데다, 요즘은 칼리안 크록포드까지 들락거려서 소설 속 남캐들의 희소성이 낮아져 있었다.

그러고 보니 안네마리와 칼리안, 처음에는 서로 관심 없는 것처럼 굴더니 요즘 간혹 따로 만나 무어라 비밀 이야기를 하는 것 같았다.

혹시 뭔가 잘되어가고 있는 걸까?

칼리안 크록포드…… 별론데. 안네마리가 너무 아까운데. 이 만남 괜찮은 건가. 그렇게 유리가 인상을 찌푸리며 혼자 무언가를 고민하고 있을 때, 데이몬 살바토르가 커피하우스에 들어섰다.

"헉."

길버트가 작게 숨을 들이켜는 소리가 들렸다. 커피하우스 앞에 떡하니 마차를 주차한 데이몬은 어디를 보나 귀족 같아서, 그는 왠지 모를 불안감을 느끼며 가게의 문 쪽을 힐끔거리던 중이었다.

유리와 달리 그는 칼리안 크록포드의 잦은 방문에도 귀족들을 상대하는 데 조금도 익숙해지지 않는 것 같았다. 데이몬이 찌푸린 눈으로 가게를 두리번거리며 빈자리에 착석했다. 그런 그에게 길버트가 얼른 달려갔다.

"주, 주문하시겠습니까?"

"아무거나, 제일 덜 구질구질한 걸로."

그리고 이어진 데이몬의 말에 유리는 그만 실소하고 말았다. 다리를 꼬고 거만하게 앉은 꼴도 그렇고, 대사도 무슨 막장 드라마 속의 돈다발 뿌리는 재벌 2세 남주인공 같지 않은가?

그러고 보면 데이몬 살바토르도 칼리안 크록포드 못지않은 금수저이긴 했다.

"유리 씨, 여기 주문……."

"제일 비싼 거 말이죠."

잠시 후 길버트가 식은땀을 닦으며 부엌으로 들어왔다. 멀리서 두 사람의 대화를 들은 유리는 이미 데이몬 살바토르에게 내갈 메뉴를 준비하고 있었다. 칼리안 크록포드 못지않게 데이몬 살바토르 역시 딱 봐도 이런 곳에는 어울리지 않는데, 왜 굳이 이 안에 들어왔는지 모를 노릇이었다.

"제가 갈게요."

"괘, 괜찮겠어, 유리 씨? 저 손님, 성격 더러워 보이는데."

"길버트 씨 귀족 울렁증 있으시잖아요."

유리는 비 오듯이 땀을 쏟는 길버트를 보며 쟁반을 들었다. 그래 봤자 주문한 음료만 가져다주면 되는 일이었다. 게다가 데이몬 살바토르의 성격이 좀 까칠한 건 사실이지만, 그래도 애꿎은 데서 괜한 트집을 잡을 사람은 아니었다.

"주문하신 음료 나왔습니다."

그래서 유리는 별생각 없이 데이몬이 앉은 테이블로 다가갔다.

"이봐. 당장 이 가게 주인을 부르……."

그런데 가게 내부를 살피던 그가 돌연 길버트를 찾았다. 그리고 고개를 돌린 데이몬과 눈이 마주친 순간, 그의 검은 동공이 확장되었다.

덜컹! 심지어 데이몬은 자리에서 벌떡 일어나다가 테이블에 무릎을 찧기까지 했다.

"괜찮으세요?"

무언가에 크게 놀란 듯한 데이몬을 보며 일단 유리는 의례적으로 물었다.

"커피하우스 주인인 길버트 씨를 불러 드릴까요?"

"아니……."

데이몬은 유리를 뚫어져라 쳐다보며 중얼거리듯이 대답했다. 그는 무언가 굉장한 충격을 받은 얼굴이었다.

'왜 이래?'

부담스러운 시선을 한 몸에 받은 유리가 살짝 얼굴을 찡그러뜨렸다. 그제야 데이몬이 정신을 차린 듯 표정을 가다듬으며 다시 의자에 앉았다.

"무슨 일이야?"

"글쎄요."

길버트가 유리에게 급히 다가와 귓속말로 물었다. 하지만 유리가 마땅히 할 수 있는 대답은 없었다. 데이몬의 이상한 행동은 그 후로도 계속되었다. 그는 자리에 미동 없이 앉아 커피하우스 안에서 움직이는 유리를 뚫어져라 쳐다보았다. 그 눈빛이 오죽 강렬한지, 이러다가 정말 유리가 뚫리는 것이 아닐까 싶을 정도였다.

드륵! 그러다 마침내 데이몬이 의자를 끌며 자리에서 일어났다.

“거기, 당신.”

그의 걸음이 창문을 닦고 있던 유리에게 향했다. 길버트는 데이몬이 유리에게 해코지하려는 줄 알고 식은땀을 잔뜩 흘리면서도 서둘러 앞을 가로막기 위해 다가갔다.

“소, 손님! 저희 직원에게는 무슨 일로……!”

그리고 뒤이어 걸레를 든 유리의 손을 움켜잡은 데이몬이 한 말에 커피하우스 안은 단숨에 싸늘해졌다.

“너, 내 여자가 돼라.”

“…….”

유리는 진지한 얼굴의 데이몬을 보며 생각했다. 서브남이 돌았나 보다.

제11장

출생의 비밀이라니, 그런 거 없는데요?

"어라? 유리 씨, 오늘따라 표정이 별로네요."

커피하우스에 방문한 스노우의 말에 나는 슬쩍 눈살을 찌푸렸다. 심기 불편함이 나도 모르게 얼굴에 드러났던가.

"어유, 이상한 손님이 와서 그래요."

길버트가 나 대신 대꾸했다. 그 이상한 손님이란 물론 아까 왔던 데이몬 살바토르였다. 난데없이 나타나 '내 여자가 돼라'는 얼토당토않은 소리를 지껄이던 멀끔한 남자의 얼굴이 떠올라 다시금 속이 뒤집어졌다. 길버트의 말을 들은 스노우가 알겠다는 듯이 '아아' 하며 소리 냈다.

"또 누가 유리 씨한테 집적거렸나 보네요."

"멀쩡하게 생긴 귀족 나리가 글쎄. 어휴."

"원래 그런 건 겉보기로 모르더라고요. 겉가죽만 멀쩡하고 속은 이상한 인간들 많아요."

"그러니까 말이에요. 젊은 청년이 왜 그러는지 몰라."

무슨 애기인지도 모를 텐데, 스노우는 길버트에게 맞장구를 잘 쳐 주었다. 그러고 보니 스노우가 제노스 셀던이면 데이몬 살바토르도 알 텐데. 소설에서처럼 둘이 사이가 좋지 않으려나?

그러지 않기를 바랐지만, 만약 데이몬 살바토르가 또 커피하우스에 찾아온다면 스노우와 마주치게 될 가능성도 있었다.

데이몬 살바토르, 유적의 파편이나 사갈 것이지. 얼마 전에 비밀리에 쪽지를 보냈는데 답장도 없고, 그런 와중에 갑자기 커피하우스에 찾아와서 솔직히 처음에는 좀 놀랐다. 물론 쪽지를 보낸 게 나인 걸 알고 왔을 리는 없지만.

어쨌든 데이몬 살바토르는 소설보다 좀 더 괴짜인 듯했다. 나는 그런 헛소리나 할 거면 다시 커피하우스에 오지 않았으면 좋겠다고 생각하며 빈 테이블을 치웠다.

밤이었다.

"라키어스 씨."

유리는 욕실에서 씻고 나와 라키어스에게 다가갔다. 라키어스는 먼저 씻은 뒤 붕대를 갈고 다시 옷을 입는 중이었다. 그러다가 자신을 부르는 목소리를 듣고 단추를 끼우던 손을 멈추었다. 그가 고개를 돌려 눈이 마주치자 유리의 손이 라키어스를 향해 움직였다. 손길이 닿은 순간, 라키어스의 눈매가 움찟 떨렸다.

–흐어어.

머릿속의 미생물이 또다시 녹아드는 것 같은 소리를 냈다. 유리는 이제 라키어스에게 적응이 되다 못해, 그의 손을 거리낌 없이 먼저 잡아오기까지 했다. 손이 맞닿은 것과 동시에, 유리의 얼굴에 따스한 온기가 스미기 시작했다.

"시간이 늦었어요."

"……."

"언제 잘 거예요?"

방금 전보다 약간 느려진 음성이 나긋하게 귓가를 간질였다. 막 씻고 나온 유리에게서 달콤한 향기가 풍겼다. 아직 젖어 있는 길고 검은 머리카락이 그녀의 어깨 밑으로 흘러내려 라키어스의 눈앞에서 부드럽게 흔들렸다.

마찬가지로 촉촉한 빛을 머금은 붉은 눈동자가 라키어스를 물끄러미 응시했다. 라키어스는 약간 굳은 채로 그런 유리의 모습을 바라보았다. 이건 분명 유혹 같은 게 아니었다. 그녀의 말에 담긴 의미는 항상 라키어스의 생각보다 단순했으니까. 하지만 이 자체가 이미 그에게는 지나치게 유혹적이었다.

"……."

라키어스는 쉽게 말을 고르지 못했다. 무슨 말을 해도 지금 그의 속에서 아우성치는 생각과 감정을 표현하는 데는 적합하지 않을 것 같았기 때문이다. 그러자 라키어스를 가만히 쳐다보던 유리가 고개를 옆으로 슬쩍 기울이며 다시 입을 열었다.

"고민이면 그냥 일찍 자요."

그리고 잡고 있던 그의 손을 잡아끌었다.

"어차피 할 것도 없잖아요."

사실 별로 강한 힘은 아니었다. 하지만 라키어스는 자석에 끌려가기라도 하는 것처럼 거의 불가항력으로 자리에서 일어나고 말았다. 유리가 그런 라키어스를 데리고 방으로 향했다. 그리고 잠시 후. 두 사람은 함께 유리의 방에 있는 침대에 누워 있었다.

"그러고 보니까 오늘 아주 이상한 사람이 있었어요."

조곤조곤한 목소리가 희미한 달빛이 어린 방 안에 스몄다.

"원래 그런 성격은 아니었던 것 같은데."

침실 안의 분위기는 지극히 평온했다. 지난밤처럼 유리와 라키어스는 손을 잡고 누워 있었다.

유리는 천장을 보고 누워 이야기하는 중이었고, 라키어스는 옆으로 비스듬히 누워 손에 고개를 기대고 그런 유리를 내려다보고 있었다. 아래로 지그시 내리깔린 라키어스의 눈동자는 음영이 깃들어 한결 그윽한 빛을 발하고 있었다. 단추를 몇 개 풀어 드러난 목울대와 쇄골이 굉장히 유혹적이었다. 하지만 유리는 그런 라키어스에게는 그다지 관심이 없는 것 같았다. 오늘의 유리는 웬일로 말이 많았다.

"설마 살면서 내가 그런 드라마 같은 대사를 들을 줄은 꿈에도 몰랐어요."

가끔 못 알아들을 단어가 있기도 했지만, 라키어스는 옆에서 그녀가 하는 말을 조용히 들어주었다. 그게 편해서 유리는 생각보다 말이 술술 나왔다.

사실 유리가 이렇게 누군가에게 길게 무언가를 말하는 것은 굉장히 오랜만이었다. 밤에 잠들기 전에 누군가와 대화를 나누는 것도 마찬가지였다. 지금까지는 딱히 그런 욕구를 느낀 적이 없었는데…….

라키어스의 손을 잡고 나니 확실히 알 수 있을 것 같았다. 아마 그녀는 내심 이런 것을 그리워하고 있었던 모양이다. 다른 누군가와 함께 보내는 시간. 늦은 저녁에는 다 같이 모여 그날 보냈던 하루에 대해 서로 이야기하는, 그런 사소하지만 정겨운 일상을.

"다짜고짜 내 여자가 되라니, 혹시 귀족들 사이에서는 그런 식으로 상대를 꼬드기는 게 유행인 걸까요?"

유리의 입에서 연이어 흘러나온 말을 가만히 듣던 라키어스가 순간 멈칫했다.

'지금 내가 무슨 소리를 들은 거지?'

내 여자가 돼라? ……어떤 놈이? 어떤 새끼가?

"누가……?"

라키어스는 저도 모르게 물었다. 그러자 유리가 힐끔 라키어스를 쳐다보았다. 그녀는 잠깐 고민하는 얼굴로 무언가를 생각하다가 이내 대답하기 좀 곤란했는지, 그냥 얼버무렸다.

"음, 그냥 있어요."

라키어스는 결정했다.

'커피하우스에 내가 직접 가봐야겠군.'

전부터 꼬여드는 쓸데없는 놈팡이들이 있더니, 그중 하나인 모양이다. 라키어스는 기분이 언짢아졌다. 유리의 말도 그때부터 끊어져서 방 안에는 침묵이 고였다.

문득 라키어스는 손안에서 꼬물거리는 움직임을 느꼈다. 유리가 꼭 붙들고 있는 손이 간지러웠다. 왠지 심장도 덩달아 조금 간질거리면서, 착잡한 기분이 들었다. 빌어먹을 벨레의 말처럼 그는 이런 방면에 경험이 하나도 없었지만 그래도 지금 이런 게 어린애들 소꿉놀이나 마찬가지라는 것 정도는 알았다.

그의 안에서 들썩이고 있는 욕구도 그리 깨끗하고 온건한 것은 아니었고. 그런데 라키어스의 속도 모르고 유리는 조금씩 졸린 듯 눈을 느리게 깜빡이며 몸을 옆으로 돌려 그와 시선을 맞대왔다. 그러면서 겁도 없이 그를 자극하는 말을 했다.

"라키어스 씨 손 따뜻하네요. 계속 잡고 있고 싶어요."

……정말 아무것도 모르면서 이러는 건가? 아니면 알면서? 설마 이러고도 그가 가만히 있을 거라고 생각하는 건가? 이걸 참을 거라고 생각하는 건가?

결국 라키어스의 안에 억눌려 있던 야성이 거칠게 일깨워졌다.

휙!

다음 순간, 유리의 시야에 검은 그림자가 드리워졌다.

"너무……."

바닥을 긁는 듯이 갈라진 낮은 음성이 바로 코앞에서 숨결과 함께 흐트러졌다.

"지나치게 무방비한데."

깍지 낀 손이 좀 더 세게 옥죄어지며 침대에 깊이 파묻혔다. 조금 전까지 유리의 옆에 누워 있던 라키어스가 어느새 위에서부터 덮치듯이 그녀의 몸에 올라타 있었다. 하얀 달빛이 라키어스의 벽안에 깨질 듯한 새파란 빛을 불어넣었다.

"원래 아무한테나 이래요?"

나지막하게 속삭이는 목소리가 유혹적이었다. 바보가 아닌 이상 알 수밖에 없었다. 이건 성적인 긴장감이 감도는 위험한 분위기였다. 그런데 이상했다. 라키어스는 분명 위험한 사람인데, 왠지 이렇게 눈을 맞대고 있으니 그녀에게 해로운 일을 할 것 같다는 생각이 들지 않았다. 이런 상황에서도 위기감 없이 그냥 속에 든 생각을 곧이곧대로 꺼내놓은 것은 그래서였다.

"아니요. 라키어스 씨한테만 이래요."

결국 동요하는 것은 또 라키어스였다. 일순간 굳었던 라키어스가 스르륵 유리의 위로 고개를 떨어뜨렸다.

"……그게 무슨 뜻인데."

그는 이마를 유리의 어깨에 대고 혼잣말처럼 중얼거렸다. 라키어스의 귀는 약간 빨개져 있었다. 어둠 속이었지만 이미 인간의 범주를 넘어선 유리의 눈은 그것을 놓치지 않았다.

'어, 설마 쑥스러워하는 건가, 지금?'

그제야 그녀는 지난번에도 라키어스가 화가 나서 귀를 붉혔던 게 아닐지도 모른다는 사실을 깨달았다.

라키어스는 유리가 좀 치사한 것 같다고 생각했다. 그도 사실은 알고 있었다. 유리의 말이 무슨 뜻인지. 원인은 모르지만, 두 사람이 접촉할 때마다 유리와 그에게 기생 중인 미생물에게 무어라 설명하기 어려운 현상이 벌어지는 듯했다. 그래서 유리는 라키어스와 접촉하는 것을 좋아하는 모양이었다.

라키어스도 그의 손을 잡을 때마다 유리의 얼굴에 생동감이 피어오르는 것을 알았다. 꼭 가뭄으로 거의 시들어가다가 오랜만에 비를 맞고 파릇파릇해진 새싹처럼, 유리도 그와 접촉하는 것으로 그동안 결여되었던 무언가를 되찾는 기분을 느끼는 것 같았다. 결국 유리가 그에게 원하는 건 그런 것뿐이었다. 지금도 손만 잡고 자겠다니. 라키어스는 그런 건 원하지 않았다.

"……궁금하지 않아요?"

이윽고 유리의 어깨에 이마를 대고 있던 라키어스에게서 나지막한 음성이 흘러나왔다. 그의 얼굴이 느릿하게 들어 올려졌다. 라키어스의 눈이 유리를 정면에서 내려다보았다.

"이렇게 손만 잡아도 좋은데……."

얽혀들어 있던 그의 손가락이 살갗을 훑는 느낌이 간지러워 유리는 움칫 손끝을 떨었다.

"다른 걸 하면 어떨지."

지금까지 중 가장 노골적인 유혹이었다. 유리는 한순간 눈을 깜빡이는 것조차 잊었다. 맞잡고 있지 않은 라키어스의 다른 손이 그녀의 얼굴에 닿았다. 얼굴선을 따라 흐르듯이 움직이는 손길이 간지러웠다. 어쩌면 라키어스의 말이 맞을지도 모른다는 생각이 들었다.

처음 그의 손을 잡은 후로 점점 더 온기를 갈구하게 되었다. 그러니 어쩌면 그의 말대로 이 이상의 무언가를 하고 나면 다음번엔 그보다 더한 것을 바라게 될지도 몰랐다. 솔직히 그건 유리에게 미지의 영역이라 조금 두렵기도 했다.

하지만 다른 한편으로 조금 궁금한 마음이 드는 것도 사실이었다. 솔직히 이론상으로는 모르는 게 없었지만, 직접 경험해 보는 건 또 다른 일이었으니까.

"다른 거…… 뭐요?"

어쩌면 모르기 때문에 용감한 걸 수도 있다. 허락의 뜻이란 걸 안 라키어스의 눈빛이 순간 변했다.

"예를 들면."

이내 그의 입술이 천천히 떼어졌다.

"이런 거."

라키어스의 고개가 옆으로 비스듬히 기울어진 다음, 입술에 온기가 닿았다. 처음에는 그저 부드럽게 포개져 있기만 했다. 그러나 라키어스가 입술을 핥고 아프지 않게 깨물기 시작하면서 조금씩 이상한 기분이 들기 시작했다. 그러다가 작게 벌려진 입술 사이를 파고드는 순간, 유리는 저도 모르게 잡고 있던 손에 꽉 힘을 주었다.

"으응……."

뜨거운 열기가 입안을 훑다가 혀를 얽어 진득하게 훑는 움직임에 등골이 오싹거리는 느낌이 들었다. 별로 한 것도 없는 것 같은데, 이상하게 금방 숨이 찼다. 그 생경함에 유리는 조금 놀라고 당황했다.

"잠깐…… 읍."

이제 됐다고 말하려 했지만 라키어스에게 금방 다시 입술이 삼켜져 버렸다. 이어진 키스는 조금 전의 부드러운 움직임이 겨우 맛보기에 불과했다는 것처럼 훨씬 격렬했다.

입술을 약간 아프게 깨물어 벌리게 한 뒤, 그 안에 온통 뜨거운 열기를 퍼뜨리며 얼얼할 정도로 강하게 혀를 문질러 얽어왔다. 숨이 막혀 밀어내려 해도 라키어스는 꿈쩍도 하지 않았다. 오히려 유리의 몸에서 힘이 풀릴 정도로 거침없이 그녀를 몰아붙여 댔다. 잠시 후 입술을 떼어낸 라키어스가 가쁘게 숨을 몰아쉬는 유리를 내려다보며 말했다.

"다른 좋은 것도 많은데……."

그녀의 얼굴을 쓸던 손이 젖어 있는 붉은 입술에 닿았다.

"일단 이것부터 익숙해져야겠네요."

유리는 필요 없다고 대답하려 했지만 이번에도 그녀의 말은 라키어스에게 먹혔다. 밤은 길었고, 라키어스의 말대로 입맞춤에 어느 정도 익숙해지기 충분한 시간이었다.

그 밤이 지난 후, 유리는 역시 라키어스가 괜히 밤의 제왕인 것이 아니라고 생각했다. 그 능수능란함으로 미루어 짐작했을 때, 비록 사랑을 모르는 짐승이었을지언정, 여자 경험이 아주 많은 것이 분명했다. 물론 당연하게도 그것은 라키어스 안의 미생물이 들으면 기가 막혀했을 유리의 오해였지만, 그녀가 진실을 알게 된 것은 좀 더 이후의 일이었다.

"심심해…… 크릉."

레오는 어슬렁거리며 수도원을 나섰다. 세이렌은 오늘도 몸의 회복을 위해 잠들었다. 그녀는 지난번에 유리가 준 발모제를 언제 집어 던졌냐는 듯 다시 가져와 슬그머니 날개에 바르고 있었다. 나름대로 효과가 있어서 세이렌은 기분이 좋아진 눈치였다.

요즘 세이렌이 날개를 다듬느라 바쁜 반면, 레오는 몹시 심심했다. 은신처를 공유하는 사람이 생기기는 했지만 그렇다 해서 레오와 세이렌이 함께 무언가를 하는 것은 아니었다.

그들은 엄밀히 말하면 서로에게 관심이 없었다. 세이렌도 레오를 싫어했지만 레오도 세이렌과 함께 놀고 싶은 마음은 없었다. 그래서 그는 찌뿌둥한 몸을 가만히 두지 못하고 세이렌이 잠든 사이에 수도원을 빠져나왔다.

이후 레오가 습관처럼 어슬렁거리며 간 곳은 유리가 사는 페릿가였다. 그는 사람이 거의 다니지 않는 골목을 누비며 제 영역 표시를 하는 짐승처럼 사방에 냄새를 뿌려놓고야 만족스럽게 꼬리를 흔들었다.

"어?!"

하지만 그러다가 공교롭게도, 지난번 축제 때 눈이 마주쳤던 여자 아이와 다시 맞닥뜨리고 말았다. 바로 헤스티아였다.

그녀는 안네마리가 치료소에서 일하는 동안 마찬가지로 집에만 있기가 심심해 산책 겸 밖으로 나온 참이었다. 그러다가 어린애다운 호기심이 발동해 집 근처의 골목길 탐방을 하고 있었는데 거기에서 레오를 만난 것이었다.

"낑!"

레오는 깜짝 놀라 펄쩍 뛰었다. 곧바로 뒤돌아 자리를 떠나려 하는 그를 헤스티아가 다급히 불렀다.

"잠깐만! 가지 마! 내가 맛있는 거 줄게……!"

바로 그 순간 레오의 움직임이 일시에 멈추었다. 헤스티아의 마지막 말이 레오의 발을 붙들었다. 그는 슬쩍 헤스티아를 뒤돌아보았다.

"맛있는 거……?"

그 긍정적인 반응에 헤스티아의 얼굴이 환해졌다.

"응! 우리 집에 맛있는 거 많아! 지금 나밖에 없어!"

레오는 잠깐 갈등하다가 슬그머니 타박타박 걸음을 옮겨 헤스티아에게 다가갔다. 그렇게 두 사람은 함께 골목길을 빠져나갔다.

"요즘 자주 뵙는군요."

유리는 오늘도 마주한 남자를 보며 속으로 생각했다.

'네가 자꾸 찾아오니까 자주 보는 거잖아.'

하지만 확실히 지금은 커피하우스에서 마주친 게 아니긴 했다. 지금 그녀의 눈앞에 있는 것은 칼리안 크록포드였다. 유리는 가게 샌드위치 재료가 오늘따라 금방 동이 나서, 길버트에게 식재료점에 다녀와 달라는 부탁을 받고 나온 참이었다.

"그러네요. 일하시는 중인가 봐요?"

유리가 예의상 묻자 칼리안 크록포드가 고개를 끄덕였다.

"네, 일전에 맡았던 일이 아직 마무리되지 않아서."

그 말을 듣고 유리는 슬쩍 미간을 찌푸렸다. 일전에 맡았던 일이라면…… 역시 실종 사건 말인가?

그 노예상에서 아이들을 찾은 일로 해결된 게 아니었나 보군.

"그렇군요. 잘 해결되었으면 좋겠네요."

유리는 그렇게 말하며 자리를 떠나려 했다.

"무거워 보이는데 제가 들어드리겠습니다."

"안 무거워요."

칼리안이 권유했으나 유리가 단칼에 거부했다. 칼리안도 그것을 느낀 모양이었다. 그는 잠깐 말없이 유리를 쳐다보다가 직구를 날렸다.

"제가 불편하십니까?"

"네, 좀 그러네요."

물론 유리도 직구로 받아쳤다. 그러자 칼리안이 웃었다. 딱히 그녀의 말에 기분이 상한 것 같지는 않았고, 오히려 조금 유쾌해 보이기까지 했다. 이내 그가 선뜻 먼저 물러났다.

"네, 그럼 먼저 가겠습니다. 다음에 또 뵙지요."

"조심히 가세요."

그렇게 유리와 칼리안은 헤어졌다. 멀어지는 유리의 뒷모습에 칼리안의 시선이 머물렀으나, 유리는 한 번도 그를 돌아보지 않았다. 잠시 후 칼리안도 시선을 떼고 반대쪽으로 걸음을 옮겼다. 제노스의 조언에 따라 안네마리에게 조부인 바스티안의 간호를 부탁했으니 이번에야말로 병에 차도가 있으리라 생각했지만…….

역시 육신이 아닌 마음의 상처를 달래는 데에는 다른 방법이 더 효과적이지 않을까 하는 생각도 들었다. 칼리안은 혼자 고민하며 어느덧 해가 지기 시작한 길을 거닐었다. 길어지는 그림자와 함께 그의 상념도 깊어졌다.

"……뭐지?"

라키어스의 입에서 자그마한 혼잣말이 새어 나왔다. 그의 머리카락이 허공에서 잘게 흩날렸다. 라키어스는 주황빛이 잔잔하게 깔린 하늘을 배경으로 성당의 지붕 위에 서 있었다.

그가 서 있는 곳에서는 사람들이 북적이는 거리의 광경이 한눈에 내려다보였다. 라키어스의 눈동자는 약간 차갑게 식어 있는 상태였다. 지금 라키어스의 시야에 비친 두 사람은 분명 그가 알고 있는 이들이었다.

-어? 그 여자랑 칼리안 크록포드잖아? 지난번에는 치고받고 하더니 왜 붙어 있지?

동부의 크록포드와 유리. 그런데 어째서 둘이 함께 있는 것일까?

라키어스는 유리가 집을 비운 사이에 외출했다가 돌아가는 중이었다. 다른 사람들의 눈에 띄지 않고 최대한 빨리 이동하기 위해 오늘도 그가 선택한 경로는 건물 위였다. 누가 보면 묘기라고 할 법했으나, 라키어스는 날렵하게 몸을 움직여 꼭 지면을 밟고 뛰는 것처럼 조금의 불편함도 없이 지붕 위를 건너 이동했다.

"다짜고짜 내 여자가 되라니, 혹시 귀족들 사이에서는 그런 식으로 상대를 꼬드기는 게 유행인 걸까요?"

그러다 그는 문득 어제 유리가 했던 말을 떠올리고 커피하우스로 발길을 돌렸다. 그녀에게 저딴 헛소리를 지껄였던 놈팡이가 누구인지 제 두 눈으로 똑똑히 봐주기 위해서였다. 그런데 커피하우스로 향하는 길목에서 유리를 발견했다.

'설마 둘이 아는 사이였나?'

바로 그 순간 머릿속에서 울리는 잡소리에 라키어스의 곧게 뻗은 눈썹이 꿈틀거렸다.

—응? 그러고 보니 둘 다 검은 머리네? 흔치 않은 색인데, 혹시 둘이 혈연적으로 관계가 있는 건가? 헉, 라키어스! 그럼 너 완전 X되는 거 아냐?

'말도 안 되는 소리 집어치워.'

그는 서늘히 일갈했다. 지금 그가 묵고 있는 집의 주인과 동부의 크록포드가 친인척이라니. 암흑세계의 왕인 라키어스와 동부의 지배자인 크록포드는 상성이 맞지 않았다.

게다가 라키어스는 다시 카르노말로 돌아갈 때까지 정체를 숨기고 있을 생각이었으니, 만약 유리가 크록포드와 연관이 있다면 더더군다나 상황이 이상해진다. 무엇보다도 지난번에 암시장에서 칼리안 크록포드와 유리가 진심으로 서로를 공격했던 것을 생각하면 벌레의 의심은 말도 되지 않았다. 하지만…… 그럼 왜 지금 저 두 사람이 얼굴을 마주하고 있는 거지?

더군다나 저렇게 사이좋게. 물론 두 사람의 사이가 좋아 보인다는 것은 어디까지나 라키어스 혼자만의 착각이었지만 그는 알지 못했다.

–넌 내가 무슨 말만 하면 다 아니라 그러더라. 그럼 저 두 사람이 왜 같이 있는데?

머릿속의 목소리가 약간 불퉁하게 라키어스와 동일한 의문을 표했다.

–엇……! 설마 둘이 그렇고 그런 사이인가?

그리고 깨달았다는 듯한 외침이 뇌리에 울리는 순간.

–하긴 젊은 남녀가 한자리에 있으면 보통은! 헉, 그럼 설마 남자 쪽에서는 여자의 정체를 모르고 사랑에 빠진, 그런 소설 같은 얘기……?!

라키어스의 몸에 감돌고 있던 한기가 짙어졌다. 이해할 수 없게도, 그는 유리와 칼리안 크록포드가 혈연관계인 게 아니냐고 벌레가 헛소리를 지껄였을 때보다 기분이 불쾌해졌다.

'……혹시 저 새끼인가? 어제 유리한테 그딴 개소리를 지껄였다는 게.'

갑자기 라키어스의 몸에서 살기가 치솟았다. 그는 이제 헤어져 각자의 길을 가기 시작한 두 사람을 시리도록 푸른 눈동자로 응시하다가 발길을 돌렸다. 그의 등 뒤에서 붉은 해가 지고 있었다.

퇴근 후 유리가 집에 도착했을 때, 안은 어두웠다. 며칠 새 은은하게 불이 밝혀진 집에 익숙해졌던 유리는 문을 열고 들어가자마자 멈칫했다. 쿵. 등 뒤로 문이 닫히는 소리가 적막한 집 안에 선명히 울렸다. 그래도 완전히 빛 한 점 없는 것은 아니었다. 살짝 걷힌 창문을 통해 붉은 노을이 번져 들었다.

라키어스는 그 앞에 서서 유리에게 조용한 시선을 보내고 있었다. 갑자기 어젯밤의 일이 떠올라서 약간 어색한 기분이 들었다. 그러다 문득, 아침에 집을 나설 때와 돌아왔을 때 라키어스가 매번 그녀에게 인사해 주었던 것이 떠올랐다. 그래서 유리는 잠깐 망설이다가 조금은 충동적으로 먼저 입을 열었다.

"다녀왔어요."

처음으로 먼저 입 밖으로 내뱉은 말이 괜히 낯설고 어색하게 느껴졌다.

"네, 오셨어요."

라키어스가 고요한 목소리로 유리에게 화답했다. 탁자에 다다른 유리는 문득 위화감을 느꼈다. 라키어스에게 밴 공기가 집 안의 공기와 달랐다.

'또 밖에 나갔다 왔나?'

"유리."

바로 그때, 라키어스가 낮은 목소리로 그녀의 이름을 속삭이며 자리에서 몸을 움직였다. 검은 그림자가 성큼 가까워졌다. 붉게 물든 라키어스의 금발이 눈앞에서 잘게 흔들렸다. 유리가 미처 무어라 반응할 새도 없이 따스한 온기가 그녀를 덮쳐들었다. 훌쩍 다가온 라키어스가 유리의 손을 붙잡아 손가락 사이사이를 파고들었다.

화앗!

얽혀든 손가락을 타고 거대한 홍수가 밀려들었다.

"아……."

작게 벌어진 붉은 입술에서 탄성인지, 신음인지 모를 소리가 가냘프게 새어 나왔다. 뒷덜미가 쭈뼛거리며 온몸에 환희와 같은 감정이 넘실거렸다. 이상하게도 오늘따라 평소보다 강렬했다. 유리는 저도 모르게 휘청이며 뒷걸음질 쳤다. 하지만 등 뒤에 탁자가 있어 움직임이 막힌 데다, 라키어스의 다른 팔이 그녀의 허리를 감싸 더 이상 뒤로 물러날 수 없었다.

후두둑.

종이봉투를 안고 있던 유리의 팔에서 힘이 풀렸다. 오는 길에 사 왔던 풋사과가 바닥으로 떨어져 깨지며 향긋한 냄새를 실내에 퍼뜨렸다. 종이봉투가 있었던 품에 라키어스의 몸이 들어찼다. 그녀의 손안에 고인 타인의 체온도 한층 더 짙어졌다.

“유리 씨.”

라키어스의 입에서 다시금 그녀의 이름이 작게 속삭여졌다. 유리는 바로 지척에 고인 강렬한 푸른빛에 시선을 사로잡혔다.

“당신에게 궁금한 게 있는데…….”

낮은 음성이 귓가에 달짝지근하게 달라붙었다.

“대답해 주지 않을래요?”

심해처럼 깊고 푸른 눈동자가 아주 가까이에서 유리를 담아냈다. 유리는 무언가에 홀린 듯이 고개를 작게 끄덕였다. 그러자 꼭 문제의 정답을 맞힌 아이를 칭찬하듯이 라키어스의 입술이 부드럽게 호선을 그렸다.

“그동안 지내보니 이 집에 당신 말고 다른 사람의 흔적은 없던데.”

낮게 읊조리는 음성이 고막을 찔렀다. 그것에 귀를 기울이자 왜인지 꿀통에 빠진 벌이 된 것 같았다.

“가족 관계를 말해봐요.”

유리는 약에 취한 것처럼 약간 몽롱한 정신으로 라키어스의 말을 되뇌었다. 가족 관계……. 그런 걸 왜 묻는 걸까?

'아, 혹시…… 그가 이곳에 묵는 동안 방문할 사람이 있는지 궁금해서 그런가?'

유리는 조금 멍한 상태로 대답했다.

"그런 건…… 없어요."

"없어?"

"네, 고아라서…… 저 혼자예요."

라키어스의 시선이 유리의 얼굴 위에서 약간 길게 맴돌았다. 잠시 후 라키어스가 두 번째 질문을 했다.

"그럼…… 가족이 아니어도 지금까지 이 집에 들여 같이 지냈던 사람은?"

맞잡은 채로 느릿하게 움직여진 라키어스의 손가락이 간지럽게 살갗을 스쳤다.

"아무도……."

유리는 라키어스의 그 작은 움직임마저 기민하게 느끼며 얕은 숨결이 섞인 대답을 흘려보냈다.

"아무도 없었어요."

순간, 라키어스의 눈에서 뜻 모를 광채가 스쳐 지나간 것 같았다. 깍지를 껴 붙잡고 있는 커다란 손의 악력이 한결 강해졌다. 유리의 앞을 가로막고 있는 단단한 몸이 조금 더 그녀 쪽으로 기울어졌다.

"그래……. 그럼 내가 처음인가."

어딘가 기묘하게 만족스러움이 느껴지는 속삭임이었다. 잇따른 음성이 한결 낮아졌다.

"당신, 지금 만나는 사람은?"

"만나는 사람……?"

"연인."

유리가 반문하자 라키어스가 상냥하게 다시 설명해 주었다.

"이 집만이 아니라……."

조곤조곤하게 번지는 라키어스의 음성은 지나치게 달았다.

"마음에 들인 사람도 없느냐고."

흘러드는 자극이 너무 거세서 유리는 몸에서 힘이 풀리는 것을 느꼈다. 아…… 역시 그와 이렇게 살갗을 맞대고 있으니 말로 설명할 수 없을 정도로 너무나도 좋았다.

왜일까? 요즘은 그래도 적응이 되어서 라키어스와의 접촉이 이렇게까지 강렬한 자극으로 와 닿지는 않았었는데. 그런데 지금은 가슴 속에 쾌락을 닮은 충족감이 들어찼다.

"그런 사람…… 없어요."

"정말?"

힘이 빠진 몸이 점점 뒤로 기울었다. 탁자를 짚은 손에도 힘이 풀렸다. 유리는 거의 탁자에 몸을 기대고 있었다. 하지만 허리에 둘러진 팔이 그녀의 몸을 오히려 더 가까이 끌어당겼다. 이제는 콧대가 거의 스칠 정도로 얼굴의 거리가 가까웠다. 코끝을 스치는 남자의 체향이 마약이라도 되는 것처럼 머리가 어질어질했다.

유리는 다시 한번 '네……' 하고 약간 흐트러진 숨결이 섞인 목소리로 라키어스의 물음에 대답했다.

"아까 광장에서 만났던 남자."

그리고 다음 순간, 자그마한 의문이 유리의 머릿속에 떠올랐다.

"칼리안 크록포드와는 왜 함께 있었지?"

칼리안 크록포드와 만났던 것을 라키어스가 어떻게 아는 것일까?

오늘도 그는 유리가 없는 동안 밖에 나갔다 온 것이 분명했다.

“그냥 오늘은 우연히 만나서…… 인사한 것뿐인데…….”

순간, 라키어스의 눈빛이 으슥해졌다.

“오늘은?”

그는 지나가듯이 귓가를 스친 말을 놓치지 않았다.

“꽤 자주 만나는 사이인 것처럼 들리는데.”

유리는 왠지 지금 라키어스가 질투를 하는 것 같다고 생각했다.

“혹시…….”

이내 그가 한결 낮아진 목소리를 입 밖으로 흘려보냈다.

“어젯밤에 말했던 사람이 칼리안 크록포드?”

어제? 어제 말했던 사람이라니……. 유리는 라키어스의 말을 금방 알아듣지 못했다. 하지만 곧 그가 데이몬 살바토르를 말한다는 사실을 깨달았다.

“아뇨, 아니에요. 그건 다른 사람…….”

그 순간, 다소 사나워져 있던 라키어스의 기운이 약간 누그러졌다.

“그럼 칼리안 크록포드와는 어떻게 알게 되었어요?”

유리가 대답해야 할 이유는 없었지만 왜인지 지금의 그에게는 무엇이든 전부 다 말해주고 싶었다.

“그 사람이 내 일을 방해했어요.”

그 순간 라키어스가 멈칫했다.

“그 남자가 당신 일을?”

“도움 같은 건 필요 없었는데, 끼어들어서…….”

유리는 거의 웅얼거리는 목소리로 말을 이었다. 혼자서도 충분히 할 수 있는데 칼리안 크록포드가 갑자기 끼어들어서 필요 없는 도움을 받았다고. 그래서 마음에 안 든다고. 어떻게 보면 약간 투정을 부리는 것 같기도 한 말이었다. 그녀의 말을 잠자코 듣고 있던 라키어스가 이내 다시 입을 열었다.

"그럼 그 남자와 아무 관계도 아니겠군요."

"그야 당연히…… 으응……. 잠깐, 라키어스 씨……."

마침내 유리가 더 견디지 못하고 애원하는 듯한 속삭임을 토해냈다. 팔을 뒤로 물리려고 했으나 라키어스의 손이 그녀를 놓아주지 않았다. 이제는 온몸이 저릿할 정도였다. 탁자에 거의 눕다시피 한 유리의 얼굴은 발갛게 달아올라 있었다. 그녀의 눈가도 붉었다. 라키어스도 몸에 열이 도는 것을 느꼈다.

"당신 일을 방해했으니 칼리안 크록포드가 싫겠네요."

유리의 눈이 깜빡였다. 물론 별로 마음에 안 들기는 하지만……. 하지만 뒤이어 라키어스가 이마를 맞대고 정면에서 깊숙이 눈을 들여다보는 순간, 유리의 머릿속은 하얗게 비어버렸다.

"그렇죠? 당신은 그 남자를 싫어해."

라키어스가 조르듯이 대답을 재촉했다. 유리는 그냥 그가 원하는 대로 대답해 주었다.

"네."

그러자 라키어스가 유리조차 한순간 숨을 멈추고 말 정도로 농밀한 미소를 입가에 그렸다.

"착하네요."

작게 속삭여지는 음성이 감미롭게 귓가에 흘러들었다. 다음 순간, 라키어스의 손만큼이나 열기 띤 입술이 유리의 이마에 눌러 찍혔다. 유리는 지금 무슨 일이 벌어진 것인지 이해하지 못한 상태로 멍하니 그를 올려다보았다.

"대답해 줘서 고마워요."

귓가에 흘러드는 목소리만큼이나 앞에서 마주해 오는 눈빛도 달콤했다. 뒤이어 그녀의 입술에 겹쳐진 입술도 마찬가지였다.

순간, 뭔가 속은 기분이 들었다. 하지만 라키어스가 깊숙이 파고들어 와서, 결국 유리는 그 후로 한참 더 라키어스의 품 안에서 눅진하게 녹아들고 말았다.

유리는 어제의 일을 곱씹었다.

'역시 속았어.'

그녀의 미간에 깊은 주름이 그려졌다. 집에 들어오자마자 그런 식으로 대뜸 손을 붙잡고 미인계를 쓰다니.

'그의 손을 잡고 있으면 감정이 돌아오는 느낌이 들었는데……. 그래서 미인계가 나한테 잘 먹히는 건가? 아니면 혹시 라키어스에게 사람을 홀리는 다른 능력이 있는 건…….'

소 뒷걸음질 치다가 쥐 잡는다고, 사실 유리의 생각은 정답이었다. 하지만 어제 라키어스는 유리에게 유적의 힘을 사용하지 않았다. 그러니 유리로서는 인정하고 싶지 않겠지만, 어제의 일은 정말 그녀에게 라키어스의 미인계가 통한 셈이었다.

"에이, 이 동네는 길이 뭐 이렇게 좁아터졌어!"

그러다 문득 유리는 가게 밖에서 쩌렁쩌렁하게 울리는 소리를 들었다.

"그러게 이렇게 직접 오실 필요 없다고 말씀드렸잖습니까."

“시끄럽다, 이놈아! 도무지 말이 통하지 않는데 내가 직접 오지 않으면 어쩌라고! 냉큼 들어가서 나오라고 해!”

“꼭 그렇게 하셔야겠습니까? 좋은 아가씨 같은데 이번에는 그냥 받아들이시면…….”

“이런 양심 없는 놈! 좋은 애니까 더 붙잡아두면 안 되는 거지! 아, 얼른 들어가!”

어떤 노인과 중년 남자였다. 왠지 행색이나 분위기로 보아하니 주인과 집사, 혹은 대기업 회장과 비서 같은 느낌이었다. 집사 같은 중년 사내가 마지못한 듯이 치료소 건물 안으로 들어간 뒤에도 노인은 지팡이를 짚고 꼿꼿이 서 있었다. 워낙 풍채가 좋은 데다 자세도 곧아서 얼핏 보면 불편함이라고는 눈곱만큼도 없어 보였지만, 눈썰미가 좋은 사람이라면 지금 지팡이를 짚은 그의 손이 미약하게 떨리고 있단 사실을 알 수 있을 터였다.

하긴, 연세가 있는 노인이니 당연한 일일지도 몰랐다. 유리는 동방예의지국에서 온 사람답게 노인 공경을 할 줄 알았다. 그래서 기다리는 동안 맞은편에 있는 커피하우스의 빈자리에 잠깐이라도 앉아 있으라고 권하기 위해 노인에게 다가갔다.

노인은 상당히 기민하게 유리의 접근을 알아차렸다. 그래서 유리가 가까이 가서 입을 여는 것보다 노인이 먼저 다가오는 그녀를 발견하는 게 빨랐다. 눈이 마주친 순간, 어째서인지 노인의 입이 크게 벌어졌다. 유리는 흔들리는 그의 눈을 보며 멈칫했다. 바로 그 순간, 노인이 손에 들고 있던 지팡이를 바닥에 떨어뜨리며 외쳤다.

“세…… 셀레나!”

뜬금없는 이름에 유리의 얼굴이 설핏 찌푸려졌다.

"셀레나, 아가!"

급기야 노인은 몸을 바들거리며 유리를 향해 다가오기 시작했다. 그러면서 다시금 목 놓아 소리쳤다.

"애야, 애비다!"

전 할아버지 같은 아버지 없는데요…….

"저기…… 저는 셀레나라는 사람이……."

"아가, 날 못 알아보겠니!"

유리는 이 상황이 도대체 뭘까, 하는 생각을 하며 일단 엉겁결에 노인을 부축했다. 바로 그때, 어째서인지 막 치료소 밖으로 뛰쳐나온 안네마리가 그 광경을 보고 두 눈을 동그랗게 뜨고 있었다. 두 손으로 입을 막으며 놀라는 모습을 보니, 노인의 말을 곧이곧대로 믿는 듯했다.

"헉, 셀레나 아가씨?!"

아까 노인의 명에 따라 치료소 안으로 들어갔던 중년 남자도 안네마리의 뒤를 따라 나오다가 유리를 보고 경악했다.

"아가!"

"셀레나 아가씨!"

"유, 유리 씨?!"

이 정신 사나운 아수라장 속에서 유리는 미간을 찌푸릴 수밖에 없었다.

2권에서 계속…